Knaur.

Im Knaur Taschenbuch Verlag ist bereits folgendes Buch der Autorin erschienen:
Tanz der Verführung

Über die Autorin:
Catherine Kean schreibt seit ihrer Jugendzeit. Nachdem sie einige Jahre in Kanada als Gutachterin für Antiquitäten gearbeitet hat, lebt sie nun mit Mann, Tochter und zwei sehr verwöhnten Katzen in Florida. Mehr Infos über Catherine Kean und ihre Bücher finden sich auf ihrer Website: www.catherinekean.com

Catherine Kean

Flammendes Begehren

Roman

Aus dem Amerikanischen
von Nicole Friedrich

Knaur Taschenbuch Verlag

Die amerikanische Originalausgabe erschien 2006 unter dem Titel
»A Knight's Vengeance« im Verlag Medallion Press, New York

Besuchen Sie uns im Internet:
www.knaur.de

Sagen Sie uns Ihre Meinung zu diesem Buch:
Historische-Liebesromane@droemer-knaur.de

Deutsche Erstausgabe April 2009

Ein Unternehmen der Droemerschen Verlagsanstalt
Th. Knaur Nachf. GmbH & Co. KG, München.
This translation published by arrangement with Medallion Press, Inc.

Redaktion: Kathrin Stachora
Umschlaggestaltung: ZERO Werbeagentur, München
Umschlagabbildung: Agentur Schlück / John Ennis
Satz: Adobe InDesign im Verlag
Druck und Bindung: Norhaven A/S
Printed in Denmark
ISBN 978-3-426-50167-2

2 4 5 3 1

Für meine geschätzte Freundin Alicia Clark,
die dieses Buch vom ersten Entwurf an liebte.
Deine Freundschaft und tatkräftige Unterstützung
bedeuten mir sehr viel.

Prolog

Moydenshire, England, 1174

Vater«, keuchte Geoffrey de Lanceau, löste den Blick von der dunklen Silhouette des Pferdes und der anderen Tiere und sank neben dem Mann in die Knie, der mit ausgestreckten Gliedern auf dem verdreckten Strohboden des Stalls lag.

Der metallische Geruch nach Blut stieg Geoffrey in die Nase. Im schwachen Schein der Fackel erkannte er die wächserne Blässe des Todes, die das Antlitz seines Vaters überzog.

Brennende Tränen trübten Geoffreys Sicht. Vor seinem geistigen Auge surrten brennende Pfeile vorbei. Donnernde Pferdehufe. Das markerschütternde Brüllen seines Vaters, als ihm das Schwert in die Brust gefahren war. Geoffrey biss sich in die Hand, um das gewaltige Schluchzen zu unterdrücken, das ihn innerlich zerriss.

Erbarmungslos peitschte der Wind um den Stall. Die einsame Fackel im Innern zischte und spie. Der zerknitterte Seidenumhang reflektierte das sanfte, zuckende Licht. Das kunstvoll bestickte Kleidungsstück – ein Indiz für die herrschaftliche Herkunft seiner Familie – war verdreckt und zerrissen.

Wie brodelndes Pech pulsierte das Gefühl der Hilflosigkeit durch Geoffreys Adern. Galle flutete seinen Mund, und er ballte die jungen Hände zu Fäusten.

Er würde alles tun, um seinen Vater zu retten. Der Anfang war gemacht: Er hatte bereits ein Versteck für ihn gefunden. Sobald sein Vater wieder bei Kräften war, würde er nichts unversucht lassen, um den Ruf seiner Familie reinzuwaschen. Schließlich war sein Vater niemand Geringeres als Edouard de Lanceau, ein ehrwürdiger Ritter, dessen Kühnheit bereits in *chansons de geste* besungen und der am königlichen Hofe sehr geschätzt wurde.

Bis der König ihn als Verräter gebrandmarkt hatte.

Bis der König diesem vermaledeiten Lord Arthur Brackendale die Order erteilt hatte, Wode Castle zu belagern und den Burgherrn aus dem Weg zu räumen.

Verwirrung und Furcht krochen ihm den Rücken hoch. Nein, sein Vater war kein Verräter – nie und nimmer!

»Geoffrey?«, ertönte eine rauhe und gebrochene Stimme.

»Bleibt ruhig liegen, Vater!« Geoffrey drückte die Hand auf das blutgetränkte Wams seines Vaters. Frisches Blut sickerte durch seine Finger. »Wir brauchen einen Heiler. Breipackungen. Die Wunden müssen genäht werden ...«

»Keine ... Zeit«, krächzte Edouard.

Geoffrey zitterte. »Besser, Ihr sprecht nicht. Ihr müsst jetzt mit Euren Kräften haushalten. Der Earl of Druentwode ...«

»... wird dich ... beschützen ... wie sein eigen Fleisch und Blut. Ich ... würde dasselbe tun ... für seine Söhne.«

»Nein!«

Edouards Mund verzog sich zu einem schmerzhaften Lächeln. »Versprich mir ... dich um deinen Bruder zu ... kümmern.«

»Leben! Ihr müsst leben, Vater! Thomas und ich wollen nicht zu Waisen werden.« Die eisigen Finger bodenloser Verzweiflung griffen nach ihm, drückten ihm die Kehle zu. »Als Mutter von uns ging, habt Ihr geschworen, uns stets zu …«

»Versprich es mir!«

Mit einem erstickten Schrei riss Geoffrey die Hände nach hinten. Panik und Wut mischten sich in die Verzweiflung, bis ihm der Magen schmerzte. »Ihr dürft nicht als Verräter sterben. Lebt, Vater, lebt! Beweist allen, dass Lord Brackendales Belagerung der größte Fehler aller Zeiten war. Beweist der Welt, dass Ihr den König nicht hintergangen habt!«

Tiefer Kummer glomm in Edouards silbrigen Augen. »Ach, mein Sohn!«

Die sanften Worte drohten Geoffrey das Herz in tausend Stücke zu zerreißen. »Ich vermag Euch dieses Versprechen nicht zu geben.« Die siedenden Tränen, gegen die er die ganze Zeit tapfer angekämpft hatte, kullerten ihm über die jugendlichen Wangen. »Ich bin im Umgang mit dem Schwert nicht geübt, kann keine Truppen führen. Ich bin doch nur ein Jüngling.«

»Kein Jüngling.« Edouard tastete nach Geoffreys Hand und drückte sie so fest er eben konnte. »Du bist der Erbe der Lanceau-Ländereien. Ich frage dich noch einmal, ob …«

Sein Vater klang, als bliebe ihm nicht mehr viel Zeit. Mit einem Brennen in der Kehle nickte Geoffrey hastig, verflocht seine zarten Finger mit denen seines Vaters und drückte sie fest. »Ich verspreche es. Dies ist ein Schwur, der mit Blut besiegelt ist.«

Im darauffolgenden Moment entwich ein leises Stöhnen den blassen Lippen Edouards. Seine Brust senkte sich, ohne sich noch einmal zu heben. Plötzlich war Geoffrey allein mit den Tieren, der einsamen Fackel und dem Kreischen des Windes.

»Vater?« Er sah auf das bleiche Gesicht und die leblose Hand seines Vaters herab.

Die Ratten, deren Augen im Schein der Fackel gespenstisch aufleuchteten, während sie über das verfaulte Stroh hasteten, bemerkte Geoffrey nicht einmal.

»Vater?« Seine Stimme wuchs sich zu einem Wehklagen aus. Er löste die Hand von der seines Vaters und blinzelte die aufwallenden Tränen fort. Einen lauten Schrei ausstoßend, drosch er mit der Faust auf den Boden. Zitternd streckte er anschließend die Finger aus und schloss die leblosen Augen seines Vaters.

Schluchzend hievte er sich in den Stand und taumelte zur Tür. Gleißende Wut und tiefe Trauer brannten lichterloh in seinen Eingeweiden. »Ich werde Euch sühnen, Vater!«, brüllte er zum nächtlichen Firmament empor. »Bei der gebenedeiten Jungfrau Maria, ich werde Euch sühnen!«

Kapitel 1

Achtzehn Jahre später

»Ein Liebestrank, Mylady? Ein Elixier, das die Last einsamer Herzen lindert?«

»Nicht heute, habt Dank.« Lady Elizabeth Brackendale flanierte an einem einäugigen Hausierer vorbei, der allerlei Phiolen und Fläschchen feilbot. Mit einem Seufzer auf den Lippen machte sie einen Bogen um einen Haufen Dung. Liebestränke. Wenn es doch nur so einfach wäre, den Kummer in ihrem Herzen zu lindern oder gar zu heilen!

Hinter sich hörte sie die Stimme ihrer Kammerfrau und die schweren Schritte der beiden bewaffneten Wachen, die eigens für sie abgestellt worden waren. Die Anwesenheit der Wachen war Elizabeth ein Dorn im Auge, erinnerten sie sie doch an die ungewisse Zukunft, die sich vor ihr erstreckte.

Fröstelnd lief sie an zwei Männern vorbei, die sich um ein zu Bruch gegangenes Zwiebelfass stritten, und trat tiefer auf den belebten Marktplatz. Nein, sie würde sich diesen herrlichen Tag nicht verleiden lassen! Schließlich kam es heutigentags nicht oft vor, dass ihr Vater ihr die Erlaubnis gab, die dicken Mauern von Wode Castle zu verlassen. Ausnahmsweise würde sie nicht in Sorge darum vergehen, dass es hieß, ein Unhold namens

Geoffrey de Lanceau plane einen groß angelegten Rachefeldzug gegen ihren Vater.

Ihr alter Herr würde sich des Problems annehmen und es rechtzeitig aus der Welt schaffen, dessen war sie sich sicher.

Elizabeth hob das Gesicht und hielt es in die Brise, die über den Markt wehte und den Geruch nach reifem Gemüse, Holzrauch und Rössern mit sich brachte. Vor ihr sah sie Männer, die einen Karren mit Tuchballen und Gewürzen entluden, Jongleure, die Schaulustige unterhielten, und Marktfrauen, die ihre Waren mit lauter Stimme feilboten. Eine gar prächtige Melange aus Gerüchen, Gesichtern und Geräuschen. Erst jetzt wurde Elizabeth sich gewahr, wie sehr sie das Treiben des Marktes vermisst hatte.

Im selben Moment war ihr jedoch, als griffen urplötzlich eisig kalte Finger nach ihr, als wickelten sie sich erbarmungslos um ihr Herz. Was, wenn dieser de Lanceau … Sie wagte es nicht, den Gedanken zu Ende zu führen. Was, wenn ihrem Vater etwas zustieße … Elizabeth schüttelte sich, um den Gedanken zu vertreiben. Falls nötig, würde ihr Vater seine Truppen zusammenrufen und de Lanceau niederwalzen, damit in Moydenshire wieder Friede einkehrte. Mit Baron Sedgewick of Avenley und seinen Truppen an seiner Seite war ihnen der Sieg so gut wie sicher.

Baron Sedgewick. Ihr Verlobter.

Und in sieben Tagen ihr Gemahl.

Nur zu gern ließ sie sich von den im Wind flatternden Tuchstreifen an einem benachbarten Stand ablenken. Sie blinzelte eine Träne fort, trat vor den Stand, nahm eine blutrote Schleife zur Hand und musterte sie ausgiebig. Wie häufig in letzter Zeit befiel sie bei dem Gedanken an die bevorstehende Vermählung mit dem Baron ein bleiernes Gefühl. Sie konnte ihn unmöglich heiraten, wollte es im Grunde ihres Herzens nicht, wollte ihren Vater ausgerechnet jetzt nicht im Stich lassen, wo dieser de Lanceau ihn so massiv bedrohte. Außerdem konnte sie unmöglich einen Mann heiraten, für den sie nichts empfand.

Es gab nur eine Lösung: Sie musste ihren Vater davon überzeugen, dass es das Beste war, wenn er die Verlobung aufhob.

Oder sie musste einen Weg finden, die Vermählung noch abzuwenden.

»Drei Silbertaler? Das solltet Ihr noch einmal überdenken.«

Elizabeth kannte die Stimme und sah verstohlen zur Seite. Mildred Cottlepod, die ergraute Kammerfrau, warf einer buckeligen Alten, die Heilkräuter feilbot, einen finsteren Blick zu. Wie von selbst glitt Elizabeth' Blick zu den Wachen, die gegen eine Kiste mit gackernden Hühnern gelehnt standen und auf die Jongleure deuteten, deren Vorstellung dem Höhepunkt entgegenstrebte.

Die schaulustige Menge johlte, hier und da wechselten Münzen den Besitzer.

Lachend griffen auch die Wachen nach ihren Geldbörsen.

Elizabeth hielt den Atem an. War das womöglich ihre Chance, sich ungesehen davonzuschleichen? Welch ein befreiendes Gefühl, einmal nicht im Visier der Soldaten zu sein! Seitdem de Lanceau vor zwei Monaten die Festung bezogen hatte, die er von der Krone geschenkt bekommen hatte, konnte sie keinen Schritt mehr ohne Leibgarde tun.

Hitze flutete Elizabeth' Wangen, und ihre Finger drohten die Schleife zu zerdrücken. Sie war eine erwachsene Frau und kein dahergelaufenes Weibsbild, das nicht wusste, was es tat.

Was sollte ihr auf dem Marktplatz, umzäunt von den dicken Wällen, schon geschehen? Wenn sie allein war, den Wachen entkam, vielleicht würde ihr dann die zündende Idee kommen, wie sie ihren Vater doch noch davon überzeugen konnte, die Verlobung aufzulösen.

Außerdem brauchte sie Ruhe, um das Garn für die Hemdchen und Kleidchen auszusuchen, die sie für die Waisen nähte. Bei dem Gedanken an ihre Mutter und Schwester, die auf so tragische Weise umgekommen waren, presste sie die Lippen fest aufeinander.

»Gefällt sie Ihnen, Mylady?«, riss eine rauhe Stimme sie aus ihren Gedanken.

»Wie meinen?« Sie schoss herum und sah dem Standbesitzer ins Gesicht, der mit seinem dreckigen Finger auf die Schleife deutete.

»Sie ist sehr hübsch.« In dem Wissen, dass die Schleife nicht einmal die Hälfte wert war, ließ Elizabeth eine Silbermünze in seine Hand fallen. Sie tat es, damit er seine Familie ernähren konnte. Als Dank schenkte er ihr ein zahnloses Lächeln. Elizabeth erwiderte das Lächeln und schielte abermals zu den Wachen hinüber, die noch immer mit ihren Wetteinsätzen beschäftigt waren.

Um den Saum zu schonen, raffte sie die Röcke und eilte davon.

Plötzlich wurde sie von einem wohligen Schaudern ergriffen. Freiheit. Endlich war sie frei!

»Mylady.« Eine Männerstimme übertönte das aufgeregte Schnattern der Gänse, die auseinanderstoben, um ihr Platz zu machen.

Hatten die Wachen sie doch bemerkt?

Elizabeth entschied, sämtliche Geräusche auszublenden, wich gekonnt einer Pfütze aus und beschleunigte ihren Schritt.

»Obacht, Mylady!«

Als Elizabeth herumfuhr, sah sie einen mit Holzfässern beladenen Karren auf sie zukommen.

Panisch an den Zügeln reißend, rief der Fahrer ihr zu, sie möge aus dem Weg gehen. Erst jetzt erkannte sie, dass der wild schnaubende und angsterfüllt dreinblickende Esel nicht auf den Befehl seines Herrn hörte.

Aus Angst, von dem Tier zu Boden gerissen zu werden, machte Elizabeth einen Satz zur Seite. Gerade noch rechtzeitig schlang sich ein muskulöser Arm um ihre Taille und zog sie aus der Gefahrenzone. Der Karren schoss an ihr vorbei.

Hustend und mit rudernden Armen versuchte Elizabeth, dem Staub Herr zu werden, der ihr in den Augen brannte und sich auf ihrem Umhang, ihrem Haar und ihrer Haut niederließ. Ihr schlotterten die Knie. Sie betete darum, dass ihr Retter noch nicht von ihr ablassen möge, weil sie sonst mit dem Gesicht auf dem Boden aufschlagen würde. Als eine Woge der Benommenheit über sie hinwegspülte, schloss sie die Augen.

»Nur ein Narr würde sich so in Gefahr begeben!«

Allmählich beruhigte sich Elizabeth' Husten. *Narr?* Wer in Gottes Namen wagte es, so mit ihr zu sprechen? Wusste der Fremde denn nicht, dass er es mit der Tochter von Lord Arthur Brackendale zu tun hatte?

Was gäbe sie darum, nicht wie eine schwindsüchtige Maid in seinen Armen zu liegen, die Wange gegen seine warme Brust gedrückt.

Elizabeth atmete tief durch und spürte, wie das kräftige Schlagen an ihrem Ohr sie beruhigte. Nein, dachte sie. Dieser

Mann verdient meine Dankbarkeit, nicht meinen Groll. Er hat sich selbst in Gefahr gebracht, um mich zu retten.

»Sir, Euch gebührt mein aufrichtiger Dank«, sagte sie.

Seine Arme, die sich fest um ihre Taille geschlungen hatten, entspannten sich ein wenig. »Einen Augenblick länger, und Ihr wärt unter den Rädern des Karren zermalmt worden«, sagte er. »Eine Schande, wenn eine solch bezaubernde Jungfer wie ein Kinderspielzeug zerbrochen wäre!«

Sie spürte, wie sein Odem ihre Stirn streifte. Ohne dass sie etwas dagegen unternehmen konnte, bekam sie eine Gänsehaut. »Ich habe lediglich den Karren übersehen«, verteidigte Elizabeth sich.

»Und meinen Warnruf ignoriert.«

Elizabeth kannte diesen Tonfall. Er sprach wie ihr Vater, wenn er über die bevorstehende Eheschließung redete, ihr zum wiederholten Male erklärte, dass er es lediglich um ihrer Sicherheit willen tat, um zu verhindern, dass Wode Castle in die Klauen von de Lanceau fiel. Ein finsterer Ausdruck legte sich über ihre fein geschnittenen Gesichtszüge. In letzter Zeit schien es ihr, als würde dieser Schurke de Lanceau ihr Leben bestimmen.

Trotzig reckte sie ihr Kinn nach vorn. Ihr Retter war von stattlicher Statur mit breiten Schultern, die sich unter der grauen Wolltunika abzeichneten. Der betörend männliche Duft, der ihn umfing, drohte Elizabeth die Sinne zu vernebeln. »Wie kühn von Euch, in diesem Ton mit mir zu sprechen!«

»Nicht halb so kühn, wie Ihr zu sein scheint, Mylady.«

Elizabeth entfuhr ein Stöhnen, ihre Finger, die noch immer die Schleife hielten, krallten sich in seine Tunika.

»Kühn wäre es gewesen, Euren lieblichen Lippen einen Kuss zu rauben«, raunte er mit samtener Stimme.

Elizabeth war, als bekäme sie keine Luft mehr, und sie befreite sich empört aus der Umarmung, die ihr mit einem Mal unpassend erschien. Dabei merkte sie nicht, wie ihr die Schleife entglitt und zu Boden segelte.

»Ich verbitte mir ein derartiges Thema!«

Der Fremde gluckste. Elizabeth funkelte ihn an. Ihre Blicke trafen sich. Er hatte silbrige Augen, denen ein magischer Zauber innewohnte, umrahmt von dichten langen Wimpern. Ein Anblick, dem sie sich nur schwer entziehen konnte. Ihr missfiel der Spott, der sich in seinen Augen widerspiegelte.

Ein Gefühl der Beklemmung breitete sich in Elizabeth' Brust aus. Wo steckten nur die Wachen, wenn man sie wirklich brauchte?

Der Blick des Fremden hielt sie noch immer gefangen. Als er zu allem Übel auch noch die Augenbrauen in die Höhe zog, schlug ihr Herz so schnell, als wollte es ihrem Brustkorb entfliehen und wie ein Vogel davonfliegen. Weshalb wandte er den Blick nicht ab und zollte ihr den Respekt, der ihr gebührte? Er musste doch längst erkannt haben, mit wem er es zu tun hatte. Ihr himmelblaues Gewand aus bester englischer Wolle war nach der Mode des Hofes geschneidert. Er hingegen trug derbe Kleider aus rauhem und grobem Wolltuch, die von der Farbe her an Schlamm erinnerten.

»Wenn Ihr ernsthaft denkt, ich würde auf Eure Spielchen hereinfallen, so seid Ihr der Tor von uns beiden«, sagte sie, in der Hoffnung, dass die Vorstellung der Jongleure sich endlich dem Ende zuneigte.

Der Fremde schenkte ihr ein Lächeln. »Ich ein Tor? Ich war nicht derjenige, der sich einem Karren in den Weg gestellt hat.« Sein breiter werdendes Feixen entblößte makellos weiße Zähne.

»Könnte es sein, dass Eure Gedanken Euch zu sehr in Beschlag genommen haben? Womöglich dachtet Ihr an die zärtlichen Worte, die Euch Euer Liebster ins Ohr gesäuselt hat?«

Elizabeth, der nicht entgangen war, dass sich allmählich eine Reihe von Schaulustigen einfand, schnappte nach Luft. Was für ein Filou! Wie konnte er es wagen, sich in der Gegenwart der Leibeigenen ihres Vaters lustig zu machen? »Wisst Ihr denn nicht, wen Ihr vor Euch habt?«

»Eine Lady.« Sein amüsierter Blick tastete ihren Umhang ab. »Eine Lady, die auf der Suche nach Geschmeide auf den Markt gekommen ist.«

Stolz schwängerte ihre Stimme. »Mein Vater ist der Herrscher der Burg, die Ihr dort oben auf dem Hügel seht.«

Unverhohlenes Erstaunen und flammende Wut stahlen sich in seinen Blick. »Ihr seid Brackendales Tochter?«

Elizabeth war erstaunt. Eigentlich hatte sie Bewunderung erwartet. Stattdessen schwang ungezügelter Zorn in seiner Stimme mit, und sein Antlitz verzog sich zu einer Maske aus Pein. Er wirkte mit einem Mal, als hätte er eine lebensbedrohliche Wunde erlitten, als wäre seine Seele in zwei Teile zerrissen worden. Selbst als sein Gesicht wieder halbwegs normale Züge annahm und er die Lippen zu einem dünnen, verbitterten Lächeln aufeinanderpresste, fragte Elizabeth sich, woher sein Groll wohl rühren mochte.

Lautes Rufen und das nahende Donnern von Hufen übertönte das Murmeln der Menge.

»Eure Leibgarde, Mylady.«

Elizabeth unterdrückte einen Seufzer der Erleichterung. »Gut. Mein Vater wird erfreut sein, die Bekanntschaft eines Draufgängers zu machen, der mir einen Kuss rauben wollte.«

»Ich fürchte, dazu wird es nicht kommen. Gehabt Euch wohl, Mylady.«

Ehe sie es sich versah, griff er sich ihre Hand und beugte sich in formvollendeter Manier darüber, wie sie es eher von einem Ritter als einem Knappen erwartet hätte. Als seine Lippen so leicht wie eine Feder über ihren Handrücken glitten, fiel ihm das glänzend braune Haar ins Gesicht.

Elizabeth war, als hätte sie Feuer gefangen, das in ihrer Magengrube loderte – ein Gefühl, das sie sowohl als erregend als auch beängstigend empfand.

Mit einer flinken Bewegung entriss sie dem Fremden ihre Hand. Er feixte.

»Auf ein baldiges Wiedersehen!« Dann machte er auf dem Absatz kehrt und verschwand in der Menge.

Plötzlich wurde Elizabeth am Arm gepackt. »Bei der gesegneten Jungfrau!«, keuchte Mildred mit weit aufgerissenen Augen. »Geht es Euch gut?«

Elizabeth, die nun am ganzen Körper zitterte, nickte.

»Der Mann, der Euch gerettet hat ...«

»Ein Schürzenjäger.« Elizabeth warf den Wachen einen strengen Blick zu. »Geht und sucht ihn!«

Sofort stürzten die beiden mit gezückten Schwertern los.

Elizabeth zwang sich, ruhig zu atmen, und tat alles, um ihre Gesichtsröte zu mildern, während die Worte des Fremden endlos in ihrem Kopf widerhallten.

»Auf ein baldiges Wiedersehen!«

Kamen seine Worte einem Versprechen gleich – oder einer Drohung?

*

Geoffrey de Lanceau stand mit verschränkten Armen gegen die feuchte Lehmwand des Wirtshauses gelehnt, den Blick auf *sie* gerichtet. Den beiden Wachen zu entkommen, war ein Kinderspiel gewesen. Als Kind war er unzählige Male durch die engen Gassen des Dorfes gelaufen, das zu Wode Castle gehörte. Er kannte es wie seine Westentasche.

Belustigt beobachtete er, wie die untersetzte Kammerfrau ihre Herrin schalt wie eine Henne, die in Sorge um ihre Küken war. Selbst aus der Entfernung bemerkte er das Funkeln in den Augen der Lady, die die Hände zu Fäusten geballt hatte und das Kinn in die Höhe streckte. Eine höchst eigenwillige Person, die es nicht schätzte, wenn man ihr eine Standpauke hielt, selbst wenn sie es verdient hatte.

Geoffrey schalt sich einen Narren, weil seine Hände dort, wo sie sich um ihre schlanke Taille gelegt und sie gehalten hatten, damit sie nicht in den Unrat am Boden fiel, noch immer brannten. Ihm war, als klebte ihr lieblicher Duft an seinen Kleidern, während ihre wohlklingende Stimme noch immer in seinen Ohren widerhallte.

Mit allem hatte er gerechnet, aber nicht damit, ausgerechnet ihr über den Weg zu laufen. Er war nach Wode gekommen, um den Feind zu studieren, um von den Marktbesuchern zu lernen, um Lord Brackendales größte Schwäche aufzudecken. Allerdings hätte er nie damit gerechnet, dass Letztere ihm in Form eines betörend duftenden, verführerischen Frauenzimmers mit blauen Augen und vollen Lippen in die Arme fallen würde. Eine Jungfer, die mit solch unsäglicher Schönheit beschlagen war, dass sie selbst den frömmsten Mann auf Erden zu einer Sünde verführen konnte.

Verärgert schob er sämtliche Gedanken an sie beiseite.

Schließlich war sie die Tochter jenes Mannes, der für den Tod seines Vaters verantwortlich war.

Sein Ziel war, Lord Arthur Brackendale zu vernichten.

Plötzlich vernahm er hinter sich schlurfende Schritte.

Geoffreys Sinne schärften sich. Ein ungutes Gefühl beschlich ihn. Flink zückte er seinen Dolch und fuhr herum.

Erleichtert stellte er fest, dass es niemand Geringeres als sein Freund und Vertrauter war, Dominic de Terre, der sich aus dem Schatten eines Türrahmens löste. Das haselnussbraune Haar, das dem Ritter bis in den Nacken reichte, wirkte zerzaust. Seine Wangen waren gerötet, und er grinste wie ein einfältiger Narr.

Geoffrey atmete kräftig aus und ließ das Messer sinken. »Dominic.«

»Ein vermaledeiter Osmane hätte sich von hinten an Euch heranpirschen können, und Ihr hättet es nicht bemerkt«, sagte Dominic glucksend, ehe er sich die Hand auf den Mund legte, um ein lautes Rülpsen zu unterdrücken.

Siedende Röte schoss Geoffrey in die Wangen. War es möglich, dass ihre Anwesenheit ihn derart in Beschlag genommen hatte? Nein, das war ausgeschlossen. Mit einem Achselzucken entledigte er sich des beklemmenden Gefühls und verstaute den Dolch im Futteral. »Wo denkt Ihr hin! Natürlich habe ich Euch längst gehört.«

»Verstehe.« Dominics Blick fiel auf den stinkenden Haufen Unrat neben ihm, als könnte er sich jeden Augenblick in eine von Fliegen umschwärmte Bestie verwandeln. »Es ist allgemein bekannt, dass sich in finsteren Seitengassen Diebesgesindel und Meuchelmörder herumtreiben, ganz zu schweigen von rachsüchtigen Lords, die sich Festungen zurückerobern wollen.« Als Geoffrey die Stirn in Falten legte, lachte Dominic.

»Mylord, seid ehrlich: Woran habt Ihr gedacht, dass Ihr mich erst so spät bemerkt habt?«

»An nichts.«

»Ha! Ihr habt auf den Markt gestarrt, als hättet Ihr eine Truhe voll Silber zwischen den Ständen erspäht – oder eine Maid, die nichts lieber täte, als für Euch den Rock zu lüften.«

»Beides falsch.«

»Keine Maid?« Dominics braune Augen wurden größer. »Vielleicht kenne ich Euch doch nicht so gut, wie ich annahm. Einst habt Ihr damit geprahlt, einen gewissen Ruf beim schönen Geschlecht zu haben.«

»Es reicht! Erzählt mir lieber, was Ihr in Erfahrung gebracht habt.« Just als Geoffrey sich wieder dem bunten Markttreiben zuwandte, sah er, wie ein hagerer Straßenjunge am Stand des Metzgers ein saftiges Stück Fleisch stibitzte.

Dominic zupfte sich einen Strohhalm vom Ärmel der Tunika. »Scheint, als hättet Ihr den richtigen Moment abgepasst, um Wode Castle einen Besuch abzustatten. Bereits nach nur wenigen Runden Bier waren die Zungen der Männer im Wirtshaus locker. Der Müller hat sich beschwert, weil er so viel Mehl mahlen muss, damit der Chefkoch die Hochzeit droben auf der Festung vorbereiten kann ...«

Der Schrei des Metzgers erhob sich über das allgemeine Stimmengewirr. Die Beute fest an die Brust gedrückt, floh der Junge und ließ sich von der Menge schlucken. Geoffrey entging auch nicht, wie die Maid, die er eben noch in den Armen gehalten hatte, mit erstauntem Gesicht herumfuhr und wie das Sonnenlicht den ebenholzfarbenen Fransen ihres Ponys und ihrem Zopf, der ihr bis auf die Taille herabhing, einen seidigen Schimmer entlockte.

Wie weich sich ihr Zopf angefühlt hatte! Entrüstet schob er den Gedanken beiseite. »Hochzeit?«

»Brackendales Tochter. Sie ist die Verlobte von Baron Sedgewick, wird ihm in genau sieben Tagen ewige Treue schwören.«

Geoffrey kniff die Augen zusammen und sah, wie sie mit einem freundlichen Lächeln dem aufgebrachten Metzger eine Münze in die Hand drückte.

Im Gegensatz zu ihrem Vater schien sie ein Herz zu haben. Wie ironisch, dass eine Bestie von Mann eine solch großherzige Tochter großzuziehen vermochte!

Geoffrey mahlte mit den Zähnen. »Die Vermählung wird nicht stattfinden«, knurrte er.

»Eins muss man dem alten Burschen lassen: Die Hochzeit mit Sedgewick ist ein genialer Schachzug. Brackendales Ländereien grenzen an die von Sedgewick. Sollte einer der beiden sterben, werden die Ländereien vereint und wachsen zum größten Grundbesitz von Moydenshire zusammen.« Dominic wedelte mit der Hand. »Aber, und das ist noch wichtiger, Brackendale gewinnt einen mächtigen Verbündeten.«

Ein Brummen braute sich in Geoffreys Kehle zusammen. Die Worte hallten in den Nischen seiner verletzten Seele wider, die nur dann heilen würde, wenn er endlich seinen Vater gesühnt hatte. »Wie ich bereits sagte: Die Trauung wird nicht stattfinden!«

Dominic zog eine Augenbraue in die Höhe. »König Richard ließ sich bei Eurer Entlohnung für Eure Dienste während der Kreuzzüge nicht lumpen, aber Ihr erwartet doch nicht allen Ernstes, dass Ihr mit Euren eher kleinen Ländereien und Eurer Position als Herrscher von Branton Castle Einfluss auf diese Hochzeit nehmen könnt, oder?«

»Ihr unterschätzt mich.«

Dominic schüttelte den Kopf, als hätte er es mit einem aufmüpfigen Dreikäsehoch zu tun. »Mylord, Ihr herrscht erst zwei Monate auf Branton Castle. Die Festung ist baufällig. Euer Vermögen und Euer Rang halten einem Vergleich mit Brackendale oder Sedgewick nicht stand. Zudem habt Ihr weder die Mittel noch das Geld, eine Truppe zu rekrutieren, um es mit den beiden aufzunehmen.« Sein Mund verzog sich zu einem gequälten Lächeln. »Gebt es zu: Bis Pietro die Erlöse aus dem Seidenhandel in Venedig schickt, müsst Ihr jeden Taler zwei Mal umdrehen.«

»Was ich vorhabe, wird mich nichts kosten«, murmelte Geoffrey und stieß sich von der Wand des Wirtshauses ab. »Vorausgesetzt, uns geht der richtige Fisch ins Netz.«

»Ich glaube, ich verstehe nicht recht.«

»Ich spreche von Brackendales Tochter.«

Geoffrey deutete mit dem Kopf in Richtung Markt. Dominics Blick tastete die Menge ab, ehe er an Elizabeth hängen blieb, die den Blick auf den Boden gerichtet hatte. Es hatte ganz den Anschein, als wäre sie auf der Suche nach irgendetwas, als hätte sie etwas verloren. Die Schleife?

Dominic stieß einen leisen Pfiff aus. »Also doch eine holde Maid!«

Geoffrey fuhr sich mit der Hand über die Wange und löste widerwillig den Blick von ihrem wallenden Gewand.

»Eine ausgemachte Schönheit, nicht wahr?«

Ein rauhes Lachen entstieg Geoffreys Kehle. »Die Dame ist eine verwöhnte, hochnäsige ...«

»Für einen Sprössling der Brackendales geradezu ein Kompliment.« Dominics Augen funkelten.

»Es spielt keine Rolle, ob sie Hasenzähne oder O-Beine hat oder hässlich wie die Nacht ist.« Geoffrey ballte die Hände zu Fäusten, so verbittert und erbost war er. »Sie ist Brackendales Fleisch und Blut. Ich bin davon überzeugt, dass er Himmel und Hölle in Bewegung setzen würde, um sie in Sicherheit zu wissen.«

Die Heiterkeit auf Dominics Antlitz war wie weggeblasen. »Mylord?«

»Wode Castle wird bald mir gehören, und zwar ohne unnötige Ausgaben oder Blutvergießen.« Geoffrey schluckte gegen den bitteren Geschmack an, der ihm in den Mund schoss. Im Laufe seines Lebens hatte er mehr Tote gesehen, als ein gesunder Menschenverstand zu ertragen vermochte. Niemals würde er das Blutbad von Akkon vergessen, das Unschuldigen und Kriegern gleichermaßen zum Verhängnis geworden war – genauso wenig wie das Opfer, das sein Bruder erbracht hatte.

Oder den letzten, erstickten Atemzug, der das Ableben seines Vaters markiert hatte. Eher würde er den Freitod wählen, als seinen unehrenhaften Tod zu vergeben.

Geoffrey wusste, dass es nicht lange dauern würde, ehe Brackendale erfahren würde, was sich zugetragen hatte. Wenn er auch nur halb so viel für seine Tochter empfand, mutmaßte Geoffrey, würde es im Dorf bald vor Wachen nur so wimmeln. Er musste um jeden Preis vermeiden, dass er unter Arrest genommen wurde.

Gerade jetzt, wo die Vergeltung in greifbarer Nähe war.

»Was gedenkt Ihr als Nächstes zu tun?«, wollte Dominic wissen.

Ein stummes Lachen hallte in Geoffreys Innerem wider. »Brackendale wird in Bälde die Nachricht ereilen, dass in

Tillenham ein Feuer ausgebrochen sei und die vernichtenden Brände auf mein Konto gehen.«

Dominic kratzte sich nervös am Kopf. »Eine List, nehme ich an?«

Geoffrey nickte. »Um ihn abzulenken.«

»Und die Tochter?«

Elizabeth, die ihre Suche nach der Schleife aufgegeben hatte, setzte sich kopfschüttelnd in Bewegung und schritt voller Anmut davon. Licht und Schatten umspielten ihre Taille, ihr wippendes Becken und ihr wohlgeformtes Gesäß.

Geoffrey spürte, wie er von primitiver Fleischeslust übermannt wurde.

Oh ja, seine Rache würde süß sein!

»Sie ist der Schlüssel zu meinem Rachefeldzug«, murmelte er.

Kapitel 2

Mit gerafften Röcken eilte Elizabeth die Stufen zu dem Vorgebäude von Wode Castle hinauf, an das sich die große Halle anschloss. Die Stimme ihres Vaters hallte durch den von Fackeln erleuchteten Gang. Ihr Puls begann zu flattern. Die Wachen mussten ihm von dem Vorfall auf dem Markt berichtet haben. Er klang alles andere als erfreut.

Noch zehn Stufen, dann würde sie die große Halle betreten. Wie viel Spaß hatte es ihr als Kind gemacht, an der Hand ihres Vaters die ausladende Treppe hinaufzulaufen und dabei laut die Stufen zu zählen. Selbst wenn sie sich verzählt hatte, war er die Geduld und Nachsicht in Person gewesen.

Wenn ihm zu Ohren gekommen war, dass sie davongelaufen, um ein Haar von einem Karren überfahren und von einem Fremden gerettet worden war, würde er sie bestimmt bestrafen. Elizabeth musste kräftig schlucken.

Plötzlich hörte sie Schritte. Jemand kam die Treppe herunter.

Sogleich presste Elizabeth sich mit dem Rücken gegen die Wand, um Aldwin, dem Knappen ihres Vaters, dessen strohblondes Haar vom Training auf dem Turnierplatz ein wenig zerzaust aussah, Platz zu machen.

»Mylady.« Ein erleichtertes Grinsen erhellte seine Züge. Als er sie bei den Händen nahm, wurde sie von einem Hitzeschauer erfasst. »Euer Vater ist außer sich«, sagte er mit gedämpfter Stimme. »Ich habe gehört, was geschehen ist. Geht es Euch gut?«

Lieber Aldwin! Seine Freundschaft hatte ihr über die schwere Zeit nach dem Tod ihrer Mutter und ihrer Schwester hinweggeholfen. Sie liebte ihn wie einen Bruder. »Mir geht es gut«, versicherte sie ihm.

Fetzen einer gedämpften Unterhaltung drangen zu ihr herüber.

»Euer Vater hat die Hälfte der Garnison ins Dorf entsandt, um den Fremden zu verhaften. Sobald seine Zeit es erlaubt, will er der Hatz beiwohnen. Mag sein, dass er Euch das Leben gerettet hat, aber Euch so in den Armen zu halten, ist ein Unding!« Einer von Aldwins Mundwinkeln kletterte in die Höhe. »Erwähnte ich bereits, dass ich im Umgang mit der Armbrust ein wahrer Meister geworden bin?«

Sie lachte. »Ungefähr vier Mal. Wenn Ihr heute Nachmittag an Euren kriegerischen Fähigkeiten feilt, sehe ich gern wieder zu.«

Nach dem Training würden sie sich, wie so oft, eine einsam gelegene Bank im Garten suchen, damit er ihr, während sie an den Gewandungen für die Waisen arbeitete, Geschichten von kühnen Rittern erzählen konnte. Vor lauter Freude darauf wurde ihr ganz leicht ums Herz.

Aldwin drückte ihre Hände. »Das geht leider nicht. Aber wir holen es nach, versprochen!«

Das Lächeln, das sich auf Elizabeth' Lippen gelegt hatte, fiel in sich zusammen, ohne dass sie etwas dagegen unternehmen konnte.

Im schwachen Schein der Fackeln sah sie, wie der Knappe errötete. »Ich enttäusche Euch nur ungern, aber ich bin angehalten, die Befehle Eures Herrn Vaters zu befolgen. Vergesst nicht, dass de Lanceau uns gedroht hat.«

»Ich weiß.« Sie stieß einen verzweifelten Seufzer aus.

Mit besorgtem Blick sah Aldwin sie an. »Mylady, ist Euch eigentlich bewusst, dass ich einzig für Euch an meinen Fähigkeiten feile? Ich fürchte, Ihr werdet erst wieder in Sicherheit sein, wenn dieser Verrätersohn aus dem Leben geschieden ist. Ich gab Euch mein Ehrenwort, dass ich Euch stets beschütze – auch wenn es mich mein Leben kostet.« Seinen Worten wohnte Herzlichkeit inne, sie klangen aber, als würde er die Geschichte eines kühnen Ritters zum Besten geben. Als er verstummte, sah sie zu ihm auf. Insgeheim fragte sie sich, ob er nur de Lanceau im Sinn hatte oder ob sich mehr hinter seinen Worten verbarg.

Aldwin hatte nicht ein einziges Mal das Gespräch auf ihre bevorstehende Hochzeit gelenkt. Nichtsdestoweniger war er ein Mann mit unerschütterlichen Überzeugungen.

Als seine Daumen sanft über ihren Handrücken strichen, musste sie gegen ein Schaudern ankämpfen. Wenn sie ihm gestand, wie sehr sie ihre Verlobung verabscheute, würde er dann alles in seiner Macht Stehende tun, um sie vor ihrem Schicksal zu bewahren?

Ein verzweifelter Hoffnungsschimmer legte sich um ihr gepeinigtes Herz. Wenn er zustimmte, als ihr Beschützer zu fungieren, würde sie Sedgewick nicht heiraten müssen. Und sie würde zudem vor de Lanceau in Sicherheit sein.

Sobald ihr Vater den verräterischen Schurken zerquetscht hatte, könnte sie zurückkehren und einen Mann ihrer Wahl heiraten. Einen Ritter, wie er in den *chansons* vorkam.

Einen Mann, den sie liebte.

Ihr Magen verkrampfte sich. Wenn sie diesen Plan verfolgte, hinterging sie ihren Vater und zog unweigerlich seinen Zorn auf sich.

Aber sie hatte keine andere Wahl.

Elizabeth fing den besorgten Blick des Knappen auf. »Aldwin, ich …«

Das Echo von Schritten am oberen Treppenabsatz ließen sie verstummen. »Wo bleibt sie denn? Ignoriert sie jetzt schon meine Befehle?«

Als Reaktion auf die verdrießliche Stimme ihres Vaters riss Elizabeth sich augenblicklich von Aldwin los und schalt sich für ihre Torheit. Wie töricht von ihr, Aldwin hier und jetzt als Verbündeten gewinnen zu wollen! Sie durfte nichts unternehmen, was ihr Vorhaben gefährdete oder Aldwin in Schwierigkeiten brachte.

Mit gedämpfter Stimme sagte sie: »Ich muss dringend mit Euch sprechen. Heute Abend im Garten?«

Neugierde flackerte in Aldwins Augen auf. »Ich werde kommen, Mylady.«

Elizabeth nahm die Schultern zurück, atmete tief durch und erklomm hastig die letzten Stufen. Als sie die ausladende Halle betrat, wurden ihre Schritte durch die mit Kräutern versetzte Streu gedämpft. Trotz des dichten Holzrauches, der schwer in der Luft hing, konnte sie die Silhouette ihres Vaters ausmachen, der, die Hände hinter dem Rücken verschränkt, auf und ab lief. Die beiden Wachen, die ihr gefolgt waren, hatten den Blick auf ihre Füße gesenkt.

Jetzt hob ihr Vater den Blick. »Elizabeth.« Mit einer Hand fuhr er sich durch das ergraute Haar. Anspannung wohnte den

Fältchen um seine Augen inne. Sogleich wurde Elizabeth von Schuldgefühlen befallen. Sie wollte nicht, dass er sich sorgte.

Eiligen Schrittes lief Elizabeth auf ihren Vater zu. Erst jetzt bemerkte sie den aufgedunsenen Mann mit der Halbglatze, der an der langen Tafel saß. Den Mund zu einem lüsternen Lächeln verzogen, winkte er sie zu sich. »Meine Liebe.«

Elizabeth war, als hätte sie einen Schlag in den Magen abbekommen. »Baron Sedgewick.«

Mit seiner Anwesenheit hatte sie nicht gerechnet. Welches mochte der Grund für seinen Besuch sein? Sie hoffte inständig, dass er nicht ihretwegen gekommen war.

»Ich habe Euch ein Geschenk mitgebracht und hoffe inständig, Euren edlen Geschmack getroffen zu haben«, säuselte er und hielt einen mit Juwelen besetzten Kamm in die Höhe.

»Habt Dank!« Elizabeth gab sich größte Mühe, sich nicht anmerken zu lassen, wie sehr seine Präsenz sie aufwühlte, und machte einen Knicks.

Als sie sich wieder aufrichtete, sah sie gerade noch, wie er sich in einer anstößigen Geste mit der Zunge über die Lippen fuhr. Nachdem er den Kamm wieder beiseitegelegt hatte, setzte er den Weinkelch an seine Lippen, trank geräuschvoll und strich sich über die bronzefarbene Seidentunika, die sich über seinem feisten Bauch spannte. Als seine Hand noch ein Stück tiefer glitt, wandte Elizabeth angewidert den Blick ab.

Plötzlich fiel ihr wieder das Gespräch zweier Bediensteter ein, das sie zufällig belauscht hatte. Hinter vorgehaltener Hand hatten zwei Mägde über Sedgewicks abnorme Vorlieben und seinen Hang zur Grausamkeit gesprochen. Elizabeth wurde jetzt noch schlecht, wenn sie daran dachte.

Nichts als üble Nachrede, hatte ihr Vater gesagt, als sie ihm voller Entsetzen davon berichtet hatte. Was aber, wenn an den Gerüchten doch etwas dran war?

»Tochter!« Kaum hatte ihr Vater seine Arme ausgebreitet, suchte sie, ein erleichtertes Seufzen auf den Lippen, Schutz bei ihm. Doch das Gefühl der Geborgenheit sollte nicht lange währen. Nachdem er sie kurz geherzt hatte, schob er sie auf Armeslänge von sich und bedachte sie mit einem nachdenklichen Blick. »Du siehst blass aus, Kindchen. Geht es dir gut?«

Elizabeth rang sich ein Lächeln ab. »Ja, Vater.«

»Gott sei Dank!«, murmelte Sedgewick.

»Was in Gottes Namen hat dich veranlasst, vor den Wachen wegzulaufen? Wie konntest du nur so unvorsichtig sein? Du weißt doch genau, dass wir wegen de Lanceau strenge Vorsichtsmaßnahmen ergreifen müssen?«, fragte er mit zusammengepressten Lippen.

Ein Gefühl der Enttäuschung durchströmte Elizabeth. »Mit Verlaub, aber ich sehe keinen Sinn darin, von einer Leibgarde umgeben zu sein. Was soll mir denn schon groß passieren, solange ich die Festung nicht verlasse?«

»Die Frage kannst du dir selbst beantworten. Denk nur einmal an den Karren, unter dessen Räder du um ein Haar gekommen wärst!«

Elizabeth unterdrückte ein Stöhnen und hoffte inständig, dass ihr Vater dem Fahrer des Karrens nicht die Schuld an dem Vorfall gab. »Glaube mir, Vater, es war ein Unfall!«

»So, war es das?« Seine Finger gruben sich tiefer in ihren Ärmel. Es war, als würde er jeden Moment die Geduld verlieren. »Egal, ob Unfall oder nicht, Elizabeth, streng dein Köpfchen an! Du warst dem fremden Retter ausgeliefert. Was, wenn die dir verhassten Wachen dir nicht zur Hilfe geeilt wären?«

Gerade als Elizabeth ihm antworten wollte, hielt ihr Vater gebieterisch die Hand in die Höhe. »Ich liebe dich und stelle deine Sicherheit über alles. Ab sofort wirst du den Wachen gehorchen und darauf hören, was sie dir sagen!«

Elizabeth biss sich auf die Lippe. Wie immer, wenn er mit derart erzürnter Stimme sprach, musste sie zittern. »Vater …«

»Du bist alles, was mir noch geblieben ist.«

Elizabeth spürte eine Woge der Empörung über sich hinwegspülen. Ihr Vater behandelte sie wie ein kleines Mädchen, hatte noch immer nicht begriffen, dass sie eine erwachsene Frau war. In dem Wissen, dass Widerspruch sinnlos war, ließ sie den Kopf kraftlos nach vorn fallen. »Ich werde gehorchen.«

»Gut.« Erst jetzt ließ er von ihr ab und wandte sich den Wachen zu. »Sorgt dafür, dass meinen Anweisungen Folge geleistet wird. Sobald das Essen vorüber ist, breche ich auf, und jetzt hinfort mit euch!«

Just als die Wachen in Richtung Treppe hasteten, betraten junge Mägde die Halle und brachten Platten mit Brot und Fleisch. Für das Mittagessen ist es doch noch viel zu früh, dachte Elizabeth, als die Mägde hinter ihr vorbeiliefen und ihr der Duft nach würziger Soße und geröstetem Huhn in die Nase stieg.

»Komm!« Ihr Vater wies zur Tafel, die sich vor Köstlichkeiten bog. »Der Baron wünscht ein Mahl, bevor wir der Suche nach dem Unbekannten beiwohnen. Ich kann mir gut vorstellen, dass du nach dem anstrengenden Morgen ebenfalls schrecklich hungrig bist.«

Elizabeth hätte lieber einen Kuhfladen gegessen, als sich zu dem Baron an den Tisch zu setzen. Wenn sie sich jedoch widersetzte, riskierte sie nicht nur den Groll des Barons, sondern auch den ihres Vaters. Es wäre unklug, den Argwohn der beiden auf sich zu ziehen.

Mit mahlendem Kiefer durchmaß Elizabeth, von Sedgewicks gierigen Blicken begleitet, die von Sonnenstrahlen durchflutete Halle. Sie spürte, wie sein Blick an ihren Brüsten hängenblieb, und sah das Leuchten in seinen Augen.

Ohne dass sie etwas dagegen tun konnte, fingen ihre Wangen Feuer. Er beäugte sie, als wäre sie ein Juwel aus den Schatzkammern des Königs oder eine besonders bekömmliche Nachspeise. Ob er seine anderen bereits verstorbenen Gemahlinnen, drei an der Zahl, auch im Vorfeld der Eheschließung mit Blicken ausgezogen hatte?

So schnell wie möglich glitt sie auf den leeren Stuhl neben dem Baron, was dieser mit einem derben Feixen zur Kenntnis nahm. Als Elizabeth sah, dass sich zwischen seinen schiefen Zähnen, die sich vom Wein bereits verfärbten, Reste seiner letzten Mahlzeit verfangen hatten, war ihr endgültig der Appetit vergangen. »Mein Täubchen, Ihr seht atemberaubend schön in Eurem Gewand aus!«, sagte er, schob den Weinkelch von sich und lehnte sich zu ihr hinüber, so dass sein Oberschenkel den ihren berührte. »Die verbleibenden sieben Tage und Nächte, die uns noch trennen, erscheinen mir wie nicht enden wollende Jahre.«

Aus lauter Verzweiflung angelte Elizabeth sich einen Weinkelch und trank einen großen Schluck.

»Nicht so hastig!« Ehe sie wusste, wie ihr geschah, griff seine verschwitzte Hand nach ihren Fingern. »Ich würde es nicht ertragen, wenn Ihr Euch verschlucktet.«

Mit einem brennenden Gefühl, das der Wein in ihrer Kehle hinterließ, befreite sie ihre Hand und wischte sie sich unauffällig am Tischtuch ab – ausgerechnet die Hand, die von den Lippen des Fremden berührt worden war. Schon jetzt wusste sie, dass Sedgewicks Küsse niemals auch nur annähernd so erregend sein würden wie die flüchtige Berührung ihres unbekannten Retters.

Im Geiste sah sie die geheimnisvoll glimmenden Augen des Fremden wieder vor sich. Und plötzlich wusste sie, dass keine Wache der Welt ihn ausfindig machen würde, egal, wie viele Soldaten ihr Vater losschickte.

Plötzlich durchströmte sie ein wohlig warmes Gefühl. Wie es sich wohl angefühlt hätte, wenn seine geschwungenen Lippen ihren Mund eingefangen hätten – genau wie bei den Helden aus den *chansons*? Allein bei dieser Vorstellung machte ihr Magen einen Satz.

Als ihr Vater sich neben ihr niederließ, ächzte der Stuhl. Elizabeth rief sich zur Ordnung und schüttelte den Gedanken an den Fremden ab. Wie töricht, auch nur *einen* Gedanken an einen Fremden zu vergeuden, den sie vermutlich nie wiedersehen würde!

Ihr Vater bedachte sie mit einem Lächeln, ehe er den Geistlichen, der mit hochrotem Kopf die Halle über die Treppe betreten hatte, bat, er möge die Speisen segnen.

Sedgewick nahm sich einen Kanten Brot und gab etwas von den Speisen darauf, die nach Ingwer, Kreuzkümmel und frischem Rosmarin dufteten. »Womit vermag ich Euch eine Freude zu bereiten, mein Täubchen?«, fragte er und wedelte mit einem Stück Hühnerbrust vor ihrem Gesicht hin und her. »Esst, Kindchen, damit Ihr in der Hochzeitsnacht bei Kräften seid!« Elizabeth sah, wie sich seine Nasenflügel aufblähten. »Ganz zu schweigen davon, dass Ihr bald meinen Stammhalter unter dem Herzen tragen werdet.«

Statt das Fleisch anzunehmen, griff Elizabeth hastig nach dem Kelch und trank davon, dankbar für die betäubende Wärme des Rebensafts.

Just als sie den Kelch absetzte, strich ein kalter Luftzug um ihre Fußgelenke. Bertrand de Lyons, der Kastellan, kam die Treppe heraufgerannt, lief eiligen Schrittes auf ihren Vater zu, verneigte sich aufgeregt vor ihm und überreichte ihm ein zusammengerolltes Schreiben.

»Ein Bote gab dies einer Wache. Es ist dringlich.«

»Dringlich?« Der Burgherr wischte die Soße fort, die ihm aufs Kinn getropft war, ehe er das Wachssiegel auf dem Schreiben brach.

Als Nächstes wandte Bertrand sich Elizabeth zu und reichte ihr ein Stück verblichenes Leinen, in das etwas eingeschlagen war. »Mylady, dies ist für Euch.«

Nachdenklich legte Elizabeth die Stirn in Falten. Weder erwartete sie eine Lieferung noch eine Nachricht. Vorsichtig legte sie das kleine Päckchen vor sich und öffnete es.

Die Schleife, die sie längst verloren geglaubt hatte. Wer mochte sie gefunden und ihr geschickt haben? Gedankenverloren strich sie über das kunstvolle Gebilde aus Tuch.

»Beim Allmächtigen!«

Der scharfe Ton ihres Vaters riss sie aus ihren Gedanken. Sie blickte auf und sah, wie sich die Lippen ihres Vaters zu einer dünnen Linie verengten und seine blauen Augen Feuer fingen.

»Vater?«

»In Tillenham wüten verheerende Brände.« Seine Hände zitterten. »Weizen, Malz und Roggen, alles vernichtet!«

Mit einem lauten Geräusch landete das saftige Stück

Fleisch, das der Baron zwischen seinen dicken Fingern gehalten hatte, in der Soße vor ihm.

»Die Nachricht trägt die Unterschrift des Earl of Druentwode. Er bittet um meine Hilfe, schreibt, dass wer auch immer die Brände gelegt hat, sicherstellen wollte, dass alles in Rauch aufgeht.«

»Wer könnte so barbarisch sein und die gesamte Ernte zerstören?«, hörte Elizabeth sich flüstern.

Der Baron riss die Augen auf. »Ihr denkt doch nicht etwa ...?«

»De Lanceau«, knurrte ihr Vater. »Seit Wochen höre ich immer wieder Gerüchte darüber, er würde hier und da herumspionieren und Männer rekrutieren, um gegen mich ins Feld zu ziehen. Wenn mein Gefühl mich nicht trügt, ist dies nur der Anfang.«

»Mit Verlaub, aber warum sollte er ein Dorf in Brand setzen, das zwei Tagesritte von Wode Castle entfernt liegt, wenn er Euch nach Eurer Burg trachtet?«, fragte Sedgewick und angelte sich ein neues Stück Fleisch. »Dieser Mann wird als Held gefeiert, hat sich in den Kreuzzügen einen Namen gemacht. Wenn er Euch den Kampf ansagen wollte, würde er Eure Festung belagern und Euch mit lautstarker Stimme zum Kampf herausfordern.«

»Den Burschen schnappe ich mir.«

Elizabeth spürte, wie sich ein verzweifeltes Seufzen in ihrer Kehle formte.

»Seid unbesorgt, mein Täubchen«, gurrte Sedgewick. »Ich werde Euren Vater nach Leibeskräften unterstützen.« Er machte Anstalten, Elizabeth' Hand zu nehmen, doch sie zog sie flink weg und legte sie sich auf den krampfenden Magen.

Wütend sauste die Faust ihres Vaters auf die Tafel herab. Weinkelche und Servierplatten schepperten. »Wie kann dieses Scheusal es wagen, mir etwas wegzunehmen, das mir die Krone offiziell zugesprochen hat?« Er warf Bertrand einen flammenden Blick zu. »Trommelt die Ritter und die Infanterie zusammen! Bei Sonnenaufgang brechen wir nach Tillenham auf.«

»Nein, Vater, nicht!«

Für den Bruchteil einer Sekunde legte sich Sanftmut über die Gesichtszüge ihres Vaters, ehe Entschiedenheit seine Augen wie kleine harte Steine funkeln ließ. Elizabeth konnte den kampferprobten Ritter spüren, der auf Geheiß des Königs vor achtzehn Jahren Wode Castle erobert und von einem Verräter befreit hatte.

Doch ihr Vater war längst kein junger Krieger mehr, hatte bereits mehr als vierzig Lenze auf dem Buckel und beklagte sich an manchen Wintertagen über schmerzende und steife Gelenke. Ganz zu schweigen davon, dass er seit Jahren nicht mehr gekämpft hatte.

De Lanceau hingegen war ein Kriegsheld und stand in der Blüte seines Lebens.

Wie an jenem Tage, als Elizabeth Mutter und Schwester verloren hatte, wucherte unsäglicher Schmerz in ihrem Herzen, und heiße Tränen brannten ihr unter den Augenlidern.

»Komm schon, Tochter! Du hast doch nicht etwa den Glauben an mich verloren, oder?«

»Nein, natürlich nicht.« Elizabeth nahm die faltige Hand ihres Vaters und schenkte ihm ein gequältes Lächeln. »Ihr werdet siegen, ganz gewiss.«

Er nickte. »De Lanceau wird bald schon merken, dass er sich den Falschen für seine Sühne ausgesucht hat.«

Furcht schoss ihr in die Eingeweide. »Bitte, Vater, seid vorsichtig! Ich könnte es nicht ertragen, Euch auch noch zu verlieren.«

Ein Schatten schob sich vor den Blick ihres Vaters, ehe er seinen Stuhl nach hinten schob. Das laute Schrammen verlieh ihrem stummen Schrei Ausdruck.

»Falls de Lanceau meint, er hätte es mit einem in die Jahre gekommenen Schwächling zu tun, so irrt er! Wer Wind säht, wird Sturm ernten.«

Kapitel 3

Elizabeth schreckte aus einem beklemmenden Traum hoch. Es dauerte einen Augenblick, ehe sie sich gewahr wurde, dass jemand mit Fäusten gegen eine Tür am anderen Ende des Korridors trommelte. Mit einem leicht genervten Seufzen drehte sie sich auf die andere Seite und zog sich das Kissen über den Kopf. Konnte die Angelegenheit denn nicht bis zum Morgen warten? Nachdem sie ihrem Vater bei den Reisevorbereitungen geholfen und die zusätzlichen Aufgaben bewältigt hatte, die ihr nach seiner Abreise zugefallen waren, war sie erschöpft und mit schmerzenden Gliedern ins Bett gefallen, hatte aber vor lauter Aufregung nicht sofort schlafen können. Sie hatte noch eine ganze Weile auf den vom Feuer beschienenen Baldachin gestarrt, während vor ihrem geistigen Auge entsetzliche Kriegsbilder vorbeigezogen waren.

Die Sorge um ihren Vater wog schwer. Doch auch um Aldwin, der ebenfalls mit ausgezogen war, machte sie sich Sorgen. Es schmerzte sie ein wenig, dass ihr Treffen nicht mehr hatte stattfinden können. Wie gern hätte sie mit ihm unter vier Augen gesprochen, ihn um Hilfe gebeten! Die Vorstellung, dem Baron ewige Treue schwören zu müssen, verfolgte sie. Sie schämte sich dafür, dass ein Teil von ihr hoffte, er möge nicht mehr aus Tillenham zurückkehren.

Genervt setzte Elizabeth sich auf. Der Krach versiegte erst, als eine Tür geöffnet wurde. Leise Stimmen füllten den Korridor.

»Bei der Heiligen Jungfrau!«

Als Mildreds erstickter Schrei an ihr Ohr drang, war Elizabeth mit einem Schlag hellwach. Sie schlug die Decke zurück und schwang die Beine von der Bettkante. Plötzlich befiel sie ein entsetzliches, eiskaltes Schaudern. Ihr Vater war tot.

Mit klappernden Zähnen schlüpfte sie in ihre Lederschuhe und tastete nach ihrer Wollrobe. Heiße Tränen schossen ihr in die Augen, doch sie blinzelte sie fort. Solange sie nicht mit absoluter Sicherheit wusste, dass Gott ihren Vater zu sich gerufen hatte, musste sie Ruhe bewahren. Es war nichts gewonnen, wenn sie sich von Verzweiflung und Kummer steuern ließ.

Im selben Augenblick rüttelte jemand an ihrer Tür. »Mylady!« Mildred klang besorgt.

Elizabeth, die sich hastig den Morgenmantel übergeworfen hatte, stolperte zur Tür und öffnete sie. Im Licht der Talgkerze, die Mildred in der Hand hielt, wirkte ihr Gesicht äschern und ihre Augen riesig, und das lose Haar, das sich über ihre Schultern ergoss, leuchtete schlohweiß.

»Was ist geschehen? Ist mein Vater …?«

»De Lanceau!«

Elizabeth stockte der Atem. »*Was?*«

»De Lanceau hat sich Zugang zur Burg verschafft. Der junge Jeremy hat zehn Männer gezählt, allesamt bewaffnet. Sie haben sich auf dem Karren des Müllers versteckt.«

»Das Mehl für die Hochzeitsfeier«, murmelte Elizabeth. Fraeda, die Köchin, hatte zusätzliches Mehl bestellt, aus dem

Gebäck, Kuchen und Pasteten gebacken werden sollten, und darauf bestanden, dass es heute in aller Herrgottsfrühe angeliefert wurde.

Eine eiserne Bande legte sich um Elizabeth' Herz und zog sich zu.

»Fraeda hat Jeremy gebeten, Salz aus der Vorratskammer zu holen. Im selben Moment stürmten sie die Küche. Dem armen Jungen ist es gelungen, durch den Seitengang zu fliehen.« Mildred zupfte Elizabeth am Ärmel. »Ihr müsst Euch verstecken!«

»Verstecken? Wie ein verängstigtes Tier?« Elizabeth spürte, wie unbändige Wut von ihr Besitz ergriff, und grub die zitternden Finger ins Nachtgewand. »Dies ist die Festung meines Vaters. Kein Verrätersohn der Welt wird mich je in die Knie zwingen!«

Mildred schüttelte den Kopf. »Ihr Herr Vater würde wollen, dass Ihr Euch umgehend in Sicherheit begebt.«

»Wir sollten schleunigst die Wachen alarmieren.«

»Mylady ...«

»Ich werde nicht zulassen, dass de Lanceau sich Wode Castle unter den Nagel reißt!« Mildred wollte gerade etwas erwidern, doch Elizabeth riss das Wort an sich. »Keine Widerrede, meine Entscheidung steht fest!« Eine Spur freundlicher fügte sie hinzu: »Sei so nett und such meinen Umhang. Und beeil dich!«

Mit einem ungläubigen Murmeln hastete Mildred zu Elizabeth' Truhe am Bettende, legte die Kindergewänder und Zwirnrollen beiseite, die obenauf lagen, und schlug den Deckel zurück. Sobald sie den knielangen Umhang aus schwarzer Wolle gefunden hatte, legte sie ihn Elizabeth um die Schultern.

»Es ist kühl, Mylady. Seid Ihr sicher, dass Euch warm genug ist?«

»Ja.«

Im Korridor hallten Schritte.

Elizabeth schlug das Herz bis zum Hals.

Mit fahrigen Fingern versuchte Mildred, die goldene Brosche zu schließen, die den Umhang zusammenhielt. Das Schmuckstück, das an ein Schneckenhaus erinnerte, funkelte im Schein der Kerze.

Gegen ihren Willen musste Elizabeth an ihre Mutter denken, der die Brosche einst gehört hatte. Urplötzlich hallten die schmerzerfüllten Schreie ihrer Mutter und das Wimmern ihrer Schwester in ihren Ohren wider. Mit letzter Kraft hatte ihre Mutter ihr die Brosche gegeben.

»Beeil dich!«, raunte sie Mildred zu und schob die unliebsamen Erinnerungen beiseite.

Die Zofe atmete zitternd aus. »Schon fertig.«

Flink schob Elizabeth sich das Haar unter die Kapuze und lief auf den spärlich beleuchteten Flur hinaus, an dessen Wänden zuckende Schatten tanzten. Elizabeth schluckte. Koste es, was es wolle, sie musste es bis zur Treppe schaffen!

»Möge Gott mit Euch sein!«, hörte sie Mildred flüstern.

❋

Geoffrey kannte jeden Winkel von Wode Castle. Es war, als hätte er die Festung nie verlassen. Je näher er dem herrschaftlichen Gemach kam, in dem er das Licht der Welt erblickt hatte und in dem seine Mutter verschieden war, als sein jüngerer Bruder Thomas gerade einmal ein Jahr alt war, desto größer wurden seine Schritte.

Der vertraute moderige Geruch, der im Korridor waberte,

brachte eine Flut von Erinnerungen mit sich: kindische Streiche, die so manche Magd hatten fluchen lassen, verregnete Nachmittage, an denen er und sein Bruder Thomas johlend durch das Labyrinth aus Gängen gelaufen waren, und schließlich die verhängnisvolle Belagerung.

Zähneknirschend schob er die entsetzlichen Erinnerungen, die gerade an die Oberfläche seines Bewusstseins gespült worden waren, in den eisernen Käfig, in den er sie verbannt hatte, und konzentrierte sich auf die Aufgabe, die unmittelbar vor ihm lag.

Sein Vater hatte es nicht verdient, in Ungnade zu sterben.

Endlich würde Lord Brackendale für seine Missetaten büßen!

Als er in den Flur zu seiner Linken blickte, entdeckte er eine untersetzte, ergraute Frau im Nachthemd, die eine Kerze in der Hand hielt.

Ein Lächeln umspielte Geoffreys Lippen. Lady Elizabeth' Kammerfrau, die ebenfalls auf dem Marktplatz zugegen gewesen war – Mildred, wenn Dominics Informationen stimmten. Den weit aufgerissenen Augen nach zu urteilen, konnte auch sie sich an ihn erinnern.

Die Tatsache, dass sie auf ihn wartete, konnte nur eines bedeuten: Das holde Burgfräulein war gewarnt.

Mit mahlendem Kiefer blieb Geoffrey vor Mildred stehen, die die Kerze so fest umklammert hatte, dass ihre Fingerknöchel weiß hervortraten. Die ältere Dame zitterte. Geoffrey war sich nicht sicher, ob es von seinem durchdringenden Blick oder der kühlen Luft im Gemäuer herrührte.

Genauer betrachtet, war es ihm jedoch einerlei.

Die Hände in die Hüften gestemmt, betrat er das Zimmer,

vor dem sie sich postiert hatte. Sein Blick glitt über die geöffnete Truhe, den Haufen Kleider und den Zwirn auf dem Boden sowie das zerwühlte Bett.

Als er die Hand auf die Matratze legte, stieg ihm sogleich ein lieblicher Duft in die Nase. Es kostete ihn immense Willensstärke, nicht von ihm in den Bann gezogen zu werden – von *ihrem* Duft.

Da das Bett noch warm war, konnte sie noch nicht allzu weit gekommen sein.

Geoffrey machte auf dem Absatz kehrt und funkelte Mildred an. »Wo ist sie?«

»W-wer?«

»Gebt Euch nicht dümmer, als Ihr seid, *Mildred!* Ihr wisst ganz genau, von wem ich spreche.«

Mildred wurde kreidebleich. Anscheinend hatte sie nicht erwartet, dass er sie beim Namen kannte. Trotz allem hielt sie seinem Blick stand. »Mylady ist nicht hier.«

Geoffrey ließ ein dumpfes Brummen aus seiner Kehle entweichen und durchmaß mit polternden Schritten das Zimmer. »Ich werde Euch nur noch dieses eine Mal fragen. Wo ist ...«

Plötzlich gellte ein Schrei durch die Luft. Als Geoffrey zur Tür schritt, hörte er, wie Mildred aufatmete.

Dominic, dem der Schweiß auf der Stirn stand, kam auf ihn zugelaufen. »Mylord, Viscon hat gesehen, wie Brackendales Tochter in Richtung Treppe gegangen ist – vermutlich, um in den Innenhof zu gelangen.«

Ein Gefühl des Triumphes breitete sich in Geoffreys Brust aus. »Hervorragend!«, sagte er und gab den bewaffneten Wachen hinter Dominic ein Zeichen. »Troy, Paul, Ihr schnappt Euch die Kammerfrau. Wir treffen uns an der Treppe.«

Dominic legte die Stirn in Falten. »Hatten wir nicht geplant, nur Brackendales Tochter mitzunehmen?«

»Mildred nehmen wir mit, um uns Myladys Kooperation zu sichern.«

»Mylord, ist das weise?«

Wut machte sich in Geoffreys Gedärmen breit. »Du wagst es, meine Befehle zu hinterfragen? Tu, was ich dir sage!«

Nach einem kurzen Zögern nickte Dominic ehrerbietig und eilte davon.

Geoffrey sah Troy und Paul mit hochgezogener Augenbraue an und deutete mit einer schnellen Kopfbewegung auf Mildred. »Jetzt!«

»Ich weigere mich, mit Euch zu gehen.« Als die beiden Soldaten auf Mildred zuhielten, wich die Kammerfrau zurück, bis sie gegen die weiß getünchte Wand des Frauengemaches stieß. Ihr Versuch, die beiden mit Hilfe der Kerze fernzuhalten scheiterte. Einer der beiden schlug sie ihr aus der Hand. Die Flamme erlosch, und die Kerze rollte unter das Bett.

Doch die Kammerfrau gab nicht auf. Fluchend und keifend wehrte sie sich, setzte Hände und Füße ein, bis die beiden sie bei den Armen zu packen bekamen.

»Pfeift Eure Handlanger zurück, de Lanceau, oder ich schreie so laut ich kann!«, keuchte Mildred.

»Spart Euch den Atem! Ich würde den beiden nur ungern den Befehl erteilen, Euch bewusstlos zu schlagen.«

»Pah, mir jagt Ihr keine Angst ein!« Mildred tat einen tiefen Atemzug.

Geoffrey senkte seine Stimme zu einem bedrohlichen Flüstern. »Schreit nur, aber dann wird Eurer Herrin etwas Furchtbares zustoßen, und das wollt Ihr doch sicherlich nicht, oder?«

Seine Worte zeigten sofortige Wirkung. Mildred atmete langsam aus. »Ihr … Ihr Monster! Ich werde nicht zulassen, dass Ihr Lady Elizabeth etwas antut!«

»Lebend ist sie für mich ohnehin von viel größerem Wert.«

Die Kammerfrau schürzte die Lippen. »Ihr würdet mir doch die unsäglichsten Lügen auftischen, um Euren Willen durchzusetzen, Ihr dickköpfiger, arroganter ...«

Geoffrey verließ den Raum. »Bringt sie nach unten!«

*

Mit rasselndem Atem und stolperndem Schritt blieb Elizabeth stehen und hielt sich die Seite. Als sie hinter sich Schritte hörte, fragte sie sich, ob sie vom Gesinde oder von de Lanceaus Handlangern rührten.

Gespenstische Schatten huschten über die kalten schartigen Wände um sie herum. Ihr war, als dröhnte ihr bereits das kehlige, dreckige Lachen der feindlichen Männer in den Ohren, weil sie sie gefangen hatten.

Ein Unhold, der eine Jahresernte vernichtete, würde kein Erbarmen kennen – und schon gar nicht, wenn es um die Tochter seines Erzfeindes ging.

Ein Schrei der Verzweiflung brannte in Elizabeth' Hals, doch sie schluckte ihn tapfer hinunter. Sie durfte jetzt auf keinen Fall ihrer Furcht zum Opfer fallen. Ihr Vater und sämtliche Bewohner von Wode Castle waren auf sie angewiesen.

Sie durfte nicht zulassen, dass de Lanceau siegte.

Elizabeth zwang sich weiter und bog in einen abzweigenden Gang ein. Hinter dem Qualm der Wandfackeln erkannte sie den Torbogen, hinter dem sich die Treppe verbarg.

Erleichterung durchflutete sie wie klares, reines Quellwasser. Sobald sie den inneren Burghof erreichte, würde sie um Hilfe rufen.

Beim Betreten des Treppenaufgangs war nur noch das Flüstern ihres Umhangsaums zu hören, der über den kalten Boden strich. Der Geruch nach feuchtem Stein umfing sie und beschwor eine Flut von Bildern blutrünstiger Dämonen mit langen Fangzähnen in ihr herauf. Sie schüttelte sich und lief weiter in die Dunkelheit hinein, die sich nun wie ein schweres Tuch über sie legte. Die Wandfackeln waren erloschen. Elizabeth biss sich auf die Lippe und tastete vorsichtig nach der Wand. Doch die Steine waren zu glitschig, als dass sie ihr Halt boten. Sie rutschte ab.

Hatte ihr Vater nicht befohlen, dass der Treppenaufgang stets zu beleuchten war?

Elizabeth zögerte kurz und verspürte den Impuls, wieder umzukehren.

Nein, sie musste weiter, musste jetzt an nichts anderes als an die Sicherheit der Burg denken.

Stufe für Stufe tastete sie sich nach unten. Jetzt konnte es nicht mehr weit sein.

Noch eine Handvoll Stufen, und sie war am Ziel.

Plötzlich vernahm sie ein schlurfendes Geräusch hinter sich.

Ihr gefror das Blut in den Adern. Sie war nicht allein.

Elizabeth hielt den Atem an … wartete … lauschte in die Stille hinein.

Wer immer ihr gefolgt war, gab sich größte Mühe, möglichst leise zu sein, doch sie hatte ihn dennoch gehört.

Im nächsten Augenblick stieß eine Hand gegen ihre Schulter.

Mit einem Schrei auf den Lippen trat Elizabeth die Flucht

nach vorn in die Dunkelheit an. Sie hörte, wie ihr Verfolger einen leisen Fluch ausstieß. Plötzlich geriet sie ins Straucheln, verlor das Gleichgewicht. Ehe sie wusste, wir ihr geschah, prallte sie mit Kopf und rechtem Arm gegen die Wand.

Leicht benommen rappelte sie sich auf.

Im selben Moment versuchte ihr Verfolger abermals, sie zu fassen zu bekommen.

Doch Elizabeth gab nicht auf, klammerte sich mit aller Kraft an den Gedanken, dass sie den Innenhof erreichen musste.

Auf einer besonders ausgetretenen Stufe rutschte sie ab und verlor die Kontrolle über ihre Beine. Als sie spürte, dass sie keinen Boden mehr unter den Füßen hatte, schrie sie auf.

Mit einem Mal füllte sich der Treppenaufgang mit Licht, und Elizabeth erkannte, dass sie es bis zum Fuße der Treppe geschafft hatte. Ihre Ohren füllten sich mit tiefen Stimmen und klirrenden Waffen. Flink schob sie sich die Kapuze aus dem Gesicht und kniff zum Schutz gegen die Helligkeit die Augen zusammen. Als sie sah, wie bewaffnete Männer aus einem benachbarten Korridor strömten, rutschte ihr das Herz in die Hose. Keiner der Männer kam ihr auch nur im Entferntesten bekannt vor.

Ein stummer, brennender Schrei verfing sich in ihrer Lunge. Gerade als sie sich aufrappelte, trat ein hochgewachsener Mann auf sie zu.

Elizabeth schnappte nach Luft. Der Fremde vom Markt, dessen Gesicht sich für immer in ihr Gedächtnis eingebrannt hatte. »Ihr!«

»Gestatten, Geoffrey de Lanceau«, sagte er und griff lächelnd nach ihrer Hand. »Wie schön, dass wir uns nun offiziell bekannt machen können!«

Geoffrey beobachtete, wie eine wahre Flut von Gefühlen über das blasse Antlitz des hübschen Burgfräuleins huschte: Schock, Wut und Furcht. Ihre Hand, die er gefangen genommen hatte, zitterte, als sie sich losriss. Er ließ sie gewähren, gönnte ihr die Illusion, sie könnte ihm entkommen – so wie Falkner es zuweilen taten, ehe sie ihrem Lieblingstier wieder die Maske über die Augen stülpten.

Er hatte in Erinnerung, dass ihre Augen blau waren, und fand, dass sie jetzt, eingerahmt von der dunklen Kapuze, an einen sommerlichen Himmel erinnerten.

Ihre Wangen leuchteten, und in ihren Blick, der dem seinen noch immer standhielt, schlich sich etwas Frostiges. »Ich bedaure, dass ich meine Identität nicht schon bei unserer ersten Begegnung preisgeben konnte«, murmelte er. »Ich wollte verhindern, dass Ihr Eurem Vater von mir erzählt.«

Maßloser Zorn flackerte in ihren Augen. »Welch weise Entscheidung, genau das hätte ich nämlich getan! Wo ist mein Vater? Was habt Ihr ihm angetan?«

Ein selbstzufriedenes Feixen umspielte de Lanceaus Lippen. »Wenn ich richtig informiert bin, befindet er sich gerade auf dem Weg nach Tillenham.«

»Also wart Ihr es doch, der die Feuer gelegt hat! Er hat die Kampfansage als solche verstanden und wird Euch das Leben zur Hölle machen.« Bockbeinig zog Elizabeth eine Augenbraue in die Höhe. »Aber ein Feigling wie Ihr legt lieber ein Feuer, als sich dem Feinde zu stellen!«

Mit der Wucht eines Peitschenknalls fuhr Geoffrey die Wut in die Glieder. Sie nannte ihn doch allen Ernstes einen Feigling! Jahrelanger Zorn und Zurückweisung drohten den Wall, den er um sein Herz errichtet hatte, zum Einsturz zu bringen.

Erzürnt ballte er die Hände zu Fäusten. Es wäre nicht sonderlich klug, ausgerechnet jetzt die Contenance zu verlieren. Und genau das plante sie! Sie wollte ihn im Angesicht seiner Mannen aus der Reserve locken. Kein schlechter Schachzug, aber nicht clever genug. »Geduldet Euch noch ein wenig, Mylady, denn schon bald werden Euer Vater und ich uns gegenüberstehen. Und wenn es so weit ist, werde ich als Sieger vom Platz gehen.«

Zurückhaltung legte sich wie eine Maske über ihre Gesichtszüge. Geoffrey spürte, dass ihr eine bissige Bemerkung auf der Zunge lag – dass ihr alter Herr ihn ungespitzt in den Boden rammen würde. Moment mal, hatte er soeben etwas Rotes entdeckt, das ihr auf die Schulter tropfte? Blut?

Geoffrey runzelte die Stirn. »Dominic, eine Fackel!«

Elizabeth riss den Kopf zur Seite, doch Geoffrey war schneller und leuchtete sie an. Die Locken über ihren Augenbrauen bedeckten eine Platzwunde am Haaransatz, aus der Blut sickerte, das im Schein der Fackel auf ihren hohen Wangenknochen glitzerte. Ein eigenartiges Gefühl, das an Schuldgefühle grenzte, beschlich ihn. Was, wenn sie noch weitere Verletzungen erlitten hatte?

Als der Söldner, der sie die Treppe hinab verfolgt hatte, gluckste, warf Geoffrey ihm einen finsteren Blick zu. Der Mann namens Viscon war ein unnötiges Risiko eingegangen, weil er sie ohnehin erwischt hätte. Und jetzt war sie auch noch verletzt. Mit anderen Worten: Er musste seine Lösegeldforderung nach unten korrigieren.

Geoffrey gab Dominic die Fackel zurück. »Es war nie meine Absicht, dass Ihr Verletzungen davontragt.«

Sie schnaubte angewidert.

»Denkt von mir, was Ihr wollt, aber eine Bestie bin ich beileibe nicht.« Als Geoffrey nach dem Dolch an seinem Gürtel griff, zuckte Elizabeth zusammen, wich aber – sehr zu seinem Erstaunen – nicht zurück. Er lüftete die Wolltunika und schnitt einen Streifen seines Untergewandes aus Leinen ab. Nachdem er das Messer wieder verstaut hatte, streckte er die Hand aus und tupfte ihr die Schläfe ab.

»Rührt mich nicht an!«

Der beißende Unterton in ihrer Stimme zog seinen Blick wie magisch auf ihren Mund. Wie nah ihre Lippen waren! Wie voll sie waren! Wie sie wohl reagieren würde, wenn er ihr Kinn anhob und sie küsste, ähnlich, wie er es auf dem Markt getan hatte?

War er jetzt von allen guten Geistern verlassen?

Sogleich ließ er seine Hand sinken und wies auf den verdreckten Umhang. »Mein Hemd ist sauberer als Eure Gewandung. Nehmt das Leinen.«

Mit störrischem Blick schüttelte sie den Kopf. »Spart Euch Euer Mitleid!«

Aus dem hasserfüllten Funkeln in ihren Augen schloss er, dass sie es ernst meinte. Als vom anderen Ende des Treppenaufgangs ein Grunzen und Murren zu ihnen herüberdrang, weil die beiden Wachen Mildred nach unten zerrten, hielt Geoffrey Elizabeth das Stück Leinen hin. »Wenn Ihr Euch nicht um die Wunde kümmert, werde ich es tun.«

Mit einem durchdringenden Blick riss Elizabeth das Stück Stoff an sich und tupfte sich die Stirn ab.

Als Mildred das sah, stieß sie einen Schrei aus. »Oh, Mylady – Ihr seid verletzt!«

»Nur ein Kratzer!«, rief Elizabeth ihr zu.

Unfähig, den Blick abzuwenden, beobachtete Geoffrey, wie sie mit steifen Bewegungen die Kapuze ihres Mantels zurückschlug. Seidig glänzendes schwarzes Haar ergoss sich über ihre Schultern, fiel bis zu ihrem Gesäß hinab.

Kaum war ihm der Duft nach Blumen in die Nase gestiegen, rührte sich sein Verlangen.

Verflucht sei dieses Frauenzimmer!

Enttäuscht von sich selbst, drehte Geoffrey sich weg. »Um Eure Verletzung kümmern wir uns später. Kümmere dich um sie, Dominic!«

»Mit Euch gehe ich nirgends hin!«

Geoffrey hielt inne, machte auf dem Absatz kehrt und sah ihr geradewegs in die Augen. Elizabeth schluckte und faltete die Hände, ohne den Blick abzuwenden.

Aha, hatte sie also doch Angst vor ihm!

»Ihr werdet mitkommen.« Er brummte. »Jetzt!«

»Das Gesinde meines Vaters ist uns treu ergeben. Es wird nicht zulassen, dass Ihr mich gegen meinen Willen von hier fortbringt.«

»Meint Ihr?«, erwiderte Geoffrey ironisch. »Ihr glaubt gar nicht, was ein paar Silbermünzen in den richtigen Händen alles bewirken.«

»Bestechung!«

Ihr entrüsteter Aufschrei schickte ein undefinierbares Gefühl der Befriedigung durch seinen Körper. Nur mühsam konnte er dem Drang widerstehen, sie weiter zu provozieren. Später würde er alle Zeit der Welt haben, um mit ihr zu spielen. Er sah zu seinen Männern hinüber, atmete tief ein und wollte ihnen den Befehl erteilen, sich in Bewegung zu setzen.

Ihr Lachen hielt ihn davon ab. »Ihr scheint Euch nicht im

Klaren darüber zu sein, dass wir über Euer Eindringen im Bilde gewesen sind. Der Oberwachmann und seine Männer dürften mittlerweile längst informiert sein.« Mit einer verächtlichen Geste strich sie sich über den Umhang. »Ihr seid vermutlich längst umzingelt.«

Geoffrey runzelte die Stirn. Sprach sie die Wahrheit?

Dann erinnerte er sich an den Jungen. »Ihr seid ein Opfer Eurer Hirngespinste.«

Ihr verärgertes Feixen war unerschütterlich. »Ihr seid derjenige, der irrt, *Lord de Lanceau.*«

Der Spott, mit dem sie seinen ordnungsgemäßen Titel aussprach, tat nicht weniger weh, als hätte eine Katze ihm den Rücken zerkratzt. »Falls Ihr von dem Jungen sprecht, Viscon hat ihn auf dem Rückweg von Eurem Gemach abgefangen. Er wird niemandem mehr von unserer Anwesenheit auf Wode Castle berichten.«

Ihr Lächeln verflog. Verzweiflung glimmte unter ihren Wimpern. Das Herz schlug ihr bis zum Hals, ließ ihre vornehm blasse Haut erzittern. »Was habt Ihr Jeremy angetan? Habt Ihr … ihn getötet?«

Solange er sie in dem Glauben ließ, dass er dem Jungen etwas angetan hatte, hielt er ein Mittel in den Händen, um sie gefügig zu machen. Aus diesem Grund blieb er ihr eine Antwort schuldig.

»Ihr habt ein wehrloses Kind umgebracht?«

»So etwas gehört zu einem Krieg dazu, findet Ihr nicht auch?«, sagte er, auch wenn es ihm schwerfiel, sie anzulügen.

»Wie konntet Ihr nur? Jeremy war gerade einmal elf Jahre alt!«

Just als Geoffrey sich abwenden wollte, schoss ihr rechter

Arm nach vorn und ihre geballte Faust bewegte sich auf sein Gesicht zu.

Geistesgegenwärtig fing Geoffrey ihre Hand im Flug ab. Das laute Klatschen hallte wie ein Donner in ihren Ohren.

Er umfing ihre Finger, zerquetschte das Stück Leinen in ihrer Hand. Elizabeth schnappte nach Luft, die Farbe wich aus ihrem hübschen Antlitz. Er hielt ihren Arm gefangen. Sie wehrte sich. Fluchte. Er wartete, bis das hasserfüllte Feuer in ihren Augen schwächer wurde, ehe er von ihr abließ. Das Leinen segelte zu Boden.

Elizabeth wich zurück, den Arm fest gegen ihre Brust gedrückt.

»Denkt stets an den Jungen, ehe Ihr Euch zu unbedachten Handlungen hinreißen lasst!«

»Warum sollte ich?«, fragte sie mit scharfer Stimme. »Weil Ihr mich sonst ebenfalls umbringt?«

*

Kaum hatte Elizabeth zu Ende gesprochen, bereute sie es bereits, den Mund geöffnet zu haben. In ihrem Magen wütete ein Schmerz, der um Längen schlimmer war als die Platzwunde, die sie davongetragen hatte und ihr unsägliche Kopfschmerzen bereitete.

Sobald der Soldat hinter ihr sich in Bewegung setzte, kreischte Mildred auf.

Große Anspannung lag in der rauchgeschwängerten Luft.

Wenn sie doch nur ihre Worte ungeschehen machen könnte! Aber, so schwor sie sich, sie würde sich nicht von de Lanceaus düsterem Blick – die Farbe seiner Augen erinnerte an einen Wintersturm – einschüchtern lassen. Noch immer stand er so dicht bei ihr, dass sie nichts weiter tun müsste, als die Hand auszustrecken, um ihn zu berühren, ihm über die kurzen Bartstoppeln zu streichen. Wie ein unsichtbarer Umhang legte sich sein markanter Duft um sie, eine Mischung aus Leder, Pferd und Krieger.

»Ich kann mit Fug und Recht behaupten, dass ich noch nie Hand an ein Weib gelegt habe, geschweige denn, sie um ihr Leben gebracht habe«, sagte er. Sein sengender Atem streifte ihre Stirn. »Das ist wider meine Natur. Aber ich warne Euch: Zwingt mich nicht, gegen meinen Willen zu handeln!« Mit diesen Worten wandte er sich seinen Männern zu und deutete auf Dominic. »Geleitet die Zofe zum Karren! Dominic, du und ich, wir werden uns des Burgfräuleins annehmen.«

Sofort setzten sich die bewaffneten Männer in Bewegung.

Elizabeth atmete scharf aus. Sie musste einen Weg finden, de Lanceau aufzuhalten. Was auch immer er geplant hatte, sie würde nicht mitspielen!

Gegen die Schmerzen in ihrem Körper anschluckend, sah sie sich vorsichtig um. Der pockennarbige Dummkopf, der sie im Dunkeln verfolgt hatte, blockierte den Treppenaufgang in ihrem Rücken. Sie kannte ihn sogar: Gareth Viscon, seines Zeichens Söldner und ehemaliger Soldat der Krone, der sich und seine Kampfkünste an den Meistbietenden verkaufte. Ihr Vater hatte ihn einst angeheuert, um einer Bande Geächteter den Garaus zu machen, die in einem benachbarten Wald kampiert hatten.

Mit einem breiten Feixen und unter Zuhilfenahme seines Dolches säuberte Viscon sich die dreckigen Fingernägel. Schnell senkte Elizabeth den Blick. An ihm vorbeizukommen war so gut wie unmöglich. Verstohlen wanderte ihr Blick zu den Männern mit den gezückten Schwertern, die im Gang zu ihrer Linken standen. Nein, das war nicht minder aussichtslos.

Vielleicht gelang es ihr, die Tür zum Innenhof zu erreichen.

Sie musste es wenigstens versuchen.

Sie warf einen flüchtigen Blick zu Mildred, die – umringt von Bewaffneten – sich mit Händen und Füßen dagegen wehrte, weggebracht zu werden. Elizabeth deutete unauffällig auf die Tür. Mildreds Augen weiteten sich, als sie verstand, und sie zwinkerte ihrer Herrin zu.

»Schwein! Ich verlange, dass Ihr auf der Stelle von mir ablasst! Aua! Morgen bin ich mit blauen Flecken übersäht.« Sie schnaubte. »Wenn Ihr nicht auf der Stelle aufhört, werde ich ...«

Elizabeth rannte los und nahm sich vor, so laut zu schreien, dass selbst ihre Mutter und ihre Schwester sie oben im Himmel hören konnten.

»Mylord!«, rief einer der Männer de Lanceau zu, der ihr den Rücken zugedreht hatte.

De Lanceau fuhr herum, mit einem großen Satz versperrte er ihr den Weg.

Schlitternd blieb Elizabeth stehen, gerade noch rechtzeitig, ehe er mit ihr zusammenprallte. Wie wild wirbelten ihr der Umhang und das Nachtgewand um die Beine, und sie atmete zischend aus, während ihr Blick voller Verzweiflung in Richtung Tür schoss.

»So leicht entkommt Ihr mir nicht, Mylady!«, blaffte er sie an.

Als vom Treppenaufgang Stimmen an ihr Ohr drangen und

sie inständig hoffte, dass es die beiden Mägde waren, die sich um die Fackeln kümmerten, schöpfte Elizabeth neue Hoffnung.

Ehe sie jedoch aktiv werden konnte, riss einer der Männer auf de Lanceaus Geheiß die Tür zum Innenhof auf, Viscons Hand packte sie von hinten, und er drückte ihr seine vernarbte Hand auf den Mund, damit sie nicht schreien konnte.

Wie eine Wildkatze schlug und trat Elizabeth um sich, jedoch ohne Erfolg. Grunzend packte Viscon ihren verletzten Arm, den sie sich an der Mauer gestoßen hatte, und drehte ihn ihr unwirsch auf den Rücken. Sogleich durchzuckte ein siedend heißer Schmerz ihre Schulter, und alles um sie herum verschwamm. Entkräftet sackte sie zusammen und spürte, wie ihr Widersacher sie nach draußen zerrte.

Als sich die kühle Nachtluft wie ein nasses Tuch auf ihr Gesicht legte, war sie mit einem Schlag hellwach. Noch verwehrte die Dämmerung dem Himmel ihr wärmendes güldenes Licht. Wie unter einem schweren dunklen Tuch lag der innere Burghof verborgen. Elizabeth drehte und wand sich, warf den Kopf von einer Seite auf die andere, um Viscons Hand abzuschütteln, und grub die Fersen in den Boden. Unbeeindruckt schob Viscon sie zu einem Pferdekarren, der unweit des Küchentraktes wartete.

Zeitgleich wurde Mildred auf den Karren bugsiert. Zitternd und mit verschränkten Armen kauerte sich die Kammerfrau in die hinterste Ecke.

Endlich ließ Viscon von Elizabeth' Arm ab. Ehe er jedoch die Hand von ihrem Mund nahm, packte er sie bei den Haaren, riss ihren Kopf nach hinten und wedelte mit seinem Dolch unter ihrer Nase herum. »Einen Mucks, Mylady, und ich schlitze Euch das zarte Kehlchen auf, habt Ihr verstanden?«

Er klang so bedrohlich, dass Elizabeth nickte.

Irgendwo hinter ihr stieß de Lanceau einen Fluch aus. »Ruhig Blut! Nimm das Messer herunter und setz sie auf den Karren!«

Der Söldner fluchte leise, ließ aber von Elizabeth ab und schubste sie auf den Holzkarren. Den Umhang eng um ihren zitternden Leib geschlungen, rappelte sie sich auf.

Gerade als sie nach den Wachen rufen wollte, setzte der Karren sich in Bewegung. Viscon, der geahnt hatte, was sie vorhatte, war auf die Ladefläche gesprungen. Ein eigenartiges Leuchten trat in seine Augen. Den Blick auf Mildred gerichtet, zückte er das Messer, schob es sich in den Ärmel und machte einen Schritt auf sie zu. Der gellende Schrei, der in Elizabeth' Kehle brannte, erstarb.

Ehe sie es sich versah, packte er sie bei der Schulter und drückte sie neben Mildred auf den Boden.

Im selben Augenblick vernahm sie de Lanceaus Stimme: »Ich werde vor dem Kutscher reiten. Dominic, behalte derweil die beiden Frauen im Auge!«

Elizabeth war, als konnte sie Geoffreys durchdringenden Blick spüren. Nachdem sie ihr letztes bisschen Mut zusammengerauft hatte, hob sie das Kinn und starrte ihn an.

Sein Mund zuckte. »Auf den Boden!«

Mildred schnappte nach Luft. »Ihr erwartet doch nicht ernsthaft, dass meine Herrin ...«

Doch Geoffrey war schon nicht mehr in Sicht.

Stattdessen packte Viscon Elizabeth bei den Haaren und drückte ihr Gesicht auf die mit Mehl beschmutzten Planken. Sie legte die Hände flach auf den Boden und wollte sich gerade nach oben drücken, als die restlichen Soldaten den Karren erklommen und sie umstellten. Mit einem Rascheln wurde eine säuerlich riechende Plane über sie und Mildred gezogen.

Gedämpfte Stimmen drangen an Elizabeth' Ohr, eine davon in höchster Aufregung. Dann griff jemand unter die Plane, und ihr schob sich ein weiches Leinenhemd zu, das seinen Geruch verströmte.

Einen Augenblick später setzte sich der Wagen rumpelnd in Bewegung.

Elizabeth wurde kräftig durchgerüttelt. Ihre Wange schlug ein ums andere Mal gegen die Planken. Enttäuscht von sich und ihrem Schicksal breitete sie das Hemd für sich und Mildred aus, damit sie die Köpfe darauf ablegen konnten.

Mit jedem Lidschlag gewann der Karren an Geschwindigkeit, bei jeder Erschütterung wurden der Schmerz in ihrem Arm und das Hämmern in ihrem Kopf schlimmer.

Verzweifelt kniff sie die Augen zusammen und schickte ein Stoßgebet gen Himmel, dass der Karren an einem der beiden Wachtürme angehalten würde.

Doch ihr Wunsch wurde nicht erhört. Mit einem Donnern polterten die Räder über die hölzerne Zugbrücke.

So leicht, entschied sie, würde sie jedoch nicht aufgeben! Sie würde fliehen, würde de Lanceaus Rachepläne durchkreuzen.

Vor allem aber würde sie nicht zulassen, dass er ihrem Vater etwas antat.

Kapitel 4

»Anhalten!« De Lanceaus strenger Befehl übertönte das Klappern der Hufe und das Rumpeln des Karrens.

Elizabeth hob den Kopf ein Stück. Den Geräuschen nach zu urteilen, waren sie von der Straße auf eine Wiese abgebogen.

Wenige Augenblicke später blieb der Karren stehen.

»Mein Körper ist überall mit blauen Flecken übersäht«, stöhnte Mildred.

»Meiner auch. Welche Barbaren!«

Als endlich die Plane gelüftet wurde, musste Elizabeth wegen des hellen Lichts die Augen zusammenkneifen. Als sie ihre Lungen mit frischer Morgenluft füllte, überkam sie starker Schwindel. Gegen die drohende Bewusstlosigkeit ankämpfend, richtete sie sich auf, strich sich das Haar aus dem Gesicht und blickte um sich.

Sie befanden sich auf einer mit Wildblumen und Kräutern bewachsenen Wiese, die jetzt von den bewaffneten Barbaren gesichert wurde. In einiger Entfernung erkannte sie einen Bach, der sich durch die Wiese schlängelte, ehe er in einem angrenzenden Wald verschwand.

An den beiden Gestalten, die zum Ufer des Baches schritten, blieb ihr Blick hängen: de Lanceau und Dominic. Sie liefen zu ihren Pferden, die sie im Schatten der Bäume festgemacht hatten. De Lanceaus dunkles Haar, das ihm leicht gewellt über die Schultern fiel, glitzerte silberblau im Sonnenlicht. Elizabeth schalt sich, weil sie ihm mehr Aufmerksamkeit schenkte, als er verdient hatte.

Der Mann war ein Verbrecher – schlimmer noch!

Er hatte ihre Aufmerksamkeit nicht verdient.

»Was ist jetzt, Lady? Wollt Ihr noch ein bisschen länger in der Gegend herumstarren, oder kommt Ihr freiwillig von dem Karren herunter? Wenn nicht, hole ich Euch.«

Ehe Elizabeth wusste, wie ihr geschah, hatten sich Viscons Hände um ihre Taille gelegt, was die Soldaten in nächster Umgebung mit einem Glucksen quittierten.

Mit einem lauten Grunzen kam Mildred, deren Haar arg zerzaust war, in den Stand. »Lasst sie los! Ich verbitte mir eine solche Rüpelhaftigkeit!«

»Dasselbe gilt für dich, alte Vettel«, grunzte Viscon höhnisch. »Runter vom Karren, altes Weib! De Lanceau wünscht, dass das Weibsvolk sich die Beine vertritt, solange es noch die Möglichkeit dazu hat.«

Um seine Worte zu untermalen, zog er mit langsamen Bewegungen seinen Dolch aus dem Futteral.

Elizabeth, die davon überzeugt war, dass er nicht davor zurückschreckte, den Dolch einzusetzen, sah zu, dass sie vom Karren herunterkam. Sogleich verschwamm die Wiese jedoch vor ihren Augen, alles drehte sich. Mildred, die in der Zwischenzeit ebenfalls vom Karren geklettert war, lief auf sie zu, legte ihr die Arme um die Taille und stützte sie. »Könnt Ihr stehen, Mylady?«

»Ich … glaube schon. Der Schwindel legt sich wieder.«

Der besorgte Blick der Kammerfrau glitt zu Elizabeth' Braue. »Macht Euch die Platzwunde sehr zu schaffen?«

Elizabeth nickte. Die Kopfschmerzen waren schlimmer geworden, genau wie das Pochen in ihrem Arm. Als eine sanfte, aber kühle Brise durch das hohe Gras strich, erschauderte sie.

Mildred erging es nicht anders. Als Elizabeth merkte, dass die Zofe sich gerade über ihre blutverschmierte Stirn aufregen wollte, packte sie sie bei den mit Altersflecken übersäten Händen, die eiskalt waren. »Du frierst ja wie ein Schneider. Hier, nimm meinen Umhang!« Sofort löste sie die güldene Brosche und entledigte sich, ohne den lüsternen Blicken oder dem Gemurmel der feindlichen Soldaten Aufmerksamkeit zu schenken, des wollenen Capes.

»Mylady, Ihr könnt Euch vor diesen Barbaren unmöglich im Nachtgewand präsentieren!«, schalt die Zofe sie.

Trotz aufkeimenden Unwohlseins schüttelte Elizabeth den Kopf. »Ich möchte nicht, dass du krank wirst. Meine Gewandung mag nicht angemessen sein, aber ich bin mir sicher, dass mir von de Lanceaus Männern keine Gefahr droht. Er wird Wert darauf legen, dass mir nichts geschieht.«

»Aber …«

Mit gesenkter Stimme fügte Elizabeth hinzu: »Außerdem musst du bei Kräften bleiben, damit wir so bald als möglich fliehen können.«

»Seid Ihr auch ganz sicher, dass Ihr auf die Wärme des Umhangs verzichten könnt?«

»Ja, bin ich«, sagte sie, obwohl sie sich am liebsten die Arme um die Taille geschlungen hätte.

Mit einem erleichterten Seufzen hüllte Mildred sich in das dicke, wärmende Kleidungsstück.

Elizabeth, die sich das windzerzauste Haar aus dem Gesicht strich, blickte zu de Lanceau und Dominic, die ganz in der Nähe der Pferde standen und die Satteltaschen entleerten.

Ein Schaudern lief durch ihre Glieder. Bis eben hatte der Umhang sie vor de Lanceaus Blicken geschützt, jetzt hingegen ...

Sofort schob sie den unliebsamen Gedanken wieder von sich. Nein, sie würde nicht zulassen, dass sie ihre Kräfte darauf verschwendete, sich zu sorgen! Sie musste sich in erster Linie auf ihre bevorstehende Flucht konzentrieren.

Mildred, die sich gerade die Brosche unter dem Kinn festgemacht hatte, rieb sich die Hände. »Was gäbe ich jetzt für einen Schluck heißen Tee!« Ihr Blick wanderte erst zu Viscon, der gegen den Karren gelehnt stand, dann zu den anderen Söldnern. »Warum hat de Lanceau sich aus dem Staub gemacht? Das Mindeste, was er tun könnte, wäre, eine Salbe für die Wunden meiner Herrin aufzutreiben« sagte sie zu einem der Söldner, der gerade an einem Eiterpickel auf seiner Stirn herumnestelte.

»Das geht Euch einen feuchten Kehricht an!«, bekam sie als Antwort.

»Trottel!« Mildred wandte ihm den Rücken zu. »Kommt, Mylady. Ich werde Euch das Gesicht waschen und anschließend Eure Wunde untersuchen.«

Elizabeth hakte sich bei ihrer Kammerfrau ein und flüsterte: »Vielleicht bietet sich auf dem Weg zum Bach die Gelegenheit zur Flucht.« Sie arbeiteten sich vorwärts durch das hohe Gras, das hier und da von Mohn- und Kornblumen gespickt war.

»Heda!«, rief eine der Wachen.

»Was glaubt Ihr, wo Ihr hingeht?«, rief ein anderer.

Elizabeth rümpfte die Nase. »Ignorier sie einfach.«

Mildred kicherte. »Nichts leichter als das!«

Mit jedem Schritt wurden die Stimmen hinter ihnen lauter. Als Elizabeth hörte, dass sie ihnen folgten, musste sie dem Impuls widerstehen, den Schritt zu beschleunigen, wusste aber, dass sie aufgrund ihrer Verletzungen nicht sonderlich weit kommen würde.

Später, so versuchte sie sich zu beruhigen, würde sich bestimmt noch eine bessere Gelegenheit ergeben, ihrer Gefangenschaft zu entkommen.

Elizabeth verlangsamte den Schritt und setzte ein möglichst unbedarftes Gesicht auf. Kurz vor dem Bach löste sie sich von Mildreds Arm, raffte das Nachthemd und kletterte hinab zum Ufer, wo ihr der Geruch nach feuchter Erde und nassen Kieselsteinen entgegenschlug. Als sie in das kühle Wasser hineinwatete, stob ein Schwarm kleiner Fische mit silbriger Haut auseinander. Nachdem sie den Saum des Nachthemds gerafft und ihn zwischen ihren Knien eingeklemmt hatte, beugte sie sich über das Wasser, wartete kurz, bis es sich wieder geglättet hatte, und erschrak beim Anblick des Antlitzes, das ihr entgegenstarrte. Mit dem mehlbestäubten Haar, dem getrockneten Blut und den dunklen Ringen unter den Augen wirkte sie geradezu verwahrlost. Ganz zu schweigen von dem edlen Leinengewand mit aufwendigen Stickereien an Ärmeln und Saum, das heillos zerknittert und verschmutzt war. Zügelloser Zorn und das Gefühl der Demütigung schossen ihr in die Eingeweide, als sie mit den Händen in das Wasser eintauchte und sich das Gesicht wusch.

Mildred stellte sich neben sie, riss einen Streifen von ihrem Nachtgewand ab und benetzte ihn mit Wasser. »Ich werde versuchen, vorsichtig zu sein, aber es könnte dennoch ein wenig schmerzen.«

Elizabeth erhob sich, schloss die Augen und wappnete sich gegen den möglichen Schmerz. So kam es, dass sie gar nicht merkte, wie sich ihnen jemand näherte.

»Weg vom Wasser!«, riss eine Wache sie aus ihren Gedanken.

»Genießt Ihr auch die Stille der Natur, Mylady?«, fragte Mildred mit einem verächtlichen Schnauben.

Elizabeth lächelte. »Und wie! Nichts als das leise Rauschen des Windes.«

Als weitere Wachen sich zu ihnen gesellten und auf sie einredeten, hatte Elizabeth große Mühe, ein Kichern zu unterdrücken. »Richtet diesem Rauhbein namens de Lanceau aus, dass wir nicht nach seiner Pfeife tanzen werden!«, sagte Elizabeth, die Augen noch immer geschlossen. »Meinetwegen könnt ihr ihn auch wissen lassen, dass ich ihn für den größten Tor auf Gottes Erden halte. Sollte er auch nur einen Funken Intelligenz besitzen, wäre er so klug, uns freizulassen.«

»Das hättet Ihr mir auch ruhig selbst sagen können.«

Panisch riss Elizabeth die Augen auf und sah, dass de Lanceau über ihr auf der Wiese thronte, die Hände in die Seiten gestemmt, in einer Hand eine abgewetzte Satteltasche.

»Nun?«, hakte er mit einem süffisanten Lächeln nach.

Elizabeth' Wangen fingen augenblicklich Feuer. Eher würde sie jedoch in der Hölle schmoren, als dass sie sich ihm gegenüber eine Blöße gab! Wie von der Tarantel gestochen fuhr sie herum. Die Bewegung war jedoch zu abrupt für ihren geschwächten Körper, so dass ihr für den Bruchteil einer Sekunde schwarz vor Augen wurde.

»Wolltet Ihr mir nicht etwas sagen?«, forderte de Lanceau sie mit zusammengekniffenen Lippen auf.

»Ihr habt jedes Wort mit angehört, und ich für meinen Teil ergehe mich nicht gern in Wiederholungen.« Mit einem entnervten Schnauben beförderte sie sich das Haar über die Schulter.

Als Antwort zuckte ein Muskel in de Lanceaus Wange, und sein Gesichtsausdruck verfinsterte sich.

Elizabeth stockte der Atem, als sein Blick mit quälender Behäbigkeit über ihre Brüste, die Stickereien am Ausschnitt und schließlich über ihr Gesicht glitt. Ein ungewohntes Prickeln erfasste sie, und mit einem Mal war ihr unerträglich heiß. Es war, als hätte er sie leibhaftig berührt.

In seinen Augen lag jedoch ein stechender Blick – so, als wollte er sie wissen lassen, dass er sich jede ihrer Rundungen eingeprägt hatte.

Elizabeth zwang sich, ruhig auszuatmen, und verschränkte die zitternden Arme über der Brust. Nein, sie würde nicht zulassen, dass seine Blicke so viel Macht über sie hatten!

»Ja, ich habe gehört, was Ihr sagtet«, knurrte er. »Törichte Worte, die Euch voreilig über die Lippen kamen. Auf der anderen Seite ...«, seine Augen tasteten sie abermals ab, »... scheint Ihr eine gewisse Neigung zur Torheit zu haben.«

Krampfhaft zog sich Elizabeth' Magen zusammen. Was mochten seine Worte bedeuten? Spielte er darauf an, dass sie Mildred den Umhang geliehen hatte, oder meinte er ihre folgenschwere Begegnung auf dem Markt? Selbst jetzt, wo sie wusste, mit wem sie es zu tun hatte, konnte sie die Wärme seines

Körpers abrufen, dachte an seine hauchzarten Lippen. Sie hatte sogar schon davon geträumt, wie er ihr einen Kuss raubte.

»Kommt vom Ufer fort, ehe Ihr ausrutscht und hineinfallt und ich Euch ein weiteres Mal das Leben retten muss!«

Elizabeth trommelte mit den Fingern auf ihrem Unterarm. »Von Rüpeln nehme ich grundsätzlich keine Anweisungen entgegen!«

De Lanceau zog entnervt eine Augenbraue in die Höhe. »Wollt Ihr etwa, dass ich komme und Euch hole?«

»Nichts läge mir ferner.«

»Vor uns liegt eine lange Reise, zu der wir in Bälde aufbrechen werden. Im Karren befindet sich Wegzehrung für Euch.« Er öffnete die Satteltasche. »Hier ist eine Salbe für Eure Verletzung.«

Elizabeth wandte sich demonstrativ von ihm ab. Sie wollte weder seinen Proviant noch seine Salbe. Just als sie sich mit weit nach vorn geschobenem Kinn in Bewegung setzen wollte, musste sie feststellen, dass ihr rechter Schuh im Schlamm feststeckte. Mit einem schmatzenden Geräusch befreite sie sich. Als in ihrem Rücken lautes Gelächter aufbrandete, wäre sie am liebsten im Erdboden versunken.

»Ich schlage vor, dass Ihr etwas zu Euch nehmt«, sagte de Lanceau, in dessen Stimme ebenfalls ein Hauch von Belustigung mitschwang. »Wir brechen auf, sobald die Pferde so weit sind.«

Elizabeth schleuderte ihm einen giftigen Blick über die Schulter zu. »Wo bringt Ihr uns eigentlich hin?«

»Das werdet Ihr noch früh genug erfahren.«

»Branton Castle?«

Argwohn überschattete seine Züge.

Elizabeth lächelte. »Mir ist zu Ohren gekommen, König Richard soll Euch die heruntergekommene Festung als Belohnung für Euren ach so tapferen Einsatz während der Kreuzzüge geschenkt haben. Welch eine Ironie, dass Ihr Euch für die Großzügigkeit des Königs ausgerechnet damit erkenntlich zeigt, dass Ihr die Tochter eines ihm treu ergebenen Lords verschleppt!«

De Lanceaus Gesicht verfinsterte sich.

»Die Krone dürfte alles andere als erfreut sein, wenn sie erfährt, was Ihr getan habt. Eure Festung wird aus demselben Grunde belagert werden wie damals die Eures verräterischen Vaters!«

Er sog zischend den Atem ein. »Ihr habt ein vorlautes Mundwerk, Mylady, und das, obwohl Ihr keinen blassen Schimmer habt, wovon Ihr da faselt!«

»Und Ihr, Sir, seid nicht mehr ganz bei Sinnen, Euch mit meinem Vater anzulegen.«

Als Elizabeth ihn wieder anblickte, wurde ihr angst und bange, so wütend blickte er drein. Hoffentlich war sie nicht zu weit gegangen, aber auf ihren geliebten Vater würde sie nichts kommen lassen!

»Es ist nicht sonderlich klug, sich zu Dingen zu äußern, von denen man nichts versteht«, sagte er mit schnarrender Stimme, die keinen Widerspruch duldete. »Ihr seid eine noch dümmere Gans, als ich dachte. Fallt ruhig ins Wasser. Esst oder lasst es bleiben. Es ist mir einerlei!«

Nachdem er einem der Söldner einen irdenen Tiegel in die Hand gedrückt hatte, schlang er sich die Satteltasche über die Schulter und stapfte davon.

Elizabeth stieß einen Seufzer aus, entspannte ihre Hände,

die sie zu Fäusten geballt hatte, lockerte die fast taub gewordenen Finger und widerstand dem Impuls, ihm nachzusehen.

»Wir sollten die Salbe und den Proviant annehmen«, raunte Mildred ihr zu. »Angenommen, er lässt uns nach Branton Castle bringen, werden wir nicht vor Einbruch der Dunkelheit dort eintreffen.«

»Lieber verhungere ich«, entgegnete Elizabeth, der – wenn sie ehrlich war – der Magen bereits seit längerem knurrte.

»Wie wollt Ihr de Lanceau denn ein Schnippchen schlagen, wenn Ihr fast vom Fleische fallt?«

Elizabeth seufzte. Mildred hatte recht. Niedergeschlagen hakte sie sich bei der Zofe unter, die der Wache den Tiegel aus der Hand riss, ehe sie sich in Bewegung setzten und zu dem Karren zurückliefen.

Von einigen seiner Männer umstanden, justierte de Lanceau das Zaumzeug seines grauen Streitrosses. Als er aufsah und die Augen zusammenkniff, wandte Elizabeth schnell den Blick ab, rauschte an ihm vorbei und begutachtete die Speisen, die auf einer Decke auf der heruntergelassenen Klappe des Karrens ausgebreitet lagen. Brot, das aussah, als wären vom Mahlen noch Steine im Mehl zurückgeblieben, gepaart mit gelblichem Käse und dazu Met aus einer abgewetzten Schweineblase.

Wehmütig und mit krampfendem Magen dachte Elizabeth daran, dass Fraeda stets darum bemüht war, die größten Steine auszusortieren, damit sich die Burgbewohner nicht die Zähne daran ausbissen.

Währenddessen öffnete Mildred den Tiegel, roch an der Salbe und holte mit dem Finger etwas von der schmierigen gelben Paste heraus.

»Am besten, Ihr setzt Euch auf den Rand des Karrens,

Mylady. Die Salbe stinkt entsetzlich, aber wir haben keine andere Wahl.«

Elizabeth tat, wie ihr geheißen, und während Mildred ihr die Stirn einrieb, brach Elizabeth sich ein kleines Stückchen Brot ab, knabberte an der Kruste und sah einem Schmetterling nach, der um leuchtend gelbe Butterblumen herumschwirrte. Unter normalen Umständen hätte sie die bunte und wohlduftende Wiese mit den vielen Wildblumen in vollen Zügen genossen und ihre Schönheit zu schätzen gewusst. Als Mildred die Wundränder berührte, zuckte Elizabeth zusammen. Als sie das Gefühl hatte, de Lanceaus durchdringenden Blick zu spüren, strich sie sich mit hastigen Bewegungen das Nachtgewand glatt.

Je früher sie floh, desto besser.

*

Zärtlich klopfte Geoffrey seinem Ross den Hals, ehe er sich in Richtung Karren begab. Ihm war nicht entgangen, dass Elizabeth ihn mit verächtlichen Blicken strafte. Nachdem sie sich die Brotkrumen vom Schoß gewischt hatte, erhob sie sich.

Alles deutete darauf hin, dass er Brackendales Tochter ein unbehagliches Gefühl bescherte. Ausgezeichnet!

Ohne sie eines Blickes zu würdigen, nahm er sich einen Kanten trockenes Brot. Als er ein Stück davon abbiss, setzte sich seine Gefangene in Bewegung und steuerte mit flatterndem Nachtgewand geradewegs auf den Wald zu. Wie magisch wurde sein Blick von dem dünnen glänzenden Material angezogen, das sich einmal aufblähte, einmal eng an ihren Körper schmiegte.

Sosehr er sich auch dagegen wehrte, er konnte einfach nicht den Blick von ihren sinnlichen Rundungen und ihrem schwarzen Haar abwenden, das ihre schmale Taille umspielte. Welch ein alberner Wunsch, mit den Fingern durch das seidige Haar zu gleiten, an ihm zu riechen, sich an dem Duft zu laben! Als sie sich auch noch eine Strähne aus dem Gesicht strich, erwachte seine Männlichkeit. Welch ein bezauberndes Wesen!

Aber nein, rief er sich zur Ordnung. Er durfte nicht vergessen, dass Sie Brackendales Tochter war – das Fleisch und Blut seines Erzfeindes.

Als er das Gefühl hatte, dass ihm ein Kloß im Hals saß, tastete er nach dem Weinschlauch, setzte ihn an die Lippen und nahm einen großen Schluck von dem warmen Met. Nachdem er sich anschließend mit dem Handrücken über den Mund gefahren war, schalt er sich dafür, einen Moment lang die Kontrolle über seine Gedanken verloren zu haben.

Plötzlich bemerkte er, dass Elizabeth schwankte. Ganz offensichtlich hatte sie Schwierigkeiten, die Balance zu halten. Da, jetzt hielt sie sich auch noch den rechten Arm!

Aus dem Nichts wallten tiefe Schuldgefühle in ihm auf. Auf dem Turnierplatz des Earl of Druentwode und den blutgetränkten Kriegsschaustätten von Akkon hatte er genug Versehrte gesehen, um zu wissen, wann ein Mensch unter Höllenqualen litt. Elizabeth' Verletzungen schienen schlimmer zu sein, als er angenommen hatte.

Nachdem er die Schuldgefühle abgeschüttelt hatte, beschloss er, alles dafür zu tun, dass ihre Wunden schnellstmöglich verheilten, aber er würde *kein* Mitleid für sie aufbringen. Brackendales Tochter war im Wohlstand aufgewachsen, hatte ein Leben ohne Entbehrungen geführt, und das alles nur, weil sein Vater hatte sterben müssen.

Nein, sein Vater hatte es nicht verdient, als Verräter in die Annalen des Landes einzugehen – genauso wenig, wie es rechtens gewesen war, ihn so brutal niederzumetzeln!

Geoffrey zwang sich, den Bissen Brot, den er gerade zu sich genommen hatte, herunterzuschlucken. Wenn er die Augen schloss, wenn er die Verzweiflung und die Erinnerungen an die Oberfläche aufsteigen ließ, war ihm, als könnte er die eisigen Finger seines Vaters spüren und das blutgetränkte Stroh im Stall riechen ...

»Seid Ihr mit dem Honigwein fertig?«, wollte Mildred wissen.

Geoffreys Augen weiteten sich. Mehr schlecht als recht gelang es ihm, ein Schaudern zu unterdrücken, und warf Mildred einen flüchtigen Blick zu. »Was?«

»Ich hätte gern auch einen Schluck.«

Nachdem er der Kammerzofe den Schlauch zugeworfen hatte, richtete er seine Aufmerksamkeit abermals auf Elizabeth, die mittlerweile in die Hocke gegangen war, um eine Blume zu pflücken. Durch ihre Verschleppung setzte er sein eigenes Leben aufs Spiel, riskierte den Tod durch den Strang. Aber es half nichts, er hatte keinen anderen Ausweg gesehen, zumal er seit seiner Kindheit nach einem Beweis für die Unschuld seines Vaters gesucht hatte. Gott konnte bezeugen, dass er jedem noch so geringen Verdacht nachgegangen war, dass er alles darangesetzt hatte, seinen Vater posthum von dem Verdacht zu befreien, er sei ein Landesverräter gewesen. Sein Vater hatte gewollt, dass er das Erbe der de Lanceaus antrat, den Ländereien vorstand, die seine Vorfahren von William dem Eroberer zugesprochen bekommen hatten und die seither an die ältesten Söhne vererbt wurden.

Und genau diese Tradition beabsichtigte er aufrechtzuerhalten. Die Ära der de Lanceaus musste weitergehen. Er würde sich zurückholen, was ihm gehörte, koste es, was es wolle!

Bei dem Gedanken an die Genugtuung, die ihn ereilen würde, wenn er am Ziel seiner Träume angekommen und Brackendale endlich vernichtend geschlagen war, legte sich ein verbittertes Lächeln um seine Lippen. Ja, er würde siegen, und niemand würde sich ihm in den Weg stellen – am allerwenigsten Brackendales Tochter!

*

Als Elizabeth Schritte im Gras hinter sich vernahm, verkrampfte sich ihr ganzer Körper. Erst wenige Augenblicke zuvor hatte sie de Lanceaus bohrende Blicke gespürt und eine Gänsehaut bekommen. Sie hatte ihn mit Missachtung gestraft, hatte gehofft, dass er von sich aus das Interesse an ihr verlor.

Ein Wunsch, der sich leider nicht erfüllt hatte.

»Wir brechen jetzt auf«, sagte de Lanceau, in dessen Stimme etwas mitschwang, das keinen Widerspruch duldete.

Elizabeth weigerte sich noch immer, ihn anzusehen. Ihre Finger zerquetschten die Kornblume, die sie hielt. Sie hatte gehört, wie er seinen Männern vom Bach aus befohlen hatte, die Pferde zu tränken, hatte aber nicht damit gerechnet, dass sie so zeitig die Reise antreten würden.

Fieberhaft dachte sie darüber nach, wie sie am besten seinen Fängen entkommen konnte.

Doch ihr fiel nichts ein.

Das Herz schlug ihr bis zum Hals. Wenn sie die Flucht antreten wollte, musste sie schnell agieren.

Elizabeth nahm all ihren Mut zusammen, drehte sich um und sah ihn an. Er hatte die Hände in die Hüften gestemmt, sein Haar war von der Brise zerzaust. Sein kalter Blick befahl ihr, sich seinen Anweisungen zu fügen.

Elizabeth warf einen verstohlenen Blick auf den schattigen Wald, in dem sich ein Mensch leicht verlaufen konnte.

Im hintersten Winkel ihres Verstandes regte sich etwas, nahm mit jedem Herzschlag Gestalt ein.

Warum war sie nicht schon früher darauf gekommen?

So nonchalant wie möglich fragte Elizabeth: »Erlaubt Ihr mir, mich für einen Moment zurückzuziehen?«

Misstrauen blitzte in seinen Augen auf, doch dann nickte er. »Aber beeilt Euch!« Er rief zwei seiner bewaffneten Männer und machte eine wegwerfende Handbewegung in Richtung Hain. »Lasst sie nicht aus den Augen!«

Elizabeth steuerte auf die Bäume zu. Als sie in den Schatten der Eschen trat und auf einen ausladenden Brombeerbusch zusteuerte, riefen die Männer: »Das ist weit genug!«

»Einverstanden«, sagte sie, »aber nur, wenn ihr Burschen mir den Rücken zukehrt.«

Ratlos tauschten die Wachen Blicke aus. »Lord de Lanceau hat ...«

Lachend erfasste Elizabeth die waldige Umgebung mit einer ausholenden Geste. »Wo könnte ich schon hin? Wie ein Eichhörnchen auf einen Baum?«

Die Männer legten die Stirn in Falten, zuckten mit den Schultern und drehten sich zur Wiese um.

Die Brise frischte auf. Das Blätterdach über ihr rauschte.

Elizabeth machte einen Satz. Hinter einer Hecke aus Farn stieß sie auf einen gut erkennbaren Wildpfad.

Ein Zweig unter ihrem Schuh knackte.

Hinter ihr ertönten Rufe.

Die Wunde an ihrer Schläfe pochte. Ihr war so schwindelig, dass ihr fast schwarz vor Augen wurde.

Sie musste weiterlaufen, durfte unter keinen Umständen stehen bleiben.

Elizabeth duckte sich unter tiefen Ästen hindurch, sprang über hervorstehende Baumwurzeln. Wie knochige Finger griffen Zweige nach ihrem Nachtgewand. Der Stoff straffte sich – und riss.

Ihre Verfolger machten Boden wett. Ihr angestrengtes Keuchen war lauter als das ihre.

Elizabeth' Lungen brannten.

Als sie beinahe über eine Wurzel gestolpert wäre, wurde sie langsamer.

Hinter ihr explodierte ein kehliges Brüllen. Eine Hand packte sie am Arm und riss sie herum. Ein gestählter Körper schleuderte sie gegen eine alte Eiche. Sie trat, schlug um sich, kämpfte wie eine Löwin gegen die Schwärze an, die sie einzufangen drohte.

Sie nahm verschiedene Gerüche wahr: Lehmboden. Baumrinde. Maskuliner Schweiß.

Ihr Verfolger packte sie bei den Handgelenken. »Hört auf, so herumzuzappeln!«

De Lanceaus Stimme ließ nackte Angst in ihr aufsteigen. Sie hielt inne. Seine Hände ließen von ihr ab, doch er wich nicht zurück. Sein Becken presste sich gegen das ihre. Sein

Oberkörper berührte ihre Brüste. Sein sengender Odem streifte ihre gerötete Haut.

Sie erschauderte.

»Was habt Ihr Euch nur dabei gedacht?«, brummte er. »Nie und nimmer wärt Ihr uns entkommen. Oder habt Ihr gehofft, Euch das Genick zu brechen?«

Elizabeth zitterte mittlerweile wie Espenlaub. »Lasst von mir ab!«

»Ihr werdet mir nicht entkommen – nicht, bis ich mich an Eurem Vater gerächt habe!« Sein Mund verzog sich zu einem verruchten Feixen. »Und selbst dann ist es noch nicht sicher, dass Ihr freikommt.«

Kapitel 5

»Rauf aufs Pferd!«

Ein unnachgiebiger Ausdruck trat in Elizabeth' blaue Augen, als sie die Arme vor dem arg in Mitleidenschaft gezogenen Nachtgewand verschränkte.

Geoffrey schlang sich die Zügel des Streitrosses um die Hände und sah auf Elizabeth herab, die neben seinem Pferd stand. Trotz der zwei scharlachroten Flecken, die ihre Wangen zierten, hielt sie seinem Blick eisern stand. Die wilde Farbe in ihrem Gesicht hatte nicht ein Jota abgenommen, seitdem er sie vom Waldesrand weggeschleift und zwischen Pferd und Karren verbannt hatte, um einen weiteren Fluchtversuch zu vereiteln.

Er kniff die Augen zusammen und funkelte sie an, damit sie sich seinem Willen beugte, doch Elizabeth ließ sich durch nichts einschüchtern. Verärgerung machte sich in seiner Brust breit, nicht minder lodernd als das Verlangen, das er im Schach zu halten versuchte. Ihr Anblick, ihr Geruch genügten, um sein Blut abermals in Wallung zu bringen. Eine Regung, die ihm ganz und gar nicht gelegen kam und die er jetzt mit aller Willensstärke beiseiteschob. »Das war keine Bitte.«

»Wie könnt Ihr es wagen, mich noch weiter zu erniedrigen? Ich weigere mich, wie ein Mann auf dem Rücken dieses Monsters zu sitzen.«

»Seid Ihr in Sorge um Eure Sittsamkeit?« Als sich ihre Lippen teilten und ein entsetztes Keuchen entließen, stieß Geoffrey ein Glucksen aus. »Das nächste Mal, wenn ich eine Dame von Stand aus ihrem behüteten Elternhaus entführe, werde ich eigens einen Damensattel einpacken. Aus Ermangelung desselben habt Ihr leider keine andere Wahl.« Er setzte sein Feixen auf, das im Laufe der Jahre bereits so manches Frauenherz zum Schmelzen gebracht hatte. »Es sei denn, Ihr zieht es vor, zu Fuß zu gehen.«

Elizabeth setzte ein wütendes Gesicht auf und wandte den Blick ab. »Rüpel!«

»Endlich seid Ihr zur Besinnung gekommen.« Mit diesen Worten packte er den rauhen Wollumhang, der über dem Sattel des Rosses gelegen hatte, und warf ihn ihr zu. Elizabeth ließ ihn auf die Erde fallen. Geoffrey zuckte mit den Schultern und straffte den Bauchgurt des Pferdes. »Anziehen!«

»Was, wenn ich mich weigere?«

Ihr anmaßendes Flüstern zerrte an seinen ohnehin schon strapazierten Nerven. »Wenn Ihr Euch weigert«, gab er zurück, »sehe ich keine Möglichkeit, Euch weitere Schmach zu ersparen. Seid Euch bewusst, dass ich Euch höchstpersönlich den Umhang umlegen werde, selbst wenn ich Euch dazu auf den Boden werfen müsste. Gras und Blumen im Haar stünden Euch bestimmt gut zu Gesicht.« Er riss an dem ledernen Gurt, so dass es knallte. »Vielleicht sollte ich Viscon rufen und ihm die Aufgabe übertragen.«

Elizabeth stieß ein unwilliges Seufzen aus. Geoffrey betrachtete sie aus den Augenwinkeln heraus, als sie den Umhang auflas. Sein Blick glitt über ihr verdrecktes Gesicht. Sie wirkte erschöpft. Zerbrechlich.

Während sie sich das Kleidungsstück aus brauner Wolle überzog, schimmerte frisches Blut auf ihrer Braue. Ihr idiotischer Fluchtversuch hatte dazu geführt, dass sich die Wunde wieder geöffnet hatte.

Er verfluchte das Mitleid, das in ihm aufwallte, und befestigte die Ledertasche am Sattel. Er hatte nicht vor, sie während der Reise mit Samthandschuhen anzufassen.

Nicht hier in einem abgelegenen Wald, wo ihm das Blut in den Lenden pulsierte und ihm schmutzige Phantasien im Kopf herumspukten, die seine Rache noch um einiges lieblicher werden ließen.

Ursprünglich hatte er geplant, gemeinsam mit ihr zu reiten, um ein Auge auf sie haben zu können. Doch die Vorstellung, sie so nah bei sich zu haben, sie zu berühren, war schier unerträglich. Es war das Vernünftigste, wenn sie mit einem anderen ritt.

Als das Donnern von Hufen an sein Ohr drang, hob er den Kopf. Troy brachte sein Pferd, einen rotgrauen Hengst, neben dem Karren zum Stehen. »Die Männer sind so weit, Mylord.«

»Gut. Die Lady wird übrigens mit dir reiten.«

Elizabeth, die gerade dabei war, sich den Umhang zu richten, erstarrte. Mit weit aufgerissenen Augen beäugte sie das Schlachtross. »Ich dachte ...«

»Troy hat mehr Geduld als ich. Er wird hinter Euch sitzen, damit Ihr nicht vom Pferd fallt.« Er biss sich auf die Innenseite seiner Wange und fügte hinzu: »Da Ihr ja nicht wie ein Mann reiten wollt.«

Die Röte auf ihren Wangen gewann an Intensität. »Ihr seid ein ...«

»Mylady!« Mit einem Umhang über dem Arm quetschte sich die Kammerfrau an dem Hinterteil des Rosses vorbei und legte Elizabeth eine Hand auf die Schulter. »Ich wollte schon früher bei Euch sein, aber dieser Rüpel von Viscon hat es nicht erlaubt.« Als sie Elizabeth genauer betrachtete, verzog sie das Gesicht. »Mein armes Lamm! Man zwingt uns in die schlimmsten Gewänder. Ich kann nur beten, dass sie nicht voller Flöhe sind.«

Die Kammerfrau warf Geoffrey einen vernichtenden Blick zu. Ein Zucken befiel seine Lippen. Dachte diese Person wirklich, dass sie *ihm* Angst machen konnte? Er hatte sich Schwertgefechte mit blutrünstigen Sarazenen geliefert und überlebt!

Er hob die Augenbrauen.

Mit einem verächtlichen Brummen schüttelte Mildred den Umhang aus und zog ihn sich über das schwarze Cape.

Gold blitzte auf.

In seinem Kopf schrillten Alarmglocken. Er hatte die Brosche vergessen. »Wartet!«

Er machte einen Schritt nach vorn und teilte den Umhang. Die Kammerfrau quäkte und schlug nach seiner Hand, doch Geoffrey war schneller, hatte im Nu das Schmuckstück gelöst und ließ es in seine Hand fallen.

»Nein!« Elizabeth wollte nach vorn preschen, doch Troy packte sie am Arm. Sie fluchte und zappelte.

Geoffrey rieb mit dem Daumen über das eindrucksvolle und filigrane Muster. Die Schmiedearbeit war von erlesener Qualität, wie man sie nur selten sah – eine gar meisterliche Verschmelzung von Material und Können.

»Gebt mir die Brosche!« Schmerz und Wut schwangen in Elizabeth' Stimme mit.

Geoffrey dachte kurz darüber nach, was das Schmuckstück ihr wohl bedeuten mochte. Vielleicht war es die Gabe eines Verehrers gewesen oder von Sedgewick.

Oder ihrem Vater, diesem räudigen Hund!

Elizabeth streckte die geöffnete Hand aus. »Gebt sie zurück – ich verlange es!«

»Ihr verlangt es? Wohl, damit Ihr einen meiner Männer bestechen und fliehen könnt?«, knurrte Geoffrey und schloss seine Finger um das schimmernde Gold. »Das glaube ich kaum.«

»Sie gehört mir!«

Geoffrey verschloss sein Herz und seinen Verstand gegen ihr Kreischen. Es kam gar nicht in Frage, dass er ihr das Schmuckstück zurückgab. Wenn er es tat, brachte er seinen Sieg in Gefahr. Er hatte ohnehin schon zu viele Jahre ins Land streichen lassen.

Geoffrey wandte ihr den Rücken zu und ließ die Brosche in seine Ledertasche gleiten. »Troy, rauf mit ihr aufs Pferd!« Das entrüstete Schreien Elizabeth' übertönend, brüllte er: »Paul, Viscon! Bringt ein Pferd für Mildred! Und beeilt euch!«

*

Das Schlachtross geriet ins Straucheln. Elizabeth wurde erst nach vorn und dann nach hinten geworfen, wo sie gegen Troys Brust prallte. Sie atmete laut aus und gab ein verächtliches Brummen von sich. Der vermaledeite Gaul schien zielsicher jedes Loch in der Straße zu treffen.

Elizabeth richtete sich auf und zog die Kapuze zurück, die ihr Gesicht bedeckte. Viscon ritt zu ihrer Rechten, seine vernarbte Hand auf dem Knie. Sein Sattel knarrte wie die Schlaufe eines Henkers.

Sie erschauderte, als sie sich das Glitzern in de Lanceaus Augen in Erinnerung rief, das sie beobachten konnte, nachdem er vor einigen Wegstunden zu ihnen aufgeschlossen hatte. Er hatte Mildred und Paul, die zu ihrer Linken geritten waren, zum Ende des Gefolges beordert. Elizabeth war sich sicher, dass er es einzig deshalb getan hatte, um sie von ihrer Vertrauten zu trennen.

Wie ein Strohfeuer hatte sich die Wut durch ihre Eingeweide gefressen. Sie hatte in der Tat vorgehabt, gemeinsam mit Mildred Hinweise zu hinterlassen – einen verlorenen Schuh, ein Stück Nachtgewand. Als de Lanceau das Wort an sie gerichtet, sie gefragt hatte, ob es ihr gutginge, hatte sie den Blick starr auf die Felder gerichtet und war ihm eine Antwort schuldig geblieben.

Sein rauhes Lachen war wie Salz in ihren Wunden gewesen. »Lass sie keine Sekunde aus den Augen!«, hatte er Viscon mit einer so kalten Stimme befohlen, dass diese Wasser zu Eis gefrieren ließ. »Wenn es ihr gelingt, Aufmerksamkeit auf sich zu lenken oder gar zu fliehen, bekommst du keinen Sold.«

Elizabeth spürte den Blick des Söldners, der wie die behende Zunge einer Schlange über sie hinwegglitt. »Kopf runter!«, herrschte er sie an.

Sie tat, wie ihr geheißen, aber nur, bis ein herumtollender Hund, der über ein Feld mit gebundenen Garben lief, Viscons Aufmerksamkeit erregte. Durch ihre Wimpern, den aufgewühlten Staub und die herumfliegenden Löwenzahnsporen hindurch erspähte sie de Lanceau und Dominic, die der kleinen Gruppe vorauseilten. Sie unterhielten sich mit gedämpften Stimmen, ihre Unterhaltung wurde nur hier und da durch gelegentliches Gelächter unterbrochen.

Genau wie die Wachen trugen sie unauffällige Umhänge. Die Art und Weise, wie sich de Lanceaus Becken wiegte, verriet, dass er sich im Sattel pudelwohl fühlte. Ihre Miene verfinsterte sich. Wen wunderte das? Auf den Ritterzügen hatte er die meiste Zeit im Sattel verbracht, um gegen die Sarazenen zu kämpfen.

Er war zum Helden avanciert.

Im Moment war er jedoch kein Held, sondern ein Mann, der sich tarnte. Er ritt in leichtem Trab, um nach außen hin den Eindruck zu erwecken, sie wären eine ungezwungene Reisegesellschaft. Die Bauern und Bäuerinnen, denen sie auf ihrem Weg begegneten, kämen nicht auf den Gedanken, dass es sich in Wirklichkeit um eine hinterhältige Entführung handelte.

Tapfer kämpfte Elizabeth gegen die brennenden Tränen an und durchbohrte de Lanceaus Rücken mit giftigen Blicken. Verbrecher! Sie würde niemals Ersatz für ihre geliebte Brosche finden. Würde er sie ihr beizeiten wiedergeben oder sie als Teil seiner grausamen Rache behalten?

Der Gedanke, sich das Schmuckstück nie wieder anstecken zu können, war unerträglich.

Grunzend schlug Viscon ihr auf den Arm. »Kopf nach unten!«

Mit einem wachsamen Blick in den Augen drehte de Lanceau sich um. Sofort senkte Elizabeth den Blick auf die zerzauste Mähne des Pferdes und verkniff sich einen höchst undamenhaften Kommentar.

Je weiter der Tag fortschritt, desto unruhiger wurde sie, denn ein Krampf im rechten Oberschenkel plagte sie. Zweimal hatte de Lanceau ihr und seinen Männern Brot und Met verabreichen lassen. Beide Male hatte Elizabeth sich geweigert, etwas zu sich zu nehmen. Ihr Allerwertester schmerzte, genau wie ihr Arm und ihr Kopf. Und obwohl ihr Magen knurrte, hätte sie keinen Bissen heruntergebracht.

Am Nachmittag belagerten tiefhängende dunkle Wolken den Himmel. Als Regentropfen auf ihre Kapuze und Schultern fielen und die Straße mit dunklen Flecken übersäten, erteilte de Lanceau den Befehl, schneller zu reiten.

Elizabeth vergrub sich in den Falten ihres Umhangs, der ihr Wärme spendete, aber gegen die eindringenden Regentropfen machtlos war. Es dauerte nicht lange, da klebte ihr das Nachtgewand am Körper, und die Straße verwandelte sich zunehmend in ein Meer aus Schlamm. Am Kopf der Formation kämpften de Lanceau und Dominic gegen den trommelnden Regen an. Ihr Gespräch und ihr Gelächter verstummten. Trotz des peitschenden Windes und des Hufgeklappers drangen die harschen Befehle zum Weiterreiten an ihr Ohr. Mit klappernden Zähnen zog sie den Umhang enger um sich. Benommenheit senkte sich über sie, wollte sie dazu verlocken, die Augen zu schließen und sich der wohligen Dunkelheit hinzugeben.

Doch schon einen Augenblick später, so kam es ihr vor, wurde sie von einer Hand gerüttelt.

»Mylady!« Troys Stimme klang, als käme sie von weit her. »Wacht auf!«

Mit einem krächzenden Geräusch zwang sie sich, die Augen zu öffnen und sich das Gesicht von den nassen Strähnen zu befreien. Als der Geruch nach Pferden und nasser Erde in ihr Bewusstsein drang, errötete sie. Es war ihr unsäglich peinlich, dass sie an Troys Brust eingeschlafen war.

Sie richtete sich auf und erstarrte. Die Dämmerung hatte eingesetzt. Vor ihr eine Festung, die am Rande einer natürlichen Felsformation kauerte. Im Kontrast zu dem roten, orangefarbenen und güldenen Licht der untergehenden Sonne wirkten die steinernen Burgwälle pechschwarz. Die rechteckige Burg bäumte sich hinter den mit Zinnen versehenen Schutzwällen auf, ähnlich einem hässlichen Drachen, der den Kopf in die Höhe reckte.

Düster und verboten wirkte die Festung namens Branton Castle. Elizabeth verspürte nicht die geringste Lust, auch nur einen Fuß in de Lanceaus Zuflucht zu setzen, doch ihr ganzer Körper schrie nach festem Boden unter den Füßen, nach neuen Gewändern und einer warmen Mahlzeit, die nicht von Fliegen umschwärmt oder mit Steinen durchsetzt war.

Während die kleine Formation über das Kopfsteinpflaster des Dorfes am Fuße der Wälle ritt, spähten die Bewohner aus ihren Lehmhütten. Als de Lanceau sein Ross zu einem kurzen Galopp antrieb, taten seine Männer es ihm gleich. Kurz vor dem massiven Fallgatter aus Holz und Eisen rief er zu seinen Männern im Wachturm hinauf. Wenige Augenblicke später senkte sich die hölzerne Zugbrücke mit einem Quietschen über den Burggraben, und die Türen aus Holz öffneten sich.

Flackernde Pechfackeln erhellten den Innenhof. Aus dem strohbedeckten Gebäude strömten Männer heraus, manche von ihnen jung, andere alt und kampferprobt. Sie lächelten und begrüßten de Lanceau, nachdem er sein Pferd zum Stehen gebracht hatte, mit lautem Jubel und schüttelten ihm die Hände. Das jungenhafte Feixen, das seine Züge erhellte, löste ein eigenartiges Stechen in Elizabeth' Brust aus. Sie wandte den Blick ab.

Troy schwang sich aus dem Sattel und führte sein Ross durch die Menge hindurch zu den Stallungen. Es kostete Elizabeth große Überwindung, ruhig zu atmen. Was würde nun mit ihr geschehen? Das ausgelassene Johlen um sie herum nahm zu. Elizabeth faltete die klammen Finger im Schoß zusammen. Es war wichtig, dass sie einen klaren Kopf behielt. Menschen, die ihr übelgesinnt waren, würden ihr Handeln früher oder später bereuen.

Als Troy das Pferd unweit der Stallungen zum Stehen brachte, schienen die Geräusche abermals anzuschwellen. Elizabeth warf einen Blick über ihre Schulter. De Lanceau war abgestiegen und sah ihr nach – wie ein Habicht, der seine Beute anvisierte.

Nachdem er einem Stallburschen die Zügel seines Pferdes übergeben hatte, sagte er: »Werdet Ihr Hilfe beim Absteigen benötigen, Mylady, oder kommt Ihr allein zurecht?«

Seinen Worten wohnte pure Provokation inne. Elizabeth schlug die durchnässte Kapuze zurück und warf ihm den eisigsten Blick zu, den sie zustande brachte. »Auf Eure Hilfe kann ich verzichten!«

Sie streckte die steifen Beine aus und betete dafür, dass sie halbwegs anmutig aussehen würde, als sie ein Bein über das vordere Ende des Sattels zog. Obwohl sie mit sich zufrieden sein konnte, zuckte sie innerlich zusammen.

De Lanceau stieß einen leisen Fluch aus, entledigte sich des nassen Umhangs und der graubraunen Tunika, warf beides einem Pagen zu und stapfte auf sie zu. Umgehend teilte sich die Menge.

Ein Schaudern erfasste Elizabeth. Er hatte doch wohl nicht vor, ihr zu helfen, oder? Der Gedanke, seine Hände auf ihrem Körper zu spüren ...

Am besten, sie starrte ihn nicht so offensichtlich an. Das

schickte sich nicht, doch sosehr sie sich auch anstrengte, es gelang ihr einfach nicht, den Blick abzuwenden. Die Gewänder, die unter seiner schwarzen Tunika zum Vorschein gekommen waren, konnten es mit den teuersten Kleidern ihres Vaters aufnehmen. Unter dem feuchten Tuch zeichneten sich die breiten Muskeln auf Brust und Armen ab. Aufwendige Stickereien betonten Kragen und Ärmel. Die goldenen Fäden reflektierten helles Licht. In welchem Glanz er erstrahlte!

Je mehr er die Distanz zwischen ihnen verringerte, desto unruhiger wurde sie.

»Lady Elizabeth«, rief Troy, »so wartet doch!«

Elizabeth hielt sich am Rand des Sattels fest, drehte sich um und glitt nach unten.

Kaum hatten ihre Schuhe den matschigen Boden berührt, gaben ihre Beine nach. Mit letzter Kraft hielt sie sich am Sattel fest. »Oh!«

Von hinten schlangen sich Arme um sie. De Lanceaus bestickte Ärmel berührten flüchtig ihre Wangen. Er zog sie zurück, fing sie auf, so dass ihr Gesäß auf seinen Hüften ruhte. Ihr Umhang hatte sich mit seinen Beinen verheddert.

Wie ein Hammerschlag traf sie diese Erkenntnis. Sie wandte sich um, wollte sich befreien, doch ihre Benommenheit war zu stark. Sie holte tief Luft, sog seinen männlichen Duft ein, in den sich Schweiß und Pferdegeruch mischten. Sie musste darum kämpfen, einen halbwegs klaren Kopf zu bewahren.

Aufregung legte sich um ihr pochendes Herz, drohte es zu zerquetschen.

Sein Atem fuhr durch ihr Haar. »Könnt Ihr stehen?« Dicht an ihrem Ohr klang seine Stimme nervös.

Sie nickte.

Er ließ von ihr ab und drehte sie zu sich um.

»Plagt Euch Euer Arm noch immer? Was ist mit Eurer Stirn?« Sorge glomm in seinen Augen.

Elizabeth richtete sich zur vollen Größe auf, weigerte sich aber, ihm für seinen Einsatz zu danken. Schließlich hatte er sie verschleppt, um sich an ihrem Vater zu rächen – dessen war Elizabeth sich mittlerweile sicher.

Ihr Wohlbefinden lag de Lanceau nicht wirklich am Herzen.

»Mir geht es gut«, antwortete sie.

Sein Lachen schmerzte in ihren Ohren, seine Augen schimmerten stahlgrau.

Elizabeth nagte an ihrer Unterlippe. Er *wusste*, dass sie log. Aber selbst wenn es das Letzte auf Erden war, das sie tat, so würde sie sich in seiner Gegenwart keine Schwäche eingestehen.

»Für den Bruchteil einer Sekunde dachte ich doch wirklich, Ihr sähet blass und mitgenommen aus«, sagte er gedehnt. Sein Lächeln nahm träge Züge an, während sein Blick über ihren durchnässten Umhang glitt. Ihr Atem verfing sich wie ein Stein in ihrer Lunge. »Die Vorstellung, mein Juwel könnte die Reise nicht gut überstanden haben, bekommt mir nicht. Es wäre eine Schande, wenn Ihr an Wert verlöret, Lady Elizabeth.«

Sie schluckte, suchte fieberhaft nach Worten, mit denen sie ihn bekämpfen, ihm Wunden zufügen konnte.

Aber sie war zu müde – viel zu müde.

Dunkelheit senkte sich über sie. Wie von selbst schlossen sich ihre Augen.

Eine Hand umfing ihren Ellbogen, stützte sie. Elizabeth war gar nicht bewusst, wie nah sie einer Ohnmacht war.

»Troy, begleite sie auf ihr Gemach!«

Als Elizabeth die Augen öffnete, hatte de Lanceau sich bereits entfernt. Er durchmaß den Burghof mit großen Schritten und sprach mit einer alten Frau, die Wasser aus einem Brunnen schöpfte. Elizabeth hatte Schwierigkeiten, an den Stallburschen vorbeizusehen, die sich um die anderen Reiter geschart hatten, als sie herausfinden wollte, wo Mildred sich gerade aufhielt. Doch Troy legte ihr die Hand auf den Rücken und schob sie in Richtung des vorgelagerten Eingangsgebäudes.

Als Elizabeth das Gebäude betrat, schlug ihr der Geruch nach ranzigen Talgkerzen und modrigem Stein entgegen.

Ihre Schritte wurden langsamer. De Lanceau plante, sie ins Verlies zu stecken! Entsetzen durchzuckte sie, als sie sich innerlich auf Ratten und Eisenfesseln einstellte. Doch der Kelch schien an ihr vorüberzugehen, denn Troy führte sie eine enge Wendeltreppe hinauf. Im zweiten Obergeschoss führte er sie zu einem Gemach, in dem sich eine kleine untersetzte Magd mit braunen Augen und honigblondem Haar aufhielt. Nachdem sie den irdenen Krug abgestellt hatte, verneigte sie sich schüchtern und eilte aus dem Raum.

Troy bedeutete Elizabeth, das Gemach zu betreten.

Elizabeth machte auf der Türschwelle halt. Böse Ahnungen befielen sie. »Wessen Gemach ist dies? Warum habt Ihr mich hierher gebracht? Sagt de Lanceau, ich ...«

Eine Entschuldigung murmelnd, schob Troy sie nach vorn. Die Tür fiel ins Schloss. Ein Schlüssel knarzte im Schloss.

»Troy!«

Elizabeth trommelte mit den Fäusten gegen die Tür. Keine Antwort. Sie riss und rüttelte mit aller Kraft an der eisernen Türklinke – ohne Erfolg.

Mit einem wütenden Schnauben drehte sie sich von der Tür weg. Trotz zitternder Finger gelang es ihr, sich des Umhangs zu entledigen, der zu einem Häufchen auf dem Boden zusammenfiel. Dem Ziehen in ihren geschundenen Muskeln schenkte sie keine Beachtung, als sie durch das Zimmer lief. Wenn es einen Fluchtweg gab, würde sie ihn finden!

Mit einer unbeherrschten Bewegung riss sie die hölzernen Fensterläden auf, hinter denen sich ein Gitter aus Eisen befand, das keinen Deut nachgab, egal, wie fest sie daran zerrte. Wütend warf sie die Holzläden zu, machte auf dem Absatz kehrt und stellte sich vor das hohe Eichenbett unweit der Tür. Genau wie die Wolldecke waren die abgenutzten Laken und Bezüge hier und da geflickt worden. Sie würden unmöglich halten, wenn sie sie in Streifen riss und zu einem Seil verknotete. Ein verzweifeltes Lachen flutete ihre Kehle. Da sie sich nicht durch das engmaschige Gitter würde quetschen können, war der Plan hinfällig.

Da ihr Magen in hellem Aufruhr war, lehnte sie sich gegen einen der Bettpfosten, um sich wieder ein wenig zu beruhigen. Ihre Hand glitt über das rauhe Holz. Ein Blick nach unten verriet ihr, dass der Bettpfosten einst gebrochen und anschließend behelfsmäßig repariert worden war – vermutlich eher von einem Schreinergehilfen als einem Fachmann. Sie lächelte. Wenn sie genug Druck ausübte, würde der Pfosten vielleicht ein weiteres Mal nachgeben. Sie könnte das abgebrochene Stück benutzen, um die Tür einzuschlagen oder, wenn das nicht gelang, den Nächsten, der ihr Zimmer betrat, niederzuschlagen.

Sie schlang die Hände um das Holz und stemmte sich mit ihrem Gewicht gegen das Bett – leider ohne Erfolg.

Tiefe Enttäuschung machte sich in ihr breit. Verzagt untersuchte sie den eingestaubten Tisch, auf dem Kerzen standen, sowie das kleine Nachttischchen. Doch keines von beidem gab etwas her, das ihre Fluchtpläne unterstützen würde – nicht einmal ein Buch, das sie nach der Wache werfen könnte, um diese abzulenken, während sie einen Satz auf die Tür zumachte.

De Lanceau hatte nichts dem Zufall überlassen.

Mutlos sank Elizabeth auf das Bettende. Die Bettseile quietschten und knarrten. Ihre Augen brannten, und sie hatte größte Mühe, gegen ein entmutigendes Schluchzen anzukämpfen.

Nein, sie würde nicht weinen!

Elizabeth legte sich auf die Seite, die Wange auf dem Kopfkissen, und starrte die Wand an. Und das, obwohl sie besser daran täte, sich der durchnässten Kleider zu entledigen, ehe sie sich unterkühlte. Doch ihr war, als wäre der letzte Funken Kraft aus ihrem Leib gewichen.

Die Augenlider wurden ihr schwer. Was für ein Scheusal dieser de Lanceau doch war! Weder hatte er ihr einen Badetrog für ihren geschundenen Körper bringen lassen, damit sie sich die Wunden und den Dreck abwaschen konnte, noch hatte er ihr eine Mahlzeit angeboten. Der Kissenbezug, der zusammengelegt worden war, ehe er hatte durchtrocknen können, verströmte einen säuerlichen Geruch, und das Leinen kratzte entsetzlich auf ihrer Haut.

Ihr fielen die Augen zu. Elizabeth gab sich größte Mühe, gegen den Schwindel anzukämpfen, der sie jetzt schon seit einer halben Ewigkeit begleitete. Sie durfte sich nicht ausruhen, sie durfte nicht schlafen!

Sie musste einen Weg finden, wie sie fliehen konnte.

*

Geoffrey stand im Türrahmen und lauschte Elizabeth' rhythmischen Atemzügen. Sie schlief so tief, wie es Menschen taten, die am Rande vollkommener Erschöpfung standen. Wenigstens jetzt war sie frei, war nicht dem emotionalen Stress und den Erinnerungen ausgesetzt, die an der Seele nagten, bis diese blutete.

Wie er sie darum beneidete!

Seine Lederstiefel knarzten, als er die Schwelle überquerte. Mondlicht sickerte durch die Ritzen in den Fensterläden und tauchte das Gemach in ein sphärisches, silbernes Licht. Das Kammermädchen Elena hatte zwar eine brennende Kerze neben das Bett gestellt, doch er hätte auch ohne das Licht sehen können. Trotzdem blies er die Kerze nicht aus.

Auf leisen Sohlen näherte er sich dem Bett und sah auf Elizabeth herab, besah sich das Juwel, das er unrechtmäßig erbeutet hatte.

Störrisches Weibsbild! Ihr Trotz hatte ihn überrascht, doch letztlich hatte sie es sich selbst zuzuschreiben, dass die Reise für sie alles andere als angenehm gewesen war.

Sie lag auf dem Rücken, das Haar in wirren Strähnen um ihren Kopf, die Bettdecke bis zur Schulter hinaufgezogen. Lange bevor Elena ihr das Abendessen oder Wasser zum Waschen gebracht hatte, war sie eingeschlafen. Sie hatte sich nicht einmal gerührt, als ihr die nassen Kleider vom Leib gezogen worden waren. Als Elena die Heilsalbe, die er eigens besorgt hatte, auf Elizabeth' Schläfe aufgetragen hatte, hatte sie gestöhnt, war aber nicht erwacht.

Sein Blick glitt über ihre Wange, die im Mondlicht badete. Spielten seine Augen ihm einen Streich, oder machte sie einen kränklichen Eindruck? Mit einem Stirnrunzeln beugte

Geoffrey sich über sie. Ihre Augenlider waren hell, sie hatte den Mund zu einem leichten Schmollen verzogen, als wäre sie die Unschuld in Person, als hätte sie ihn nicht bei jeder Gelegenheit, die sich bot, beschimpft. Elena zufolge litt sie nicht unter Fieber, dennoch fühlte er ihre Stirn. Sie war warm, aber nicht heiß.

Sie bewegte sich, stöhnte.

Er schrak zurück, ein Stechen im Gesicht. Er hoffte, sie nicht geweckt zu haben. Was würde er sagen?

Wenn er jetzt versuchte, das Gemach zu verlassen, würde er sie mit Sicherheit wecken.

Starr wie ein Grabstein zählte er seinen dröhnenden Herzschlag. Ihr Haupt fiel zur Seite, ihre Atmung wurde ruhiger.

Erleichterung strömte durch seinen Körper. Er täte besser daran, jetzt zu gehen und sich um die anderen Dinge zu kümmern, die seine Aufmerksamkeit verlangten.

Doch er konnte nicht. Dieses unbeschreiblich warme Gefühl auf seiner Hand, als er sie berührt hatte, hielt ihn zurück.

Wie gern würde er sie ein weiteres Mal anfassen!

Er ermahnte sich zur Vorsicht. Trotzdem glitten seine verräterischen Finger über ihre Wange. Wie weich ihre Haut sich anfühlte, wie venezianische Seide!

Ihre Wärme durchströmte seine Hand. Wie von selbst erinnerte er sich daran, wie wunderbar es sich angefühlt hatte, sie in seinen Armen zu halten.

Er mahlte mit den Zähnen und entfernte sich einen Schritt vom Bett.

Sie hatte eine seiner Schwächen freigelegt. Wie er sie dafür hasste!

Die Kerze verlosch unter seinem Fluch. Er konnte sich

keine Schwächen leisten – nicht, wenn Jahre voller Seelenqualen und Wut ihn an den Punkt getrieben hatten, an dem er sich jetzt befand. Nicht, wenn der Sieg zum Greifen nahe war.

Ihre Schönheit war sein Feind. Er bewunderte ihre Kühnheit, aber er würde nicht zulassen, dass sie ihn schwächte. Er würde die Oberhand über sein Verlangen gewinnen.

Er drehte sich um und schritt zur Tür.

Lady Elizabeth Brackendale würde seiner Seele nicht gefährlich werden!

Kapitel 6

Durch den schweren Vorhang der Schläfrigkeit hindurch drangen zwei Stimmen an Elizabeth' Ohren. Die des Mannes kam ihr bekannt vor, die der Frau hingegen nicht.

»Mylord, die Kopfwunde scheint nicht sehr tief zu sein«, sagte die Frau mit gedämpfter Stimme. »Sobald ich sie von Blut und Schmutz befreit habe, werden wir mehr wissen.«

Elizabeth' angeschlagener Verstand schreckte auf. Wer war verletzt worden?

»Troy meint, sie würde immer wieder in die Bewusstlosigkeit abgleiten.«

Sorge durchlöcherte den Nebel, der sich vor Elizabeth' Gedanken geschoben hatte. Troy? Der Name kam ihr bekannt vor, doch sie konnte ihn nicht einordnen. Wieso hatte sie das Gefühl, ihre Gedanken wären so zäh wie angedickte Kohlsuppe?

»Armes Ding! Die Narbe auf ihrer Stirn wird sie noch eine Weile begleiten, da bin ich mir sicher.«

Der Mann seufzte besorgt. »Was ist mit ihrem Arm?«

»Er ist nicht gebrochen, aber die Prellungen werden ihr noch ein wenig zu schaffen machen.«

Eine Brise umwehte Elizabeth' Wangen. Stoff raschelte. Sie nahm all ihre Kraft zusammen und hob die Lider.

Ein warmes feuchtes Tuch wurde ihr auf die Stirn gepresst.

Schmerz, lass nach!

Sie schnappte nach Luft, riss die Augen auf.

»Seid unbesorgt, mein Kind!« Ein altes Mütterchen schwebte neben dem Bett. Ihre schwarze Gewandung und das weiße Kopftuch ließen ihr sonnengegerbtes und runzeliges Gesicht noch runder wirken. Ihrem Lächeln wohnte Vertrauenswürdigkeit inne.

Elizabeth leckte sich die trockenen Lippen. »Wer ...«

»Bleibt liegen! Lasst Schwester Margaret ihre Arbeit zu Ende bringen.«

Der harsche Befehl fegte das letzte bisschen Schläfrigkeit, das wie Spinnweben Elizabeth' Verstand gefangen hielt, beiseite. Erinnerungen an den vorangegangenen Tag strömten auf sie ein. Ihr Magen zog sich zusammen.

Sie drehte den Kopf zur anderen Seite. Geoffrey de Lanceau lehnte im Türrahmen, die Beine, die in Lederstiefeln steckten, an den Knöcheln verschränkt. Er trug ein burgunderfarbenes Wams und schwarze Beinlinge, wirkte trotz der langen Reise, die sie gerade erst hinter sich gebracht hatten, erholt und frisch. Er hatte sich sogar rasiert, wodurch sein markantes Kinn noch eine Spur arroganter wirkte.

Ihr Blick flog wieder zu Schwester Margaret. Ob die Nonne wusste, dass de Lanceau ein Entführer war? Anscheinend nicht. Schwester Margarets mildes Lächeln blieb unverändert, als sie das blutgetränkte Tuch in einer Schüssel Wasser auswusch, die auf dem Nachttisch stand, und anschließend wieder auf die Wunde legte.

»Aua!« Trotz der drohenden Übelkeit und des Schwindels setzte Elizabeth sich auf. Erst jetzt merkte sie, dass sie nicht auf, sondern unter der Decke lag.

Das Leinenlaken rutschte ihr von den Schultern. Ein kühler Hauch streifte ihren Hals. Ihren nackten Hals.

Jemand hatte ihr das Nachtgewand ausgezogen!

Kreischend schnappte sie nach der Bettdecke.

De Lanceau gluckste. Mit müßigen Schritten schlenderte er zu ihr.

Die Nonne warf Elizabeth einen verstohlenen Blick zu. Erstaunen leuchtete in ihren Augen auf, ehe sie den Kopf schüttelte und die Schüssel zur Hand nahm. »Ich brauche frisches Wasser, bin gleich wieder da.«

Als die Tür hinter der Nonne ins Schloss fiel, klammerte sich Elizabeth an die Bettdecke, die ihren entblößten Körper verhüllte.

»Was denkt Ihr gerade?«

Röte schoss in Elizabeth' Wangen. »Wie konntet Ihr nur!«

»Wie konnte ich was?« Mit diesen Worten ließ er sich auf die Bettkante fallen. Die Seile ächzten und knarzten. In eleganter Manier schlug er einen muskulösen Oberschenkel über den anderen.

Es schien ihm nicht aufzufallen, dass er sie in Bedrängnis brachte, doch das verschmitzte Leuchten in seinen Augen verriet, dass dem nicht so war.

Sie schleuderte ihm einen eisigen Blick zu. »Wo ist mein Nachtgewand?«

Sein freches Grinsen enthüllte eine Reihe weißer und gerader Zähne. Elizabeth' Magen machte einen Satz.

»Ja, jetzt erinnere ich mich wieder«, sagte er gedehnt. »Ihr sprecht von diesem dreckigen, zerrissenen Stück Leinen, das Ihr gestern trugt?«

»Richtig«, erwiderte sie schnippisch.

»Ich habe Elena angewiesen, es jemandem im Dorf zu geben, der es in Fetzen zerreißt.«

»Ihr habt was?«

De Lanceau legte die Stirn in tiefe Falten. »Soll ich Schwester Margaret darum bitten, Euer Gehör gleich mitzubehandeln?«

»Ich höre nicht weniger schlecht als Ihr!« Mit Mühe und Not hielt Elizabeth einen lauten Aufschrei zurück. »Mein Nachthemd hätte geflickt und genäht werden können. Ihr hattet nicht das Recht, es wegzugeben!«

De Lanceau zupfte sich eine Staubfluse von den Beinkleidern. Ihre Blicke trafen sich. »Das Gewand hatte seine besten Zeiten hinter sich. Der geschätzte Lord Arthur Brackendale würde doch nicht wollen, dass seine Tochter sich mit heruntergekommenen Gewändern schmücken muss.«

Ein stechender Schmerz fuhr durch sie hindurch, doch sie schenkte dem Gefühl keine Beachtung. Sie würde ihm nicht auf den Leim gehen und ihren Vater verteidigen. Ihr Vater war ein mutiger, loyaler, nobler Mann, der, sobald er von ihrer Entführung erfuhr, mit seiner Armee nach Branton Castle aufbrechen und de Lanceau wie eine Fliege an der Wand zerquetschen würde.

»Damit habt Ihr Euch nicht nur als Entführer, sondern auch als Dieb entlarvt«, sagte sie mit eisiger Stimme. »Um das Nachtgewand zu ersetzen, müsst Ihr tief in die Tasche greifen, und genau das werdet Ihr tun.«

Er zog die Augenbrauen in die Höhe. »Werde ich das?«

»Oh ja, das werdet Ihr!«

Er stieß ein Lachen aus. Eine Warnung. Er legte eine Hand auf die Bettdecke und beugte sich nach vorn. Seine breite Brust war ihr nun bedrohlich nahe.

Sie erschauderte, weigerte sich aber zurückzuweichen. Sie würde sich nicht von seiner Nähe einschüchtern lassen! Sein Spott und sein Hohn würden ihr nichts anhaben können.

Er spreizte die sonnengebräunten Finger auf der Bettdecke. Wie hübsch seine Hand war! Schwielig und gegerbt, aber dennoch von aristokratischer Prägung. Sie rief sich in Erinnerung, wie seine Finger sich um die Brosche ihrer Mutter geschlossen hatten. Sogleich wurde sie von Verbitterung heimgesucht.

Hatte er das Schmuckstück womöglich ebenfalls veräußert? Das Gold würde ihm einen guten Preis einbringen, mehr, als die meisten Händler in einem Jahr verdienten. Mit dem Erlös konnte er eine Armee anheuern, um gegen ihren Vater zu kämpfen.

Sie musste alles daransetzen, um die Brosche zurückzubekommen.

»Die Brosche, die Ihr mir abgenommen habt«, hob sie an.

Er zuckte mit den Achseln. »Tand.«

»Von wegen Tand!«

Sein Blick bohrte sich in sie hinein. »Warum bedeutet sie Euch so viel?«

Elizabeth besah sich ihre weißen Fingerknöchel. Wenn er erfuhr, wie sehr ihr Herz an dem Schmuckstück hing, würde er dafür sorgen, dass sie es nie wieder zurückbekam. Damit gab sie ihm nur eine weitere Angriffsfläche, und genau das wollte sie nicht.

Hielt sie sich jedoch bedeckt, wie konnte sie dann hoffen, dass er sie verstand und sie ihr zurückgeben würde?

Sie unterdrückte das Verlangen, zu schreien, und sagte: »Sie gehörte einst meiner Mutter.«

»Verstehe.«

»Sie gab sie mir vor ihrem Tod.«

Elizabeth sah zu ihm auf. »Ich möchte, dass Ihr sie mir auf der Stelle zurückgebt!«

Sein Mund verzog sich zu einer harten Linie. »Das geht leider nicht.«

»*Warum?*«

»Wie ich bereits sagte: Ich werde nicht riskieren, dass Ihr mit Hilfe des Schmuckstücks jemanden besticht. Ihr seid ein intelligentes und findiges Weib und würdet keine noch so winzige Gelegenheit auslassen, um mir zu entkommen.«

»Ich gebe Euch mein Wort, es nicht zu tun.«

»Euer *Wort?*« Er stieß ein blechernes Lachen aus. »Denkt Ihr ernsthaft, ich wäre so naiv, Euch über den Weg zu trauen?« Wie zwei Gewitterwolken prallten ihre Blicke aufeinander, dann glitt seiner über ihre Schulter, die aus der Bettdecke hervorlugte. Ein mehr als gefährliches Glimmen leuchtete in seinen Augen auf. »Ich werde nichts tun, wodurch ich Euch verlieren könnte, ehe ich Rache geübt habe.«

Achtsamkeit durchflutete Elizabeth. Er starrte sie an, als könnte er durch die dünne Decke hindurchsehen.

Jemand hatte sie im Schlaf ausgezogen.

War er es gewesen?

Furcht schnürte ihr die Kehle zu. Ihre Haut fing Feuer. Schmach. Entsetzen. Der Gedanke an seine Hände auf ihrem schlafenden Leib ...

Mit rauher Stimme stieß sie zwischen ihren Zähnen hervor: »Wer hat mir das Nachtgewand ausgezogen?«

Ein Schaudern lief ihr über den Rücken, doch sie musste diese Frage stellen. »Wart Ihr das?«

Er schüttelte den Kopf, wodurch sein seidiges Haar ihm über die Schultern glitt. »Elena kümmert sich seit Jahren um die Kranken und Betagten. Sie war es, die sich Eurer angenommen hat. Sie meinte, Ihr hättet vollkommen still dagelegen.« Sein Lächeln bekam etwas Verschlagenes. »Hätte ich mir die Mühe gemacht, Euch zu entkleiden, wäret Ihr mit Sicherheit davon wach geworden. Und Ihr würdet Euch bis ans Ende Eurer Tage daran erinnern.«

»Ihr gemeines, hinterhältiges ...«

Die Bettseile knarzten. Er beugte sich näher zu ihr. Und noch näher. Blaue Farbflecke verdunkelten seine Iris, was aber beileibe noch nicht so beunruhigend war wie seine pechschwarzen Pupillen. Oder der berauschende seifige Duft, der ihn umgab.

Er hielt inne. Sein Gesicht schwebte nur noch eine Handbreit über dem ihren. »Gebt acht, was Euch über die Lippen kommt, meine hochwohlgeborene Jungfer!« Wie Sand in einer Wunde rieben seine Worte über ihre Nerven. »Vergesst nicht, dass Euer Schicksal in meinen Händen liegt!«

Erwartete er etwa, dass sie wie ein verängstigtes Mädchen reagierte? In Gedanken verfluchte Elizabeth ihn zu unendlichen Qualen im Fegefeuer. »Ich fürchte Euch nicht, und wehe Ihr nennt mich noch einmal *Eure* hochwohlgeborene Jungfer!«

»Warum nicht? Schließlich unterscheidet Euch nichts von einer Taube in einem verschlossenen Steinverschlag. Genau genommen seid Ihr jetzt mein.«

»Das bin ich nicht!«

»Und ob! Als Herrscher von Branton Castle gebiete ich

über alles, was in meinen Wällen lebt, also auch über Euch. Mein Blut ist genauso blau wie das Eure, Mylady. Ich werde voller Respekt das Wort an Euch richten, und im Gegenzug werdet Ihr mir die Ehre erweisen, die mir zusteht.«

Ungläubiges Gelächter formierte sich in ihrer Brust. Ehre? Er war ein Dieb, ein Taugenichts, der Sohn eines Verräters! »Niemals!«

De Lanceau schnalzte mit der Zunge. »Mit dieser Antwort werdet Ihr meine Gunst nicht erlangen.«

Jetzt explodierte sie förmlich. »Eure *Gunst*? Ihr arroganter, dickköpfiger …«

Er machte einen Satz nach vorn. Ehe Elizabeth den Kopf zur Seite drehen konnte, hatte er sie beim Kinn gepackt. Sosehr sie sich auch dagegen wehrte, er zog ihr Gesicht so nah an das seine, dass ihre Nasen sich beinahe berührten.

Sein lodernder Blick bohrte sich in den ihren. Wo seine Fingerspitzen sie berührten, kribbelte ihre Haut – sie brannte.

Ihr Puls raste.

Er war ihr erklärter Feind, aber zugleich auch ein Mann. Ein attraktiver, entschlossener Mann.

Wieso hatte sie ihn mit Spott bedacht?

Seine Augen leuchteten, als sich ein Lächeln auf seine Lippen legte. »Ich frage Euch noch einmal: Werdet Ihr mir die Höflichkeit erweisen, die mir zusteht?«

Von Willensstärke beflügelt, antwortete sie: »Nein.«

»Ich werde schon noch dafür sorgen, dass Ihr mich mit Mylord ansprecht!«

Sein Daumen fuhr die Konturen ihres Kinns nach. Beim Allmächtigen, was für eine sanfte Berührung! Mehr war gar nicht nötig. Ihre Haut prickelte. Ihr Körper erschlaffte wie eine vertrocknete Blume, wie eine törichte Maid in Rittergeschichten.

Sie konnte von Glück sprechen, dass er sie nicht geküsst hatte. Das hätte unweigerlich ihr Ende bedeutet.

Er schien ihre Gedanken zu erahnen, denn sein Blick erforschte ihren Mund. Da, jetzt starrte er ihre Lippen an, als stünde er kurz vor dem Hungertod und hätte gerade eine reich gedeckte Tafel entdeckt!

Ihre Hände krallten sich in die Bettdecke. »Lasst ab!«

»Weshalb? Noch habt Ihr nicht getan, worum ich Euch bat.« Sein Daumen ruhte, um sie wenige Augenblicke später zärtlich am Hals zu streicheln.

»Hört auf!«

»Sagt *Mylord*. Nur dieses eine Wort. Und sofort werde ich aufhören, Euch liebliche Qualen zu verursachen.«

»Ich lasse mich nicht erpressen!« Sie kniff die Augen zusammen und betete um Stärke. »Ihr seid ein Schuft, ein Verbrecher, ein Draufgänger. Mein Lebtag werde ich Euch keinen Respekt erweisen, Ihr … Oh!«

Sein leises Lachen kam dem Schnurren eines Katers gleich. »Ja?«

Ein Stöhnen brannte ihr in der Kehle. Würde sie doch klein beigeben müssen?

Es klopfte dreimal an der Tür, ehe sie einen Spalt breit geöffnet wurde.

Erleichterung durchströmte Elizabeth.

Sie hörte schlurfende Schritte, gefolgt von einem Keuchen. Jemand schnappte gewaltig nach Luft. »Lord de Lanceau?«, vernahm sie Schwester Margarets zitternde Stimme. »Soll ich draußen warten? Ich … wollte nicht stören, aber es bleibt nicht mehr viel Zeit, bis ich wieder in die Abtei zurückkehren muss und ...«

De Lanceau sprach mit einem kehligen Brummen. »Ich verlange, dass Ihr es sagt.« Er ließ die Hand sinken. »Kommt, Schwester!«

Er stellte die Beine nebeneinander und erhob sich.

Die Seile bewegten sich, nahmen ihren gewohnten Platz ein, und Elizabeth atmete erleichtert aus. Die Gefahr war gebannt – zumindest für den Moment. Sie sank in die Kissen zurück.

Mit leiser Stimme unterhielt er sich mit der Nonne, die einen bestürzten und verängstigten Eindruck machte. Je länger er mit ihr sprach, desto entspanntere Züge nahm ihr Gesicht an. Sie nickte.

Elizabeth blickte finster drein. Was auch immer er gesagt haben mochte, es war gelogen.

De Lanceau strich sich die Vorderseite des Wamses glatt. »Mylady, Schwester Margaret wird sich nun Eurer annehmen.«

»Wie schade, dass Ihr bereits gehen müsst!«, erwiderte Elizabeth, in deren Augen begierige Hoffnung züngelte. Sobald er das Gemach verlassen hatte, würde sie der Nonne erzählen, dass er sie verschleppt hatte. Wenn sie Glück hatte, würde Schwester Margaret sogar eine Nachricht überbringen, und sie wäre bald ...

De Lanceaus Lachen riss sie aus ihren Gedanken. »Ich werde bleiben, bis Schwester Margaret mit ihrer Arbeit fertig ist. Es kommt gar nicht in Frage, dass Ihr sie an der Arbeit hindert oder ihr Geschichten erzählt. Ein Schlag auf den Kopf hat schon so manchen zu Ausflügen in die Phantasie beflügelt.«

Als Schwester Margaret sich dem Bett näherte, schürzte Elizabeth die Lippen und starrte auf den Mörtel an der Wand.

Mochte sein, dass diese Runde an ihn ging, aber eine Schwalbe machte ja bekanntermaßen noch lange keinen Sommer. Er würde sie nicht besiegen.

Nicht jetzt.

Und auch in Zukunft nicht.

*

Geoffrey begleitete die Nonne aus dem Gemach hinaus, schloss die Tür hinter sich und führte sie nach unten in die große Halle. Einer Küchenhilfe trug er auf, die hölzerne Truhe aus seinem Gemach zu holen. Sobald sie wieder zu ihm stieß, entnahm er dem Kästchen einen kleinen Beutel und legte ihn der Ordensschwester in die Hand. »Habt Dank! Ich bete, dass meine Spende willkommen ist.«

Als ihre Finger sich um den Stoff schlossen, klirrten die Münzen im Innern. »Mylord, das kann ich unmöglich annehmen.«

Geoffrey schüttelte den Kopf. »Euer Orden verrichtet gute Arbeit in diesem Land. Ich bin mir sicher, dass die Abtei das Geld gut gebrauchen kann, zumal Ihr damit begonnen habt, die bettelnden Kinder auf dem Markt zu füttern.«

Ein Lächeln erhellte das Gesicht der Nonne. Sie senkte das Haupt und tätschelte ihm kurz den Arm, ehe sie sich auf den Weg zum Vorbau machte.

Die Truhe unter einen Arm geklemmt, sah Geoffrey der alten Nonne nach. Plötzlich breitete sich ein eigenartiges Gefühl in seinem Magen aus. Er war in der Tat großzügig gewesen, mehr, als er es sich eigentlich leisten konnte. Und als er einen Boten zur Abtei geschickt hatte, um nach einer Heilerin zu fragen, hatte sie sich unmittelbar auf den Weg gemacht und ihn nicht einmal mit sonderbaren Fragen gelöchert.

Seufzend warf er einen flüchtigen Blick durch die rauchverhangene Halle zu dem in Leder gebundenen Buch, dem Federkiel und dem Tintenfass, die er vorhin auf der Tafel hatte liegen lassen. Er machte einen Bogen um seine Hunde, die schlafend vor der Feuerstelle lagen, erklomm die Empore und ließ sich in den hochherrschaftlichen Stuhl fallen. Er schob die Kiste von sich. Die schüchterne Küchenmagd stellte einen Bierkrug vor ihm ab. Er nickte ihr abwesend zu und schlug das Buch auf.

Die in schwarzer Tinte geschriebenen Zeilen auf den zerknitterten Seiten raunten ihm zu, während er sie durchblätterte. In die Geruchsmischung aus vergilbtem Pergament, frischem Bier und Rauch mischte sich Elizabeth' Duftnote. Wie von selbst legte sich seine Stirn in Falten. Er kniff die Lippen zusammen und überflog die Auflistung der Ausgaben für Wein, Gewürze, Mehl ...

Was Lady Elizabeth wohl gerade tat? Lief sie womöglich im Zimmer auf und ab und verfluchte ihn bis in alle Ewigkeit? Hatte sie sich womöglich in die Decken gewickelt, die sie mit einer Hand zusammenhielt, während sie ihre nächste Verbalattacke vorbereitete? Welch ein prächtiger Anblick, wenn ihre Augen blaues Feuer spuckten!

Er klopfte mit dem Finger auf den Rand des Buches. Mittlerweile müsste Elena ihr das Essen serviert und sie mit frischen Kleidern versorgt haben. Ein Lachen kitzelte ihn im Rachen. Was gäbe er darum, ihr Gesicht gesehen zu haben, als sie die neuen Kleider in Augenschein genommen hatte!

Er blinzelte und konzentrierte sich wieder auf die Zahlen

vor sich. Die Sonnenstrahlen auf der verschrammten Eichentafel wanderten indessen weiter. Sobald er die Buchführung hinter sich gebracht hatte, würde er sich darum kümmern, dass er und seine Männer auf die Schlacht mit dem aufgebrachten Lord Brackendale vorbereitet waren.

Der Tag würde kommen – bald schon.

Geoffrey schnappte sich den Federkiel und fügte, den Kopf auf die Hand gestützt, einige Zahlen hinzu. Sein Zorn wurde mit jedem Herzschlag jäher. Er sollte seine wertvolle Zeit nicht damit vergeuden, an *sie* zu denken! Schließlich gab es wichtigere Dinge, die seine Aufmerksamkeit erforderten. In seinem Leben war ohnehin kein Platz für ein Weibsbild. Sie war nichts weiter als ein Mittel zum Zweck, um sein Leben in neue Bahnen zu lenken, um sich für die schlimmste Nacht seines Lebens zu rächen.

»Mylord.« Dominic stand am anderen Ende der Tafel, das Haar wirr und staubig, die Tunika durchnässt. Es bestand kein Zweifel, dass er frisch vom Übungsplatz kam.

Geoffrey hob die Wange von seiner eingeschlafenen Hand. Wie konnte es sein, dass er Dominic gar nicht gehört hatte? Mit der Hand auf den freien Stuhl neben sich weisend, sagte er: »Komm, setz dich!«

Ein verschrobenes Lächeln umspielte Dominics Mundwinkel. »Ihr saht aus, als wäret Ihr in Gedanken am anderen Ende der Welt. Die Konten habt Ihr auf jeden Fall nicht dabei im Sinn gehabt.«

»Nein«, murmelte Geoffrey.

Dominics Blick verdüsterte sich. Er faltete die Hände zusammen und legte sie auf dem Tisch ab. »Habt Ihr Grund zur Sorge?«

»Natürlich nicht. Unser Plan geht auf, genau wie ich es mir vorgestellt habe.«

»Was mag es dann sein, das Eure Laune trübt?«

»Nichts.« Geoffrey nahm einen Schluck Bier und ließ die lauwarme bittere Flüssigkeit seine Zunge umspielen. Was für ein Narr wäre er, wenn er sich zu Äußerungen über dieses impertinente Frauenzimmer hinreißen ließe! Er nahm den Bierkrug und bot Dominic davon an, doch sein Freund schüttelte den Kopf und gluckste wissend.

Mit einem lauten Geräusch kam der Krug auf der Tischplatte auf.

»Mylord, ich kenne Euch jetzt lange genug und weiß, wenn Euch eine Laus über die Leber gelaufen ist« – Dominic feixte wie ein dicker gefräßiger Kater – »und wann Ihr mir die Wahrheit vorenthaltet.«

Ein Stöhnen entlud sich aus den Tiefen von Geoffreys Kehle. Wieso konnte Dominic in ihm lesen wie in einem offenen Buch? Wodurch hatte er sich verraten? Durch den Ausdruck um seinen Mund? Die zusammengezogenen Augenbrauen?

»Werdet Ihr mir freiwillig sagen, was Euch zu schaffen macht, oder muss ich auf raffiniertere Methoden zurückgreifen?«

Obzwar Dominic ihm freundlich gesinnt war, kochte Geoffreys Blut vor Wut. So schwer es ihm auch fiel, er verkniff sich die höhnische Antwort, die ihm auf den Lippen brannte. Dominic diente ihm treu und ergeben, hatte es nicht verdient, wenn er ihn anfuhr. »Ich habe an alles und nichts gedacht, wenn du es genau wissen willst.«

Dominic prustete. »Ihr beleidigt mich. Glaubt Ihr wirklich, dass ich nicht weiß, was Euch auf dem Gemüt lastet, nachdem ich monatelang an Eurem Bett gewacht und gebetet habe, Ihr möget den Weg zurück ins Leben finden?«

Plötzlich schmeckte das Bier um Längen bitterer als sonst. »Du hast mich besucht, weil du davon ausgegangen bist, ich würde sterben, hast dich dazu verpflichtet gefühlt, mir bis zum letzten Atemzug beizustehen.«

»Das stimmt nicht, und das wisst Ihr auch.«

Geoffreys Antwort bestand aus einem Brummen. »Ich habe dir damals schon gesagt, dass du mir nichts dafür schuldig bist, dass ich dir das Leben bei Akkon gerettet habe.«

»Und zwar nicht nur ein Mal, sondern gleich zwei Mal! Doch, ich bin Euch etwas schuldig. Deshalb mache ich mir auch Sorgen um Euer Wohlergehen.«

Geoffrey stieß ein verbittertes Lachen aus. »Scheint, als wärst du derjenige, der von Sorgen zerfressen ist.«

Sehr zu seiner Überraschung tat Dominic diese Bemerkung nicht mit einem Witz oder einem schiefen Grinsen ab, sondern nickte. »Mit Rachegelüsten ist nicht zu spaßen. Ich kann nur beten, dass Ihr in den Tagen, die vor uns liegen, nicht unüberlegt handelt und die Folgen Eures Tuns gründlich überdenkt. Ihr seid ein guter Mann. Ich möchte nicht, dass Ihr Euren Kopf verliert.«

»Mein Vater war ein guter Mann. Er hätte niemals als Verräter sterben dürfen. Und auch Thomas hat das Schicksal, das ihn ereilte, nicht verdient.« Geoffreys Finger drohten den irdenen Becher zu zerdrücken. »Mein Bruder hätte Gelehrter werden sollen, so wie er es sich immer gewünscht hat.«

Mit einem Zug spülte er das Bier hinunter. Sein Zorn war noch so stark wie vor achtzehn Jahren. Die unsichtbaren Wunden schmerzten zehn Mal stärker als die Sarazenen-

Klinge, die ihm den Brustkorb aufgeschlitzt und eine hässliche Narbe hinterlassen hatte.

»Ihr könnt die Vergangenheit nicht ändern«, hob Dominic an, »aber …«

»Du hältst mich für einen Tor, weil ich nach England zurückgekehrt bin, um mir zu holen, was mir gehört. Wenn es nach dir ginge, sollte ich die arme, hilflose Lady Elizabeth freilassen, meine Rachepläne aufgeben und ein Vermögen mit dem Handel von Seide machen.«

»Gut gesprochen. Und einem Teil von dem, was Ihr sagtet, stimme ich voll und ganz zu.« Dominic feixte. »Allerdings scheint mir Lady Elizabeth weder arm noch hilflos zu sein. Vielmehr ist sie eine junge Frau von ausgesprochener Courage.«

Geoffreys Wut schlug nun so hohe Wellen, dass ihm das Atmen schwerfiel. »Ich sehe ihr in die überheblichen Augen in dem Wissen, dass sie auf Kosten meiner Familie im Luxus schwelgt. Vater ist in einem Stall verblutet. *In einem Stall!* Ich bin es ihm schuldig, dass ich ihn räche.«

Bedauern mischte sich in Dominics Blick. »Mylord …«

»Brackendale wird in Bälde erfahren, dass seine Tochter vermisst wird. Er wird mein Schreiben erhalten und umgehend meinen Kopf verlangen. Sollten der Baron und er eine Belagerung in Betracht ziehen oder mich zum Kampf herausfordern, werden meine Männer vorbereitet sein.«

»Sedgewick könnte mit Brackendale nach Tillenham geritten sein und weiß womöglich noch gar nichts von der Entführung seiner Verlobten.«

Geoffrey spie einen Fluch aus. »Sedgewick ist doch noch nicht einmal in der Lage, das scharfe Ende eines Schwertes zu erkennen, wenn es ihm in den Allerwertesten gesteckt würde!«

Dominics Lachen erfüllte die große Halle, in der es ansonsten still war. »Aber vergesst nicht, dass er die Mittel hat, eine starke Armee aufzustellen. Zusammen mit Brackendales Männern seid Ihr in der Unterzahl.«

Geoffrey wischte sich einen Tropfen Bier vom Kinn und nickte. »Ich habe nichts vergessen, und ich fürchte mich nicht.«

Unsicherheit schlich sich in Dominics Blick. »Ihr batet mich darum, die Lösegeldforderung zu formulieren.«

»Wenn du so nett wärst. Deinen Briefen wohnt mehr Geduld inne als meinen. Und ich möchte nicht, dass Brackendale etwas missversteht.« Geoffrey hielt kurz inne. »Wenn du diese Aufgabe jedoch lieber nicht übernehmen möchtest, so ...«

»Seid unbesorgt, ich werde den Brief schreiben. Wann wünscht Ihr, dass ich ihn wegschicke?«

Geoffrey lehnte sich nach hinten und streckte die Beine aus. »In ein paar Tagen. Ich möchte, dass Brackendale vor Sorge um seine Tochter fast vergeht. Und dann, wenn er sie freudestrahlend wieder in seine Arme schließt, werde ich auf mein Recht als Erstgeborener von Edouard de Lanceau pochen.«

Dominic fuhr mit der Fingerspitze einen tiefen Kratzer in der Tischplatte nach. »Trachtet Ihr Brackendale auch nach dem Leben?«

»So weit wird es nicht kommen. Sobald er das Schwert gegen mich erhebt, werde ich ihn wie jeden anderen Feind behandeln.« Als Geoffrey sich in schillernden Facetten ausmalte, wie dies sein würde, ballte er unbewusst die Hände zusammen und lockerte sie wieder. Seine Handflächen spürten förmlich die Wärme des Ledergriffs um sein Schwert und dessen Gewicht.

Es würde ein Sieg voller Genugtuung sein.

Dominic legte die Stirn in Falten. Sein Blick glitt zum Kassenbuch. »Und dann wäre da noch die Sache mit Viscon. Werdet Ihr ihn dafür bezahlen, dass er für Euch kämpft? Immerhin hat er bereits eine horrende Summe für seine Teilnahme an der Entführung von Brackendales Tochter verlangt. Und, wenn Ihr mir diese Bemerkung erlaubt, er hat sich mit einer der Mägde das Lager geteilt und macht keine Anstalten abzureisen.«

Geoffrey tat Dominics Bemerkung mit einer Handbewegung ab. »Auch mir ist dieser Mann nicht sympathisch, aber ich habe ihn gebeten zu bleiben. Sein Preis ist nicht wesentlich höher als der anderer Männer, die einem ähnlichen Broterwerb nachgehen.«

Erbitterung tobte in Dominics Blick. »Woher wollt Ihr denn das Silber nehmen? Hat Pietro Euch ausbezahlt?«

Bei der Erwähnung des venezianischen Händlers stahl sich ein Lächeln auf Geoffreys Lippen. Er würde sein Lebtag nicht vergessen, wie seine Freundschaft zu Pietro entstanden war. Damals, als die Johanniter ihn gepflegt hatten, als er fast jede Nacht darum gebetet hatte, Gott möge ihn von den Qualen auf Erden erlösen. Pietro hatte ihn und Dominic mit den reichen Seiden- und Gewürzhändlern aus dem Osten bekannt gemacht.

Aber nicht nur das – Pietro hatte ihm ferner beigebracht, dass jeder Mensch einen Preis hat. Wenn es um seine Liebhaberin ging.

Oder um seine Tochter.

»Ich erwarte die Gewinne aus dem Seidenhandel nicht vor dem ersten Frost. In meinen Truhen ist noch ein wenig Silber.

Und außerdem habe ich dies.« Geoffrey zog die Holzschatulle näher zu sich, schlug den Deckel zurück und nahm Elizabeth' güldene Brosche zur Hand.

»Beim Allmächtigen!« Dominic nahm sie vorsichtig zwischen die Finger und hielt sich das Schmuckstück vors Auge, dessen kunstvolles Muster die Sonnenstrahlen reflektierte. »Wo habt Ihr diesen kleinen Schatz her?«

»Lady Elizabeth.«

Dominic stieß einen Pfiff aus und wog die Brosche in seiner Hand. »Das dürfte einiges einbringen.«

Geoffrey feixte. »Genug, um weitere Söldner anzuheuern.«

»Die Brosche wirkt, als wäre sie ein wenig älter.«

»Sie gehörte ihrer Mutter. Als sie sich das erste Mal nach dem Verbleib ihres Schmucks erkundigte, dachte ich, sie vermisse ihn lediglich als Talisman. Doch dann sah ich ihr in die Augen und ...«

Dominic beäugte ihn fasziniert. Erwartete er jetzt ein tiefgehendes Geständnis?

Geoffrey schloss den Mund. Es kam gar nicht in Frage, dass er sein Mitleid für sie in Worte kleidete. »Es ist mir einerlei, ob ihr Herz an dieser Brosche hängt. Jetzt gehört sie mir.«

»Ihr solltet sie ihr zurückgeben.« Dominics Finger glitten über das Muster. »Wenn Ihr Brackendale tötet und Euch seine Ländereien einverleibt, ist sie arm wie eine Kirchenmaus. Der Verkauf der Brosche würde ihr in den ersten Jahren die Existenz sichern – oder bis sie einen Gemahl findet.«

»Sie ist mit dem Baron verlobt. Er wird für sie sorgen.«

Dominics trübes Lachen riss Geoffrey aus den Gedanken. »Ich wage zu bezweifeln, dass Sedgewick noch an ihr Interesse hat, wenn sie ihrer Mitgift beraubt ist.«

Geoffrey wehrte sich gegen den Anflug von Schuldgefühlen, die sich um sein Herz legen wollten. Dieses verzogene Weibsbild konnte ihm einerlei sein, er würde nicht zulassen, dass er ihretwegen sein Ziel aus den Augen verlor! Nicht, wenn Sühne zum Greifen nahe war.

Obwohl das Feuer laut knisterte, vernahm Geoffrey Schritte. Er hob den Kopf und erblickte Elena. Sie wirkte erschöpft und nervös. Plötzlich wurde ihm klar, dass sie geradewegs aus Elizabeth' Gemach gekommen sein musste.

Er winkte die Magd zu sich an den Tisch.

Sie machte einen Knicks. »M-mylord?« Ihr Antlitz wirkte wächsern.

»Wie geht es unserem Gast?«

»Sie nimmt nichts zu sich.« Elena blickte auf ihre ringenden Hände. »Sie weigert sich, meinte, sie würde keine klumpige Hafersuppe essen.«

Geoffrey spülte den Rest seines Biers herunter und fuhr sich anschließend mit der Hand über den Mund. »Hast du die Kost bei ihr gelassen?«

»Ja, aber ich bezweifle, dass sie sie anrühren wird.« Elenas Hände zitterten. »Ich habe ihr beim Ankleiden der Gewänder geholfen, die Ihr für sie bereitgestellt habt, doch sie hätte sie fast in Fetzen gerissen. Geschrien und geflucht hat sie wie ein Rohrspatz!«

Nur zu gut konnte Geoffrey sich an die Glut in den Augen seiner Gefangenen und an ihre erzürnten Worte erinnern. »Was genau hat sie gesagt?«

Die Magd holte tief Luft. »Sie … nun, sie hat Eure Großzügigkeit nicht zu schätzen gewusst.«

»Sprich weiter!«

»Sie meinte, Ihr würdet ihr das Gewand einer Metze aufzwingen.«

Geoffrey gluckste. Dominic johlte und schlug mit der flachen Hand auf den Tisch. Elena zuckte zusammen, die Augen weit aufgerissen.

»Habt Ihr Euch aus den Truhen der verführerischen Victoria bedient?«, wollte Dominic wissen.

»Nein, mir stand nicht der Sinn danach, ihren Zorn auf mich zu ziehen. Stattdessen habe ich eine Magd darum gebeten, ihr ein Gewand zu leihen.« Geoffrey trocknete sich die Augen mit dem Ärmel. Elena machte jedoch keine Anstalten, sich zu empfehlen. »Gibt es noch etwas?«, fragte er.

Die Magd sah aus, als würde sie jeden Augenblick zusammenbrechen.

»Im Namen des Allmächtigen!«, schnaubte Geoffrey. »Was?«

»Sie … sie …«

»Raus mit der Sprache!« Es war nicht seine Absicht gewesen, die Magd anzuschreien, doch ihr Verhalten legte nahe, dass der unfreiwillige Gast ein weiteres Mal seine Geduld strapazierte. Mehr als jedes andere Frauenzimmer, dem er je in seinem Leben begegnet war, brachte sie ihn auf die Palme.

»Sie verlangt … ein Bad«, quiekte die Magd.

»*Verlangt?*«, entfuhr es Dominic verwundert.

Geoffrey verzog das Gesicht. »So, so, hat sie das?«

»Ich habe ihr gesagt, dass sie dazu Eure Erlaubnis brauche, Mylord, aber sie hat darauf bestanden.«

Geoffrey entließ Elena mit einer ungehaltenen Kopfbewegung. »Ich werde mich um unser Burgfräulein kümmern. Sieh in der Zwischenzeit nach Mildred und hilf dann bei den Vorbereitungen für das Abendessen!«

Elena machte einen hastigen Knicks und eilte davon.

»Die nächsten Tage werden alles andere als langweilig sein, darauf gebe ich Euch mein Wort, Mylord«, merkte Dominic an.

»Wir werden sehen.« Geoffrey schob den Stuhl so kraftvoll nach hinten, dass er umfiel und mit einem lauten Knall auf dem Boden landete. Mit steifen Schritten verließ er das Podest und hastete durch die Halle. Unter seinen schweren Stiefeln zermalmte er die getrockneten Kräuter und die Streu. Die schlafenden Hunde schossen in die Höhe und suchten unter der Tafel Zuflucht.

Wutschnaubend erklomm Geoffrey die Treppe zu Elizabeth' Gemach.

Dieser verzogenen Göre würde er schon noch Manieren beibringen!

Kapitel 7

Vor Wut schäumend, lief Elizabeth in dem beengten Gemach auf und ab und fuhr sich mit der Hand über das einfache Gewand, das Elena ihr gegeben hatte und das weit unter ihrer Würde war. »Rüpel!«, murmelte sie immer wieder. Wenn dieser de Lanceau ihr das nächste Mal unter die Augen trat, würde sie ihn fragen, warum er sie absichtlich so sehr erniedrigte.

Ihr wütender Blick blieb an der splitterigen Tür hängen. Wenn er das Gewand ausgesucht hatte, um sie zu quälen oder ihren Willen zu brechen, würde er bald merken, dass sein Plan zum Scheitern verurteilt war.

Elizabeth machte auf dem Absatz kehrt. Ihr Bein zwickte. Sanft massierte sie sich die schmerzende Stelle. Genau genommen schmerzte ihr ganzer Körper noch immer von dem Höllenritt zu de Lanceaus Räuberhöhle. Ihre Glieder waren so steif wie die eines steinalten Weibes.

Um sich ein wenig zu lockern, hob Elizabeth die Arme über den Kopf und streckte sich mit einem Stöhnen.

Was gäbe sie jetzt für ein heißes Bad mit Rosenblättern, Lavendel und Kräutern, wie es Mildred stets für sie auf Wode Castle bereitete! Im Nu wären ihre Schmerzen verflogen.

Aber dieser de Lanceau schien sich keinen Deut um das Wohlergehen seiner Gefangenen zu kümmern, am wenigsten um das ihre.

Sorgen nagten an Elizabeth. Sie fragte sich, was wohl aus Mildred geworden war. Insgeheim hoffte sie, es ginge ihr gut und dass sie mit der Höflichkeit behandelt würde, die einer Frau in ihrem Alter zustand.

Als sie sich bei Elena nach ihr erkundigt hatte, hatte diese ihr eine Antwort verweigert. Vermutlich hatte de Lanceau sie instruiert, sie über Mildreds Befinden im Dunkeln zu lassen. Wie es schien, war ihre Loyalität ihrem Herrn gegenüber unerschütterlich. Jeder Versuch ihrerseits, ein Gespräch mit der schüchternen Magd in Gang zu bringen, war gescheitert. Außer einem gelegentlichen »Ja« oder »Nein« war aus ihr nichts herauszuholen gewesen.

Als sie Elena hatte wissen lassen, dass sie sich ein Bad wünschte, hatte die Magd ausgesehen, als könnte sie jeden Augenblick in Ohnmacht fallen. »Ich werde für Euch fragen, Mylady«, hatte sie geflüstert und war aus dem Raum gelaufen, als wäre eine Horde Wildschweine hinter ihr her.

Was für ein Untier war de Lanceau, dass seine Bediensteten aus Angst vor ihm beinahe vergingen?

Da sie ihn seit Schwester Margarets Besuch nicht mehr gesehen hatte, blieb ihr nichts anderes übrig, als über Elena mit ihm zu kommunizieren.

Der Wunsch nach einem Bad war keineswegs überzogen, oder?

Elena hatte die Fensterläden geöffnet. Eine Brise verfing sich in Elizabeth' offenem Haar, und die Stimmen, die vom Burghof zu ihr heraufdrangen, sowie das Klirren aus der Burgschmiede erweckten ihre Aufmerksamkeit, zogen sie zum Fenster. Sonnenlicht sickerte durch die vergitterte Öffnung.

Mit beiden Händen umklammerte Elizabeth die Eisenstangen. Die Wärme der Sonne war ein wahrer Segen. So weit es ging, lehnte Elizabeth sich nach vorn.

Hinter dem Burgwall entdeckte sie einen Fluss, der sich durch Weizenfelder schlängelte. Das intensive Blau an seiner tiefsten Stelle erinnerte sie an ihr Lieblingsbliaut. Gewaltige Eichen mit knorrigen Wurzeln säumten das Ufer des Flusses. Von einem der Bäume erhob sich ein Schwarm Schwalben, flog eine Kurve und tanzte auf der Brise, ehe er auf die in Nebel gehüllten Gipfel einer blaugrauen Hügelkette zuflog und aus ihrem Blickfeld entschwand.

Elizabeth stützte die Stirn an dem kühlenden Eisen ab. Was gäbe sie darum, so frei wie ein Vogel zu sein, fliegen zu können, wohin sie wollte! Sie würde durch das Gitter schlüpfen, die Schwingen ausbreiten und an einen Ort fliegen, an dem es keine Furcht, keinen Tod gab und an dem die Vergangenheit sie nicht einholen konnte.

Irgendwo hinter den Hügeln ritten ihr Vater und Aldwin gerade nach Tillenham, das sie in Kürze erreicht haben dürften. Ehe sie es sich versah, nagte wieder Sorge an ihrem Herzen, und ihre Finger klammerten sich an die Gitterstäbe, als wollte sie sie zerdrücken. Ob sie bereits von ihrer Entführung erfahren hatten? Wussten sie, dass sie auf Branton Castle gefangen gehalten wurde?

Wenn es doch nur einen Weg gäbe, ihnen eine Nachricht zukommen zu lassen!

Oder zu fliehen.

Zwei Rotkehlchen flatterten an ihrem Fenster vorbei, flogen

in den Innenhof und über den Burgwall, ehe sie wieder zu ihr zurückkehrten. Lachend schob Elizabeth die Hand durch das Gitter und spreizte die Finger. Einer der Vögel landete auf dem Sims und beäugte sie mit schief gelegtem Kopf.

Just in diesem Moment wurde die Tür aufgestoßen. Elizabeth warf einen Blick hinter sich. Im Türrahmen stand de Lanceau.

Sogleich schwang sich das Rotkehlchen in die Lüfte.

Elizabeth zog ihre Hand zurück und wandte sich ihm zu.

Sein Gesichtsausdruck wirkte kontrolliert, fast schon höflich, doch Elizabeth spürte, dass er vor Wut kochte. Als sein Blick über sie hinwegglitt, von ihrem Haar bis zum Saum ihres Bliauts, stahl sich ein Lächeln auf seine Lippen.

Er machte einen Schritt nach vorn und warf die Tür hinter sich ins Schloss.

Furcht sammelte sich in Elizabeth' Magengrube und erschien ihr schwer wie ein Eisklumpen.

Sie war mit ihm allein.

De Lanceau blieb ganz in ihrer Nähe stehen, das Becken gegen den Tisch gelehnt, die Arme über dem Wams gekreuzt. »Wie steht es um Euer geschätztes Wohlergehen?«, fragte er bissig und freundlich zugleich.

»Den miserablen Umständen entsprechend.« Ein stummes Stöhnen brannte ihr in der Kehle. Auf der einen Seite wollte sie ihn wissen lassen, wie empört sie war, auf der anderen Seite wollte sie ihn nicht unnötig erzürnen. Womöglich würde er ihr dann das Bad verwehren.

Zudem verspürte sie nicht den Wunsch nach einer Neuauflage ihrer letzten Begegnung. Dort, wo er sie berührt hatte, brannte ihre Haut noch immer.

»Ihr fühlt Euch schlecht behandelt?« Seine Augen nahmen

die Farbe von nassem Schiefer an, und sein Blick legte sich auf ihre Wunde an der Schläfe. »Weshalb?«

Beklemmung durchflutete sie, doch sie nahm die Schultern zurück und fing seinen Blick auf. »Erstens bin ich es nicht gewöhnt, von Fremden umsorgt zu werden. Mildred ist seit jeher meine Zofe.«

»Elena ist sehr talentiert.«

»Mag sein, aber ich ziehe Mildreds Hilfe vor.«

Er zuckte mit den Achseln. »Kommt gar nicht in Frage!«

Zorn und Hilflosigkeit mischten sich in Elizabeth' Stimme. »Woher soll ich dann wissen, dass es ihr gutgeht? Solltet Ihr es wagen, sie schlecht zu behandeln, werde ich ...«

»Niemand hat ihr auch nur ein Haar gekrümmt. Sie ist lediglich in einem anderen Flügel der Burg untergebracht.«

Elizabeth verschränkte die Arme, um ein Zittern zu unterbinden. »Wenn ich mich selbst davon überzeugen könnte, müsste ich nicht vor Sorge vergehen.«

De Lanceau lehnte sich weiter nach hinten, wo er von Sonnenstrahlen umfangen wurde. »Ihr werdet sie noch früh genug wiedersehen.«

»Wann? An dem Tag, an dem mein Vater durch das Tor reitet und mich befreit?«

De Lanceaus Kiefer mahlte. »An dem Tag, an dem meine Bedingungen erfüllt sind und ich entscheide, Euch gehen zu lassen – und keinen Augenblick früher, schreibt Euch das hinter die Ohren!«

Es lag Elizabeth auf der Zunge, ihn an die Größe der Armee ihres Vaters zu erinnern, doch ehe sie etwas sagen konnte, riss de Lanceau das Wort an sich. »Ich werde mit Euch nicht über Eure Freiheit diskutieren. Mir wurde zugetragen,

Ihr hätte Grund zur Klage. Ist Eure Sorge um Mildred der Gipfel dessen?«

Elizabeth schleuderte ihm einen hitzigen Blick zu. »Nein. Elena hat ihr Bestes gegeben, konnte aber nichts mit meinem Haar anfangen. Es war ihr nicht einmal möglich, es zu kämmen, so voller Schmutz ist es. Der Krug Wasser, den Ihr mir habt zukommen lassen, reichte gerade einmal für Gesicht und Hände, aber nicht für die Morgentoilette.« Sie sog den Atem ein. »Die Bettwäsche riecht säuerlich, und der Staub in diesem Gemach ist dicker als der Schlamm in einem Schweinestall.«

»Verstehe.« Seinen Worten wohnte eine Spur von Drohung inne. Nichtsdestoweniger hatte sie ihm unmissverständlich klargemacht, dass sie unbedingt ein Bad nötig hatte. Sie durfte jetzt nicht lockerlassen, musste weitermachen, bis sie seine Erlaubnis hatte.

»Ich bin davon überzeugt, dass ein heißes Bad in meinem Zustand Wunder bewirken würde. Ich gehe davon aus, dass Elena Euch bereits über meine Bitte in Kenntnis gesetzt hat«, Elizabeth verlieh ihrer Stimme etwas Samtenes, um Respekt zu heucheln. »*Mylord.*«

Sein Blick wurde durchdringender. »Das hat sie.«

»Und?«

»Und, Mylady, Euch steht es nicht zu, meinen Bediensteten Befehle zu erteilen.«

Elizabeth wunderte sich über seine Antwort. Er hatte ihr das Bad nicht verweigert, aber erlaubt hatte er es ihr auch nicht.

Sie wartete darauf, dass er weitersprach, trommelte mit den Fingern auf den Arm, strich sich das Haar von der Schulter. Als er, statt ihr endlich eine Antwort zu geben, sie wie ein hungriger Habicht beäugte, stieß sie einen Seufzer aus und warf die Hände in die Luft. »Was ist denn jetzt? Wie lautet Eure Antwort?«

»Ich denke noch nach.« Er warf einen flüchtigen Blick auf seine Fingernägel, ehe er sie abermals ins Visier nahm. »Elena hat verlauten lassen, dass es noch etwas anderes gibt, das Euch beschäftigt. Die Rede war von Eurer Gewandung.«

Elizabeth presste die Lippen fest aufeinander. Wie clever von ihm, so mir nichts, dir nichts das Thema zu wechseln! Ehe er ging, würde sie ihn noch einmal auf das Bad ansprechen. »Ihr habt mich in bäuerliche Kleider gesteckt.«

Spielten die Sonnenstrahlen, die über sein aristokratisches Gesicht tanzten, ihr einen Streich, oder war gerade Freude in seinen Augen aufgeflackert?

»An meinen Knöcheln zieht es.« Sie wedelte mit dem Saum. »Die Ärmel bedecken nicht einmal meine Arme. Ihr wisst genauso gut wie ich, dass nur eine Dirne so viel von ihrem Körper zeigt. Es ist entsetzlich.«

»Ich finde das Bliaut sehr hübsch.«

Hitze brannte auf Elizabeth' Wangen. Dieser Rüpel versuchte doch allen Ernstes, sie mit abgeschmackten Komplimenten gefügig zu machen! Und dennoch, sosehr sie sich auch dagegen wehrte, sie war machtlos gegen das Kribbeln, das seine Worte ihr bescherten und das sie bis in die Zehenspitzen fühlte.

Mit der Freude brach auch Schmach über sie herein. Sie durfte unter keinen Umständen dem Erzfeind ihres Vaters auf den Leim gehen, egal, wie viel Honig er ihr ums Maul schmierte. »Wenn Euch das Gewand so sehr gefällt«, zischte sie, »ist das ein Grund mehr für mich, es zu hassen!«

Sein Lächeln verlor an Kraft. »Mylady.« In seiner Stimme schwang jetzt eine gehörige Portion Ungehaltenheit mit.

Elizabeth ignorierte die Warnglocke in ihrem Kopf und kümmerte sich stattdessen um die Wut, die in ihr aufkeimte. »Ihr wart es doch, der auf Freundlichkeit und Respekt gepocht hat, und dennoch brandmarkt Ihr mich mit diesem scheußlichen Gewand. Es liegt auf der Hand, dass Ihr mich nicht respektiert. Ihr seid und bleibt ein verabscheuungswürdiger Rüpel, und ich werde Euch niemals auch nur einen Funken Respekt entgegenbringen!«

Ein finsterer, bedrohlicher Ausdruck legte sich über sein Gesicht. Er stieß sich vom Tisch ab. »Obacht, oder ich werde Euch eine Entschuldigung abpressen!«

Obwohl Elizabeth ganz flau wurde, schob sie störrisch das Kinn nach vorn. Sie hätte ihn nicht beleidigen dürfen, hätte nicht zulassen dürfen, dass ihr Stolz und ihre Unvernunft das Zepter übernahmen.

Von ihrer Magengrube ausgehend, spürte sie ein leichtes Ziehen. De Lanceau war der Herrscher von Branton Castle. Als seine Geisel hatte sie keine Rechte, geschweige denn Privilegien. Nichts konnte ihn davon abhalten, wenn er die Hand gegen sie erheben wollte. Er konnte sie auf die Streckbank schicken, sie mit heißen Eisen foltern lassen oder sie ohne Brot und Wasser in ein fensterloses Verlies sperren, wenn ihm der Sinn danach stand.

Oder sie hier und jetzt schänden.

Niemand würde ihn davon abhalten.

Er machte einen Schritt auf sie zu. Seine Stiefel knirschten.

Elizabeth' Puls schnellte in die Höhe.

»So, so, das Gewand, das ich für Euch ausgesucht habe, entspricht also nicht ganz Euren Vorstellungen.« Der trügerisch sanfte Ton in seiner Stimme drohte sie einzulullen, doch Elizabeth zwang sich, vor de Lanceau zurückzuweichen.

Ihr nervöser Blick glitt zu seinem Wams hinab, das in einem satten, noblen Bordeauxrot erstrahlte. Sie bezweifelte, dass ihr Vater sich ein so erlesenes und weich wirkendes Material leisten konnte.

»Ihr habt dieses Gewand mit Bedacht für mich ausgewählt, um mich zu erniedrigen.«

Seine Fersen kratzten über den Holzfußboden, als er einen weiteren Schritt nach vorn tat. »Wäret Ihr lieber, wie der Allmächtige Euch erschaffen hat?«

»Natürlich nicht!« Sie verabscheute seine Nähe, schwor sich aber, nicht noch einmal zurückzuweichen.

»Ihr solltet Euch mit dem, was ich Euch zugestehe, zufriedengeben. Ein wenig Dankbarkeit stünde Euch noch besser zu Gesicht als das Gewand.«

»Dankbarkeit?«

Er nickte. Sein Haar, das sich an seinem Kragen kräuselte, glänzte wie frisch poliertes Eichenholz. »Als ich nach Branton Castle kam, war es nicht mehr als eine Ruine. Es wird Monate dauern, bis es den Wünschen eines verzogenen Weibes, wie Ihr es seid, auch nur annähernd gerecht wird.«

Elizabeth erschauderte, so kalt war ihr mit einem Mal.

»Umfangreiche Reparaturen müssen durchgeführt werden, oder die Festung fällt buchstäblich in sich zusammen. Ich könnte doppelt so viel Gesinde gebrauchen, und dennoch habe ich dafür gesorgt, dass Euereins und Eure Zofe in einem warmen Bett schlafen könnt, frische Kleidung tragt und mit Speis und Trank versorgt seid.« Seine Lippen entblößten seine Zähne. »Ich habe sogar eine Heilerin dafür entlohnt, dass sie nach Euch sieht und sich um Eure Wunden kümmert.«

»W-warum erzählt Ihr mir das alles?«

Verheißung flackerte in seinem Blick auf. Was für eine Art Versprechen …?

Er feixte, doch seine Augen waren kalt wie Stein. »Vielleicht hätte ich Euch besser im Verlies einquartiert, wo Ihr mit Spinnen, Ratten und anderem *Ungeziefer* auf engstem Raum gewohnt hättet.« Elizabeth erschauderte abermals. »Selbst im Sommer ist es dort feucht und kühl, anders als in diesem Gemach, das Ihr so sehr verabscheut.«

De Lanceau machte einen weiteren Schritt auf sie zu, kam unmittelbar vor ihr zum Stehen. Sein Blick glitt an ihrem Bliaut hinauf. »Genau genommen gibt es eine Menge, wofür Ihr dankbar sein müsstet – vor allem dafür, dass ich meiner Wut bislang noch nicht nachgegeben und mir von Euch genommen habe, wonach meinem Körper der Sinn stünde.«

Elizabeth schnappte nach Luft. Sie wollte nach hinten zurückweichen, doch er packte sie am Handgelenk und hielt sie fest. Sie wehrte sich, doch er zog sie zu sich – bis ihre Brüste sein Wams streiften. Als sie sich berührten, entwich ihnen ein seichtes Raunen.

Er roch nach bitterem, erdigem Bier – und nach Mann.

Zitternd blickte sie zu seinen verführerisch vollen Lippen auf. »Mylord.«

»Ihr zieht eine Entschuldigung in Erwägung?« Sein Atem streifte sanft ihre Stirn. »Zu spät, Mylady. Ihr habt meine Geduld einmal zu viel mit Eurer losen Zunge strapaziert.«

Mit einem erstickten Schrei befreite Elizabeth sich aus seinem Griff, schoss herum und machte einen Satz auf den Tisch zu.

De Lanceaus Gelächter verfolgte sie. Stück für Stück kam er näher. Das Gesäß an der Tischkante rutschte sie vor ihm her. Durch den Staub auf der Tischplatte gerieten ihre Hände ins Rutschen. Sie versuchte, an ihm vorbeizustürzen, doch er versperrte ihr den Weg.

Ihre Fingerspitzen glitten über Stein. Von Entsetzen gepackt stellte sie fest, dass sie an der Wand angelangt war.

Sie war ihm ausgeliefert.

Mit einem süffisanten Lächeln baute de Lanceau sich vor ihr auf, drängte sie in die Ecke und stützte seine Hände neben ihrem Kopf ab. »Sagt mir«, flüsterte er dicht an ihrem Ohr, »sind die Ländereien, die Ihr mit in die Ehe bringt, eigentlich Eure einzigen Vorzüge? Oder gibt es für Sedgewick noch andere Anreize, Euch zur Gemahlin zu nehmen?«

»Ich weiß nicht, worauf Ihr anspielt.« Sie presste den Rücken gegen das kalte Gemäuer, eine Hüfte gegen das hintere Ende des Tisches gestützt.

»Das wird sich gleich ändern.«

»Bitte, lasst mich gehen!«

Seine Finger verflochten sich mit ihrem Haar. »Ihr hättet mich nicht herausfordern dürfen. Jedes Weibsbild mit Verstand hätte schnell erkannt, dass ich weder durch Nettigkeit noch durch Geduld besteche.«

Mit dem Daumen schob er ihr Kinn in die Höhe.

Er beabsichtigte, sie zu küssen.

Elizabeth riss das Gesicht zur Seite. Mit sanften, aber bestimmten Bewegungen wickelte er ihr Haar um seine Hand, bis sie nicht anders konnte, als ihn anzusehen. »Nein«, würgte sie hervor, »n…«

Sein Mund verschloss ihre Lippen.

Der Kuss schmeckte nach Wut. Der Geschmack nach Bier legte sich auf ihre Lippen. Seine Zunge schoss nach vorn. In all den Jahren hatte noch nie ein Mann sie auf diese Weise geküsst.

Niemand hatte es je gewagt!

Aufkreischend zerrte und riss sie an seinem Wams, trommelte gegen den weichen Stoff, der ihre Schläge jedoch dämpfte. Sein Becken drängte dem ihren entgegen, und als sie sich berührten, ging die Hitze seines Körpers auf ihren über.

Elizabeth kniff die Augen zusammen. Sein Duft umfing sie, ihre Sinne drohten zu schwinden. Es musste ihr gelingen, diese Folter irgendwie zu überstehen, sie musste sich besonnen und desinteressiert geben, bis er das Interesse verlor oder sie ihm entkommen konnte. Mit einem erstickten Schluchzen ließ sie die Arme fallen.

Sie spürte die Anspannung, die in ihm tobte, das Verlangen, ihren Willen mittels seines kraftvollen Körpers zu brechen. Doch er nahm sich zurück, nahm das Tempo aus seinen Küssen, und während seine Zunge ihren Mundwinkel erforschte, keuchte sie. Die Haut über ihrer Brust zog sich zusammen, ähnlich wie damals, als er ihre Hand auf dem Markt geküsst hatte.

Ein unbekannter Schmerz trieb seine Blüten in ihrem Innern.

Jetzt knabberte er an ihrer Unterlippe, zupfte und spielte mit ihr, als wollte er sie wissen lassen, wie sehr er sie begehrte, wie groß sein Verlangen war.

Elizabeth war, als würde sich eine Wolke um ihren Verstand legen, ihre Sinne vernebeln. Ehe sie wusste, wie ihr geschah, wurde ihr Körper von einem Schaudern erfasst, das prickelnder nicht hätte sein können.

Ihre Lippen teilten sich und entließen ein Stöhnen. Gegen

die Warnungen, die ihr Verstand mit letzter Kraft ausstieß, erwiderte sie seinen Kuss.

Als Geoffrey ein wohliges Brummen ausstieß, war ihr, als durchströmte geschmolzenes Feuer ihren Körper. Wie von der Sonne gewärmtes Wasser, das über glitzernden Sand floss, langsamer wurde, nur um anschließend wieder an Fahrt zu gewinnen und sich in eine tosende Flut zu verwandeln. Als Geoffreys Zunge verlangend in ihren Mund glitt, entwich ihr ein Stöhnen, das aus den Tiefen ihrer Seele zu rühren schien.

Sie spürte, wie seine Finger ihren Hals liebkosten und über ihre Schulter nach unten glitten. Als seine Hand wie durch Zufall ihre Brust streifte, versteifte sie sich.

Furcht, gepaart mit einer saftigen Portion Scham zuckte durch sie hindurch. De Lanceau würde es nicht bei einem Kuss belassen. Er wollte mehr.

Vermutlich hatte er geplant, sie wie eine dahergelaufene Dorfmetze zu verführen. Wenn er ihren Willen nicht brechen konnte, so wollte er sich ihren Körper Untertan machen.

Dieser Mann war ihr Erzfeind!

Allein der Wunsch, de Lanceaus Hände auf sich zu spüren, kam dem Verrat an ihrem Vater gleich.

Verbitterung riss die letzten Funken Freude mit sich.

De Lanceau zögerte. Er löste die Verbindung ihrer Lippen und sah ihr mit verhangenem Blick in die Augen.

Ihren verletzten Arm schützend, legte sie ihm die Hand auf die Brust und versuchte, ihn mit aller Kraft von sich zu stoßen. Sie trat ihm gegen das Schienbein und kratzte ihn wie eine Wildkatze. Ihr Widersacher fluchte und stieß einen kurzen Schrei aus.

Elizabeth nutzte die Chance, riss sich los und suchte hinter dem Bett Zuflucht. »Ihr Rüpel!« Mit der Rückseite des Handgelenks rieb sie voller Verzweiflung über ihren Mund, um seinen Geruch und seine Berührung auszulöschen.

»Ich kann mich nicht daran erinnern, dass Ihr protestiert habt.« Er fuhr sich mit der Hand durch das zerzauste Haar, einen lodernden Blick in den Augen.

»Für Eure Verwegenheit werdet Ihr mir büßen! Mein Vater wird dafür sorgen, dass Ihr Eure gerechte Strafe erhaltet.«

De Lanceaus Augen schimmerten wie Stahl. »Nehmt das, was sich zugetragen hat, als faire Warnung, Mylady. Das nächste Mal kommt Ihr mir nicht so ungeschoren davon!«

Kapitel 8

Geoffreys laute Schritte, mit denen er die Halle durchmaß, zerrissen die Stille. Dominic, der am Feuer saß, hob den Kopf. »Das erste Abenteuer, Mylord?«

Mit einem lauten, wütenden Schrei raste Geoffreys Faust auf einen der Tische hinab. Irdene Becher hoben ab und landeten mit einem misstönenden Geräusch wieder. Die Küchenmägde, die gerade dabei waren, die Tische für das Abendbrot zu decken, kreischten auf und starrten einander mit weit aufgerissenen Augen an. Geoffrey warf einen erhitzten Blick in ihre Richtung. Hektisch machten die beiden einen Knicks und verschwanden im Treppenhaus.

Geoffrey, dem Dominics Grinsen nicht entgangen war, schnappte sich einen Becher, füllte ihn hastig mit Bier und trank ihn in einem Zug aus. Die Flüssigkeit kühlte seine brennende Kehle.

Ihm war, als stünde jeder Muskel in seinem Körper unter Druck, ähnlich der gespannten Sehne eines Bogens.

Und das war einzig ihre Schuld.

Dominic, der in einem schweren Eichenstuhl gesessen hatte, erhob sich. Mit hochgezogenen Augenbrauen glitt sein Blick über die Kratzer auf Geoffreys Wams. »Was ist geschehen?«

Geoffrey stieß einen Fluch aus, wenngleich es nur selten vorkam, dass er sich vulgärer Worte bediente.

Glucksend schüttelte Dominic den Kopf. »Am besten, Ihr schickt den Brief an Brackendale noch heute ab. Je schneller wir dieses aufsässige Frauenzimmer los sind, desto besser.«

Ein lautloser Schrei formte sich in Geoffreys Brust. Er wünschte, die Lösung wäre so einfach. Das Verlangen, das sich seines Körpers bemächtigt hatte, konnte nur von einer Frau gestillt werden. Trotz des moderigen Geruchs, der in der Halle hing, konnte er noch immer ihr Parfüm riechen, das ihrer Haut und ihrem Haar entstieg.

Er hatte sie aufgesucht, um sie einzuschüchtern und sie in die Knie zu zwingen, damit sie ihn als Autorität anerkannte. Sobald er das Gemach jedoch betreten hatte und sein Blick auf sie gefallen war, wie sie im Sonnenlicht gebadet hatte, war er von dem Wunsch befallen worden, sie zu küssen. Selbst wenn sie nur Fetzen trug, würde er sie begehren, wie er noch nie ein Weibsbild begehrt hatte.

Seine Finger hatten förmlich darum gebettelt, ihr seidiges Haar zu berühren. Ihre bezaubernden blauen Augen hatten ihn herausgefordert, von ihr zu kosten, sie zu liebkosen und das andächtige Lächeln zurückzuholen, das von ihrem Gesicht geglitten war, als sie sich vom Fenster weggedreht hatte.

Er hätte sich nie dazu hinreißen lassen dürfen, von ihren Lippen zu kosten! Er hätte wissen müssen, dass die Erfahrung nicht erquickender sein würde als ihre schnippischen Bemerkungen.

Sie war die Tochter seines Feindes, des Mannes, der für den Tod seines Vaters verantwortlich war. Verbotenes Terrain.

Nur ein Narr würde sein Herz für sie öffnen!

Geoffrey atmete zischend aus.

»Nehmt meinen Rat an«, sagte Dominic. »Schickt ...«

»Nein, wir bleiben beim ursprünglichen Plan.« Mit einem Schulterzucken schüttelte Geoffrey die Anspannung ab, die ihn befallen hatte, erhob sich und lief zum Feuer, um ein wenig allein zu sein. Mit einem Fluch auf den Lippen ließ er sich so unsanft in einem der Stühle nieder, dass er sich Bier über den Oberschenkel schüttete.

Als Dominic sich neben ihm niederließ, hob Geoffrey nicht einmal den Blick. Das Feuer, das vor kurzem erst geschürt worden sein musste, prasselte majestätisch vor sich hin und spie hier und da Funken. Geoffrey ließ den Kopf nach hinten sinken, schloss die Augen und streckte die Beine der einladenden Wärme entgegen.

Welch ein friedlicher Moment!

Es dauerte keine drei Herzschläge, da spürte er die machtvolle Anwesenheit eines Weibes, das sich zwischen die Stühle platziert hatte.

Das Rascheln der Seide und der Duft nach Rosen verrieten ihm, wer sich zu ihnen gesellt hatte: Veronique. Den unverwechselbaren Duft, der diesem Frauenzimmer anhaftete, mit dem er seit zwei Jahren das Lager teilte, würde er überall auf der Welt wiedererkennen. Sie bevorzugte das kostspielige Öl der Damaskusrose, das die Engländer von den Kreuzzügen mitgebracht hatten. Eine andere Essenz kam für sie nicht in Frage.

Als Veronique einen Schritt zurückwich und an ihm vorbeilief, füllte seine Nase sich mit dem schweren Duft, beschwor eine Flut von Erinnerungen herauf. Aus den Augenwinkeln heraus weidete er sich an ihrem verführerisch wippenden

Becken. Am Vorabend hatte er gehört, wie die Mägde sich darüber unterhalten hatten, dass sie mindestens dreimal die Woche ein Bad mit Rosenblättern bestellte und dass sie sein Gesinde geohrfeigt hätte, wenn ihr das Badewasser zu heiß oder zu kalt erschienen war.

Einer der Händler in der Stadt hatte sich eigens mit teuren Ölen eingedeckt, die ihrem exklusiven Geschmack gerecht wurden, und dennoch hatte sie ihn vor einigen Wochen auspeitschen lassen wollen, weil einer seiner Düfte ihr nicht zusagte. Geoffrey hatte ihr diesen Wunsch nicht erfüllt, woraufhin sie ihre haselnussbraunen Locken mit dem Öl getränkt und ihn später am Abend mit ihren glänzenden Strähnen gequält hatte.

Dass er ein solch hohes Maß an Extravaganz erlaubte, entbehrte jeglicher Vernunft, genau wie die Tatsache, dass er ihr auf der Burg freie Hand ließ.

Als sein Blick über Veroniques Kurven glitt, die sich unter dem skandalös enganliegenden Bliaut aus roter Seide abzeichneten, verstand er.

»Seid gegrüßt, Veronique«, sagte Dominic.

Mit rauchiger Stimme antwortete sie: »Dominic.« Sie kam wieder zurück zum Feuer und streckte die Hände der Wärme entgegen. »Mylord.«

Der Schein des Feuers spielte mit dem teuren Stoff und ihrem langen Haar, das sie ungebunden trug – genau wie Geoffrey es bevorzugte. Veronique drehte ihm den Kopf zu. Ihre Blicke trafen sich. Als sie mit zusammengekniffenen Augen seinen Körper erforschte, flammte sein Verlangen auf.

Welch eine Augenweide! Ihre dunklen Brauen waren schmal und fein gezeichnet, ihre Nase klein und rund, und ihr Mund erstrahlte in einem verbotenen Karmesinrot. Doch all das konnte nicht über das gerissene Leuchten in ihren bernsteinfarbenen Augen hinwegtäuschen. Manches Mal, wenn ihr Blick auf seinem Gesicht ruhte, war Geoffrey, als könnte sie jeden Gedanken lesen, der ihm durch den Kopf schoss.

Just dieses Gefühl stellte sich auch jetzt ein, als Veronique ihm ein Lächeln schenkte. Nur zu gut erinnerte sein Körper sich an ihre bewanderten Hände. Geoffrey zuckte zusammen.

»Veronique«, murmelte er.

»Ich habe Jenna in der Küche gesehen. Sie meinte, Ihr könntet meine Dienste gut gebrauchen.« Ihre Worte waren voller Sanftmut, stiegen ihm sogleich in den Kopf wie starker Obstbrand. »Mir schwant, Jenna hat nicht übertrieben.« Als sie sich abwandte, zeichnete sich ihre schlanke und wohlgeformte Silhouette vor dem Feuer ab, wodurch ihre weiblichen Rundungen besonders gut zur Geltung kamen.

Geoffrey stockte der Atem. Die Einladung hätte nicht unmissverständlicher sein können, selbst wenn sie sie mit Blut auf den Boden geschrieben hätte.

»Jenna hat recht«, keuchte er.

Das triumphierende Leuchten, das sich in ihren Blick schlich, war nicht minder hell als das prasselnde Feuer hinter ihr. Sie fiel vor ihm auf die Knie und fuhr mit ihren schlanken Fingern seine rechte Wade nach. Geoffrey zuckte zusammen. Durch seine Beinkleider hindurch massierte sie ihm die Beinmuskeln. Nachdem sie seine Schenkel auseinandergedrängt hatte, ließ sie ihre Hand bis zu seinem Becken hinaufwandern.

Dominic räusperte sich und schlürfte absichtlich laut an seinem Bier, um die beiden daran zu erinnern, wo sie sich befanden.

Geoffrey schnappte nach Veroniques Hand, um ihr Einhalt zu gebieten.

Um ihre Enttäuschung zu verbergen, senkte sie den Blick. »Mylord, was ...«

Geoffrey stellte sein Bier weg und verflocht ihrer beider Finger. Er zog sie in den Stand und musste grinsen, als er bemerkte, wie ihr die Röte ins gepuderte Gesicht stieg. Mit einem kurzen Nicken verabschiedete er sich von Dominic und führte Veronique die Holzstiege hinauf zu seinem Gemach.

Sonnenstrahlen wanderten über die Decke auf seiner breiten und massiven Bettstätte, die er an die Wand hatte stellen lassen. Ohne seinen Schritt zu verlangsamen, führte er sie durch den Raum, schleuderte sie auf die Matratze und begrub sie unter sich. Ihre Leiber verstrickten sich zu einem leidenschaftlichen Kontrast zwischen Rot und Schwarz miteinander. Der Kuss, den er ihr raubte, war voller Leidenschaft und Verlangen.

Wenn er seine Fleischeslust nicht befriedigte, würde sie ihn von innen heraus auffressen.

»Geoffrey!«, stöhnte Veronique dicht bei seinen Lippen. »Oh, Geoffrey!«

Das Stöhnen, das Elizabeth von den Lippen geperlt war, entbehrte nicht einer gewissen Ähnlichkeit mit Veroniques. Mit erstaunlicher Klarheit erinnerte er sich an den Moment, in dem sie sich ihm ergeben, sich ihm geöffnet und seinen fordernden Kuss erwidert hatte.

Verwirrung trübte sein Verlangen. Er schob jeglichen Gedanken an Elizabeth von sich und glitt mit den Lippen über Veroniques parfümierten Hals. Sie würde sein Verlangen befriedigen. Wie immer würde er sich nach dem Liebesspiel geschwächt fühlen, würde keuchend und schweißgebadet daliegen. In der Nacht vor seiner Abreise in Richtung Wode Castle hatten sie sich das letzte Mal geliebt.

Seit ihrem ersten Stelldichein unter freiem Nachthimmel auf einem Feld unweit der Kirchweih von Brügge hatte Veronique ihm unzählige Male bewiesen, dass sie die Herrin über seinen Körper war. Anders als andere Weibsbilder war sie beim Anblick der hässlichen und wulstigen Narbe, die seine Lende entstellte und ihn jedes Mal an die Schlacht erinnerte, bei der er fast gestorben wäre, nicht schreiend davongelaufen. Voller Lebenskraft und Einfallsreichtum hatte sie ihm gedient. Und im Gegenzug hatte er sie vor einem Leben in Armut bewahrt.

Mit einem Schaudern biss er die Kiefer aufeinander. Er wollte um jeden Preis, dass Veronique ihm dabei half, der Anspannung in seinem Innern zu Leibe zu rücken, sie zu verscheuchen.

Von Ungeduld beseelt, führte Veronique seine Hände zu den Schleifen, die ihr Gewand zusammenhielten. Zwischen zwei feuchten Küssen zog er ihr das Gewand aus und warf es neben dem Bett auf den Boden. Kurz darauf ereilte ihr Untergewand dasselbe Schicksal. Mit einem lüsternen Keuchen zog er Veronique auf seinen Schoß, so dass sie rittlings auf seinen Beinen saß. Seine Lippen versiegelten ihren Mund, und er vergrub seine Hände in ihrem lockigen Haar, wickelte es sich um die Handgelenke.

Ihr Haar fühlte sich gröber und schwerer als das von Elizabeth an. Geoffrey tat einen tiefen Atemzug, weidete sich an dem Duft nach Rosenwasser und betörend sinnlicher Weiblichkeit.

Elizabeth' Duft war nicht minder erregend gewesen.

Warum spukte ihm dieses Weibsstück nur ständig im Kopf herum? *Warum?*

Schließlich bedeutete sie ihm nichts.

Er schloss die Augen und zwang sich, sich voll und ganz auf Veronique zu konzentrieren.

Ihr kehliges Lachen streifte sein Ohr. Sie schmiegte sich an ihn, wobei sie mit einer Hand zwischen ihren Körpern nach unten glitt und den Saum seiner Tunika umfasste.

Ehe sie sich jedoch an seinen Beinkleidern zu schaffen machen konnte, schob er sie von sich und packte sie bei den Händen.

»Scheint, als stünde Euch der Sinn nach einem Spielchen«, schnurrte sie. »Soll ich Euch verführen?«

»Nein«, brummte er.

Mit einem entzückten Lächeln senkte Veronique die Wimpern. »Dann verführt Ihr eben mich.« Die Hände hinter sich aufgestützt, ging sie erst ins Hohlkreuz, ehe sie sich auf die von der Sonne beschienene Bettdecke legte und das Haar fächerartig um sich herum ausbreitete. »Kommt!« Lasziv zog sie die Zehen über seinen Oberschenkel. »Ich gehöre ganz Euch, nehmt, wonach es Euch beliebt!«

Geoffrey schob jeglichen Gedanken an Elizabeth von sich, beugte sich nach vorn und fuhr mit dem Finger über Veroniques flachen und weichen Bauch.

Er schüttelte sich. Fluchend ballte er die Hände zu Fäusten, erhob sich und stellte sich ans Fenster. Nur sein Röcheln durchbrach die eingetretene Stille.

»Ihr verschmäht mich, Mylord?«

Weder der fassungslose Unterton noch der schwelende Zorn entgingen Geoffrey. Er verdammte sich selbst, spürte, wie Ekel ihm den Hals zuschnürte. Er konnte ihre Wut sogar nachvollziehen.

Doch sosehr er wollte, er konnte seine Gedanken nicht in Worte kleiden.

Nie und nimmer konnte er Veronique ins Gesicht sagen, dass er, wenn er ihr in die Augen sah, statt Bernstein Saphire sah.

Ganz zu schweigen davon, dass ihm die Haarpracht, die sich auf seine Bettdecke ergoss, schwarz wie Ebenholz erschien.

*

Elizabeth rührte sich nicht von der Stelle, bis die Tür ins Schloss fiel. Erst dann sackte sie neben dem Bett auf die Knie, faltete die Hände und schickte mit gesenktem Haupt ein hastiges Gebet gen Himmel, in dem sie um Vergebung bat.

Sie hätte de Lanceau niemals erlauben dürfen, sie zu küssen. Er war ein Verbrecher, ein Halunke ohne Gewissen. Die merkwürdigen Gefühle, die er ihr beschert hatte, hatten zu seinem teuflischen Plan gehört – dem Plan eines Mannes, der um die Reaktionen des weiblichen Körpers wusste, wenn er von einem Mann berührt wurde. Und genau das hatte dieser Widerling sich zunutze gemacht.

Aus freien Stücken hatte sie den Schurken geküsst, der sie ihrer Freiheit beraubt hatte und gefangen hielt – ausgerechnet jenen Mann, der sie gegen ihr Elternhaus eintauschen wollte!

Das Schlimmste war, dass sie es auch noch genossen hatte.

»Wie konntest du nur?«, flüsterte sie. Niemand durfte je davon erfahren, dass sie einen Moment lang schwach geworden war, vor allem nicht ihr Vater. Sie stellte sich vor, wie er dreinblicken würde, wenn er von ihrem Betrug erfuhr. Nichts anderes musste es in seinen Augen sein, wenn sie seinen Erzfeind küsste. Leider hatte sie diese Weitsicht nicht besessen.

Nein, sie würde de Lanceau nicht noch einmal erlauben, ihr einen Kuss zu rauben!

Elizabeth trocknete sich die Augen mit dem Ärmel und erhob sich. Ihr Blick fiel auf den Wasserkrug und die irdene Schüssel auf dem Seitentisch. Durch de Lanceaus vermaledeiten Kuss fühlte sich ihr Mund geschwollen an. Nachdem sie ein wenig Wasser in die Schüssel gegossen hatte, schrubbte sie sich Gesicht und Lippen und spülte sich den Mund aus.

Von der Tür her ertönte ein sanftes Klopfen. Der Schlüssel knirschte im Schloss, die Tür öffnete sich, und Elena erschien.

»Mylady.« Die Magd machte schüchtern einen Knicks und bot ihr ein Tablett mit Brot, gerösteter Wachtel, einem Becher und einem Krug Wein an.

Hinter ihr ging die Tür zu, fiel aber nicht ins Schloss.

Ähnlich erkalteter Asche, der noch einmal Flammen entlockt wurden, kehrte Elizabeth' Aufregung zurück. Aufgewühlt wischte sie sich die Finger am Gewand ab. Wenn sie schnell agierte, konnte sie an Elena vorbeipreschen, die Tür aufstoßen und an den überraschten Wachen vorbei nach draußen laufen.

Flucht war die einzige Möglichkeit, wenn sie nicht de Lanceaus sinnlicher Verruchtheit zum Opfer fallen wollte.

Als Elena das Gemach durchquerte und das Tablett auf dem Tisch abstellte, machte Elizabeth einen Satz nach vorn.

»Mylady, halt!«

Zwei Schritte. Drei. Elizabeth griff nach der eisernen Klinke.

Die Tür fiel zu, das Schloss klickte.

»Nein!« Sie trommelte mit den Fäusten gegen das Holz.

Ein enttäuschtes Seufzen formierte sich in ihrer Kehle. Gelächter und männliche Stimmen rumorten jenseits der Tür, ehe sie leiser wurden.

Blinzelnd wirbelte Elizabeth herum.

Mit zusammengefalteten Händen stand Elena neben dem Tisch, auf dem sie das Tablett abgestellt hatte, den Blick starr auf den Boden gerichtet. »Bitte! Ihr werdet Euch besser fühlen, sobald Ihr einen Happen zu Euch genommen habt.«

Elizabeth setzte ein finsteres Gesicht auf. Sie würde sich besser fühlen, sobald ihr die Flucht geglückt war!

Die zerkochte Wachtel machte keinen sonderlich appetitlichen Eindruck.

Sie stellte sich vor den Wasserkrug und sagte: »Bring den Fraß in die Küche zurück, und gebt ihn einem darbenden Kind!« Anschließend drehte sie sich das Haar zu einem Zopf zusammen, steckte ihn auf dem Kopf fest und benetzte sich den geröteten Hals.

»Lord de Lanceau lässt es nicht zu, dass Kinder darben müssen.« Elena klang besorgt. »Es wäre närrisch, nichts zu sich zu nehmen.«

Elizabeth seufzte. Ihr stand nicht der Sinn nach einem Streitgespräch. »Ist ja schon gut. Lass es meinetwegen stehen.«

Die Magd nickte und durchquerte schnellen Schrittes das Gemach. Mit einem Schulterblick klopfte sie an die Tür. Diese öffnete sich einen Spaltbreit, und eine Wache grunzte zustimmend, ehe Elena nach draußen schlüpfte und sich die Tür wieder schloss.

Elizabeth schenkte sich von dem Wein ein, ließ sich auf der Bettkante nieder und zupfte an der fransigen Decke. Mit

Sicherheit war de Lanceau sich bewusst, dass Langeweile ebenfalls eine Form der Folter war, zumindest für sie. Auf Wode Castle war Müßiggang ein Fremdwort für sie. Wenn sie jetzt dort wäre, würde sie die Bediensteten beaufsichtigen und sich darum kümmern, dass die tägliche Arbeit sorgfältig erledigt wurde. Immer wenn sie einen Augenblick erübrigen konnte, stickte sie an den Leibchen und Hemdchen für die Waisenkinder.

Verbitterung loderte in ihrem Innern. De Lanceau trug die Schuld daran, dass sie ihren Pflichten nicht nachkommen konnte – und das, wo sie ihren Lebtag noch kein Versprechen gebrochen hatte!

Sie nahm einen Schluck Wein und rümpfte die Nase, so sauer schmeckte er. Ihre Schläfe pochte. Sie stellte den Becher weg und legte sich wieder aufs Bett. Was gäbe sie jetzt für Mildreds Stärkungsmittel!

Die Augenlider wurden ihr schwer. Sobald sie die Augen jedoch schloss, sah sie de Lanceau, wie er über ihr thronte, einen ähnlich intensiven und lodernden Blick in den Augen, wie sie ihn bei ihm beobachtet hatte, kurz bevor er sie geküsst hatte.

Ihre Lippen kitzelten.

Sie drehte sich auf die Seite und presste das Gesicht in das kratzige Kissen.

Der nächste Fluchtversuch würde Früchte tragen.

*

Wie ein elfenbeinfarbener Fangzahn glänzte der Mond am nächtlichen Firmament, als Geoffrey sich aus Veroniques Umarmung löste und aufstand. Sie wurde unruhig und murmelte einige zusammenhanglose Worte, ehe sie sich, begleitet von dem lauten Rascheln der Bettwäsche, auf die Seite rollte.

Eingehüllt in tiefe Schatten, blickte er auf die seidige Silhouette ihres Arms, den sie auf der Bettdecke abgelegt hatte. Zu guter Letzt schlief sie wieder ein. Er hatte sich nicht mit ihr vereint. Er hatte ihr gegenüber angegeben, der Ritt vom Vortag säße ihm noch immer in den Knochen.

»Tischt Ihr mir gerade eine Lüge auf?«, hatte sie ihn mit scharfer Stimme und funkelndem Blick gefragt.

»Nein, das tue ich nicht.« Jede Faser seines Körpers schrie vor Erschöpfung. So gesehen hatte er nicht gelogen. Nach kurzem Schweigen hatte sich ihre Enttäuschung gelegt, und sie hatte ihm erlaubt, sie in den Arm zu nehmen. Er hatte sie unter die Bettdecke gelockt und sich von hinten an sie gekuschelt.

Er beobachtete, wie ihre Schultern sich sanft hoben und senkten. Schuldgefühle befielen ihn, als sein Verlangen abermals erwachte, er von dem Wunsch gepackt wurde, sich wild und ungezügelt an ihrem üppigen Körper zu laben.

Ob sie ihm eine Abfuhr erteilen würde, wenn er sie jetzt fragte, ob sie mit ihm schliefe? Vermutlich nicht. Sobald sie ihm eine atemlose Entschuldigung abgepresst hatte, würde sie ihn mit jener Ungeduld in sich aufnehmen, die er für gewöhnlich liebte und schätzte.

Doch zum ersten Mal in all den Jahren spürte er nichts von der Freude und Begeisterung, die er sonst empfand.

Er stieß einen leisen Fluch aus. Dieses renitente Frauenzimmer hatte ihm scheinbar den Kopf verdreht, war schuld daran, dass er sich dem Liebesspiel nicht mehr hingeben konnte, und setzte sogar seinem Urteilsvermögen zu!

Das blasse Licht des Mondes umfloss seine Stiefel, die

neben dem Bett standen. Geoffrey ging in die Knie und las sie auf. Noch nie in seinem Leben war er einem Weib wie Elizabeth Brackendale begegnet. Warum nur erweckte sie sein Interesse?

Elizabeth mochte es an der Blasiertheit eines Weibes mangeln, das sich seiner Schönheit bewusst war, aber dennoch übte sie eine ungeahnte Macht über ihn aus. Veronique setzte ihre Finger, Zunge und ihren Körper ein, um seine Leidenschaft zu schüren. Bei Elizabeth reichte es aus, wenn sie ihr Haar nach hinten warf oder mit spitzfindiger Stimme sprach, und sein Blut verwandelte sich in flüssiges Feuer.

Anspannung schnürte ihm die Kehle zu. Derartige Vergleiche waren fruchtlos. Elizabeth Brackendale war nichts als eine vorübergehende Last. Nicht mehr.

Vorsichtig, damit das Leder nicht knirschte, zog Geoffrey sich die Stiefel an und verließ auf leisen Sohlen das Gemach. Seine Schritte hallten im Treppenaufgang wider. Beim Betreten des Innenhofs, der von Fackeln beleuchtet war, atmete er tief durch, um einen klaren Kopf zu wahren.

Er durfte seine Ziele nicht aus den Augen verlieren. Die Luft schmeckte nach Wandel. Die kühle Sommernacht ließ erahnen, dass der Herbst nicht mehr weit war.

Der Wind frischte auf und zerzauste ihm wie eine unsichtbare Hand das Haar, als Geoffrey am Rande des Hofes entlanglief. Eine Wache auf dem Burgwall winkte ihm zu. Geoffrey erwiderte die Geste mit einem grantigen Gruß.

Er drehte sich um und lief zurück. Das kratzende Geräusch, verursacht von Stiefelhacken, verriet ihm, dass er besser daran tat, sich in Acht zu nehmen. Er war nicht allein. In der Finsternis war jemand, versteckte sich dort, wo das Licht der züngelnden Fackeln die Dunkelheit nicht verscheuchen konnte, und beobachtete ihn.

Geoffreys Unruhe wuchs sich zu kriegerischer Wachsamkeit aus. »Zeigt Euch!«, befahl er.

Dominic, eingehüllt in einen braunen Wollumhang, löste sich aus dem Schatten. Sein Mund verzog sich zu einem verlegenen Feixen. »Guten Abend, Mylord.«

Geoffrey massierte sich den steifen Hals und fragte sich, wie lange Dominic ihn beobachtet haben mochte und was er aus seinem Verhalten schloss.

»Es überrascht mich ein wenig, Euch hier anzutreffen, Mylord. Ich nahm an, Ihr würdet in Eurem warmen Bett liegen, die schöne Veronique im Arm.«

»Ich konnte nicht schlafen.«

»Verstehe. Lady Elizabeth.«

»Wo denkst du hin?«, fuhr Geoffrey seinen Freund an.

Dominic zog eine Augenbraue in die Höhe. Geoffrey hoffte auf ein Wunder, genauer gesagt darauf, dass die nächste Böe sämtliche Fackeln ausblies, den Innenhof in Finsternis tauchte und ihn so vor dem scharfen Auge seines Freundes rettete.

»Dürfte ich darauf verweisen, dass besagte Dame seit dem gestrigen Morgen bei uns weilt und Ihr Euch seither wie ein verrückter Keiler benehmt!«

Geoffrey schnaubte. »Lieber ein Keiler als eine *Schlange*.«

»Ich habe Euch nicht nachspioniert, falls Ihr das meint, sondern bin hier, um mir den Mond anzusehen. Der letzte Krug Wein zum Abendessen ist mir nicht sonderlich gut bekommen, und frische Luft ist bekanntermaßen gut für das Gemüt.« Sein Ton wurde leichter. »Der Grund, aus dem auch Ihr hier seid.«

Die Hände in die Hüften gestemmt, machte Geoffrey eine

halbe Drehung und sah zu der bläulichen Silhouette des Mondes auf. Unter keinen Umständen würde er preisgeben, dass Lady Elizabeth ihm andauernd im Kopf herumspukte!

Als er spürte, wie Dominic sein Profil musterte, drehte er das Gesicht kurzerhand weg.

Dominic gluckste. »Könnte es sein, dass unser Gast für Eure Rastlosigkeit verantwortlich ist?«

»Unser *Gast* ...«, wiederholte Geoffrey zähnefletschend. »Immer wenn ich in ihrer Nähe weile, überfällt mich der Wunsch, sie zu erdrosseln.«

»Ihr begehrt sie. Sie ist dickköpfig und beherzt, ganz zu schweigen von ihrem gefälligen Äußeren.«

»Sie ist Brackendales Tochter.«

Dominic zuckte mit den Achseln. »Schlecht für sie, aber nicht ihr Fehler.«

Mit steifen Fingern strich Geoffrey sich eine vom Wind zerzauste Strähne aus der Stirn. »Lady Elizabeth ist ein Pfand, ein Mittel zum Zweck. Bereits in wenigen Tagen wird sie mich nicht weiter belästigen.«

Die Hände tief in den Taschen des Umhangs verborgen, legte Dominic den Kopf auf die Seite. »Sagt mir, Mylord: Verspürt ihr Gewissensbisse?«

Geoffrey stieß ein Lachen aus. Sofort riss der kühle Wind das Geräusch mit sich. Sein Verhalten gegenüber Elizabeth sollte ihm keine Schuldgefühle bescheren. Genauso wenig, wie er auch nur eines seiner abfälligen Worte ihr gegenüber bereuen würde – oder dass er sie zu einem Kuss gezwungen hatte. Sich an Lord Brackendale für den Tod seines Vaters zu rächen ging vor.

»Keine Gewissensbisse«, antwortete Geoffrey schließlich. Doch das Zittern in seiner Stimme verriet ihn.

Er hielt das Gesicht in den Wind, wenngleich dieser ihm auf den Wangen und in den Augen brannte. Nein, er würde die Loyalität der Menschen gewinnen, die einem Edouard de Lanceau gedient hatten. Bald schon würde er die Ländereien unter sich wissen, die ihm durch das Erstgeburtsrecht zustanden. Er würde das Tuchimperium aufbauen, von dem er seit jeher träumte, bis der Name de Lanceau reingewaschen war und alle, die es sich leisten konnten, nach seinen Stoffen lechzten.

Dann endlich würden sie ihn nicht mehr Sohn eines Verräters schimpfen!

Und Brackendales Tochter würde ihm nicht dabei im Weg stehen.

Mit einem Zischen imitierte der Wind Dominics Seufzen.

Argwohn durchflutete Geoffrey, angestachelt von dem spitzbübischen Feixen seines Freundes. »Dominic …«

»Weshalb behandelt Ihr sie nicht wie die Dame von Stand, die sie ist? Lasst ihr ein wenig Höflichkeit angedeihen, statt auf ihrem verletzten Stolz herumzutrampeln.«

Um ein Haar hätte Geoffrey sich verschluckt. »*Wie bitte?*«

»Wäre das denn so schwer?«

»Ich soll ihr gegenüber Höflichkeit walten lassen?«, sprudelte es aus Geoffrey heraus. »Ich bin schließlich nicht derjenige, der …«

»Ja?« Dominics Augen leuchteten.

»Sie ist unsere Gefangene und keine Freundin des Hauses«, knurrte Geoffrey. »Was wirst du wohl als Nächstes vorschlagen? Fünf Kammerdienerinnen, die sich um sie kümmern? Jongleure und Tanzbären, damit ihr die Zeit nicht zu lang wird?«

Dominic schüttelte den Kopf. »Das Gesinde hat Euch

seine Treue ausgesprochen und weiß, dass Lady Elizabeth Eure Gefangene ist. Sie und Mildred können nicht entkommen. Es wäre großzügig von Euch, wenn Ihr sie aus ihrem Gemach ließet.«

»Du bist nicht mehr bei Sinnen!«

»Was soll schon Schlimmes passieren?«

»Aber Gutes kommt dabei bestimmt auch nicht heraus.« Geoffrey trat gegen einen Stein und beförderte ihn geräuschvoll in die Schatten unweit des Burgwalls.

»Wenn Ihr sie unter Verschluss halten wollt, so sorgt wenigstens für ein wenig Unterhaltung – Bücher, Spiele oder eine Laute. Außer Besuch von Euch und Elena hat sie nichts. Ihr einziger Zeitvertreib ist das Schmieden von Fluchtplänen und was für Gehässigkeiten sie Euch beim nächsten Mal an den Kopf werfen kann.«

»Ich werde über deine Worte nachdenken. Wenn dein Repertoire an weinerlichen Anekdoten über einsame Jungfern erschöpft ist, würde ich jetzt gern wieder zurück in mein Bett gehen.«

Dominics Lippen verzogen sich zu einem wissenden Lächeln. »Das wäre vorerst alles.«

*

Als die Tür ins Schloss fiel, gruben sich Veroniques Fingernägel in die Bettdecke. Vor lauter Zorn bekam sie einen trockenen Mund. In all der Zeit, in der sie das Lager mit Geoffrey teilte, war er nicht ein Mal in der Nacht aus dem Gemach gegangen.

Heute hingegen hatte er sie verschmäht.

Hatte sie allein gelassen.

Wütend trat sie die Bettdecke zur Seite, warf sich auf den Rücken und starrte zur Decke empor. Kühle Luft fuhr ihr über die nackte Haut, erinnerte sie daran, dass Geoffrey nicht bei ihr war, um sie zu wärmen.

Nur zu gut konnte sie sich daran erinnern, wie er in ihrer letzten Liebesnacht nackt und erregt vor ihr gestanden hatte. Ganz von allein rief sie sich den Anblick seines gestählten und muskulösen Körpers in Erinnerung. Ja, er hatte sie begehrt – sehr sogar. Bei dem Gedanken daran, wie er über ihr gethront hatte, mit einem kehligen Keuchen seinen Samen in ihr ergossen und sie voller Hingabe geküsst hatte, huschte ein Lächeln über Veroniques Lippen.

Sie würde nicht zulassen, dass er sie beiseiteschob!

Geoffrey de Lanceau gehörte ihr.

Mit einem heiseren Lachen streckte Veronique die Arme über dem Kopf aus und vergrub die Zehen in der mit Daunen gefüllten Matratze. Sie würde schluchzen, schmollen und verführen, so gut sie konnte – was auch immer vonnöten war, um ihn nicht zu verlieren.

Wenn er die Leitung von Wode Castle übernahm, würde *sie* an seiner Seite stehen.

Sie würde seine Macht, seinen Ruhm und seine Gewinne aus dem Tuchhandel mit ihm teilen.

Gemessen an all den Nächten, an denen sie die Beine für ihn gespreizt hatte, stand ihr ein Teil seines Erfolges zu.

Nach einer halben Ewigkeit, wie ihr schien, polterten Schritte jenseits der Tür. Veronique zog sich die Bettdecke bis unter das Kinn, drehte sich auf die Seite und schloss die Augen. Mit einem leisen Keuchen öffnete sich die Tür. Stoff raschelte und Stiefel und Gewänder fielen auf den Boden. Als Geoffrey zu ihr ins Bett kroch, gab die Matratze nach.

Ein wohliges Stöhnen perlte ihr von den Lippen, sie gab vor, aufzuwachen, rollte sich auf die andere Seite und schmiegte sich an ihn. Mit größter Mühe konnte sie ein selbstgefälliges Lächeln unterdrücken.

Geoffrey de Lanceau gehörte ihr!

Kapitel 9

»Er hat *was?*«

»Mylord lässt fragen, ob Ihr gewillt wäret, ihm beim Mittagessen Gesellschaft zu leisten.«

Elizabeth drehte sich vom Fenster weg, von dem aus sie die Rotkehlchen beobachtet hatte, und starrte Dominic entgeistert an. Als ihr eine Böe das Haar ins Gesicht wehte, strich sie sich ihre Locken hinter die Ohren und fragte sich, was Geoffrey de Lanceau veranlasst haben mochte, sie zu fragen, ob sie mit ihm speise.

Angesichts der Tatsache, dass Elena und die Wachen ihn bestimmt längst von ihrem gestrigen Fluchtversuch unterrichtet hatten, wirkte seine Bitte umso seltsamer.

Mit gerunzelter Stirn musterte sie Dominic. Seine weichen braunen Augen hatten dieselbe Schattierung wie sein seidiges Haar. Sich gegen sein mitleidiges Lächeln wappnend und darum bemüht, sich nicht anmerken zu lassen, wie froh sie darüber wäre, ihrem tristen Gefängnis zu entkommen, ließ sie den Blick über seine braune Wolltunika, die Beinlinge und die ausgetretenen Stiefel gleiten, an denen getrockneter Schlamm hing. Vermutlich hatte er am frühen Morgen Schwertübungen unweit des Flusses absolviert. Sosehr sie sich auch Mühe gab, sie verstand nicht, warum der Burgherr sie einlud.

»Verzeiht mir mein Misstrauen«, setzte Elizabeth an, »aber es fällt mir schwer zu glauben, dass Euer Herr auf meine Gesellschaft bei Tisch sonderlich erpicht ist.«

Dominic lächelte noch immer freundlich. »Ich bin lediglich der Überbringer der Botschaft, Mylady. Ich an Eurer Stelle würde mich darüber freuen, endlich einmal vor die Tür zu kommen.«

Er klang, als wollte er um jeden Preis, dass sie annahm. Hatte sie denn wirklich eine Wahl?

Welch grässliche Zwickmühle!

Das grüne Wollkleid raschelte auf dem Boden, als sie vor den Tisch trat und auf das Brot und den Käse wies, den Elena ihr gebracht hatte. »Wäre ich hungrig, hätte ich gegessen, was Euer Herr mir gesandt hat.«

»Aber hier geht es um mehr als ein normales Essen.« Dominic spreizte die Hände. »Er möchte einen Schritt auf Euch zumachen. Seht es als eine Art Waffenstillstandsangebot an.«

»*Waffenstillstand?* Lächerlich!« Sie warf die Arme in die Luft und hoffte, dass die Sache damit vom Tisch war.

Ihr Gegenüber gluckste. »Mylady, er bestand darauf, dass ich Euch die Nachricht in ihrer vollen Länge überbringe.«

Elizabeth brummte.

»Wenn Ihr mit ihm esst, erlaubt er Euch das Bad, nach dem Ihr verlangt habt.«

Elizabeth ließ die Hände sinken. Freudige Erregung machte sich in ihrer Brust breit. Sie hatte sich mit dem Krug Wasser gewaschen, so gut es ging, aber ein Bad wäre mehr als wundervoll.

Wenn sie während des Essens die Augen offen hielt, hatte

sie zudem die Möglichkeit, sich nach einem Fluchtweg umzusehen. »Ich bin einverstanden.«

Dominic grinste. »Gut. Wenn Ihr dann mit mir kommen würdet. Seine Lordschaft erwartet Euch bereits.«

Plötzlich prasselten Erinnerungen an ihre letzte Begegnung mit de Lanceau auf Elizabeth ein, und sie zögerte. Woher sollte sie wissen, dass er ihr mit ehrenwerten Absichten entgegentrat? Schließlich vertraute sie ihm nicht weiter, als sie spucken konnte.

Beklemmung erstickte ihre anfängliche Begeisterung – wie eine Decke, die über ein Feuer geworfen wurde. Sein Kuss hatte sündige Gefühle in ihr wachgerufen. Vielleicht gehörte es zu seinem verwegenen Racheplan, sie zu verführen.

Die Anwesenheit einer Anstandsdame würde dafür sorgen, dass er seine Hände bei sich behielt.

Die Hand zur Faust geballt, um damit an die Tür zu klopfen, warf Dominic ihr einen Blick zu. »Mylady?«

»Ohne Mildred werde ich nicht zu Mittag essen.«

Ein Schatten legte sich über Dominics Züge. »Die Einladung meines Herrn gilt einzig für Euch.«

»Richtet ihm aus, ich könne leider nicht annehmen. Sagt ihm ferner, ich würde ohnehin schon bald wieder in den Genuss eines Bades kommen – sobald mein Vater mich aus seinen Fängen befreit hat, was jeden Augenblick geschehen dürfte.«

Elizabeth machte auf dem Absatz kehrt und marschierte wieder zum Fenster.

Dominic stöhnte laut auf. »Kein Wunder, dass mein Herr sich wie ein wild gewordenes Wildschwein aufführt!«

Elizabeth blinzelte. Wie ein wild gewordenes Wildschwein? Das Bild, das sie im Geiste sah, war zu amüsant, als dass sie es ignorieren konnte. Kichernd schlug sie die Hand vor den Mund.

Als sie hinter sich ein ersticktes Geräusch wahrnahm, drehte sie sich um. Dominic prustete ebenfalls.

»Nun gut, Mylady. Auch wenn mein Herr nicht sonderlich begeistert sein dürfte, werde ich Mildred holen lassen, damit sie Euch ein wenig Gesellschaft leisten kann.«

»Habt Dank!«

Mit einem flüchtigen Nicken klopfte er zweimal an die Tür. Noch im selben Moment wurde der Schlüssel im Schloss herumgedreht, und die Tür schwang auf. Mit einer Geste bedeutete er ihr, ihm zu folgen. Zwei breitschultrige und mit Schwertern und Dolchen bewaffnete Wachen verließen ihren Posten und marschierten hinter ihnen her.

Das Klappern ihrer Stiefel spiegelte sich in dem Pochen ihres Herzens wider, das förmlich gegen ihren Brustkorb hämmerte. Elizabeth streckte das Kinn in die Höhe, als wäre sie vollkommen unbedarft. Insgeheim betete sie, die Wachen mögen nicht bemerken, wie sie sich jedes noch so winzige Detail einzuprägen versuchte. Sie zählte ihre Schritte und prägte sich ein, wann der Gang wo abbog. Wenn sie floh, war sie auf Kenntnisse dieser Art angewiesen.

Die flackernden Strohfackeln entlang des Weges warfen tanzende Schatten auf die modrigen Wände.

Vor ihnen machte der Gang eine leichte Biegung und schien in einen Korridor zu münden, der weniger düster wirkte. Gobelins, auf denen Landstriche Karls des Großen dargestellt waren, hingen an den Wänden. Elizabeth war sich sicher, dass sie so farbenfroh und lebhaft wie am Tag ihrer Fertigstellung erstrahlen würden, wenn man sie von den Staubschichten befreite, die sich im Laufe der Jahre darauf breitgemacht hatten.

Tageslicht erhellte den Korridor vor ihnen, von dessen

Wänden Gelächter, Rufe und das Klappern von Geschirr widerhallten. Er endete an der Balustrade über der großen Halle.

Elizabeth blinzelte durch den Rauch nach unten. Die Halle wirkte riesig, wenn auch längst nicht so eindrucksvoll wie die von Wode Castle. Durch die Fenster am anderen Ende des Raumes, deren Simse mit Vogelkot verdreckt waren, sickerte helles Sonnenlicht. An zwei der vier Wände verliefen lange Tischreihen, an denen nur eine kleine Anzahl von Kriegern und Bediensteten saß und auf ihr Essen wartete.

Eine untersetzte ergraute Frau machte den Männern schöne Augen und trat nach den Hunden, die unter dem Tisch lagen, als sie Bierkrüge auf der Tafel absetzte. Die dritte Wand wurde zum Teil von einem mächtigen Kamin eingenommen, in dem ohne weiteres zwei ausgewachsene Männer Platz gefunden hätten. An der vierten Wand befand sich ein Podest, auf dem ein zerschrammter Tisch stand.

De Lanceau saß am Ende der hochherrschaftlichen Tafel.

Elizabeth hatte den Treppenabsatz kaum betreten, da entdeckte er sie. Ihre Blicke trafen sich, und Elizabeth erstarrte kurz.

Nickend sah er über ihre Schulter hinweg. Die Wachen bedeuteten ihr, Dominic die Stufen hinunterzufolgen. Mit jeder Schwelle, die Elizabeth hinter sich ließ, wurde sie sich mehr und mehr der neugierigen Blicke bewusst, die sie begleiteten. Stille senkte sich über die Halle.

Mit einem ermutigenden Lächeln führte Dominic sie in Richtung Podest. Getrocknete Streu und Kräuter knirschten unter ihren Füßen, was angesichts der Stille doppelt so laut erschien, als zerträte sie ganze Äste. Sie wand die verschwitzten

Hände ineinander und kämpfte gegen die Hitze an, die ihr ins Gesicht stieg.

Je näher sie de Lanceau kam, desto durchdringender wurde sein Blick. »Mylady.«

Er sah aus, wie man sich einen waschechten Filou vorstellte. Der mit silberfarbenem Garn bestickte Kragen seiner Tunika passte zu dem kecken Glitzern in seinen Augen. Im Kontrast zu dem Weiß seines Leinenhemdes wirkte seine Haut gebräunt. Ihr Blick glitt hinab zu seinem Mund, der noch von dem letzten Schluck Wein schimmerte. Ein Schaudern packte sie. Bei jedem Bissen würde sie unweigerlich an seinen Kuss denken.

Sie wollte nicht, dass er sie dabei erwischte, wie sie ihn anstarrte. »Mylord.« Weil sie sich so sehr nach dem Bad sehnte – und *nur* aus dem Grunde, so sagte sie sich –, machte sie einen steifen Knicks.

Verblüffung schlich sich in seinen Blick. Er trank aus seinem Kelch, ehe er sich mit dem Daumen über die Lippen fuhr. »Ihr habt mein Angebot angenommen. Ich war mir nicht sicher, ob Ihr kommen würdet.«

»Ich war mir selbst nicht sicher, bis Dominic mir zugesichert hat, dass Mildred ebenfalls anwesend sein würde.«

Er schürzte die Lippen. »Mildred?«

Dominic machte einen Schritt nach vorn. »Ich musste ihr die Abmachung ein wenig versüßen, Mylord, und habe zugestimmt, dass ihre Kammerfrau ebenfalls mitspeisen dürfe.«

De Lanceau wirkte verstimmt. Elizabeth, die davon ausgegangen war, dass er Dominic auf der Stelle bestrafen würde, musste überrascht feststellen, dass das Rauhbein mit den Zähnen mahlte und ein Lächeln zum Besten gab, das beinahe gequält aussah.

»Nun, Mylady, da Dominic es sich auf die Fahnen geschrieben hat, sich um Euer Wohlergehen zu kümmern, werde ich Euch den Wunsch ausnahmsweise gestatten. Wachen, holt Mildred her!«

Elizabeth hörte, wie die Männer in ihrem Rücken auf dem Absatz kehrtmachten und sich entfernten. Gedämpftes Gemurmel setzte wieder ein.

De Lanceau erhob sich und deutete auf den Stuhl neben sich. »Kommt!«

Der Gedanke, die gesamte Mahlzeit über neben ihm sitzen und ihn erdulden zu müssen, bescherte Elizabeth ein Gefühl, als hätte sie einen Knoten im Magen. Nicht mehr lange, und Mildred würde zu ihnen stoßen!

Elizabeth nahm die Schultern zurück und schluckte ihren ganzen Widerwillen hinunter. Am besten, sie dachte einzig an die Aussicht auf ein heißes, dampfendes und entspannendes Bad.

Sie nickte de Lanceau freundlich zu, betrat das Podest und nahm mit anmutigen Bewegungen auf dem Stuhl zu seiner Rechten Platz. Die Art und Weise, wie er dasaß, verriet, wie angespannt er war. Er rief der Magd zu, sie möge ihnen mehr Brot bringen. Der Geruch nach frischer Luft und Leder stieg Elizabeth in die Nase, und seine Nähe rief die Erinnerungen daran wach, wie er ihren Körper an den seinen gepresst hatte. Sie biss sich auf die Lippe.

Gerade als sie zu erröten drohte, schlurfte das ergraute Weib auf sie zu und stellte einen Holzteller mit Brötchen auf dem Tisch ab.

»Bitte schön, Mylord – genug für Euch und Eure Tischdame.«

Als de Lanceau grinste, kroch der Magd die Röte in die Wangen. »Ihr seid so großzügig wie hold, Peg.«

Das herzliche und aufrichtige Lächeln, das seine Lippen zierte, nahm ein wenig Härte aus seinem Gesicht. Mit einem Male wirkte er geradezu attraktiv.

Elizabeth wandte den Blick ab.

Die Röte auf Pegs Wangen wurde stärker. »Ihr beliebt zu scherzen, Mylord.« Sie kicherte, machte einen Knicks und stapfte davon, wobei sie den anderen Mägden, die gerade mit dem Essen hereinkamen, laute Anweisungen erteilte.

Ein gar verlockender Duft nach Fleisch stieg Elizabeth in die Nase.

De Lanceau streckte den Arm aus und zog eine der Holzschüsseln zu sich. Schmorbraten.

Der Knoten in Elizabeth' Magen platzte. Obwohl ihm als Herrscher der Burg das Recht zustand, sich als Erster zu bedienen, wartete er, bis sie sich aufgetan hatte. Er würde sein Essen mit ihr teilen, wie es unter ihresgleichen üblich war.

Ihr war, als würde sie jeden Moment krank werden.

Er schien ihre Gedanken erraten zu haben, denn er schob die Speisen zu ihr hinüber. Elizabeth warf einen flüchtigen Blick auf das weich gekochte Fleisch, das zusammen mit dem Gemüse in einem dicken Sud schwamm. Die klumpige Soße wirkte fettig, doch es war ihr einerlei. Ihr Magen knurrte höchst undamenhaft.

Geoffrey schob ihr einen zierlichen Essensdolch hin. »Hungrig?«

Sie wollte sein Angebot gerade ablehnen, als ihr hilfloser Blick abermals auf den Braten fiel. Ihr schmerzte der Magen. Es juckte ihr in den Fingern, nach dem Dolch zu greifen, ein Stück Fleisch aufzuspießen und es sich in den Mund zu stopfen.

»Elena meinte, Ihr hättet in den letzten beiden Tagen kaum etwas zu Euch genommen«, sagte er. Elizabeth sah mit an, wie seine schlanken Finger eines der Brötchen in mundgerechte Stücke brachen. Noch nie in ihrem Leben hatte sie eine solche Brotart gesehen, die mit Haferflocken und Körnern gebacken war. Er wählte eines der weichen Stücke und tunkte es in die gehaltvolle Soße. »Stimmt das?«

»Ja.«

»Es ist nicht sonderlich klug, sich zu Tode zu hungern«, murmelte er und spielte mit dem Brot. »Wenn Ihr Euch weigert, etwas zu essen, muss ich mir etwas einfallen lassen, wie ich Euch dazu zwingen kann.« Er hob den Blick und sah sie an. »Ist es das, was Ihr wollt?«

»Natürlich nicht.«

Er hielt ihr das mit Soße vollgesogene Stück Brot an die Lippen. »Dann esst, oder ich setze meine Drohung in die Tat um!«

Elizabeth starrte auf das appetitliche Stück Brot. Die Soße lief de Lanceau über die Finger und tropfte auf den Tisch, doch er machte keine Anstalten, sie wegzuwischen. Am liebsten hätte sie ihm eine Abfuhr erteilt, die sich gewaschen hatte und die ihm noch lange in den Ohren klingen würde.

Doch der Happen, den er ihr hinhielt, roch so unglaublich verführerisch, dass sie einfach nicht widerstehen konnte.

Sie genehmigte sich einen Bissen. Ihre Lippen schlossen sich um seine Finger. Als seine Haut ihre Unterlippe flüchtig berührte, zuckte sie zusammen und schrak zurück.

Er lächelte und nahm die Hand herunter. »Gut?«

Elizabeth säuberte sich die Mundwinkel und versuchte, so

nonchalant wie möglich zu klingen. »Ja, wenn auch nicht so schmackhaft wie Fraedas Soßen.«

»Wie meint Ihr das?« Obzwar er mit weicher, fast schon teilnahmsloser Stimme sprach, spürte Elizabeth seinen Verdruss. Für den Bruchteil einer Sekunde bereute sie es, ihn vor den Kopf gestoßen zu haben. Zugleich erfüllte es sie mit einem gewissen Maß an Genugtuung, einen wunden Punkt in seinem dunklen Herzen getroffen zu haben.

»Nun«, sagte sie und sah ihm zu, wie er abermals Brot in die Soße tunkte, »Fraeda gibt eine Handvoll frischer Kräuter dazu: Salbei, Rosmarin und Basilikum. Jeden Morgen erntet sie im Garten, was sie für den Tag benötigt, und leitet ihre Gehilfinnen an, wie sie die Kräuter zu verarbeiten haben.« Mit unbeschwerter Stimme fügte sie hinzu: »Der Kräutergarten unterliegt übrigens Mildreds Verantwortung, falls es Euch interessiert. Sie war es auch, die, nachdem mein Vater die Herrschaft über Wode Castle übernommen hatte, den Garten neu gestaltete.«

»Neu gestaltete? Wie darf ich das verstehen?«

»Sie hat die Anzahl der Gemüsebeete verdoppelt. Die Anordnung ist heute um einiges attraktiver.« Als de Lanceaus Blick sich verfinsterte, fügte Elizabeth achselzuckend hinzu: »Wenn mich nicht alles täuscht, setzt Fraeda ihrem Schmorbraten Lorbeerblätter und einige Rosmarinzweige hinzu. Der Unterschied ist erstaunlich.« Sie teilte die Lippen und aß ihm abermals aus der Hand.

»Verstehe«, murmelte er.

Er starrte auf ihren kauenden Mund, ehe er den Blick abwandte.

»Die intensiven Aromen bleiben Euch natürlich versagt,

wenn Ihr auf Branton Castle weder einen Garten noch Kräuter zur Verfügung habt.«

»Wir haben beides.«

»Ach, wirklich?«

Er nickte. »Es bedürfte jedoch eines Heilers, um Unkraut von Kräutern zu unterscheiden. Seit Jahren hat sich niemand mehr um den Garten gekümmert.«

»Oh.« Elizabeth schlug sich die Hand vor den Mund, um ein Rülpsen zu unterdrücken, doch ihr Magen gab ein Knurren von sich, das so laut war, dass jeder in der Halle es gehört haben musste. Der Mischlingshund unter dem Tisch spitzte die Ohren und blickte zu ihr auf.

De Lanceau stieß einen Seufzer aus. »Esst!« Er nahm sich den Silberdolch, spießte etwas Fleisch auf und hielt es Elizabeth an die Lippen. Nachdem sie das Stück gegessen hatte, wiederholte er die Prozedur. »Esst nicht zu hastig, Mylady, oder Euer Magen wird Euch einen fürchterlichen Streich spielen.«

Die Schüssel war halb leer, als gedämpftes Murmeln die Halle erfüllte. Mit hüpfenden Zöpfen kam Mildred auf sie zugeeilt.

»Mylady!«, rief sie aus und winkte.

Elizabeth sprang auf, machte einen Satz vom Podest, lief auf ihre Kammerfrau zu und schloss sie in die Arme. Die Zofe hielt sie so fest, dass Elizabeth Tränen in die Augen traten. Wie sehr hatte sie Mildreds ruppige Zuneigung vermisst!

Einen Lidschlag später schob Mildred Elizabeth auf Armeslänge von sich. Ihre grünen Augen flackerten. »Welch ein scheußliches Bliaut! Ihr seht blass aus.«

»Mir geht es gut«, entgegnete Elizabeth, stolz darauf, dass ihre Stimme sie nicht verraten hatte.

Eine Hand berührte sie an der Schulter. Sie fuhr herum

und sah sich Dominic gegenüber. Sein Lächeln wirkte gequält. Elizabeth sah an ihm vorbei zur Tafel.

Wut flackerte in de Lanceaus Augen.

»Mylady«, murmelte Dominic, »wenn Ihr jetzt die Güte hättet, an Euren Platz zurückzukehren.«

In dem Bewusstsein, dass die Burgbewohner ihr nachsahen, schluckte Elizabeth eine Woge der Entrüstung hinunter. »Ich habe lediglich Mildred begrüßt. Schließlich haben wir uns seit Tagen nicht mehr gesehen.«

»Mag sein, aber es wäre besser, den Drachen nicht zu erzürnen, wenn Ihr versteht, was ich meine.«

Das tat sie. Mit einem Seufzen schritt sie zurück zur Tafel, gefolgt von Mildreds schlurfenden Schritten. Die ganze Zeit über folgte de Lanceaus stechender Blick ihr. Es kostete Elizabeth einige Kraft, gegen das beklemmende Gefühl in ihrer Brust anzukämpfen. Was für ein Narr er doch war, wegen einer harmlosen Begrüßung solch einen Aufstand zu veranstalten!

Gerade als sie einen Fuß auf das Podest gesetzt hatte, gab Geoffrey Dominic ein Zeichen. »Sorg dafür, dass die Zofe alles Nötige bekommt!«

Mit augenscheinlichem Zögern wies Dominic auf einen Platz am anderen Ende der Tafel.

Elizabeth kniff die Augen zusammen. Sie und Mildred würden nicht nebeneinandersitzen dürfen? »Aber ...«

»Setzt Euch!«, brummte de Lanceau.

Elizabeth klammerte sich an die Stuhllehne und dankte den Heiligen dafür, dass das Sitzmöbel zwischen ihnen stand. »Mylord, ich bestehe darauf. Mildred ist meine Kammerfrau.« Mit einer bewusst demütigen Geste fing sie seinen Blick auf, ehe sie langsam die Wimpern senkte. Sie zweifelte daran, dass dieser Rüpel auch nur einen Funken Anstand in sich trug, aber sie würde nichts unversucht lassen und an seine Ehre appellieren. »Mildred steht seit Jahren im Dienste meiner Familie. Sie ist wie eine Mutter für mich. Da ist es nur natürlich, dass wir unsere Mahlzeiten gemeinsam einnehmen.«

»Ist das so?« Seine Stimme war eisig. »Ich habe zugestimmt, dass sie mit uns an der Tafel sitzen und essen darf, aber ich habe nicht erlaubt, dass sie neben Euch sitzt.« Er bedeutete Mildred und Dominic vorbeizugehen.

Elizabeth funkelte ihn an. »Ihr rücksichtsloser ...«

Wie eine Schlange schoss seine Hand nach vorn und zog sie auf den Stuhl. Vor sich hin fluchend, wollte Elizabeth sich erheben.

Eisern legte seine Hand sich auf ihre Schenkel. Sie erstarrte.

Die Wärme seiner Hand fraß sich durch ihr dünnes Gewand. Seine Finger bewegten sich, als würde er sie streicheln. Elizabeth schreckte zurück, als hätte sich ein Dolch in ihre Haut gebohrt.

Er wirkte wie ein Habicht, der seine Beute witterte, die er in die Ecke gedrängt hatte. »Wo waren wir stehengeblieben?« Mit der freien Hand tunkte er wieder Brot in die Soße und hielt es ihr an die Lippen.

»Mein Hunger ist gestillt.«

»So?« Er klang nicht sonderlich überrascht, in seiner Stimme schwang sogar Belustigung mit. »Jetzt, wo Ihr fertig seid, könnt Ihr mich ja bedienen.«

»Ich denke nicht daran.«

»So ist es aber üblich«, sagte er und warf sich das Stück Brot in den Mund. Als sie die Arme verschränkte, um sich ihm zu verweigern, fuhr er mit den Fingern über ihre Lippen.

Elizabeth verkrampfte sich. Wie schmachvoll, dass er sie in aller Öffentlichkeit berührte! Sein träges Feixen bewies, dass er um sein unehrenhaftes Verhalten wusste. »Nehmt Eure Hand weg!«

»Ihr habt nicht bitte gesagt.« Kaum hatte er zu Ende gesprochen, glitt er mit der Zunge über den tropfenden Essensdolch. »Hat man Euch nicht beigebracht, dass es sich für eine Dame von Stand nicht geziemt, unhöflich zu sein?«

»Mir wurde auch nicht beigebracht, dass Damen von Stand ihre Peiniger unterhalten müssen.«

Grinsend kaute er weiter. Sein dunkles Haar, das ihm wirr bis auf die Schultern hing, verlieh ihm etwas Wildes. Etwas Verruchtes. Etwas Räuberisches. »Unterhalten?« In seiner Stimme schwang unverhohlene Unanständigkeit mit. Ein Schaudern lief durch Elizabeth hindurch. »Welch eine verlockende Aussicht!«

Ihre Hände zitterten. Er hatte ihr nach allen Regeln der Kunst das Wort im Munde umgedreht. Sie musste alles daransetzen, dieses Missverständnis aufzuklären – jetzt! Anderenfalls lief sie Gefahr, dass er sie in aller Öffentlichkeit auf die Probe stellte.

»Ihr scheint mich nicht richtig verstanden zu haben«, fing sie an.

»Ich habe gebeten, dass Ihr die Höflichkeit, die ich Euch entgegengebracht habe, erwidert, und Ihr habt Euch geweigert.« Sein frostiger Blick durchbohrte sie förmlich. »Mag sein, dass Ihr mich verachtet, aber nichtsdestoweniger gebührt mir ein wenig Respekt.«

Eine unausgesprochene Botschaft flackerte in seinen Augen. Falls sie sich ihm weiter widersetzte, würde er das Bad wieder streichen.

Elizabeth nahm sich ein Stück Brot und drückte es in die Soße. *Respekt?* Womit sollte er sich den verdient haben? Dadurch, dass er sie bis aufs Blut reizte, sie erniedrigte und ihr den kleinsten Wunsch ausschlug?

Für das, was sie seinetwegen zu durchleiden hatte, wäre es wohl angemessener, wenn sie die Schüssel auf seinem Schoss entleerte.

Für den Bruchteil einer Sekunde spielte sie mit dem Gedanken. Wenn sie das jedoch tat, war es endgültig vorbei mit ihrem Bad. Nicht mehr lange, und das Essen war beendet.

Geoffreys Finger lösten sich von ihrem Oberschenkel und streiften ihr Handgelenk. Der Druck war sachte, doch sie wusste, was er ihr damit sagen wollte.

»Matschiges Brot ist nicht ganz mein Fall.«

Elizabeth sah auf ihre Hand und erkannte, dass es beinahe dieselbe Konsistenz wie die Tunke hatte. Verärgert darüber, dass er sie zurechtgewiesen hatte, blickte sie ihn finster an und sah, dass ein Feixen seine Lippen umspielte.

Nachdem sie ihre Hand befreit hatte, hielt sie ihm das Brot unter die Nase. Geoffrey nahm einen Bissen, tat es allerdings entsetzlich langsam. Nicht eine Sekunde, während seine feuchte Zunge über ihre Fingerspitzen glitt und an dem Brot knabberte, ließ er sie aus den Augen.

Elizabeth schüttelte sich. »Ich verabscheue Euch!« Die Worte purzelten ihr von den Lippen, ehe sie wusste, was sie tat.

»Daran habe ich keinen Zweifel. Mehr Brot, Mylady!«

Elizabeth fütterte ihn abermals, angewidert und erregt zugleich durch dieses intime Ritual. Sie gab sich größte Mühe, ihm beim Essen nicht zuzusehen, doch seine Lippen waren so wunderschön geformt und sein Profil so anziehend, dass es ihr schwerfiel.

Nachdem sie ihm weitere Brotstücke verabreicht hatte, schob er ihr den Essdolch zu. »Jetzt ein wenig von dem Fleisch.«

Elizabeth' Finger schlossen sich um den geschmeidigen Griff. Die Klinge wirkte scharf. »Ihr wagt es, mir eine Waffe zu geben?«, fragte sie, unfähig, ihr Erstaunen zu verbergen.

»Ihr seid keine Närrin, und ich gebe Euch die nötige Warnung mit auf den Weg. Bedroht mich, und ich werde allen Anwesenden, Männern, Frauen und Kindern, beweisen, wie dumm Ihr wart.«

Das glaubte sie ihm aufs Wort. Just als sie ein Stück Möhre und ein Stück Fleisch aufgespießt hatte, fing sie den Duft nach Parfüm auf. Rosenwasser.

»Veronique«, murmelte Geoffrey.

Elizabeth' Nackenhaare stellten sich auf. Ein einziges Mal hatte er so auch mit ihr gesprochen – seinerzeit, als er sie auf dem Markt in den Armen gehalten hatte. Als er noch nicht gewusst hatte, wer sie war. Als er ihr am liebsten einen Kuss geraubt hätte.

»Mylord«, ertönte eine sinnliche weibliche Stimme. Elizabeth hob den Blick. Die Frau, die zu ihnen an den Tisch getreten war, machte einen tiefen und eleganten Knicks vor de Lanceau.

Veroniques korallenrotes Bliaut blähte sich auf, als sie in die Knie ging. Das Gewand schien ein wenig kürzer als ihr Untergewand zu sein, auf das Elizabeth einen Blick erhaschte und das so fein war, als wäre es aus Spinnweben. Eine korallenrote Schleife war in ihren Zopf geflochten worden, den sie um den Kopf gelegt trug.

Erst als Veronique sich erhob, bemerkte Elizabeth, wie raffiniert ihre Robe geschnitten war. Die enganliegenden Ärmel waren unterhalb des Ellbogens aufgestellt und wurden durch glänzende Stickereien in Form von Rauten und Quadraten betont, die sich an dem rechteckigen Ausschnitt des Gewandes wiederholten.

Und dann machte Elizabeth eine entsetzliche Entdeckung: Genau zwischen ihren Brüsten trug Veronique eine goldene Brosche.

Ihr war, als würde ihr das Herz aus der Brust gerissen.

Die Brosche ihrer Mutter.

Wut pulsierte durch ihre Adern und trübte ihre Sicht, bis sie das Gefühl hatte, in einer purpurnen Wolke zu stehen. Ungezügelter Hass ergriff von ihr Besitz.

Sie hörte, wie Veronique kicherte. »Das ist also Brackendales Tochter? Nicht gerade eine Augenweide.«

Elizabeth sprang auf. Der Dolch, dessen Griff sich warm anfühlte, verschmolz mit ihrer Hand. Geoffrey schleuderte ihr einen warnenden Blick zu. Doch schon im nächsten Augenblick setzte sie ihm die Klinge an den Hals.

»Ich verlange auf der Stelle, dass Ihr mir die Brosche meiner Mutter zurückgebt! Weigert Euch, und ich versenke das Messer bis zum Anschlag!«

*

Als der Dolch Geoffreys Haut ritzte, verzog er das Gesicht. Die Augen weit aufgerissenen, wich Veronique einige Schritte zurück. Die schockierten Burgbewohner starrten herüber. Selbst die Hunde, die sich unter dem Tisch um einen Knochen gestritten hatten, hielten inne.

Das zischende Geräusch, das Schwerter von sich gaben, wenn sie schwungvoll aus der Scheide gezogen wurden, drang an de Lanceaus Ohr. Er verfluchte sich dafür, dass er Elizabeth den Dolch anvertraut hatte. Und er verfluchte Veronique, weil sie seine Truhen durchwühlt hatte, ohne ihn vorher zu fragen, zumal er ihr nie und nimmer erlaubt hätte, die Brosche an sich zu nehmen. Am meisten jedoch grollte er, weil Elizabeth ihn in eine unmögliche Lage brachte. Wie sollte er sich des Dolches bemächtigen, ohne sie zu verletzen? »Die Brosche!«, forderte sie mit schriller Stimme.

Aus den Augenwinkeln heraus sah Geoffrey, wie eine der Wachen sich an den Rand des Podestes vorschob. Fieberhaft kramte er in seiner Seele nach der kontrollierten Ruhe, die ihm schon so manches Mal die Haut gerettet hatte. Dieses Mal allerdings musste er sich etwas einfallen lassen, um Blutvergießen zu vermeiden. »Mylady, wenn ...«

»Jetzt!«

Als Elizabeth' Hand zitterte, verschob sich die Klinge. Im selben Moment lief Geoffrey etwas Warmes am Hals herunter. Blut.

Elizabeth stieß einen Laut aus, in dem sich Verzweiflung und Grausen vermischten. Er spürte sofort, dass ihre Entschlossenheit ins Wanken geriet, schoss in die Höhe, packte ihr Handgelenk und drückte es kraftvoll auf den Tisch. Elizabeth' Finger öffneten sich unter dem großen Druck, der Dolch schlitterte über die Tischplatte aus Eiche und landete in der Streu.

Veronique klatschte wie ein kleines Kind in die Hände. »Sehr gut, Mylord!« Die Wachen lachten, verstauten ihre Schwerter, und die Halle brach in lautes Gelächter aus.

Geoffrey starrte auf Elizabeth' nach unten gerichtetes Antlitz, das von einem Schleier aus schwarzem Haar eingerahmt war. Sie zitterte in seinem Griff wie ein junger Vogel, der aus dem Nest gefallen war. Ein Laut drang an sein Ohr. Ein Schniefen? Vergoss sie Tränen? Er hoffte nicht.

Geoffrey ließ von ihr ab, schritt um den Tisch herum und las den Dolch auf. Anschließend wischte er sich mit dem Ärmel den Hals ab. Es schien sich lediglich um einen Kratzer zu handeln.

Veronique eilte zu ihm und fuhr mit dem Finger über seine Wange. »Tut es sehr weh? Soll ich einen Verband anlegen?«

Nachdem Geoffrey den Wachen bedeutet hatte, ein Auge auf Elizabeth zu werfen, nahm er sie beim Ellbogen und führte sie in eine ruhige Ecke. »Her mit der Brosche!«

Ein zorniges Funkeln trat in Veroniques bernsteinfarbene Augen.

»Du hast nicht das Recht, mein Hab und Gut zu durchsuchen!«

Die roten Lippen zum Schmollmund verzogen, riss Veronique sich los. »In der Vergangenheit hat Euch das doch auch nichts ausgemacht. Als ich Münzen für mein Öl brauchte, habt Ihr gesagt, ich solle mir nehmen, was ich brauchte.«

»Das bedeutet noch lange nicht, dass Ihr Euch stets nach Belieben bedienen dürft.«

Ein verschlagenes Lächeln umspielte Veroniques Mund, als sie mit dem Finger über die Brosche glitt. »Ich dachte, Ihr hättet Sie für mich gekauft, Mylord. Schließlich schuldet Ihr mir einen Gefallen für das, was sich gestern zugetragen hat. Ihr habt es mir versprochen, schon vergessen?«

Geoffrey kochte vor Wut. Von einem Geschenk aus

Gold war nie die Rede gewesen. Er verkniff sich eine bissige Bemerkung und streckte die geöffnete Hand aus. »Die Brosche gehört nicht mir und ist auch nicht für dich bestimmt. Ich muss sie zurückhaben.«

Veronique kniff den Mund zusammen, griff sich aber dennoch an den Ausschnitt, löste das Schmuckstück und ließ es in seine Hand fallen. Als sie die Hand zurückzog, ließ sie ihre Fingernägel über seine Haut streifen – als Erinnerung an ihr wildes Liebesspiel vergangener Nächte. »Ich habe nicht erwartet, dass Ihr Zugeständnisse an sie macht.«

»Ich mache keine Zugeständnisse.« Er warf einen flüchtigen Blick in Elizabeth' Richtung, die von Wachen umgeben hinter der Tafel stand. Trotz des wässrigen Glänzens in ihren Augen hatte sie das Kinn nach oben gereckt und begegnete seinem Blick mit einem kühnen Ausdruck in den Augen.

Als er wieder zu Veronique sah, sagte er: »Wir unterhalten uns später.« Dann drehte er sich um und schritt zur Tafel. »Mylady, kommt!«

Elizabeth faltete die Hände zusammen. »Ehe Ihr mich bestraft, hätte ich gern meine Brosche zurück. Bitte.«

Geoffrey deutete mit dem Kopf auf die Wachen. »Bringt sie her – wenn nötig, unter Einsatz von Gewalt!«

Elizabeth musste schlucken. »Ich vermag allein zu gehen.« Sie rieb sich die Augen und umrundete mit steifen Schritten den Tisch.

Geoffrey lief durch die Halle auf die Treppe zu. Kinder und Hunde sprangen aus dem Weg. Er erklomm die Wendeltreppe und riss die Tür zum Wehrgang auf. Der Wind fuhr ihm ins Gesicht und stach ihm in die Augen. Nichtsdestoweniger stellte er sich an den Rand und sah durch eine Schießscharte hinab auf das Feld, auf dem noch die Getreidegarben zum Trocknen standen.

Hinter ihm ertönten Schritte.

»Wachen«, sagte er ohne sich umzudrehen, »bewacht den Treppenaufgang!«

»Sehr wohl, Mylord.«

Er warf Elizabeth einen Seitenblick zu. Der Wind hatte sich in ihrem Haar verfangen, blies es ihr über die Schultern und wieder auf den Rücken zurück. Sie benetzte sich die Lippen – eine Geste der Nervosität, dessen war er sich sicher. Als er von unbarmherzigem Verlangen heimgesucht wurde, lenkte er seinen Blick flink wieder auf das Feld.

»Warum habt Ihr mich hierherbringen lassen?«, fragte sie. »Um mich über die Mauern zu werfen?«

Geoffrey lachte. »Kein übler Gedanke.« Er berührte seinen Hals und merkte, dass er nicht mehr blutete.

Elizabeth' Blick fiel auf die dunklen Flecken auf seinem Ärmel. Schuldgefühle flackerten in ihren Augen auf und verliehen ihnen die Farbe eines winterlichen Himmels. »Es war nicht meine Absicht, Euch zu verletzen.«

»Morgen wird kaum noch etwas davon zu sehen sein. Ich akzeptiere Eure Entschuldigung, Mylady« – er fing ihren Blick auf – »wenn Ihr mir sagt, warum Ihr Euer Leben wegen dieser Brosche riskiertet.« Er öffnete die Hand. Gülden glitzerte das Schmuckstück.

Sie wandte den Blick ab und rieb sich die Arme, wie man es bei Kälte tut. »Wie ich Euch schon sagte, sie gehörte meiner Mutter.«

»Ein Geschenk?«

»Ja.« Trauer schwängerte ihre Stimme.

Er spürte, wie tief ihre Pein saß. Er lauschte dem Wind, der durch die Zinnen heulte und an einen verletzten Hund erinnerte, und wartete.

Als sie das Wort ergriff, tat sie es mit leiser und rauchiger Stimme. »Meine Mutter gab mir die Brosche am Tage ihres Todes. Sie war guter Hoffnung, doch die Wehen haben viel zu früh eingesetzt. Sie ahnte, dass etwas nicht stimmte.« Elizabeth hielt inne. »Ich konnte die Angst in ihren Augen sehen. Als ich sie fragte, wie ich ihr helfen könnte ...«

»Sprecht weiter«, forderte Geoffrey sie leise auf.

»S-sie meinte, ich sollte ihr die Brosche bringen, sagte, sie würde sie mir schenken, damit ich stets an sie denke, wenn ich sie in der Nähe meines Herzens trage. Sie versicherte, sie würde mich immer lieben, selbst wenn wir nicht mehr zusammen sein könnten.«

Ein Seufzen entwich Elizabeth' Lippen. »Ihre Hände waren so kalt. Ich habe sie angefleht, sich hinzulegen und auszuruhen. Sie fiel auf das Bett und schrie ... und schrie. Die Brosche landete in meiner Hand. Ich konnte meine Mutter nicht retten. Auch die Hebamme wusste keinen Rat. Sie ...« Ihre Worte verloren sich in einem erstickten Schluchzen.

Geoffrey fuhr sich langsam mit der Hand durchs Haar. Er widerstand dem Drang, sie in seine Arme zu schließen. Wie gern hätte er ihr beruhigende Worte zugeraunt, ihr die Tränen getrocknet, die ihr über die Wangen liefen und die sie sich mit zitternden Fingern wegwischte.

Er konnte ihr unmöglich seinen Trost anbieten. Es war weich und verführerisch – und konnte ihm gefährlich werden. Wie gut, dass sie nicht um die Macht wusste, mit der sie ihn zerstören konnte!

»Das Neugeborene hat einen Tag lang überlebt. Es war winzig, aber wunderschön. Nach der Kunde vom Tod meiner Mutter war mein Vater derart am Boden zerstört, dass er seiner Tochter nicht einmal einen Besuch abstatten konnte.« Elizabeth schniefte. »Ich habe eine Magd gefunden, die sie säugen konnte. Die ganze Nacht über hielt ich sie in den Armen, habe sie sanft gewogen. Aber sie war zu schwach.«

Geoffrey war, als könnte er ihren Schmerz spüren, ein Gefühl, das an Intensität zunahm, als er sie an der Schulter berührte. »Ich bin untröstlich.«

»Seid Ihr das?«

Ihren Worten wohnte kein Groll oder Zorn inne, lediglich tiefe Trauer. »Ich würde so etwas nicht sagen, wenn ich nicht …«

Elizabeth duckte sich unter seiner Hand hinweg und sah ihn mit festem Blick an. »Werdet Ihr mir jetzt meine Brosche zurückgeben?«

»Das kann ich nicht.«

»Natürlich könntet Ihr, wenn Ihr nur wolltet!« Elizabeth' Augen, in denen sich Tränen gesammelt hatten, leuchteten blau. »Ihr habt vor, mit dem Gold Euren Rachefeldzug gegen meinen Vater zu finanzieren, habe ich recht?«

Geoffreys Finger schlossen sich um das Edelmetall, bis sich die Kanten in seine Haut bohrten. »Ich respektiere die Liebe, die Ihr Eurer Mutter entgegenbringt.« Leichte Verbitterung mischte sich in seine Stimme, als er hinzufügte: »Aber lasst Euch gesagt sein, dass die Qualen, die Ihr durchleben musstet, der Pein eines Jungen, der mit ansehen musste, wie sein Vater stirbt, in nichts nachstehen.«

Elizabeth versteifte sich. »Ihr wart dabei, als Euer Vater …«

»Ja.«

»Habt Ihr gesehen, wie mein Vater ihn umgebracht hat?«

Kopfschüttelnd unterdrückte Geoffrey eine Woge des Schmerzes. »Ich konnte das Gesicht der Bestie nicht erkennen. Sie trug einen Helm auf dem Kopf. Doch ich sah ihren Rücken, als sie meinem Vater das Schwert aus dem Körper riss und floh. Ich habe meinen Vater zu einem Pferd gezogen und ihn in Sicherheit gebracht. Er starb in einem heruntergekommenen Stall.«

Elizabeth rang nach Luft. »Vielleicht war es gar nicht mein Vater.«

»Wir wissen beide, dass er es war«, knurrte Geoffrey.

Das Heulen des Windes wurde lauter, zerrte jetzt unbarmherzig an ihrem Gewand. Fröstelnd rieb Elizabeth sich wieder die Arme. »Mein Vater und seine Mannen handelten im Auftrag des Königs. Edouard de Lanceau war ein Verräter.«

»So, war er das? Meines Wissens war mein Vater König Henry gegenüber stets loyal – in Wort, Schrift und Tat.«

Im Vergleich zu ihren blauen Augen wirkte ihr Antlitz geradezu bleich. »Ihr lügt. Der König hätte niemals eine Belagerung angeordnet, wenn er keine Beweise gehabt hätte.«

»Vielleicht wurde meinem Vater übel mitgespielt.«

»Verdreht nicht die Wahrheit, indem Ihr Lügengeschichten erfindet!« Wallende Wogen seidenen Haares ergossen sich über ihr Nachthemd und ihre prallen Brüste, ehe sie es nach hinten schob. Mit einem wütenden Funkeln sah sie ihn an.

Er kochte vor Wut. Verlangen duellierte sich mit seinem Verstand. Selbst jetzt verzehrte er sich nach ihr, sehnte sich danach, Trost in ihren Küssen und ihrem sinnlichen Körper zu suchen. Er schalt sich dafür, dass er so schwach war.

»Glaubt Ihr alles, was man Euch erzählt?«, fragte er nicht minder schneidend. »Würdet Ihr mir glauben, Mylady, wenn ich sagte, dass Euer Verlobter Baron Sedgewick Gerüchten zufolge eine seiner Gemahlinnen so heftig geschlagen hat, dass sie nicht mehr laufen konnte?«

Elizabeth schüttelte den Kopf.

»Seine dritte Braut war die Tochter des Earl of Druentwode – ein zuvorkommendes, freundliches Mädchen, das Musik liebte. Ich habe gehört, dass sie bis zu ihrem Tod ein Leben in entsetzlicher Angst geführt hat.«

»Nein«, flüsterte Elizabeth.

»Ich weiß nicht, ob es sich lediglich um Gerüchte handelt oder ob etwas Wahres daran ist. Wie steht es mit Euch?«

»Die Gerüchte um den Baron interessieren mich nicht. Mein Vater hat sich nie etwas zuschulden kommen lassen.« Ihre Stimme zitterte.

»Er agierte im Auftrag des Königs, als er Wode Castle belagert hat – und zwar nur, weil Euer Vater sich des Verrats schuldig gemacht hatte. *Das* ist die Wahrheit. Versucht nicht, mich hinters Licht zu führen!«

Sie strotzte nur so vor unverhohlener Verachtung, war überzeugt davon, im Recht zu sein, dass er ein Monster war. Geoffrey entspannte seine Hand, in der er die Brosche hielt, und stützte sich mit dem Ellbogen auf die steinerne Zinne. »Ich kann mich an eine Nacht auf Wode Castle erinnern, als mein Vater mit vier oder fünf Lords zu Abend gegessen hat. Ich war gerade dorthin zurückgehrt. Seit meinem achten Lenz, so müsst Ihr wissen, gab mein Vater mich in die Obhut des Earl of Druentwode, wo ich als Edelknabe gedient habe.«

»Falls Ihr vorhabt, mir weitere Lügen über meinen Vater

aufzutischen, könnt Ihr Euch die Mühe sparen«, warnte sie ihn und verschränkte die Arme vor der Brust.

Geoffrey setzte eine finstere Miene auf. »Schenkt mir Euer Gehör, bitte! Ich verließ die fröhliche Runde in der großen Halle, um eine Truhe zu holen, die ich hergestellt hatte, während der Zimmermann des Earls mich anleitete. Ich war ungemein stolz auf das Ergebnis meines handwerklichen Geschicks. Ich konnte es kaum erwarten, sie meinem Vater zu zeigen.«

Elizabeth stieß ein verächtliches Geräusch aus. »Mylord ...«

»Als ich die Stufen wieder herunterkam, hörte ich, wie mein Vater schrie. In jungen Jahren hat mich seine laute Stimme stets das Fürchten gelehrt. Mir wurde angst und bange. Die Truhe fest an die Brust gepresst, blieb ich am Fuße der Treppe stehen und lauschte.« Er schluckte, als er den Moment in der Erinnerung noch einmal durchlebte. »Ich habe mit angehört, wie er den Plan, den Sohn des Königs zu unterstützen und zu rebellieren, in der Luft zerriss. Er hat sich mit Händen und Füßen geweigert, mitzumachen, hat die Gäste der Halle verwiesen und sie ermahnt, niemals wieder einen Fuß über die Schwelle von Wode Castle zu setzen. Keine zwei Tage später hat Euer Vater Wode Castle angegriffen.«

Er hatte es geschafft, sie in einen Schockzustand zu versetzen. Ihre Augen waren münzgroß, ihr Mund weit aufgerissen. Röte stieg ihr in die Wangen, sie wandte den Blick ab. »Vielleicht erinnert Ihr Euch lediglich an das, woran Ihr glauben wollt. Es ist keine Sünde, voller Zuneigung an die Toten zu denken.«

»Ich habe mir das nicht eingebildet. Niemals werde ich das Gesicht meines Vaters vergessen, als er an mir vorbeischritt – oder an sein tiefes Schweigen, als ich ihn später in der Kapelle fand.« Geoffrey schob sich das zerzauste Haar aus der Stirn. »Glaubt Ihr wirklich, ich lüge Euch an?«

Es verstrichen einige Augenblicke, ehe Elizabeth etwas erwiderte. »Ich vermag mir kein Urteil über etwas zu bilden, von dem ich nichts weiß.«

»Das nicht bewiesen werden kann«, korrigierte er sie. Genau wie der Earl of Druentwode hatte er nach Beweisen gesucht – doch umsonst.

Elizabeth schloss die Augen gegen den peitschenden Wind. Im Kontrast zu ihrer milchigen Haut wirkten ihre Wimpern dunkel. Geoffrey spürte, wie sich Verwirrung in ihre Wut schlich. Wie schon zuvor musste er das Verlangen bekämpfen, sie zu berühren.

In seinem Innern tobte ein Sturm, weil er von der Vergangenheit gesprochen und alte Seelenwunden wieder aufgerissen hatte.

Er durfte nichts für Brackendales Tochter empfinden!

Das Risiko war zu groß.

»Ich bezweifle nicht, dass Ihr Euren Vater geliebt habt wie ich meine Mutter.« Sobald ein Wort ihren Mund verließ, riss der Wind es mit sich.

»Es scheint so.«

»Welche Ironie, dass wir beide etwas gemeinsam haben!«

Er nickte. »Wenn ich könnte, würde ich Euch die Brosche Eurer Mutter zurückgeben.«

Ihr Blick wurde kühl. »Erspart mir Eure Lügenmärchen!«

»Ich binde Euch keinen Bären auf, wo denkt Ihr hin?«

»Nein? Ihr wisst, warum mir die Brosche so viel bedeutet, und dennoch weigert Ihr Euch, sie mir zurückzugeben. Wie dumm von mir, meine Erinnerungen an meine Mutter und meine Schwester mit Euch geteilt zu haben! Ich wünschte, ich hätte es nicht getan.«

Tränen schimmerten zwischen ihren Wimpern. »Euer Herz ist nicht minder korrupt als das Eures Vaters. Ich zweifle nicht an seiner Abtrünnigkeit, genauso wenig, wie ich an der Arglosigkeit meines Vaters zweifle. Es steht außer Frage, dass mein Vater mich retten und diese Burg in einen Haufen Schutt verwandeln wird.«

*

Eine Härte trat in de Lanceaus Augen, die im Wettstreit mit der des kalten grauen Steins der Wälle lag. Erleichtert sah Elizabeth mit an, wie der mitleidige Ausdruck aus seinem Blick wich. Sie *musste* ihn verletzen, musste die emotionalen Barrikaden zwischen ihnen wieder errichten, sonst würde sie weinend in sich zusammenbrechen und ihn anflehen, er möge sie nur noch dieses eine Mal in die Arme nehmen. Und das durfte nicht geschehen!

»Wie Ihr meint, Mylady«, knurrte Geoffrey, drehte sich um und hielt auf die Wachen zu.

Elizabeth hielt ihr Gesicht in die Brise und sog den Duft nach windgebeuteltem Weizen ein. Eine Woge des Bedauerns brach über sie herein. Ihre Sicht schwand, und sie blinzelte, um die Tränen zurückzuhalten. Sie hatte ihrem Erzfeind Einblicke in ihre Seele gewährt, und er hatte, Gott möge ihr beistehen, sie verstanden.

Außer mit Aldwin und Mildred hatte Elizabeth die Trauer über den tragischen Tod ihrer Mutter mit niemandem geteilt – schon gar nicht mit ihrem Vater, der sich seit dem Tod ihrer

Mutter von einem Tag auf den anderen verändert hatte. Nach außen hin hatte er sich den Schmerz nicht anmerken lassen, war seine Pflichten jedoch angegangen, als würde er von einer Horde Dämonen angetrieben. Er war viel zu beschäftigt gewesen, um sie in den Arm zu nehmen, während sie sich die Augen aus dem Kopf geweint hatte.

Im Gegenzug für ihre offenen Worte hatte de Lanceau ihr von seinem Vater und dem möglichen Betrug erzählt. War es möglich, dass seinen Worten Wahrheit innewohnte?

Nein.

Und selbst wenn: Ihr Vater hat lediglich seine Pflicht dem König gegenüber erfüllt.

Durch den heulenden Wind drangen Stimmen zu ihr hinüber. Hinter ihr wurde eine Tür zugeworfen. Als sie sich umdrehte, sah sie, wie die Wachen mit ausdruckslosem Gesichtsausdruck auf sie warteten.

Einer der Männer öffnete die Tür und ließ Elizabeth vor ihnen passieren. Die Luft schmeckte verraucht und abgestanden, doch die Gerüche, die ihr entgegenschlugen, rüttelten sie wach, erinnerten sie an ihre Gefangenschaft, ihr Gelübde, die Flucht zu ergreifen, und daran, wie töricht sie gewesen war.

Wie hatte sie sich nur nach der Umarmung ihres Feindes verzehren können? Sie musste schnellstmöglich einen Weg aus Branton Castle herausfinden!

Dicht gefolgt von den Wachen lief sie, die Hand an der Wand, die Treppe nach unten. Zu ihrer Überraschung geleiteten sie sie nicht zu ihrem Gemach, sondern zurück in die große Halle. Die meisten Burgbewohner waren verschwunden, zurückgeblieben waren verdreckte Tische mit stapelweise schmutzigem Geschirr.

Ein schüchternes Lachen zog ihren Blick zum Podest. De Lanceau sprach, die Hände auf der zerschrammten Tischplatte abgestützt, mit Veronique, die jetzt auf Elizabeth' Platz saß. Die Kurtisane lächelte und bot ihm einen Kelch Wein an. Geoffrey akzeptierte und trank einen Schluck.

Elizabeth wandte den Blick ab, trocknete sich die feuchten Hände an ihrem Bliaut und bekämpfte einen vollkommen lächerlichen Anfall von Eifersucht. Es war ihr einerlei, was dieser vermaledeite Rüpel mit seiner Geliebten tat! Die frische Luft und das emotionsgeladene Gespräch hatten ihren Verstand vernebelt.

Mildred winkte ihr von der Tafel zu. Sie wirkte besorgt. »Mylady!«

Elizabeth ließ die Wachen stehen und steuerte auf ihre Zofe zu.

Dominic fing sie ab. »Geht es Euch gut? Hat mein Herr Euch nicht bestraft?«

»Nein.«

Er feixte. »Gut.«

Hätte de Lanceau sich in diesem Moment nicht aufrecht hingestellt und sie angesehen, hätte sie Dominics Lächeln erwidert.

Geoffreys Blick glitt zu Dominic. »Alles erledigt?«

»Ja.« Dominic zog ein zusammengerolltes Stück Pergament aus dem Gürtel, gesellte sich zu ihm und überreichte es ihm. »Ich habe sämtliche Eurer Forderungen eingearbeitet.«

Elizabeth wurde hellhörig. »Forderungen?«

»Eure Auslösung«, murmelte de Lanceau.

Veronique lachte.

Die Luft wurde spürbar dicker. Elizabeth atmete bedächtig ein. Der scharfe Geruch nach brennendem Pech, der dem Kamin entstieg, biss ihr in der Nase. »Wieso schickt Ihr den Brief erst jetzt los?«

De Lanceau glitt mit dem Finger zwischen das Pergament und rollte es auf. »Ich wollte sichergehen, dass Euer Vater Euch vermisst. Aber wer weiß, vielleicht ist er gar erleichtert, einige Tage von Eurem losen Mundwerk verschont zu bleiben.«

Elizabeth überging seine Bemerkung. »Was verlangt Ihr von ihm?«

»Mit Verlaub, das geht Euch nichts an.«

»Er ist mein Vater!«

Geoffrey strich mit dem Finger über eine Falte im Pergament. »Würdet Ihr gern wissen, wie ich den großartigen Lord Arthur Brackendale zu zerstören gedenke?« Unbarmherzigkeit schwang in seinem Blick mit. »Ich verlange, was eigentlich mir gehört. Jede Parzelle Land, jeden Titel, jegliches Vermögen – all das, was ich eigentlich von meinem Vater hätte erben sollen.«

Elizabeth' Wut brannte lichterloh. »Darauf wird er sich nie und nimmer einlassen.«

»Auch nicht, wenn er im Gegenzug seine Tochter gesund und munter wieder in die Arme schließen kann?«

Sie schluckte gegen den Kloß in ihrem Hals an, der den bitteren Geschmack der Angst verströmte. »Ist das alles, oder werdet Ihr nicht eher Ruhe geben, bis Ihr seinen Kopf habt?«

»In Bälde werdet Ihr eine Antwort auf diese Frage bekommen.«

»Sagt es mir – jetzt!«

Ihre Blicke prallten aufeinander. Hinter dem Glosen seiner Augen konnte sie die Entschlossenheit spüren, nicht mehr preiszugeben als unbedingt nötig. »Ich schlage vor, Ihr und

Mildred verbringt einige ungestörte Augenblicke am Feuer.« Er blickte an das Ende der Tafel, an dem Mildred stand und mit einer der Wachen debattierte. Mit einer flinken Handbewegung gab er der Wache ein Signal, woraufhin diese den Weg freigab und Mildred vorbeiließ.

Bodenlose Verzweiflung drohte Elizabeth von innen heraus aufzufressen. »Sagt es mir!«

Geoffrey presste den Mund zusammen. »Dies ist meine letzte Warnung. Lasst es dabei bewenden.« Er deutete auf den Kamin. »Geht, bevor ich entscheide, Euch wieder in Eurem Gemach einsperren zu lassen!«

Elizabeth nagte an ihrer Unterlippe. Sie musste um jeden Preis wissen, was de Lanceau vorhatte. Zugleich fürchtete sie sich jedoch vor seiner Antwort. Als Gefangene in den Mauern von Branton Castle konnte sie nichts gegen die Durchführung seines entsetzlichen Plans unternehmen.

Es sei denn, sie floh.

Es sei denn, er hatte kein Druckmittel mehr gegen ihren Vater in der Hand.

Der kochenden Wut in ihrem Innern zum Trotz drehte sie sich um und lief auf Dominic zu. Sie hörte, wie hinter ihr Stühle über den Boden rutschten und Gemurmel einsetzte. Ein Blick über die Schulter verriet ihr, dass de Lanceau und Dominic sich über die Nachricht gebeugt hatten, die sie auf den Tisch gelegt und an den Ecken mit Weinkelchen beschwert hatten. Veronique, die neben Geoffrey saß, stocherte nervös in einer Schüssel mit frischem Schmorbraten herum.

Mildred stellte sich an Elizabeth' Seite. Die Kammerfrau lächelte, ehe sie sich mit ihren fleischigen Armen bei ihrer Herrin unterhakte. »Seid unbesorgt!«, raunte sie ihr zu. »Wir werden einen Weg finden, um de Lanceaus Pläne zu vereiteln.«

»Flucht«, murmelte Elizabeth.

Mildred blinzelte. »Sobald sich die Gelegenheit ergibt. Bis dahin sollten wir die Zeit nutzen, um Augen und Ohren weit aufzusperren.«

Während sie auf den geschwärzten Kamin zuhielten, lauschte Elizabeth Mildreds Geplapper. Erleichtert hörte sie, dass ihr kein Leid zugefügt worden war. Auch sie war von Elena umsorgt worden.

»Und Ihr, Mylady? Hat man Euch gut behandelt?«

Elizabeth nickte. Um ein Haar wäre sie der Versuchung erlegen, alles herauszuposaunen, was sich zwischen ihr und dem Burgherrn ereignet hatte. Doch sie wollte die ältere Frau nicht unnötig in Sorge stürzen.

Sie schritten auf das prasselnde Feuer zu, das die Kacheln des Kamins in ein orangefarbenes Licht tauchte. Vor dem Kamin standen einige Stühle und ein kleiner Tisch. Auf einem der ausladenden Stühle hatte Elena Platz genommen und sich dem Nähen gewidmet. Fluchend schüttelte sie den Kopf.

Elizabeth löste sich von Mildreds Arm. »Elena?«

Die Magd blickte nicht auf, während Elizabeth um den Sessel herumging. Auf Elenas Schoß lag eine Seidentunika, deren gerissenen Saum sie gerade flickte. Missmutig stach sie mit der Nadel durch den Stoff.

»Aua!« Elena stöhnte, ließ das Tuch fallen und lutschte an ihrem Daumen, um den Blutfluss zu stoppen.

»Elena?«, wiederholte Elizabeth noch einmal.

Mit großen Augen, in denen sich Besorgnis widerspiegelte, sah die Magd auf. »Mylady, Mildred.«

»Was ist los?«, fragte die Kammerfrau.

»Wie soll ich denn je mit dem Ausbessern der Tunika fertig werden?« Ihre Finger zitterten, und ihr Gesicht wirkte fahl. Elizabeth ging neben ihr in die Knie und legte die Hand auf den Arm der Magd, um sie zu beruhigen.

»Mylord bat mich, diesen Riss auszubessern«, erklärte sie schniefend. »Dabei habe ich noch nicht einmal die gesamte Wäsche ausgewrungen. Mistress Peg will zudem, dass ich den Küchenboden schrubbe und den Kohl und Lauch für die Hühnchenpastete putze. Ganz zu schweigen von den Kindern, die ich füttern muss!« Tränen sammelten sich in ihren Augen. »Es steht mir nicht zu, mich in Klagen zu ergehen, aber ich weiß einfach nicht, wo ich anfangen soll. Außerdem bin ich hundemüde.«

»Lass mich mal sehen«, sagte Elizabeth und langte nach dem Saum.

»Mylady!«, flüsterte Elena erstaunt.

Elizabeth untersuchte den Riss und überlegte, wie sie vorgehen würde, um zu retten, was zu retten war. Mit ein wenig Geduld und einer Prise Geschick sollte es kein Problem sein, das Kleidungsstück wieder in altem Glanz erstrahlen zu lassen.

Ihre Finger gefroren in der Bewegung. Die Tunika gehörte vermutlich de Lanceau. Allein aus diesem Grund sollte sie der Magd nicht helfen. Als ihr Blick jedoch über Elenas tränenüberströmtes Gesicht glitt, änderte sie ihre Meinung. Sie musste der armen Magd einfach unter die Arme greifen.

»Der Stoff muss straffer gehalten werden«, erklärte Elizabeth, »sonst hängt die Seide durch und lässt sich nicht gut nähen. Versuch, kleinere Stiche zu machen, ungefähr so.«

Elizabeth löste die Nadel aus dem Stoff und führte drei schnelle Stiche aus, was ihr ein erleichtertes Lächeln von Elena einbrachte.

Nachdem sie der Magd das Kleidungsstück zurückgegeben hatte, versuchte diese es erneut.

Es kostete Elizabeth einige Überwindung, einen neutralen Gesichtsausdruck zu wahren. Elena machte Fortschritte, verlor aber kostbare Zeit, so sehr war sie darum bemüht, alles richtig zu machen. In diesem Tempo würde sie noch bei Sonnenuntergang hier sitzen.

Elizabeth' Finger juckten förmlich. Es war Tage her, dass sie genäht hatte – eine Arbeit, der sie mit Freude und Begeisterung nachging. Sich auf die Stiche und das Muster zu konzentrieren, wäre eine angenehme Abwechslung.

Als Elena wieder einmal zögerte, berührte Elizabeth die überforderte Magd am Arm. »Kümmere dich um die anderen Aufgaben, ich übernehme das Nähen.«

»Ihr? Nein, Mylady! Das wird nicht gehen.«

Wie eine stolze Henne plusterte Mildred sich auf. »Warum denn nicht? Sie ist eine gute Näherin.«

Ehe die Magd abermals protestieren konnte, machte Elizabeth es sich in einem der Sessel bequem und zog die Tunika zu sich. Ihre Finger flogen förmlich über die Seide. Es dauerte nicht lange, da hatte sie einen Teil des Risses bereits ausgebessert.

Elena erhob sich und spähte zur herrschaftlichen Tafel hinüber. Die beiden Männer saßen noch immer über den Brief gebeugt. Es sah aus, als würde Dominic auf einen bestimmten Punkt hinweisen, während de Lanceau mit zusammengezogenen Augenbrauen nickte.

Die Magd schüttelte den Kopf. »Wenn Mylord herausfindet, dass …«

Mildred, die neben dem Kamin stand, schnaubte laut. »Er ist viel zu beschäftigt, um sich um einen Riss in seiner Tunika zu kümmern.« Mit diesen Worten ließ sie sich in einen der freien Sessel fallen, faltete die Hände über dem ausladenden Bauch zusammen und schloss die Augen.

Just als Elizabeth sich wieder an die Arbeit begeben hatte, senkte sich ein Schatten über sie und verdeckte ihr das Licht. Ehe sie wusste, wie ihr geschah, lief ein siedend heißer Schauer durch sie hindurch.

De Lanceau – er stand hinter ihr.

»Was heckt Ihr denn jetzt schon wieder aus, Mylady?«, ertönte seine tiefe Stimme, die an einen Donner erinnerte.

Die Tunika fest an sich gedrückt, sprang Elizabeth auf die Füße. Elena, die bereits auf halbem Weg zum Treppenaufgang war, fuhr herum und sah aus, als würde sie jeden Augenblick in Ohnmacht fallen. Ihr Mund bewegte sich, doch kein Laut kam ihr über die Lippen. De Lanceau sah von Elena zu Mildred, dann zu Elizabeth. Während er die Arme vor der Brust verschränkte, legte er die Stirn in Falten. »Ich höre.«

Mildred räusperte sich. »Mylord, wenn ich es Euch erklären dürfte?«

Ohne den Blick von Elizabeth' Gesicht zu wenden, nickte er.

»Mylady hat Elena angeboten, ihr beim Nähen behilflich zu sein«, sagte die Zofe sachlich.

»Soso, hat sie das?« Er entriss Elizabeth die Tunika und begutachtete die Stiche. Erstaunen und Bewunderung erhellten seinen Blick. »Dies ist *Euer* Werk?«

»Ja.«

Er schoss herum und sah Elena an. »Stimmt das?«

Die Magd nickte.

»Hochwertige Arbeit, Mylady!« Sein Mund verzog sich zu einem schiefen Grinsen.

Elizabeth konnte kaum Luft holen. Sie konnte weder Hohn noch Spott in seinem Gesicht entdecken, sondern nichts als puren Respekt. Seine Augen glänzten, und Anerkennung stand in seinem Blick, als er mit seinem Daumen über die Naht glitt. Elizabeth zwang sich wegzusehen.

Die Kammerfrau strahlte bis über beide Ohren. »Lady Anne war mit großem Talent gesegnet, wenn es um Nadel und Faden ging, und hat ihr Wissen an Elizabeth weitergegeben. Ihr wart gerade einmal ein kleines Mädchen, als Ihr Eure ersten Stiche gelernt habt. Stimmt doch, Mylady, oder?«

Ein Stöhnen kratzte Elizabeth im Hals. »Mildred!«

De Lanceau gluckste.

Die Zofe warf sich den ergrauten Zopf über die Schulter. »Er sollte Euer Talent zu schätzen wissen. Viele Damen von Stand nähen und sticken, aber nur wenige haben das Geschick wie unsere Lady Anne, Gott hab sie selig!« Ihre buschigen Augenbrauen hoben sich. »Ich würde meinen letzten Zahn im Mund verwetten, dass Eure Stickereien die erlestensten Englands sind.«

Elizabeth errötete. »Mildred!«

Das Feixen des Rüpels wurde breiter, woraufhin Elizabeth' Mut wie die Rotkehlchen zum Sturzflug ansetzte.

»Bei Eurem Talent solltet Ihr dafür bezahlt werden, dass Ihr die Tunika ausbessert.«

Ein aufgebrachtes Stöhnen entwich Elizabeth' Lippen. »Mildred, es reicht!«

De Lanceau lachte. »Grämt Euch nicht.«

Mit brennenden Wangen sah Elizabeth ihn an. Belustigung flackerte in seinen Augen auf. Als er in ritterlicher und formvollendeter Manier den Kopf zu ihr hinunterbeugte, um ihr die Tunika zurückzugeben, schlug ihr das Herz bis zum Hals.

Sie zögerte, tat, als wäre es ihr gleich, ob sie die Arbeit zu Ende brachte oder nicht. In dem gleichen Maß, in dem sein Lächeln breiter wurde, gewann die Röte in ihrem Gesicht an Intensität. Sie schalt sich, weil sie sich wie eine alberne Göre aufführte.

»Mylord«, ergriff Elena mit gedämpfter Stimme das Wort und rang die Hände vor der Brust, »dürfte ich ...«

Mit einem Nicken entließ Geoffrey die Magd. »Geh wieder an die Arbeit!«

Elena wies auf die Seide in Elizabeth' Händen. »Der Riss?«

»Lady Elizabeth wird sich der Aufgabe annehmen, da sie talentierter ist als du – vorausgesetzt, sie stimmt zu«, fügte er hinzu.

Wie Blätter, die im Wind tanzten, wirbelten Verwirrung und Freude in Elizabeth' Verstand durcheinander. Er ließ ihr keine Wahl. Sie schlug die Augen nieder und sah auf die ausgefranste Seide.

Wenn sie gekonnt hätte, wie sie wollte, hätte sie ihm kräftig die Meinung gegeigt. Schließlich war er ihr Feind, dem sie nichts als Hass schuldete. Auf der anderen Seite jedoch würde sie lieber mit Mildred in der großen Halle sitzen, als allein in dem staubigen Gemach Trübsal zu blasen. Außerdem war da noch ihr Schwur, den sie nicht vergessen hatte.

»Einverstanden.«

»Ich danke Euch«, murmelte er.

Die Magd machte einen Knicks und lief eiligen Schrittes davon.

Elizabeth glättete eine Falte im Stoff und wandte sich wieder dem Feuer zu. De Lanceau rührte sich nicht von der Stelle. Sie konnte seinen Blick spüren und sah hinter sich.

Licht tanzte über sein Gesicht und verlieh ihm etwas Weiches. Als sich seine Augen verengten, gruben sich ihre Finger in die Seide.

Trotz der Flut von Gefühlen, die in seinem Blick loderte, war es ihr nicht möglich, seinen Gesichtsausdruck einzuordnen. Ahnte er etwas von ihrem Vorhaben?

Ein seltsames Lächeln, das keines war, legte sich auf seine Lippen.

»Mylord?«

»Ihr schafft es immer wieder, mich in Erstaunen zu versetzen, Mylady.«

Sein heiseres Flüstern jagte ihr einen wohligen Schauer über den Rücken. Eine Lawine verbotener Hitze rollte durch sie hindurch. Mit schier unerträglicher Intensität erinnerte sie sich an seinen Kuss, seine zärtlichen Berührungen und das Mitleid in seinen Augen, als sie ihm von ihrer Mutter berichtet hatte.

Elizabeth, die merkte, dass ihr die Sinne schwanden, kniff sich unauffällig in den Oberschenkel, ehe sie die Tunika nahm und zum nächsten Stich ansetzte.

De Lanceau schritt davon.

*

Geoffrey kehrte zu der Tafel zurück, an der Dominic auf ihn wartete. Er nahm Platz, nahm sich einen Schluck Wein und bat Dominic, er möge die letzten Punkte der Forderungen an Brackendale noch einmal zusammenfassen, wenngleich seine Gedanken ständig abschweiften.

Im Geiste sah er, wie Elizabeth' schlanke Hände über seine Tunika glitten , hörte, wie die Seide unter ihren Fingern leicht raschelte.

Die Tatsache, dass sie eines seiner Kleidungsstücke bearbeitete, ließ ihn nicht los.

Während Dominic sprach und sprach, löste Geoffrey den Blick von dem Pergament und sah zum Kamin, wo Elizabeth mit ihrer Kammerfrau saß. Die beiden hatten die Köpfe zusammengesteckt und unterhielten sich lebhaft. Wie unangenehm es ihr gewesen war, als Mildred von ihren Nähkünsten berichtet hatte! Die Zofe hatte nicht übertrieben: Elizabeth besaß ein Talent, das für wichtigere Projekte als das Ausbessern einer Tunika eingesetzt werden sollte.

Er wüsste auch, wofür.

Schmerzhafte Erinnerungen prasselten auf ihn herein. Weder hatte er die Arbeit vergessen noch vernachlässigt, sondern lediglich gewartet, bis er eine Näherin traf, die das Talent hatte, die Pracht wiederherzustellen.

Wie ironisch, dass ausgerechnet Lady Elizabeth Brackendale für diese Aufgabe in Frage kam!

Ein säuerlicher Geschmack flutete seinen Mund. Schnell griff er nach seinem Weinkelch. Sie würde nie und nimmer einwilligen – vor allem nicht, wenn sie erfuhr, worum es ging. Mehr denn je brannte der Wunsch in ihm, die Arbeit erledigen zu lassen.

Er schob den Stuhl nach hinten und erhob sich. Verdutzt riss Dominic den Kopf in die Höhe. »Mylord?«

»Es gibt da etwas, worum ich mich kümmern muss. Bin gleich wieder zurück.«

*

Elizabeth schob die Tunika, die auf ihrem Schoß lag, von sich und drehte sich zu ihrer Kammerfrau um. »Wie konntest du nur? Warum hast du dieser Ausgeburt des Teufels von den Fähigkeiten meiner Mutter und mir erzählt?«

»Es tut mir leid.« Mildred seufzte. »Es lag mir fern, Euch aufzuregen, aber ich dachte nicht, dass Euch das stören würde.«

Elizabeth blickte finster drein.

»So schlimm war es nun auch wieder nicht.« Lächelnd faltete Mildred die faltigen Hände zusammen. »Ab jetzt wird er Euch mit dem Respekt entgegentreten, der Euch gebührt. Meine Offenbarungen haben ihn tief beeindruckt.«

»Es ist mir nicht daran gelegen, Eindruck zu schinden.« Elizabeth' Stimme wurde eine Nuance lauter. »Du und ich, wir sind seine Gefangenen. Oder hast du schon vergessen, dass wir gegen unseren Willen hierhergebracht wurden?«

Die Wärme wich aus Mildreds Blick. »Natürlich nicht – genauso wenig, wie ich aufgeben werde, bis wir eine Möglichkeit zur Flucht gefunden haben! Außerdem werde ich alles tun, um Euch zu beschützen. Mag sein, dass Ihr eine Dame von Stand seid, aber selbst der höchste Titel Englands würde ihn nicht daran hindern, wenn er Euch in sein Bett holen wollte.«

Ein Keuchen entwich Elizabeth' Lippen.

Mildred streckte die Hand aus und berührte ihre Herrin am Arm. »Ich möchte Euch nicht unnötig beunruhigen, aber wir haben beide davon gehört, dass Frauen, die einer Verschleppung zum Opfer gefallen sind, nach ihrer Gefangenschaft Bastarden das Leben geschenkt haben.«

Ein Scheit im Kamin verrutschte. Flammen schossen himmelwärts, und ein Knacken übertönte Elizabeth' ungehaltenes Schnauben. »Das würde er nicht wagen!«

»Bis jetzt scheint er Euch trotz seines Hasses auf Euren Vater mit gebührendem Anstand behandelt zu haben.« Mildreds Lippen verzogen sich zu einem frechen Lächeln. »Ich glaube fest daran, dass de Lanceau Euch respektiert. Und Respekt, Mylady, hat seine eigene Macht.«

Ein Luftzug blies über den Boden. Die Flammen züngelten. War de Lanceaus Kuss in ihrem Gemach nur der Auftakt gewesen, um sie zu schänden? Als sie den Blick auf die Tunika senkte, sah sie, dass sie sie zusammengeknüllt hatte.

»Sorgt Euch nicht!« Mildred unterdrückte ein Gähnen. »Behaltet einen kühlen Kopf, und alles wird gut.«

Als Elizabeth de Lanceaus Stimme vernahm, zuckte sie zusammen. Sie hatte ihn gar nicht kommen hören. Er stand nur wenige Schritte entfernt, ein Stück blaue Seide in der Hand.

Elizabeth, die gegen die Röte in ihren Wangen ankämpfte, fragte: »Wie lange belauscht Ihr uns schon?«

»Ich habe lediglich Mildreds letzte Worte mitbekommen.« Im Schein der Sonne blitzte das gestickte Wappen eines Falken mit ausgebreiteten Flügeln auf. Der verblichene Stoff war verschmutzt und kaum noch zu flicken.

Sie hob die Augenbrauen. »Noch eine Tunika?«

Wut flammte in seinen Augen auf. »Eine Satteldecke, die ich seit achtzehn Jahren aufbewahre.«

Seine Worte trafen sie wie ein Faustschlag. »Sie gehörte Eurem Vater, stimmt's?«

Er nickte. »Ich habe sie von seinem Pferd heruntergenommen – in der Nacht, in der er starb. Wenn Ihr mit der Tunika fertig seid, möchte ich, dass Ihr sie nach bestem Wissen und Gewissen flickt.«

Elizabeth legte die Tunika beiseite und sprang auf die Füße. »Niemals!«

Mit einem entschlossenen Gesichtsausdruck baute er sich vor ihr auf. »Sie wird mein Ross zieren, wenn ich in die Schlacht gegen Euren Vater reite. Er soll wissen, dass ich mich voller Stolz zu den de Lanceaus zähle und dass ich mich nicht davor fürchte, meinen Vater zu sühnen!«

Zorn peitschte durch sie hindurch. »Ich weigere mich.«

»Ihr werdet tun, was ich sage! Ich kenne viele Methoden, mit denen ich Euch umstimmen könnte.« Er warf ihr einen mahnenden Blick zu und starrte auf ihre Lippen. »Eine davon kennt Ihr ja bereits.«

Wie recht er hatte! Tagein, tagaus quälten ihr Verstand und ihr Leib sie mit den Erinnerungen daran. Sie schlug die Augen nieder, weil sie nicht wollte, dass er ihre Furcht sah. »Ihr seid ein Monster!«

Sein Lachen dröhnte durch die Halle. »Soll das heißen, Ihr seid einverstanden?«

Sengender Widerwille schnürte ihr die Kehle zu. Was blieb ihr anderes übrig, als sich zu fügen? Wenn er sie in ihr Gemach sperrte, würde ihr die Flucht niemals gelingen. Am besten, sie willigte ein und floh, ehe sie die Arbeit beendet hatte.

Die Lippen fest aufeinandergepresst, schleuderte sie ihm einen Blick entgegen, in dem sich ihre gesamte Ungehaltenheit entlud. »Einverstanden – aber nicht wegen Eurer Drohung, sondern weil Ihr zum Scheitern verurteilt seid. Euer Pferd mag das Wappen Eures Geschlechts tragen, aber nichtsdestoweniger wird mein Vater Euch vernichten!«

»Wir werden sehen, Mylady.«

»Das werden wir!«

Er drückte ihr die Decke in die Hand und stürmte davon. Seine Stimme hallte immer noch in ihren Ohren nach, während er sich längst schon wieder mit Dominic unterhielt.

Mildred schüttelte den Kopf. »Wenn ich gewusst hätte, dass er Euer Talent so schamlos ausnutzt, hätte ich niemals ...«

»Mach dir keine Vorwürfe!« Elizabeth nahm wieder Platz und legte die Decke auf den Beistelltisch. Mit gedämpfter Stimme fügte sie hinzu: »Ich werde seinem Wunsch nicht nachkommen. Vorher fliehen wir!«

Die Zofe grinste.

Wenige Augenblicke später verließ de Lanceau die große Halle, das Pergament unter dem Arm. Dominic lief an seiner Seite. Kaum war der Rüpel aus ihrem Blick verschwunden, atmete Elizabeth laut aus. Peu à peu wich die Anspannung aus ihren Gliedern.

Es dauerte nicht lange, da konnte Mildred der Wärme des Feuers nicht mehr widerstehen und schlummerte ein, das Kinn auf der Brust gelegt.

Während Elizabeth an der Tunika arbeitete, lauschte sie den Bediensteten, wie sie sich unterhielten, mit dem Geschirr klapperten und die Tische schrubbten. Ein Hund jaulte, als ihm aus Versehen jemand auf die Pfote trat. Bereits nach kurzer Zeit konnte sie die Stimmen der beiden Wachen auseinanderhalten, die am Fuße der Treppe postiert waren und sich die Zeit mit einer Würfelpartie vertrieben. Aus ihrem rauhen Gespräch schloss sie, dass die Burg über einen Brunnen verfügte, die Wachtürme

Tag und Nacht besetzt waren und sie der Meinung waren, dass es nicht annähernd genügend Pferde für alle gab. Wie eine beflissene Elevin prägt Elizabeth sich jedes noch so kleine Detail ein.

Als sie den letzten Knoten machte, war das Feuer heruntergebrannt. Sie unterdrückte ein Gähnen, hielt die Tunika in die untergehende Sonne und schüttelte das Kleidungsstück aus, wobei die Stickereien im Schein des Feuers kurz aufblitzten – wie ein Fisch, der für den Bruchteil einer Sekunde aus dem Wasser sprang.

»Exzellente Arbeit, Mylady!« Erholt von ihrem Schlaf, lächelte die Kammerfrau ihr zu.

»War gar nicht so einfach, aber ich habe es geschafft.« Elizabeth betrachtete die winzigen Stiche ein letztes Mal und erfreute sich daran, dass von dem Riss kaum noch etwas zu sehen war.

Mit glänzenden Augen näherte Elena sich dem Kamin. »Mylady, die Tunika sieht aus wie neu. Wie kann ich mich für Eure Hilfe erkenntlich zu zeigen?«

Elizabeth bedeckte den Mund mit der Hand, um ein weiteres Gähnen einzufangen. Bei dem Gedanken an den Handel wegen des heißen Bades, den sie am Morgen mit Dominic geschlossen hatte, unterdrückte sie ein enttäuschtes Seufzen. De Lanceau, der Schuft, hatte nie vorgehabt, sein Versprechen zu halten.

Elizabeth veränderte ihre Position, so sehr schmerzte ihr Allerwertester von dem langen Sitzen. Mit einem wehmütigen Lachen sagte sie: »Ein heißes Bad wäre jetzt wunderbar!«

Elena nickte. »Ich werde mich darum kümmern.«

Elizabeth wäre fast aus dem Sessel gerutscht. »Was hast du gerade gesagt?«

»Mylord hat mich gebeten, alles vorzubereiten, sobald Ihr mich darum bittet.«

»Hat er das?« Nach ihrer erhitzten Debatte wegen der Satteldecke hätte sie nicht erwartet, dass er sein Wort hielt.

»Lord de Lanceau ist ein ehrenwerter Mensch. Er würde niemals ein Versprechen brechen, schon gar nicht einer Dame gegenüber.«

»Wie galant von ihm!«, murmelte Elizabeth und warf einen flüchtigen Blick zu Mildred, die eine Augenbraue hob.

»Ich werde veranlassen, dass Ihr das Bad in Eurem Gemach nehmt, Mylady«, sagte Elena. »Sobald alles vorbereitet ist, stoße ich mit Handtüchern und Seife zu Euch, um Euch beim Waschen behilflich zu sein.« Sie machte einen Knicks und eilte murmelnd davon, während sie an der Hand abzählte, was sie noch alles zu erledigen hatte.

Als Elizabeth polternde Schritte vernahm, die sich ihr näherten, erhob sie sich. Die Wachen waren gekommen, um sie und Mildred auf ihre Gemächer zu begleiten.

Nachdem sie die Nadel in dem verbleibenden Garn festgesteckt hatte, legte sie beides neben die zusammengefaltete Tunika. Sie drehte sich um und umarmte Mildred. »Wir sehen uns gewiss bald wieder.«

Just als sie sich wegdrehen wollte, griff die Kammerfrau nach ihrer Hand. »Ich freue mich für Euch, dass er Euch das Bad erlaubt. In der breiten Brust des Rüpels scheint doch ein Herz zu schlagen.«

Elizabeth legte die Stirn in Falten. »Wir werden sehen.«

Ein Lächeln umspielte Mildreds Lippen. »Das werden wir!«

*

Um ein Haar wäre Geoffrey im Treppenhaus mit Elena zusammengeprallt. Die Magd war mit gesenktem Kopf, die Hand über die Steinmauer gleitend, nach unten gehastet.

»Mylord.« Sie machte einen unbeholfenen Knicks.

»Ihr seid ja vollkommen außer Atem.« Mit zusammengekniffenen Augen beäugte er sie durch die rauchgeschwängerte Luft und wünschte, er könnte ihren Gesichtsausdruck sehen. »Ist alles in Ordnung?«

»Ich bereite das Bad für Mylady vor.«

»Ist sie mit der Tunika fertig?«

Elenas Schopf hüpfte auf und ab. »Das Ergebnis dürfte Euch erfreuen.«

Er trat beiseite und bedeutete der Magd, an ihm vorbeizugehen. Ihre Schritte verklangen, als er zwei Stufen auf einmal nehmend weiterlief.

Ohne seinen Schritt zu verlangsamen, durchmaß Geoffrey die große Halle und steuerte auf die leeren Sessel am Kamin zu. Das Kleidungsstück lag ordentlich zusammengefaltet auf dem Beistelltisch.

Als er es in die Höhe hielt, um es näher zu betrachten, zupfte ein Lächeln an seinen Lippen. Er war sich insgeheim sicher gewesen, dass sie gute Arbeit abliefern würde. Er schluckte kräftig gegen den Kloß in seinem Hals an und ließ die Tunika auf den Tisch gleiten.

Sein Blick glitt zu der Satteldecke, die auf die Seite geschoben worden war. Er glitt mit seinem Finger über den zerschlissenen, eingerissenen Stoff. Sie weigerte sich, seiner Bitte nachzukommen, obwohl sie mit dem Talent gesegnet war, dem alten Stoff neues Leben einzuhauchen, bis der Falke wieder in großer Höhe schwebte. Er vertraute ihr, wusste, dass sie die

Fähigkeit besaß, die Satteldecke in altem Glanz erstrahlen zu lassen.

Sie ganz zu machen.

Gedankenverloren ließ er den Arm sinken und fuhr mit dem Finger über die Pergamentrolle, die in seinem Gürtel steckte. Heute hatte er viel über Elizabeth gelernt und über ihre Mutter, die von ihrer Tochter zutiefst verehrt wurde und die ihr schwierigste Stickereien beigebracht hatte. Als das Bild von Elizabeth' tränenüberströmten Antlitz und ihren funkelnden Augen vor seinem geistigen Auge aufblitzte, überfielen ihn Schuldgefühle. Mit aller Kraft, die er aufbringen konnte, schob er das Bild von sich.

Das Kichern eines Kindes hallte von den Wänden der großen Halle wider. Geoffrey fuhr herum und erblickte einen dunkelhaarigen Jungen, der sich hinter einem der Sessel versteckt hatte.

»Roydon, du kommst jetzt sofort her!« Elena, deren Wangen glühten, erschien am oberen Treppenabsatz, die Arme voller Leinenhandtücher, Waschlappen und einem Stück Seife. »Roydon!«

Geoffrey grinste und wies auf den Kamin. »Dort.«

Als Elena ihn entdeckte, versuchte sie einen Knicks zu machen, der allerdings damit endete, dass die Seife von dem Stapel rutschte, gefolgt von zwei Handtüchern.

Mit einem stillen Lachen lief Geoffrey um den Sessel herum und schlich sich von hinten an den kleinen Jungen heran, der in die Hocke gegangen war, während Elena sich bückte. Mit lautem Gebrüll packte er den Kleinen an der Taille und wirbelte ihn durch die Luft. Roydon quiekte freudig, ehe Geoffrey den sich windenden Dreikäsehoch wieder absetzte.

Mit glänzenden Äuglein sah Roydon zu Geoffrey hinauf. »Noch mal!«

»Roydon«, ergriff Elena mit sanfter, aber bestimmter Stimme das Wort, »Ab ins Bett mit dir! Ich habe noch zu tun.«

»Mama, das ist nicht fair!«

Elena nahm den Jungen bei der Hand und lief eiligen Schrittes durch die Halle.

»Elena!«, rief Geoffrey ihr nach.

Sie hielt inne und drehte sich zu ihm um. »J-ja, Mylord?«

»Sei so nett, und bring unseren Gast zu mir, sobald er sein Bad beendet hat.«

Kapitel 10

»Das Wasser wird kalt, Mylady. Ich bringe Euch ein Handtuch.« Elena, die neben dem hölzernen Trog saß, legte die aufgeschäumte Seife beiseite und erhob sich.

Mit einem widerwilligen Nicken glitt Elizabeth ein letztes Mal mit der Hand durch das lauwarme Wasser. Der Schein der Kerzen blinzelte ihr von der gekräuselten Wasseroberfläche zu, und der Geruch nach Rosen, Lavendel und Zimt stieg ihr in die Nase. Nachdem Elizabeth in der Wanne Platz genommen hatte, hatte Elena eine Glasphiole genommen, vom Korken befreit und die kostbare Essenz darin dem Wasser zugefügt. Elizabeth schloss die Augen und weidete sich an dem exotischen Duft, der sie von fremden Ländern träumen ließ.

Als sie die Augen öffnete, stand Elena wieder neben dem Trog. »Mit Verlaub, aber Ihr dürft Euch nicht unterkühlen.«

Elizabeth stieß einen Seufzer aus. Nachdem sie sich eine Seifenblase vom Arm gewischt hatte, erhob sie sich. Wasser tropfte ihr von den Haaren und vom Körper. Fröstelnd stieg sie aus der Wanne und kuschelte sich augenblicklich in das Handtuch, das Elena ihr hinhielt.

Mit besorgtem Blick goss die Magd Würzwein in einen Kelch. »Trinkt! Dies wird Euch wärmen.«

Elizabeth nahm einen Schluck. Sofort breitete sich eine wohlige Wärme in ihrem Innern aus.

Nachdem sie sich abgetrocknet und ein Handtuch um den Kopf gebunden hatte, nahm sie die Unterrobe entgegen, die Elena ihr reichte. Erst jetzt merkte sie, dass das Unterkleid nicht aus rauher Baumwolle, sondern aus feiner Seide gefertigt und so leicht wie eine Daunenfeder war.

»Wessen Gewand ist das?«, fragte sie, ohnmächtig gegen den überraschten Unterton, der sich in ihre Stimme schlich.

Elena senkte den Blick. »Veroniques, Mylady.«

»Weshalb leiht sie es mir?«

»Das vermag ich nicht zu sagen.«

Erinnerungen daran, wie Veronique ihre Goldbrosche zur Schau getragen und wie hochnäsig sie sich gegeben hatte, prasselten auf Elizabeth ein. Welche Gründe mochte diese Schlange haben, sich ihr gegenüber so großzügig zu zeigen? Elizabeth' Finger zerknüllten den weichen Stoff. Schnell nahm sie einen weiteren Schluck Wein, um den herben Geschmack der Entrüstung hinunterzuspülen, der sich in ihrem Mund ausgebreitet hatte. Anschließend ließ sie die Seidenrobe auf den Tisch fallen und sagte: »Ich ziehe das Gewand vor, das ich den ganzen Tag über getragen habe.«

Mit weit aufgerissenen Augen schüttelte Elena den Kopf. »Aber dies unterstreicht doch Euren Stand, Mylady!«

Als Elizabeth abermals auf den edlen Stoff blickte, war sie machtlos gegen das Verlangen, den leichten Stoff auf der Haut zu spüren. Später würde auch noch Zeit sein, sich mit Veroniques Motiven auseinanderzusetzen.

»Nun gut.« Elizabeth stellte den Becher ab, zog sich das Gewand an und griff dann nach der grünen Wolle. Mit einem schüchternen Lächeln überreichte Elena ihr ein edles Bliaut, dessen Farbe an die wilden Rosen erinnerte, die im Innenhof von Wode Castle blühten. Zweifelsohne noch ein Gewand aus Veroniques Kleidertruhe.

Nachdem Elena Elizabeth beim Schnüren des Gewandes geholfen hatte, machte sie einen Schritt zurück, musterte Elizabeth von Kopf bis Fuß und nickte zaghaft.

Elizabeth lachte. Endlich fühlte sie sich wieder wie eine Dame von Stand.

Die Magd trocknete Elizabeth' Haar und bändigte es, indem sie es zu einem Zopf flocht, in den sie eine roséfarbene Schleife einarbeitete. Anschließend holte sie einen kleinen runden Spiegel aus poliertem Stahl. »Wie wunderschön Ihr seid, Mylady! Im Gegensatz zu anderen Frauen braucht Ihr kein Puder und kein Rouge aufzulegen.«

Elizabeth betrachtete ihr Ebenbild. Die Augen, die sie ansahen, wirkten weiser und kundiger als noch vor wenigen Tagen. Ihr Gesicht wirkte schmaler, was aber auch an der Krümmung des Metalls liegen konnte. Sie musste ihrem leicht geröteten Antlitz ein Lächeln schenken, als sie feststellte, wie gut das Bliaut ihren Teint ergänzte.

»Gefallt Ihr Euch, Mylady?«

»Sehr sogar.« Elizabeth legte den Spiegel auf dem Tisch ab. »Hab Dank, Elena!«

Die Magd strahlte bis über beide Ohren. »Mylord wird nicht minder entzückt sein.«

Elizabeth' Lächeln fiel in sich zusammen. Es lag ihr fern, die Gefühle der Magd zu verletzen, aber es war ihr einerlei, was de Lanceau dachte. Zum ersten Mal seit Tagen fühlte sie sich entspannt und freute sich darauf, der untergehenden Sonne zuzusehen, wie sie Platz für den schwarzen Samt der Nacht machte.

Auf dem Weg zum Fenster spürte sie, wie sich der weiche Stoff bei jeder Bewegung um ihre Beine schmiegte. Als sie den Fensterladen öffnete, trug die seichte Brise Stimmen zu ihr hinauf: Kinder, die ihr Nachtgebet sprachen.

»Ich muss Euch jetzt zu ihm bringen.«

Die Hand am kalten Kaminsims, damit er ihr Halt gab, drehte Elizabeth sich zu der Magd um. »Wie meinen?«

Panik blitzte in Elenas Augen auf. »Lord de Lanceau hat es angeordnet. Er bat mich, Euch zu ihm zu bringen, wenn Ihr Euer Bad beendet habt.«

»Weshalb?«

»Das entzieht sich meiner Kenntnis, Mylady.«

Plötzlich wurde Elizabeth von einer unsäglichen Unruhe befallen. Mildreds Worte über das Schicksal von weiblichen Geiseln spukten ihr im Geiste herum. Jetzt schlug ihr das Herz bis zum Hals. »Richtet ihm aus, ich sei müde, bereits zu Bett gegangen und dass er mich morgen sprechen könne.«

»Sehr wohl, Mylady.«

Elena bückte sich und las die Seife auf. Sie zitterte. Fürchtete sie eine Züchtigung? Würde de Lanceau sie bestrafen und ihr die Wachen ins Gemach schicken, damit sie sich seinem Willen beugte?

Elena war nichts weiter als eine Magd, die ihren Herrschaften zum Gehorsam verpflichtet war. Der Gedanke, dass die schüchterne Magd darunter zu leiden hatte, weil sie sich zierte, bereitete ihr dennoch Magenschmerzen.

Elizabeth rückte vom Fenster ab und stellte den Becher ab. »Ich werde kommen. Hoffentlich ist es nichts Dringendes, weshalb er mich zu sich bestellt.«

Die Augen der Magd glänzten. »Habt Dank!«

Als Elizabeth nach Elena auf den Korridor hinaustrat, rückten die Wachen von der Wand ab und hefteten sich an ihre Fersen.

Der Gang wirkte dunkler und düsterer als je zuvor. Die Magd führte sie an zischenden Fackeln vorbei, bis sie auf dem hölzernen Treppenabsatz herauskamen. Trotz Elizabeth' lückenhaften Wissens über die Burg ging ihr schnell auf, dass die Magd sie zu den Gemächern oberhalb der Halle führte, die für die Herrscherfamilie reserviert waren.

Zu de Lanceaus Privatgemach.

Elizabeth unterdrückte ein Schaudern.

Wenige Augenblicke später blieb die Magd vor einer massiven Flügeltür mit Eisenbeschlägen stehen. Elizabeth war, als stünde sie vor der Pforte zu einer anderen Welt, in der sie nichts zu suchen hatte. Elena klopfte zwei Mal, öffnete zaghaft die Tür und bedeutete ihr, einzutreten. Mit pochendem Herzen überquerte Elizabeth die Schwelle.

Sie hörte, wie hinter ihr die Tür ins Schloss gezogen wurde. Um sie herum Schatten. Elizabeth wirbelte herum und tastete verzweifelt nach dem Türgriff. Als sie endlich den kalten Eisenring fand und daran zog, gab er keinen Zoll nach.

Dieses Mal war es de Lanceau gelungen, sie im Zentrum seiner Festung einzusperren. Elizabeth stützte die Stirn an der Holztür ab und zwang sich, ruhig zu atmen. Komme, was wolle, sie würde sich nicht anmerken lassen, wie groß ihre Angst vor ihm war! Vielleicht wollte er ihr ja auch nur einige Fragen über ihren Vater oder die Satteldecke stellen und sie anschließend wieder entlassen.

Es konnte nicht allzu viele Gründe geben, warum er sie des Nachts in sein Gemach zitieren ließ – ohne Anstandsdame und nach einem duftenden Bad.

Der Grund, der ihr am plausibelsten erschien, flößte ihr unsägliche Angst ein.

Trotzig reckte Elizabeth das Kinn in die Höhe. Sie war die Tochter eines mächtigen und angesehenen Lords. Am besten, sie bewahrte Ruhe und hörte sich erst einmal an, was er von ihr wollte.

Stille hüllte sie ein. Auf der gegenüberliegenden Seite des Gemachs brannte ein knisterndes Feuer. Finger aus Flammen winkten sie zu sich.

Mit leisen Schritten setzte Elizabeth sich in Bewegung, vorbei an einem breiten, gemütlich wirkenden Bett, das mit Kissen und Decken aus Seide geschmückt war. Beschämt wandte Elizabeth den Blick ab. An der gegenüberliegenden Wand befanden sich drei vergitterte Fenster, von denen aus sich tagsüber vermutlich ein malerischer Blick auf den See und die Felder bot.

Als Elizabeth kurz stehen blieb, um sich eine Strähne aus den Augen zu streichen, glitt ihr Blick zum Bett zurück. In den Tiefen der Schatten meinte sie eine große Holztruhe auszumachen. Insgesamt war das Gemach gepflegt und gemütlich, ohne übertrieben opulent zu erscheinen.

Je mehr sie sich dem Feuer näherte, desto langsamer wurden ihre Schritte. Erst jetzt entdeckte sie, dass vor dem Kamin zwei Stühle standen und zwischen ihnen ein Beistelltisch, den eine Tischdecke zierte, auf der eine brennende Kerze, ein Krug

Rotwein, zwei Silberkelche und ein Tablett mit getrockneten und mit Honig überzogenen Feigen standen.

Ihr Magen knurrte unbarmherzig. Wie lange war es her, dass sie den Geschmack von Feigen auf ihrer Zunge wahrgenommen hatte?

Plötzlich hörte sie, wie die Tür in ihrem Rücken sich öffnete und gleich wieder ins Schloss fiel.

Unwillkürlich zuckte Elizabeth zusammen und griff sich an den Hals.

De Lanceau löste sich aus den Schatten und trat auf sie zu. Er hatte sein weißes Hemd gegen eines aus schwarzer Wolle eingetauscht. Er schien zu ahnen, dass er sie erschreckt hatte, doch das Leuchten in seinen Augen schien nicht von Häme herzurühren.

Seine Schritte wurden langsamer. Sein Blick glitt über ihr zusammengebundenes Haar, das roséfarbene Gewand und zurück zu ihrer Hand, die sich um eine Stuhllehne krallte. »Lady Elizabeth«, flüsterte er heiser.

Ihr Atem ging schwer.

»Nichts läge mir ferner, als Euch zu verängstigen.« Mit diesen Worten nahm er die Kerze vom Tisch und zündete jene an, die jungfräulich in den Wandhalterungen ringsum steckten, bis das sanfte Licht auch den letzten Schatten verscheucht hatte. »Besser so?«

Mehr schlecht als recht rang Elizabeth sich ein Nicken ab.

»Normalerweise lasse ich nicht alle Kerzen in meinem Gemach brennen«, sagte er, um auf ihren fragenden Blick zu reagieren. »Für gewöhnlich reicht mir das Licht, das der Kamin absondert. Nach einem langen und harten Tag empfinde ich das schummerige Licht geradezu als beruhigend.« Geoffrey trat vor den Tisch. »Mir war fast schon entfallen, wie furchteinflößend mein Gemach im Dunkeln auf fremde Augen wirken muss.«

Seine Stimme war freundlich, und seine sanften Worte straften ihre vorwurfsvollen Gedanken Lügen. Es war höchste Zeit herauszufinden, warum er sie zu sich gerufen hatte. »Lord de Lanceau …«

»Ich war soeben in der großen Halle und habe mir die Früchte Eurer Arbeit angesehen. Ein exzellentes Ergebnis, genau wie ich es erwartet habe!«

Elizabeth unterdrückte ein erstauntes und zufriedenes Lächeln.

»Kommt, setzt Euch!«, lud der Burgherr sie ein. »Ich versichere Euch, dass es keine Ungeheuer gibt, die unter dem Bett oder in der Truhe lauern.« Ohne auf Elizabeth' Antwort zu warten, ließ er sich in einen der Stühle am Kamin fallen und streckte die Beine aus.

Gegen ihren Willen entwich ihr ein Seufzer. Sie hatte keine Angst vor Ungeheuern, entschied aber, dass es klüger war, wenn sie seiner Aufforderung nachkam.

Nachdem sie sich auf die Kante des Stuhls gesetzt hatte, strich sie sich das Gewand glatt und schlang die Hände um die Knie.

»Gefällt Euch die Robe?« Seine Stimme wirkte rauchig.

Elizabeth nickte. »Lord de Lanceau, ich muss Euch etwas fragen. Warum …?«

»Geoffrey.«

»Wie bitte?«

Sein Mund zuckte. »Ich heiße Geoffrey. So wie Ihr Elizabeth gerufen werdet.«

Ihre Hände wurden feucht. »Ich weiß, Mylord, aber …«

»Warum vergessen wir nicht, wer wir sind, und sprechen uns mit Vornamen an, wenn auch nur für einen Abend? So als stünden wir auf derselben Seite?«

Elizabeth unterdrückte ein Keuchen. Es kam überhaupt nicht in Frage, dass sie den Schurken, der ihrem Vater den Garaus machen wollte, mit Taufnamen ansprach. Bis sie jedoch wusste, was de Lanceau mit ihr vorhatte, würde sie so tun, als ließe sie sich auf sein Spiel ein. »Nun gut ... Geoffrey.«

Er lächelte. »Was wolltet Ihr gerade sagen?«

Auf das Bliaut deutend, sagte sie: »Mir ist nicht ganz klar, warum Veronique sich so großzügig zeigt.«

»Veronique, ach ja. Sie wird das Bliaut nicht vermissen.«

Elizabeth runzelte die Stirn. Vergnügtheit glomm in seinen Augen, die ihr suspekt war. »Sowohl das Bliaut als auch das Untergewand sind von erlesener Qualität.« Sie schielte zu den Scheiten, die soeben verrutscht waren, und fügte mit gedämpfter Stimme hinzu: »Es überrascht mich, dass sie mir diese edlen Roben leiht, nachdem ...«

»Nachdem sie sich heute Nachmittag von ihrer wütenden Seite gezeigt hat«, unterbrach er sie.

Elizabeth rutschte im Stuhl hin und her und zog sich den Saum über die Füße. »Ja.«

»Zerbrecht euch nicht den Kopf darüber.« Geoffrey griff nach dem irdenen Krug. »Wein?«

»Nein danke.« Sie hatte bereits einen Krug getrunken und wollte verhindern, dass sie nicht mehr Herrin ihrer Sinne war. Sie musste einen möglichst klaren Kopf bewahren. Als er ihr dennoch einen Kelch einschenkte, nahm sie ihn entgegen. Für den Bruchteil einer Sekunde berührten sich ihre Finger, was Geoffrey jedoch nicht zu bemerken schien.

Die freie Hand im Bliaut vergraben, nahm sie einen winzigen Schluck. Der Wein mundete ihr um einiges besser als der, den sie zuvor getrunken hatte. Sie nahm einen weiteren Schluck, der diesmal etwas größer ausfiel. Geoffrey beobachtete sie über den Rand seines Kelches hinweg, wandte aber den Blick ab, als einer der brennenden Scheite herunterfiel und einen Funkenregen freisetzte, der an tanzende Schmetterlinge erinnerte.

Die Wärme des Feuers legte sich wie eine flauschige Decke um sie, und eine eigenartige Stille senkte sich über das Gemach. Die Augen halb geschlossen, warf Elizabeth einen verstohlenen Blick zu Geoffrey hinüber. Er tastete seine Beine ab, die sich unter den enganliegenden Beinkleidern abzeichneten. Hornknöpfe hielten sein Hemd zusammen, und der Stoff über seiner breiten Brust saß ein wenig eng. Sein muskulöses Erscheinungsbild ließ keinen Zweifel daran, dass sie es mit einem erprobten Kämpfer zu tun hatte.

Ein formidabler Gegner für ihren Vater.

Ihr Magen zog sich zusammen. Ehe sie es sich versah, setzte sie den Kelch abermals an ihre Lippen und studierte Geoffreys kantiges Profil. Er schien sich seit gestern nicht mehr rasiert zu haben. Ein wärmendes Gefühl breitete sich in ihrer Brust aus. Er mochte ein erfahrener Kämpfer sein, doch sein leichter Bartwuchs bewies, dass er nichts weiter als ein Mensch aus Fleisch und Blut war. Wie es sich wohl anfühlen mochte, wenn sie mit den Fingern über sein stoppeliges Kinn fuhr?

»Ihr seid so still.« Geoffreys Stimme riss sie jäh aus ihren Gedanken.

Als sie den Kopf hob, begegnete sie seinem durchdringenden Blick. Schnell senkte sie das Haupt, betrachtete die rubinrote Flüssigkeit in ihrem Kelch und kämpfte tapfer gegen die Röte an, die ihr in die Wangen stieg. »I-ich habe nachgedacht.«

»Das war nicht zu übersehen.« In seiner Stimme schwang ein Funke Belustigung mit. Hatte er bemerkt, dass sie ihn gemustert hatte?

»Nur zu gern würde ich wissen, warum Ihr mich zu dieser Stunde habt herrufen lassen«, platzte es aus Elizabeth heraus, die sofort bereute, mit so zittriger Stimme gesprochen zu haben. »Es ist nicht üblich, dass eine verlobte Dame einem alleinstehenden Herrn in seinen Privatgemächern einen Besuch abstattet.« Ihre Blicke trafen sich. »Ich verlange, zu erfahren, was Ihr vorhabt, Geoffrey! Solltet Ihr mir eine Antwort auf diese Frage verweigern, möchte ich umgehend in mein Gemach zurückgebracht werden.«

Er verstärkte den Druck auf den Kelch. »Ihr hattet kein Abendessen. Da dachte ich, Ihr wolltet vielleicht jetzt etwas zu Euch nehmen.«

Mit einem flüchtigen Blick auf das Essen sagte sie: »Ist das alles?«

Sein rauhes Lachen klang gefährlich. »Wo denkt Ihr hin!«

Elizabeth erhob sich. »Warum in Gottes Namen habt Ihr mich dann herbestellt?« Sie stellte den Kelch unsanft auf dem Tisch ab. Wein schwappte über den Rand und besudelte die weiße Tischdecke … Plötzlich schwamm der Raum vor ihren Augen.

»Oh!« Panisch griff sie nach dem Tisch und berührte dabei Geoffreys Arm.

»Der Stuhl steht direkt hinter Euch«, sagte er dicht an ihrem Ohr. Sie war so benebelt, dass sie gar nicht gemerkt hatte, dass er vor ihr stand. Als er sich zu ihr hinüberlehnte und sie sachte in den Stuhl drückte, stieg ihr sein erdiger, männlicher Duft in die Nase. Sein kratzendes Kinn streifte ihre Augenbraue. Sie versuchte, sich aufrecht hinzusetzen, um den Anschein zu wahren, es ginge ihr gut, doch ihr war schwindelig wie noch nie zuvor.

»Zu viel Wein«, stöhnte sie.

Geoffrey drückte ihr den Teller mit den eingelegten Feigen in die Hand. »Hier, esst! Ihr habt auf leeren Magen getrunken.«

»Entschuldigt.« Elizabeth verabscheute den weinseligen Ton in ihrer Stimme.

Mit einem undefinierbaren Brummen ließ er sich wieder in seinem Stuhl nieder.

Elizabeth wählte eine Feige aus, biss hinein und labte sich an dem herbsüßen Geschmack. Honig tropfte ihr über das Kinn. Sie nahm die klebrigen Finger, um sich das Kinn zu säubern, bis Geoffrey ihr entnervt eine Leinenserviette reichte. Es dauerte nicht lange, da hatte Elizabeth den Teller geleert und sich über die Schüssel mit dem Ingwerpudding hergemacht, zu dem Geoffrey ihr einen Löffel gereicht hatte.

Er selbst aß nichts, sondern sah ihr zu, wie sie das Essen geradezu verschlang. Er wirkte fasziniert. Es war ihr anzusehen, dass sie seinem Blick und dem verschlagenen Feixen, das seine Mundwinkel umspielte, am liebsten etwas entgegengesetzt hätte. Aber erst einmal galt es, ihren Hunger zu befriedigen. Die cremige Eierspeise, die vielleicht einen Tick zu lange im Ofen gewesen war, zerschmolz förmlich auf der Zunge. Sie nahm einen weiteren Löffel, den sie am Rande der Schale entlangführte, damit ihr ja nichts entging.

Als sie den letzten Bissen im Mund hatte, rieb sie sich mit

dem Daumen über den Mund. »Ich vermute, ich schulde Euch eine Erklärung.«

Elizabeth schluckte. Gott sei gedankt, dass ihr der Kopf nicht mehr schwirrte!

»Es ging mir lediglich darum, meine Neugierde zu befriedigen.«

Vorsicht schlich sich in ihre Gedanken. »Wie soll ich das verstehen?«

Er sah von dem Löffel, den sie über der Schüssel balancierte, zu ihr. »Warum habt Ihr Elena heute Nachmittag geholfen?«

Elizabeth nagte an ihrer Unterlippe. Mit dieser Frage hatte sie nicht gerechnet. Die Hände um die Schüssel gelegt, antwortete sie: »Elena war am Rande der Verzweiflung, weil sie so viele Aufgaben zu erledigen hat. Die Näharbeit hat sie überfordert.«

»Elena ist eine Bedienstete«, entgegnete er mit einem beißenden Unterton.

»Was wollt Ihr damit sagen?«

Sein Blick wurde düsterer. »Sie ist dazu angehalten, so lange und so viel zu arbeiten, wie ich es wünsche. So ist das nun einmal. Sie ist als Leibeigene geboren und hat bis letzten Monat auf den Feldern gearbeitet, als ihr Mann in einem Sturm starb.«

»Wie entsetzlich!«

Geoffrey starrte in die Flammen. »Ein Baum ist auf ihr Cottage gefallen und hat ihn im Schlaf erschlagen.«

»Das wusste ich gar nicht«, wisperte Elizabeth. Jetzt konnte sie immerhin nachvollziehen, woher die Scheu der Magd rührte.

»Ich hatte Mitleid mit ihr und ihrem kleinen Sohn, deshalb

habe ich sie auf die Burg geholt – was aber nichts daran ändert, dass sie zum Gesinde gehört und weit unter Eurem Rang steht.«

Kalter Schweiß benetzte Elizabeth' Stirn, als sie mit den Achseln zuckte. »Ich betrachte sie als Freundin. Sie hat mir Freundlichkeit und Mitgefühl entgegengebracht, wofür ich mich bedankt habe.«

Seine Augen leuchteten so hell wie Kerzen. »Aha«, murmelte er, »Elena gebührt also größerer Dank als einem, sagen wir, Fremden, der Euch auf dem Markt das Leben gerettet hat?«

Elizabeth' Magen machte einen Satz. Zu spät hatte sie gemerkt, dass sie ihm auf den Leim gegangen war. Sie stellte die Puddingschüssel auf den Tisch und griff nach dem Weinkelch. »Der Vergleich hinkt, und das wisst Ihr auch.«

»Tue ich das?«

Die Worte sprudelten nur so aus ihrem Mund. »Ihr habt mich beleidigt, habt Eure Ritterlichkeit ausgenutzt und einen Kuss eingefordert.«

»Ich habe gar nichts verlangt. Und selbst wenn, war es nicht viel, verglichen damit, dass ich Euch das Leben gerettet habe.« Er hielt inne und stellte den Kelch auf seinem Oberschenkel ab. »Verratet mir, hättet Ihr ihn mir gegeben?«

Elizabeth atmete zitternd aus. »Den Kuss?«

»Den Kuss.«

Ihr Blick schoss zu seinem Mund. Sosehr sie sich auch dagegen sträubte, sie war machtlos gegen die sündigen Erinnerungen, die sie heimsuchten. Wie seine Lippen über die ihren glitten. Die Wärme, die er verströmte. Wie er schmeckte. »Ich … ich weiß nicht. Ich hatte ja keine Ahnung, dass Ihr in Wirklichkeit ein Lord seid.«

Sein Blick verfinsterte sich. Er stellte den Wein ab und legte die Fingerspitzen aneinander. »Lasst uns so tun, als wäre Euch meine wahre Identität verborgen geblieben. Hättet Ihr mich in das Verlies von Wode Castle sperren lassen, weil Euch mein harmloser Scherz nicht gefallen hat? Weil ich Euch wegen etwas aufgezogen habe, das zwischen Mann und Frau nichts Ungewöhnliches ist?«

Die Wärme wich aus Elizabeth' Leib. An jenem Morgen auf dem Markt hatte er sie mit seiner Verwegenheit geschockt, und sie hatte gesprochen, ohne nachzudenken. Sie spürte, wie sich seine verbale Schlinge weiter zuzog. »Ihr habt meine Wut heraufbeschworen und ...«

»Ihr redet um den heißen Brei herum«, brummte er. »Ja oder nein?«

»N-nein.«

Er atmete geräuschvoll aus. »Verfolgt Ihr mit Eurer Frage eigentlich einen bestimmten Zweck?«

»Ja, Elizabeth. Ich komme nicht umhin, zu sagen, dass ich Euch als höchst rätselhaft empfinde. Auf der einen Seite pocht Ihr mit unsäglicher Hochnäsigkeit auf Euren Rang, auf der anderen Seite zeigt Ihr grenzenloses Mitgefühl für eine Magd, die nicht einmal in Eurem Dienste steht, was auf ein zartes Gemüt schließen lässt. Welche von den beiden ist denn nun die wahre Lady Elizabeth Brackendale?«

Elizabeth sah auf ihre Hände, die den Kelch fest umklammert hielten, so dass ihre Fingerknöchel weiß hervortraten. »Was spielt das für eine Rolle?«

»Eine ziemlich große, finde ich.«

Pein und Einsamkeit mischten sich in seine Worte. Aus einer verborgenen Tiefe ihrer Seele drang ein Schrei in ihr Bewusstsein. Noch im selben Moment bekämpfte sie das aufsteigende Mitleid.

»Ich hatte keinen Grund, Elena meine Hilfe zu verwehren, was im Übrigen für sämtliche Bedienstete von Wode Castle gilt«, sagte sie. »Man hat mir beigebracht, dass Damen und Herren von Stand ihren Untergebenen mit demselben Maß an Güte wie an Härte begegnen sollten. Das ist der beste Weg, sie zu guter Arbeit anzuspornen und sich ihren Respekt und ihre Loyalität zu sichern.«

Geoffrey nickte. »Welch weise Worte!«

»Das waren die Worte meines Vaters«, erklärte sie mit stolzgeschwängerter Stimme.

Geoffreys Gesichtsausdruck verfinsterte sich. Die fast schon ergreifende Intimität löste sich wie eine dünne Rauchfahne in Wohlgefallen auf. »Euer Vater.« Es klang, als würde er fluchen.

Versessen darauf, ihn dazu zu bewegen, seinen Hass einen Augenblick lang zu vergessen, sagte sie: »Mein Vater ist nicht der grausame Lord, für den Ihr ihn haltet. Er ist ein Mann von Ehre und Loyalität.«

Feindseligkeit flackerte in Geoffreys Augen auf. »Euer Vater hat meinen Vater mit seinem eigenen Schwert umgebracht. Das werde ich nie vergessen … geschweige denn verzeihen können!«

Ein wütendes Schnauben entwich Elizabeth' Lippen. »Ihr wisst nicht mit Sicherheit, dass die tödlichen Wunden von meinem Vater stammen! Woher wollt Ihr so genau wissen, was sich vor achtzehn Jahren zugetragen hat? Ihr wart nichts weiter als ein verängstigtes Kind in den Wirren eines erbitterten Kampfes.«

»Lord Brackendale hat Wode Castle belagert. Er war es,

der den Angriff leitete und die Befehle gab. Die gesamte Verantwortung lag also bei ihm.«

»Es war eine königliche Order!« Ihre ohnehin schon dünnen Nerven drohten zu zerreißen. »Mein Vater hatte gar keine andere Möglichkeit, als dem Befehl der Krone zu gehorchen.«

Geoffreys Augen verjüngten sich zu gleißenden Schlitzen. »Eure Ergebenheit gegenüber Eurem Vater in allen Ehren, aber sie ist fehl am Platz. Er hätte sich im Vorfeld des Angriffs davon überzeugen müssen, dass mein Vater König Henry treu war und nicht seinem unnachgiebigen Sohn.«

»Wenn es keine Beweise gab, warum hätte der König dann die Belagerung anweisen sollen?«, gab sie mit schnarrender Stimme zurück.

»Mein Vater wurde verraten.«

»Eine Theorie ohne Beweis.«

Geoffreys Gesichtszüge, auf denen sich der warme Schein des Feuers widerspiegelte, verhärteten sich vor Wut. »Mein Vater war ein einflussreicher Lord. Halb Moydenshire gehörte zu seinen Ländereien, er genoss einen guten Ruf beim vorherigen Monarchen. Mehr als ein Mal habe ich mich gefragt, ob König Henry den Einfluss meines Vaters gefürchtet hat.«

»Wenn dem so wäre, wäre das ein weiterer Grund, warum Ihr meinem Vater nicht die Schuld geben solltet«, folgerte Elizabeth.

Geoffrey verzog den Mund. »Ihr sprecht von Ehre und den Pflichten der Krone gegenüber. Was ist mit Habgier? Wie die anderen Lords in diesem unserem Lande habe ich einen Schwur geleistet. Doch Euer Vater lechzte nach mehr. Er hätte alles getan, worum König Henry ihn gebeten hätte, den Mord an einem Unschuldigen eingeschlossen.«

Elizabeth schob den leeren Kelch auf den Tisch. Ein gellender Schrei zerriss ihre Eingeweide. Bleierne Hoffnungslosigkeit breitete sich in ihr aus. Es war aussichtslos, einen derart verbitterten Menschen davon zu überzeugen, dass ihr Vater unschuldig war.

»Es ist sinnlos, sich für etwas zu rächen, das jahrelang zurückliegt«, sagte sie mit erstickter Stimme. »Ihr könnt die Vergangenheit nicht ändern. Wieso schließt Ihr nicht endlich Frieden mit dem, was geschehen ist, und vergesst Wode Castle?«

Geoffrey sprang so plötzlich auf die Füße, dass Elizabeth einen Schrei ausstieß.

Sie fiel gegen die Rückenlehne, ihr Puls schnellte in die Höhe. Geoffrey legte die Hände auf den Armlehnen ihres Stuhls ab, so dass sie gefangen war. Während er über ihr thronte, wurde ihr angst und bange.

Sein zischender Atem fühlte sich wie ein sengender Wind an, der ihre Stirn streifte. »Vergessen?«, schrie er. »Wie könnt Ihr es wagen, Derartiges von mir zu verlangen! *Ihr* wart nicht dabei, als ich versucht habe, die sprudelnde Wunde an seiner Brust zu stillen. *Ihr* wart nicht zugegen, als er seinen letzten Atemzug tat. *Ihr* musstet nicht mit anhören, wie mein Vater gekeucht, gehustet und nach Atem gerungen hat. Mein Vater war ein großartiger, ein integerer Mann!« Geoffreys Stimme überschlug sich. »Er war kein Verräter und hat nicht verdient, als solcher zu sterben.«

»Ich bezweifle gar nicht, dass er ein großartiger Mann war«, flüsterte Elizabeth.

Geoffrey zuckte ein wenig zurück. Es war ihm anzusehen, dass ihre Bemerkung ihn verärgert hatte. Innerlich stellte Elizabeth sich auf weitere schmähende Worte ein. Doch dann wich die Härte aus seinem Blick, und seine Lippen formten ein Lächeln, in dem ein Hauch von Reue mitschwang. »Dann werdet Ihr mit Sicherheit verstehen, Elizabeth, dass ich gern wiederhätte, was mir gehört, weswegen das Verbrechen an meinem Vater gesühnt werden muss.«

Geoffrey ließ von dem Stuhl ab und richtete sich auf. Er lief zum Kamin und starrte, eine Hand gegen die Wand gestemmt, in die züngelnden Flammen. Schatten huschten über sein Gesicht. Er wirkte gepeinigt, verstört und … menschlich.

»König Richard würde niemals akzeptieren, dass Ihr Euch Wode Castle zurückerobert«, sagte Elizabeth mit gedämpfter Stimme.

Geoffrey rührte sich nicht.

»Was Ihr vorhabt, kommt dem Freitod gleich. Euer Angriff würde als Landesverrat angesehen werden. Die Krone würde eine Armee nach Wode Castle entsenden, und Ihr würdet, genau wie Euer Vater, einen unehrenvollen Tod finden.«

Als Geoffrey den Kopf hob und sie ansah, rutschte ihm eine Strähne in die Stirn. »König Richard ist nicht von den Kreuzzügen zurückgekehrt. Mag sein, dass er tot ist. Wenn dem so sein sollte, wird sein Bruder John den Thron besteigen. Einen besseren Zeitpunkt gibt es nicht für mich, um zurückzuholen, was mir gehört.« Eiserne Entschlossenheit brachte seine Stimme zum Klirren.

»Ihr habt vor, Euch an John zu halten?«

»Ich werde mir Wode Castle verdienen. Es gibt vieles, das ich im Austausch anzubieten habe.«

»Ihr beliebt zu scherzen! Was könntet Ihr einem König bieten, das er noch nicht hat?«

»Tuch.«

Elizabeth hob eine Augenbraue in die Höhe. »*Tuch?*«

Geoffrey nickte. »Ihr haltet mich für einen Narren. Was wäre, wenn ich die Hälfte der Felder von Wode Castle in Weiden umwandeln würde?«

»Eure Leibeigenen würden verhungern.« Als sich seine Lippen zu einem ungläubigen Lächeln verzogen, platzte ihr der Kragen. »Ihr habt Dürre, Krankheiten und Insektenplagen vergessen! In guten Jahren bedrohen sie die Ernte, von den schlechten möchte ich erst gar nicht sprechen ...« Nur zu gut konnte Elizabeth sich an den strengen Winter vor sieben Jahren erinnern. »Dann haben weder Lord noch Leibeigene etwas zu essen.«

Sein Lächeln wurde breiter. »Scharfsinnig, Elizabeth, und dennoch würde ich ein reicher Mann werden. Mit so viel Weideland könnte ich Tausende von Schafen halten. Einige davon würde ich zum Verzehr schlachten lassen, doch der Rest würde Wolle produzieren, die dann zu dem erlesensten Tuch in ganz England gesponnen würde.« Seine Augen leuchteten. »Wenn ich einen Teil meines Gewinns an John weiterreichen würde, wäre er mit Sicherheit nicht abgeneigt, mir die Burg zuzusprechen, der seit Jahrhunderten de Lanceaus vorstanden – lange bevor Euer Vater sie meiner Familie entrissen hat.«

»Ihr könnt Eure Reichtümer nicht ernten, Geoffrey, wenn Ihr die Wolle nicht vertreiben könnt.«

Er gluckste. Die Verachtung in ihren Worten schien an ihm abzuprallen. »Gut gesprochen! Allerdings, und das könnt Ihr nicht wissen, habe ich Handelsverbindungen nach Frankreich und Venedig, den Zentren des Seiden- und Gewürzhandels. Französische Händler wissen gute englische Wolle zu schätzen – fast ebenso wie Gewürze und Duftöle. Wo Bedarf ist, ist auch Gewinn, Elizabeth.«

Sie schluckte gegen das einschnürende Gefühl in ihrer Kehle an. De Lanceau schien seit Jahren an seinen Plänen von dem Tuchhandel zu feilen. Machtlos gegen die Verbitterung, die sich in ihre Stimme schlich, sagte sie: »Ihr würdet Euer Schwert also gegen ein Kerbholz eintauschen? Ihr seid ein Kriegsheld, ein Kämpfer.«

Er verzog keine Miene. »Ich bin des Kämpfens überdrüssig. Wenn ich gegen Euren Vater in die Schlacht ziehe, wird es zugleich meine letzte sein.«

»Recht habt Ihr!«

Sein Blick versteinerte sich. »Es wird mein letzter Kampf sein, weil ich als Sieger hervorgehe. Und dann wird alles, was ich Euch erzählt habe, eintreffen.«

Er stellte sich wieder vor den Tisch, nahm den Kelch zur Hand und bot ihr abermals von dem Wein an. Elizabeth schüttelte den Kopf und schloss die Augen, um den plötzlich aufziehenden Kopfschmerzen Herr zu werden. Nachfrage. Gewinn. Rache. Und ausgerechnet sie war der Schlüssel zum Erfolg seiner Pläne!

Die eisigen Finger der Furcht griffen nach ihrem Herzen. Ihr Vater würde de Lanceaus Forderungen niemals erfüllen, er würde sich weder ergeben noch seinem Erzfeind Wode Castle überlassen. Blutvergießen und Tod ragten drohend wie eine Armee Schreckgespenster vor ihr auf, gegen die sie hier, in de Lanceaus Gewalt, keine Handhabe hatte.

Ihr Herz schmerzte so stark, dass sie nicht wollte, dass Geoffrey etwas davon mitbekam. Elizabeth stemmte sich aus dem Stuhl. Ohne seinem brodelnden Blick Beachtung zu schenken, ging sie zum Fenster und sah nach draußen. Tausende von Sternen funkelten am Firmament und spiegelten sich auf der gläsernen Oberfläche des Wassers wider. Wie friedlich die Welt dort draußen wirkte! So, als könnten Kriege der Schönheit von Mutter Natur nie etwas anhaben.

Sie hörte nicht, sondern spürte, wie Geoffrey sich ihr näherte. Als er ihre Schulter berührte, erstarrte sie.

»Elizabeth.«

Dort, wo er sie berührte, fühlte sie sich lebendig. Trotz allem, was er ihr an den Kopf geworfen hatte, verzehrte sich ihr abtrünniger Körper noch immer nach ihm.

Mit einem erstickten Seufzen duckte sie sich unter seiner Berührung hinweg. »Ich wünsche, zurück in mein Gemach gebracht zu werden.«

»Ihr habt weder den Wein ausgetrunken noch den Pudding aufgegessen.«

»Ich möchte weder von dem einen noch von dem anderen.«

Geoffreys Odem wärmte Elizabeth' Nacken und verfing sich in den winzigen Löckchen, die ihrem Zopf entkommen waren. Sie wirbelte herum. Er stand so nah, dass ihre Hand seinen Ärmel berührte. Elizabeth stolperte rücklings und stieß mit dem Rücken gegen das kalte Marmorfensterbrett.

Ein verzweifelter Schrei braute sich in ihren Eingeweiden zusammen. Sie verschloss sich gegen ihre Gefühle. Sie mochte de Lanceaus Geisel sein, aber sie würde nicht zulassen, dass er sie einschüchterte! Genau wir ihr Vater würde sie sich weigern, sich einem Rüpel zu fügen. »Ihr könnt jetzt die Wachen rufen.«

»Noch nicht.« Seine rauchige Stimme bescherte Elizabeth ein flaues Gefühl in der Magengegend. Sie schluckte.

»Es ist schon sehr spät.«

Mit einem undefinierbaren Brummen strich er mit dem

Handrücken über ihre Wange. Dann fing seine warme Hand ihre Wange ein. Sein Daumen führte ihr Kinn in die Höhe, bis sie ihm in die Augen blickte. Sie spürte, wie in ihr ein Schaudern aufbrandete. Für den Bruchteil einer Sekunde stahl sich ein bedauernder Ausdruck in seine Augen. »Grämt Euch nicht wegen der Tage, die vor uns liegen, Elizabeth. Ich kämpfe nicht gegen Euch.«

Seine einfühlsamen Worte glichen konzentrischen Kreisen, die sich auf der Wasseroberfläche eines ruhenden Sees ausbreiteten. Ahnte er etwa, was in ihrem Kopf vor sich ging? Sie versuchte, sich loszueisen, doch er ließ sie nicht.

»Ich werde nicht zulassen, dass Ihr meinen Vater tötet!«

Gegen seinen Willen schlich sich Bewunderung in seine Mimik. Er streichelte ihre Wange. »Das sagtet Ihr bereits.«

»Ich werde Euch davon abhalten.«

»Das könnt Ihr nicht«, raunte er ihr ohne drohenden Unterton zu. Mit seiner freien Hand glitt er über ihre Lenden.

»W-was tut Ihr da?«

Seine Finger bewegten sich. Er hatte ihren Zopf gelöst. »Welch wunderbares Haar!«, murmelte er und tauchte mit beiden Händen darin ein. »Ich werde nie den Tag vergessen, an dem wir uns begegnet sind. Euer Haar schimmerte wie schwarze Seide.«

Elizabeth' Herz hämmerte so kräftig, dass es sie zugleich erregte und verängstigte. Mildreds Worte der Warnung hallten in ihrem Kopf wider. »Haltet ein! Ich möchte …«

»Pst!« Geoffrey legte ihr seinen Daumen auf die Lippen. Seine Finger bekamen eine Haarsträhne zu fassen und glitten bis zu den Haarspitzen an ihr herunter. »Ihr duftet himmlisch. Zypressen?«

Sie zuckte mit den Schultern. »Ich weiß nicht, was Elena dem Badewasser zugesetzt hat.«

Geoffrey tat einen tiefen Atemzug, ehe er nickte. »Ich habe ihn von Akkon mitgebracht. Es gab Zeiten, da konnte ein Weib mein Herz gewinnen, wenn sie diesen Duft auftrug.«

Er beugte sich vor. Seine Hände legten sich um ihre Taille und wärmten sie durch den Stoff hindurch. Verlangen schoss ihr in die Glieder. Sie musste ihn aufhalten, ehe er sie küsste, denn dann war sie verloren.

»Wisst Ihr eigentlich, wie wunderhübsch Ihr seid?«, hauchte er an ihrer Wange. Sein Odem streichelte ihre Haut, flüssige Hitze sammelte sich in ihrer Magengrube.

Die Vernunft regte sich in ihr. »Ich muss … zurück in mein Gemach.«

Er schüttelte den Kopf. »Ich verbiete es.«

»Warum? Was habt Ihr vor?«

Sein glühender Blick wurde ernst. »Etwas, nach dem mir schon den ganzen Abend lang der Sinn steht.«

Der Druck seiner Arme um ihre Taille wurde stärker.

Sein Mund streifte ihre Lippen.

Noch nie zuvor hatte sie einen solchen Kuss erlebt. Seine Lippen erinnerten an die seidigen Flügel eines Schmetterlings. Er wollte nicht von ihr Besitz ergreifen, sondern sie umgarnen, und verlangte nicht, dass sie seinen Kuss erwiderte. Jeder Berührung wohnte eine Einladung inne, die in einer Sprache verfasst war, die so alt wie die erste Dämmerung auf Erden war.

Ihr Körper erkannte die Sprache, reagierte darauf. Ihre Lippen teilten sich bereitwillig, und ihre Zungen schlangen sich umeinander.

Sinnliche Gefühle, stärker denn je, wurden in ihrem Innern

geweckt. Es war höchste Zeit, etwas gegen diesen sinnlichen Angriff zu unternehmen! Elizabeth hob die Hand, wollte sich gegen seine Brust stemmen, doch ehe sie es sich versah, glitt sie unter sein Hemd.

Sie wimmerte vor lauter Verlangen. Wie von selbst rückte ihr Körper näher an den seinen. Hunger, sie war hungrig nach ...

»Geoffrey?«, wisperte sie.

Vollkommen außer Atem sah er sie an. Begierde glimmte in seinen Augen.

Sie berührte ihre kribbelnden Lippen, kämpfte wie eine Löwin dagegen an, die Kontrolle zu verlieren.

Sein Mund verzog sich zu einem freudlosen Lächeln. »Damit erreicht Ihr bei mir gar nichts, Elizabeth.«

Sie zwinkerte. »Was?«

»Ihr hattet vor, mich zu verführen.«

»Nein!« Sie riss sich los, als hätte er sie geschlagen.

Sein rauhes Lachen erinnerte an einen Dolch, der über eine schartige Mauer kratzte. »Wenn Ihr nur einen Hauch von Mühe in Euren Kuss legt, seid Ihr eine Verführerin vor dem Herrn und stellt selbst Eva in den Schatten. Wie närrisch von mir, zu denken, Ihr wäret Euch solcher Verführungsmethoden nicht bewusst!«

Tränen brannten in Elizabeth' Augen. »Ihr irrt!«

»Das glaube ich kaum.«

Die Tiefe ihres eigenen Schmerzes verwirrte sie. Dieser Rüpel bedeutete ihr nichts. Es sollte ihr einerlei sein, ob er ihr glaubte oder nicht. »Warum sollte ich den Wunsch haben, Euch zu verführen?«

»Weil Ihr hofft, meinen Schwachpunkt zu finden, mich Eurem Vater gegenüber milde zu stimmen.« Seine Stimme wurde dünner. »Vielleicht habt Ihr sogar darauf gebaut, dass ich Euch freilasse. Welches auch immer der Grund für Euer Verhalten ist, ich werde nicht von meinem Standpunkt abweichen!«

Blinde Wut zerriss ihre Eingeweide. »Ihr seid verachtenswert!«

»Und Ihr spielt mit dem Feuer, Elizabeth. Wenn ich wollte, könnte ich mir nehmen, was Ihr mir gerade angeboten habt – hier und jetzt!«

Elizabeth schüttelte sich, so ungehalten und verängstigt war sie. Er hatte keine leeren Worte von sich gegeben. Sein verkrampftes Kinn und der steinharte Blick zeigten ihr, dass er die Wahrheit sprach.

Würde er seine Worte in die Tat umsetzen?

»Ich habe nie beabsichtigt, Euch zu verführen«, sagte sie mit mehr Beherztheit, als sie empfand. »Ich bin hergekommen, weil Ihr mich gerufen habt, schon vergessen? Ich war nicht diejenige, die dieses Gewand oder den Badezusatz ausgesucht hat. Zudem verspüre ich kein Verlangen, mich mit Euch zu betten.«

»Nein?«

Elizabeth stieß einen Laut der Verachtung aus. »Lieber schrubbe ich die Aborte der gesamten Burg, als mich Euch hinzugeben!«

»Ist das so?« Ein verschlagenes Gleißen trat in Geoffreys Augen, ehe seine Zähne im Halbdunkeln aufblitzten. Stellte er sich gerade vor, wie sie sich der ekelerregenden Aufgabe widmete, die keiner gern ausübte?

»So ist es«, sagte sie beharrlich.

»Welch glaubwürdige Abfuhr!«

Elizabeth verschränkte die Arme. »Und dennoch ist es die Wahrheit.«

»Vorsicht, holde Maid, sonst gebe ich Eurem Wunsch noch nach!«

»Ihr würdet mir also auftragen, die Aborte zu schrubben?« Elizabeth warf ihm einen vernichtenden Blick zu. »Das glaube ich kaum.«

»Und ich denke, Ihr wandelt auf einem gefährlichen Pfad«, brummte Geoffrey, drehte sich um die eigene Achse und stapfte in Richtung Tür. »Zurück mit Euch in Euer Gemach, ehe ich doch noch auf Euer ursprüngliches Angebot zurückkomme!«

Elizabeth mahlte mit dem Kiefer. »Ich habe nicht …«

Geoffrey riss so ungestüm die Tür auf, dass sie scheppernd gegen die Mauer prallte. »Raus, ehe ich mich vergesse und etwas tue, das wir beide anschließend bereuen!«

Kapitel 11

»Steht auf, Mylady!«

Vollkommen gerädert öffnete Elizabeth ein Auge. Vor ihrem Bett standen zwei Wachen. Eine von ihnen hielt ihr eine Kerze vors Gesicht, die andere grinste anzüglich auf sie herab.

Elizabeth rieb sich den Schlaf aus den Augen und setzte sich aufrecht hin. »Was wollt ihr? Warum weckt ihr mich so rüde?«

»Unser Herr wünscht es so«, erklärte die untersetzte Wache mit unverhohlenem Entzücken in der Stimme, weil Elizabeth nur spärlich bekleidet war. Als sie merkte, wie der Blick der Wache über ihr Nachthemd glitt, klemmte sie sich augenblicklich die Bettdecke unter die Achseln.

»Er lässt mich jetzt rufen?« Elizabeth schob sich die Haare aus dem Gesicht und schielte an den beiden Männern vorbei zum Fenster. Durch die Schlitze der geschlossenen Fensterläden ließ sich erahnen, dass es bereits zu dämmern begonnen hatte. Ächzend ließ sie sich nach hinten fallen.

»Am besten, Ihr kommt sofort mit uns, Mylady«, ergriff die andere Wache das Wort, gab ihrem Kameraden einen leichten Schubs und gluckste hinter vorgehaltener Hand.

Elizabeth funkelte den dickwanstigen Rüpel an und fragte sich, woher seine Belustigung rühren mochte. Als Antwort deutete er mit seinem fleischigen Finger auf die grüne Robe. »Ihr solltet Euch anziehen.«

»Nicht, solange ihr beiden hier im Raum weilt. Wartet draußen auf mich!«, entgegnete sie mit strenger Stimme. »Ich klopfe, sobald ich fertig bin.«

Der Untersetzte verzog das Gesicht und öffnete den Mund. Doch dann zuckte er nur mit den Achseln und tat wie ihm befohlen.

Elizabeth erhob sich und schüttelte das grüne Wollgewand aus. Hatte Geoffrey nach ihrer Konfrontation womöglich beschlossen, dass sie keine Magd mehr zum Ankleiden benötigte? Welch ein Unmensch! Zitternd vor Kälte entledigte sie sich des Nachthemdes und zog sich das schlichte Untergewand aus Leinen über. Zu ihrer Erleichterung betrat just in diesem Moment Elena das Gemach. Nachdem sie das magere Frühstück, das aus Brot, Blaubeeren und Bier bestand, auf dem Tisch abgestellt hatte, eilte sie zu Elizabeth.

»Warum lässt er mich rufen? Geht es schon wieder um diese vermaledeite Satteldecke?«, fragte sie, während Elena mit dem Schnüren beschäftigt war.

»Ich weiß es nicht, Mylady.«

»Deine Hände zittern ja!«

Die Magd hielt Elizabeth' Blick kurz stand, ehe sie auf den Boden sah. »Mylord ist heute Morgen in einer höchst seltsamen Laune.« Elena schob sie zu dem hölzernen Schemel vor dem Kamin und begann, nachdem Elizabeth sich gesetzt hatte, damit, ihr Haar zu Zöpfen zu flechten.

Während der Kamm aus Elfenbein durch ihre Haare

glitt, ließ sie den vorangegangenen Abend Revue passieren. Geoffrey hatte sie mit Wein und Süßigkeiten verwöhnt, ihr von seinen Wunden der Vergangenheit und seinen Plänen für die Zukunft erzählt, ehe er sie, und sie konnte es noch immer nicht glauben, geküsst hatte – voller Zärtlichkeit, wohlgemerkt. Für den Bruchteil einer Sekunde hatte er sich in einen galanten Verehrer verwandelt, der ihr den Hof machte. Als er ihren Zopf gelöst hatte, war er nicht minder zartfühlend ans Werk gegangen wie Elena. Die Erinnerung an seine Zärtlichkeiten und seinen Kuss bescherte ihr ein wohliges Schaudern. Um ihrer Gefühle Herr zu werden, strich sie sich über das zerknitterte Kleid.

Auf Elenas Geheiß hin senkte Elizabeth den Kopf, damit die Magd den Zopf feststecken konnte. Doch die Erinnerungen waren hartnäckig, wollten sich nicht so leicht abschütteln lassen. Ehe sie es sich versah, entstand ein Bild von seinem lebendigen Gesichtsausdruck vor ihrem geistigen Auge. Sie meinte, noch zu hören, was er gesagt hatte: Ihr hattet vor, mich zu verführen.

Mit gerunzelter Stirn blickte sie auf ihre zusammengefalteten Hände. Mochte sein, dass sie ihn dazu ermutigt hatte, sie zu küssen, aber das gab ihm noch lange nicht das Recht, ihr einen derartigen Vorwurf zu machen. Schließlich hatte er den ersten Schritt getan.

Ein letzter Rest Schläfrigkeit wich bodenloser Verärgerung. Es war nicht ihr Fehler, dass ihm schneller der Kragen platzte, als ein Falke zu fliegen imstande war!

Ihr Blick glitt zu dem erlauchten Seidengewand und dem edlen Untergewand, die fein säuberlich zusammengefaltet auf dem Tisch lagen. »Warum muss ich eigentlich dieses entsetzliche Gewand tragen? Ich dachte, ich könnte die anderen Kleider anziehen.«

»Ich weiß es nicht«, antwortete Elena mit gedämpfter Stimme. »Mylord hat ausdrücklich angeordnet, dass Ihr das grüne Gewand tragt.

Nachdem Elizabeth das Frühstück heruntergeschlungen hatte, folgte sie der Magd auf den Korridor hinaus. Statt sie in Geoffreys Gemach oder in die große Halle zu geleiten, führten die Wachen sie in den Innenhof.

Beim Verlassen des moderig riechenden Vorbaus pulsierten Überraschung und Aufregung in Elizabeth' Adern. Der Himmel über ihren Häuptern war saphirblau. Die leichte Brise, die den Geruch nach Pferden, feuchten Steinwänden und Wildblumen mit sich trug, spielte mit Elizabeth' Gewand und blies ihr jene Haare, die nicht in den Zopf gebannt worden waren, über die Wangen. Eine Kinderstimme drang an ihr Ohr, und sie beobachtete, wie ein Junge den wühlenden Schweinen Küchenabfälle zum Fraß hinwarf.

Gelächter zog ihren Blick auf die rietgedeckten Stallungen. Geoffrey stand gegen einen Holzkarren gelehnt und plauderte mit Dominic. Im Sonnenlicht blitzte das dunkle Haar dieses Schufts hie und da silbern auf, was Elizabeth an das Glimmen in seinen Augen erinnerte, wenn er sie zu einem Wortgefecht herausforderte. Wie stattlich er mit seinem Lederwams, den engen braunen Beinkleidern und seinen Lederstiefeln aussah!

Die Wachen befahlen ihr weiterzulaufen. Als sie sich aus dem Schatten der Burg löste und in das pralle Sonnenlicht trat, drehte er sich um und blickte zu ihr hinüber. Er setzte eine zurückhaltende Miene auf. »Mylady.«

Sie lief an den schmatzenden Schweinen vorbei und blieb

vor ihm stehen. »Mylord, warum habt Ihr mich in den Innenhof bestellt? Wollt Ihr, dass ich hier draußen sticke, damit ich besser sehen kann?«

Dominic gluckste. Als sie ihm in die runden ausdrucksvollen Augen sah, ließ er den Blick durch den Hof schweifen. Worin auch immer das Geheimnis begründet lag, er würde es ihr nicht erzählen.

»Geduld, Mylady. Nicht mehr lange, und Ihr werdet verstehen.« Ein rätselhaftes Glitzern erhellte Geoffreys Augen.

»Bei der heiligen Jungfrau!« Als Mildreds Stimme ertönte, drehte Elizabeth sich um. Die Kammerfrau näherte sich eiligen Schrittes, bemüht darum, nicht über den matschverdreckten Saum ihres Gewandes zu stolpern. »Guten Morgen, Mylady. Mylord.« Sie versuchte sich an einem Knicks. »Lord de Lanceau, hättet Ihr die Güte, mir zu erklären, warum Ihr mich so früh aus dem warmen Bett geholt habt? Meine Knochen sind nicht mehr die jüngsten.«

Geoffrey reagierte mit einem verschlagenen Lächeln auf ihre Anmerkung.

Mildred kniff die Augen zusammen. »Wenn einem alten Weib die Frage gestattet sei, was führt Ihr jetzt schon wieder im Schilde?«

»Dies war der Wunsch deiner Herrin.«

Elizabeth zuckte zusammen. »Wie bitte?«

»Sagtet Ihr nicht, dass ihr die Aborte säubern wolltet?«

Vor lauter Schreck erstarrte Elizabeth zu Stein. Es stimmte, sie hatte sich zu dieser vorschnellen Bemerkung hinreißen lassen, hätte aber nicht geglaubt, dass er sie beim Wort nehmen würde.

Mildred stieß einen Klagelaut aus und schlug sich mit der

flachen Hand gegen die Stirn. »Mylady, was habt Ihr jetzt schon wieder angerichtet?«

»Ich habe nie gesagt, dass ich mich um die Aufgabe reißen würde!« Elizabeth sah finster drein. »Wenn Ihr Euch die Umstände meiner Bemerkung in Erinnerung ruft, wüsstet Ihr, dass ich recht habe.«

Ihre Blicke prallten aufeinander. »Nach unserer Unterhaltung gestern Abend habe ich viel nachgedacht. Wie ich bereits erwähnte, haben wir zu wenig helfende Hände hier auf Branton Castle. Warum sollte ich zusehen, wie zwei gesunde Frauen ihre Zeit vor dem Feuer vertrödeln, wenn sie uns zur Hand gehen könnten?«

Mildred schnaubte. »Mylady hat Eure Tunika geflickt!«

»Das ist nicht die Art von Arbeit, an die ich dachte.«

Vor lauter Wut kroch Elizabeth die Röte in die Wangen. »Ihr haltet uns gefangen. Ihr wollt doch nicht allen Ernstes andeuten, wir sollten …«

»Es ist jammerschade, dass die Aborte erst vor zwei Wochen gereinigt worden sind«, unterbrach er sie und stieß sich vom Karren ab. »Anderenfalls hätte ich Euch die Aufgabe übertragen. Wie der Zufall es will, müsste sich dringend jemand um den Garten kümmern. Ihr« – er zeigte auf Elizabeth und Mildred – »werdet Euch seiner annehmen.«

Elizabeth schnalzte mit der Zunge. »Welch eine Schande, dass ich nun keine Zeit haben werde, an der Satteldecke zu arbeiten! Scheint, als müsstet Ihr ohne sie in die Schlacht reiten.«

Sein anmaßendes Feixen wurde stärker. »Sobald Ihr die Arbeit im Garten beendet habt, werdet Ihr Euch um die Decke kümmern.« Mit diesen Worten warf er ihr eine Schaufel und eine Hippe zu. »Ran an die Arbeit, meine Damen!«

»Der reinste Wahnsinn!«, brummte Mildred.

Je länger Elizabeth auf die Werkzeuge starrte, desto mehr schäumte sie vor Wut. Er erwartete allen Ernstes, dass sie Unkraut jätete und sich wie eine Leibeigene Hände und Kleider schmutzig machte? Erbost funkelte sie ihn an.

Aus dem unheilvollen Glosen in seinen Augen schloss sie, dass er förmlich auf Widerworte aus ihrem Munde wartete.

Es kostete Elizabeth immense Kraft, den Schrei der Empörung zu unterdrücken, der sich wie ein Wirbelsturm in ihr zusammenbraute, während sie Geoffrey anstarrte, der mit verschränkten Armen und einer hochgezogenen Augenbraue dastand. Es war ihm anzusehen, dass er hoffte, sie würde ihm eine Szene machen, damit er sie in Anwesenheit seiner Männer maßregeln konnte. Nur zu gern wollte er den Triumph auskosten, wie sie sich seiner Anweisung fügte.

Elizabeth verkniff sich eine dünkelhafte Bemerkung. Wenn er meinte, so leicht einen Sieg einzufahren, hatte er sich gehörig getäuscht!

Sie nahm die Hippe. Ihre zierlichen Finger wickelten sich um den Griff aus Holz. »Natürlich, Mylord.«

Geoffrey verzog das Gesicht, als hätte er gerade Spülwasser getrunken. »Wie meinen?«

Mildred schnappte nach Luft.

»Sonnenstrahlen und leichte körperliche Tätigkeit sind gut für die weibliche Figur und den weiblichen Teint. Gibt es sonst noch etwas, Lord de Lanceau?« Elizabeth neigte das Haupt, um Demut zu signalisieren.

Der Rüpel wirkte überrumpelt. Er öffnete den Mund und schloss ihn wieder, ehe er mit gefletschten Zähnen sagte: »Das wäre für den Moment alles.«

Elizabeth strahlte. »Führt uns in den Garten!«

Die Stirn in Falten gelegt, lief Geoffrey an ihr vorbei, während sie ihre liebe Mühe damit hatte, ein triumphierendes Kichern zu unterdrücken. Sie schleuderte ihren Zopf nach hinten und lief, die Schaufel wie eine Lanze geschultert, hinter ihm durch den Hof.

»Mögen die Heiligen schützend ihre Hand über uns halten!«, stöhnte Mildred.

Elizabeth folgte Geoffrey an dem Brunnen vorbei, an Mägden, die gerade Decken lüfteten, der Werkstatt des Schmieds und einem prasselnden Feuer, bis sie in einen Bereich kamen, der von hölzernen Palisaden gesäumt war. Als er das Gatter öffnete, quietschten die eingerosteten Scharniere. »Der Garten.«

Elizabeth schob sich an ihm vorbei in den verwilderten Garten, der einst mit Sicherheit wunderschön anzusehen gewesen sein musste. Überall wucherte und rankte es. Insekten schwirrten umher. Vom Tor aus erstreckte sich ein Pfad, der von einem verwilderten und verblühten Rosenbusch überwuchert wurde.

Mit schlurfenden Schritten trat Mildred neben sie. »Bei unserer heiligen Jungfrau!«, wisperte die ältliche Zofe und wischte sich das Gesicht mit dem Ärmel ab.

»Welchen … nun … welchen Bereich sollen wir vom Unkraut befreien, Mylord?«, erkundigte sich Elizabeth. Als eine Wespe aus einem der Büsche geflogen kam, schlug sie sie zur Seite.

Geoffrey lachte innerlich. »Ihr habt mich anscheinend nicht richtig verstanden. Ich wünsche, dass der Garten in seiner alten Pracht erstrahlt.«

»Der *gesamte* Garten?«

»Richtig.« Mit der Schuhspitze trat Geoffrey gegen einen Stein. »Wenn Ihr damit fertig seid, werdet Ihr mir sagen, welche Pflanzen und Kräuter hier wachsen und was ich noch kaufen muss.«

Mildreds Augen leuchteten auf. »Kräuter?«

»Der einstige Herrscher von Branton Castle heuerte einen Mönch aus einem nahe gelegenen Kloster an, um den Garten anzulegen und mit Kräutern zu bepflanzen. Einige dienten medizinischen Zwecken, andere wurden getrocknet oder wanderten direkt in die Küchenkessel.« Geoffreys Lächeln verwandelte sich in ein schiefes Grinsen. »Wie Lady Elizabeth bereits beim Essen angedeutet hat, würde ein wenig Würze den Speisen nicht schaden.«

»Eine sehr umfangreiche Aufgabe, die Ihr uns da auftragt«, merkte Elizabeth an und ließ die Schaufel fallen, so dass sie laut auf die Erde krachte. »Das können wir unmöglich an einem Nachmittag bewältigen.«

»Ich gebe Euch zwei Tage.«

»Zwei Tage?« Mildred schnaubte.

Geoffreys Augen leuchteten wie frisch poliertes Silber, als er Elizabeth ansah. »Zwei Tage.« Er drehte sich um und lief zurück in den Innenhof, wobei er das Gatter geräuschvoll hinter sich ins Schloss fallen ließ.

Entnervt ließ sich die Kammerfrau auf ein bröckelndes Steinmäuerchen plumpsen.

Nachdem Elizabeth die Schaufel wieder aufgelesen hatte, entwurzelte sie einen Löwenzahn, der zu ihren Füßen wuchs. »Je zeitiger wir beginnen, desto schneller sind wir fertig.«

»Ich bin Kammerfrau und Kräutergelehrte und nicht für die

Gartenarbeit geschaffen«, brummte Mildred. »Dieser Garten ist derart verwildert, dass vermutlich eine Reihe von widerlichem Getier hier haust – Spinnen, Schlangen und rotäugige Nager, um nur einige zu nennen. Wenn Ihr mich fragt, tätet Ihr besser daran, Euch bei dem Rüpel zu entschuldigen – egal, was Ihr ihm an den Kopf geworfen haben mögt. Wir sollten unsere Kräfte für die Flucht schonen.« Sie legte die Stirn in Falten und kratzte sich am Kopf. »Weswegen grollt er Euch eigentlich?«

Mit brennenden Wangen fiel Elizabeth über Grasbüschel her, die zwischen den Steinen des Pfades wuchsen.

Sie würde sich de Lanceaus Herausforderung stellen.

Allerdings stand ihr nicht der Sinn danach, Mildred von dem zu erzählen, was sich am vorherigen Abend zugetragen hatte.

»Mylady?«

Der argwöhnische Unterton in Mildreds Stimme ließ Elizabeth zusammenfahren.

»Da wir den ganzen Tag gemeinsam verbringen werden, sehe ich keinen Grund, warum Ihr mich nicht endlich einweiht, was meint Ihr?«

*

Geoffrey blieb vor dem Garten stehen und gab den bewaffneten Wachen, die Elizabeth in den Innenhof begleitet hatten, ein Zeichen. »Postiert euch am Gartentor. Die Frauen dürfen unter keinen Umständen fliehen!«

Nickend schleppten sie sich auf ihre Posten.

Verächtlich aufstöhnend, blickte Geoffrey zum Himmel

empor und konnte sich nur mit Mühe und Not davon abhalten, mit der Faust auf die Holzpalisaden einzudreschen.

Er würde nicht zulassen, dass sie die Oberhand gewann!

Er hatte vorgehabt, Elizabeth seinem Willen zu unterwerfen, ihr beizubringen, dass, obwohl sie ihn reizte, sie niemals die Kontrolle über ihn oder sein Handeln erlangen würde. Er hatte erwartet, dass sie den Kopf in den Nacken werfen und mit dem Fuß aufstampfen würde, wie verwöhnte Kinder es taten, oder dass sie in Tränen ausbrechen würde. Stattdessen war sie ihm gefolgt, als hätte er ihr ein Picknick oder eine Beizjagd versprochen. Sie überraschte ihn immer wieder.

Bewunderung und Verlangen duellierten sich in seinem Geiste. Er schüttelte den Kopf und schritt zurück zum Hauptgebäude, froh darüber, sie eine Weile nicht sehen zu müssen. Er brauchte jetzt Ruhe, um eine Reihe von wichtigen Dingen zum Abschluss zu bringen. Da konnte er keine schwarzhaarige und blauäugige Ablenkung gebrauchen.

Auf dem Weg zum Vorbau wurde er von Dominics Gelächter begrüßt. »Gut gemacht, Mylord!«

»Gut gemacht?« Geoffrey gesellte sich zu seinem Freund, der gerade dabei war, einem Jüngling zu helfen, Wasser aus dem Brunnen zu schöpfen. »Dieses Frauenzimmer hat mich nach allen Regeln der Kunst vorgeführt.«

»Hat sie das?« Dominic grinste, als könnte er kein Wässerchen trüben, doch seine Augen sprachen Bände.

»Habt ein wenig Geduld! Spätestens gegen Mittag wird sie Euch auf Knien anflehen, dass sie auf ihr Gemach zurückgebracht wird.«

Nachdem der Jüngling den vollen Eimer über den Rand gehievt hatte, stapfte er in Richtung Schweinetröge, wobei ein

Teil des Wassers überschwappte. Er konnte nicht älter als zehn Lenze sein, dachte Geoffrey bei sich. Dasselbe Alter, in dem er seinen Vater verloren und sich sein Leben für immer verändert hatte.

Geoffrey kämpfte gegen eine Woge der Wut an und sah zu Dominic. »Treib mir einen vertrauensvollen Boten auf, mein Freund! Es ist Zeit, das Erpresserschreiben auf den Weg zu bringen.«

*

»Wenn ich meine Beine nicht bald ausstrecke, muss ich für den Rest meines Lebens in kniender Position verharren.« Mit einem schmerzerfüllten Grunzen drückte Mildred sich nach oben, neben ihr ein Haufen gejäteten Unkrauts. »Ich werde mir einmal ein Bild davon machen, was uns den Weg hinunter noch so erwartet.« Ohne eine Antwort abzuwarten, lüftete sie den Saum ihres Gewandes und bahnte sich einen Weg durch das Gestrüpp.

Elizabeth setzte die Schaufel ab. Der Wind hatte sich gelegt, die Sonne brannte erbarmungslos auf ihren Rücken nieder. Gewand und Unterkleid klebten ihr wie eine zweite Haut am Leib. Warum nur hatte sie den Rüpel angestachelt?

Was ihre Fluchtpläne betraf, brachte der Garten leider keine Hoffnung. Schnell hatte sich herausgestellt, dass der einzige Weg in und aus dem Garten durch das Gatter führte. Die Palisaden waren zu hoch, um sie zu überwinden oder zu überspringen. Sehr zu ihrem Leidwesen wuchs der knorrige Pflaumenbaum nicht nah genug am Zaun, um darüber hinwegzuklettern.

»Kommt Ihr auch mit?«, rief Mildred. »Rettet mich vor Zecken, Schlangen und Ratten! Ich kann mich noch gut daran erinnern, wie Ihr mir vorgeworfen habt, ich hätte keinen Sinn für Abenteuer.«

Glucksend machte Elizabeth sich auf den Weg.

Mit einem Schnalzen scheuchte Mildred eine Hummel davon. »Unkrautjäten ist nichts für eine Dame von Stand. De Lanceau muss wegen gestern Abend sehr erzürnt über Euch sein.«

»Er ist ein Narr.«

Mildreds Kichern klang so trocken wie die verdörrten Rosenblütenblätter, die in Elizabeth' Fingern zu Staub zerfielen. »Ihr habt mir doch gesagt, dass er dachte, Ihr hättet versucht, ihn zu verführen.«

»Aber ich weiß doch gar nichts darüber, wie man einen Mann verführt!«

Oben auf den Palisaden saß eine Krähe, die ihr krächzendes Lied sang. Elizabeth hob den Blick, wodurch sie nicht mitbekam, dass Mildred stehen geblieben war. Um ein Haar wäre sie der alten Frau in die Hacken gelaufen.

Mildred wischte sich eine Spinnwebe vom Ärmel und sah hinter sich. »Ich bin davon überzeugt, dass Ihr einen Mann nur mit Euren blauen Augen anzusehen braucht und er Euch zu Füßen liegt.«

Elizabeth war, als hätte sie einen Schlag in den Magen bekommen. Aldwin hatte sie einmal mit einer ähnlichen Bemerkung aufgezogen. Damals hatte sie es als Scherz abgetan.

»Vergesst nicht, wie hingerissen Sedgewick ist!« Mildred machte einen Schritt zur Seite, um einem Ameisenhügel auszuweichen. »Aldwin geht es mit Sicherheit nicht anders – ganz zu schweigen von den unzähligen anderen, von denen Ihr womöglich gar nichts wisst.«

Elizabeth stieß einen lautlosen Seufzer aus und wünschte sich, sie hätte Mildred nichts von den Ereignissen des gestrigen Abends erzählt. »De Lanceau ist nicht hingerissen. Auf seine Aufmerksamkeit kann ich getrost verzichten.« Allein der Gedanke an seinen feurigen, leicht schläfrigen Blick genügte, um ihren Magen in die Höhe hüpfen zu lassen.

»Attraktiv ist er ja«, urteilte die Zofe mit einem versonnenen Seufzen. »Rüpel hin oder her, er ist eine Augenweide.«

»Mildred!«

Die Kammerfrau zuckte mit den Achseln. »Ich mag alt sein, aber ich bin nicht blind.«

Röte schoss Elizabeth in die Wange. »Dieses Gespräch führt nirgends hin.«

Mildred blieb mitten auf dem von Unkraut überwucherten Weg stehen und drehte sich zu Elizabeth um. »Mir ist noch immer schleierhaft, warum er uns im Garten schuften lässt. Vielleicht hattet Ihr einen Grund für Euer Verhalten gestern Abend, der sich mir nicht erschließt.«

Elizabeth warf die Hände in die Luft. »Ich habe *nicht* versucht, ihn zu verführen!«

Die Heilerin lächelte. »Das sagtet Ihr bereits.«

»Glaubt Ihr, dass ich ihn verführen könnte … dass ich es tun *würde?*«

Mildred schien über der Frage zu brüten, ehe sie nickte. »Ich bin überzeugt davon, dass Ihr nichts unversucht lassen würdet, um ihn davon abzuhalten, Eurem Vater Leid zuzufügen oder Wode Castle unter seine Herrschaft zu bringen.«

Elizabeth setzte ein nachdenkliches Gesicht auf. »Ihr

scheint ja großes Vertrauen in meine Fähigkeiten als Verführerin zu haben.«

»Mylady, Ihr seid so lieblich wie eine Sommerrose, die in voller Blüte steht – eine Versuchung für jede Biene und Hornisse.« Mit raschelnden Röcken drehte Mildred sich um und folgte dem Weg.

Elizabeth blinzelte, noch immer auf der Suche nach einer passenden Antwort auf Mildreds Bemerkung, als diese sich neben einem Busch mit gelben Blüten hinkniete.

»Gartenrauke.« Die Zofe deutete auf eine stachelig wirkende Pflanze in der Nähe. »Rosmarin. Hier muss einst der Kräuterbereich gewesen sein.«

Elizabeth gesellte sich zu Mildred und ging auf dem Teppich aus dickem Gras in die Hocke. Faseriges Unkraut mit rosafarbenen Blüten versperrte ihr die Sicht. Gerade als sie das Gewächs aus der Erde rupfen wollte, schob Mildred ihre Hand weg.

»Das ist Salbei, eine höchst gesundheitsfördernde Pflanze.«

Seufzend setzte Elizabeth sich auf die Fersen. »Für mich sieht das alles nach Unkraut aus.«

»Wenn Ihr den Weg frei macht«, schlug Mildred vor, »kümmere ich mich um die Kräuter.«

Elizabeth, die keine Lust verspürte, zurückzulaufen und die Schaufel zu holen, zupfte an einer Ranke, die über die Steine am Boden wuchs – allerdings ohne Erfolg.

Das Bein gegen eine einsturzgefährdete Steinmauer gestützt, umfasste sie die Ranke mit beiden Händen. Die Zähne fest aufeinandergepresst, riss sie, so fest sie konnte. Als die Erde endlich die Wurzeln freigab, fiel Elizabeth nach hinten und landete auf ihrem Allerwertesten.

»Mylady!« Mildred machte einen Satz in die Höhe und riss den Mund auf. Elizabeth kicherte, sie konnte nicht anders. Vermutlich bot sie einen höchst undamenhaften Anblick. Das Gewand war ihr bis zu den Knien hochgerutscht, die zu allem Übel auch noch dreckig waren.

Die Wangen der Kammerfrau verfärbten sich dunkel, ehe sie in Elizabeth' Lachen einfiel.

*

Geoffrey wischte sich den Schweiß von der Stirn und trieb sein Streitross an. Wenig später passierte er das Fallgatter von Branton Castle. Als er sich aus den Schatten des Wachturms löste, winkte er der Wache zu, die ihn vom Wehrgang aus begrüßte. Geoffrey hatte Bedenken gehabt, die Ernte einzufahren, doch Dominic hatte ihm versichert, dass der Regen hier nicht so schwer auf das Land gefallen war wie auf den Straßen unweit von Wode. Das Getreide hatte kaum Schaden genommen. Die Ernte würde also üppiger ausfallen als angenommen.

Ehe Geoffrey der Burg den Rücken zugekehrt hatte, hatte er Troy mit dem Schreiben nach Tillenham entsandt. Zeitgleich hatte er die Handvoll Ritter verständigt, die ihm unterstanden, hatte sie wissen lassen, dass er ihre militärischen Dienste brauchte.

Bald, sehr bald schon, würde er in den Genuss seiner Rache kommen.

Geoffrey zuckte mit den Achseln, um seine Steifheit abzuschütteln, und sah zu den Wachen, die vor dem Gartentor postiert waren und ihn mit einem Nicken begrüßten. Gerade als er mit dem Gedanken spielte, sich nach dem Wohlergehen der beiden Damen zu erkundigen, drang ein Laut an seine Ohren. Mit einem Stirnrunzeln zügelte er sein Ross und lauschte dem Geräusch, das von dem Klirren des Pferdegeschirrs überlagert worden war.

Gelächter. Es kam aus dem Garten.

Geoffrey hatte nicht erwartet, dass Elizabeth so viel Spaß an der Arbeit haben würde, aber es war unmissverständlich ihr helles, glockenklares Lachen, das so lieblich war wie eine laue Sommerbrise. Anders als sonst, wenn sie das Wort an ihn richtete, klang sie fast schon gelöst und fröhlich. Schmerzlich wurde ihm bewusst, dass sie in seiner Gegenwart noch nie gelacht hatte. Wie von selbst verstärkte sich der Druck seiner Finger auf die ledernen Zügel.

Nein, Elizabeth bedeutete ihm nichts. Es war ihm einerlei, ob sie lachte oder weinte. Er hatte dieser verwöhnten Göre eine Aufgabe übertragen, bei der ihr bereits vor Stunden die Kräfte hätten ausgehen müssen.

Doch stattdessen lachte sie.

Eine Magd – sie trug einen geflochtenen Korb am Arm, der mit einem weißen Tuch abgedeckt warn – lief an ihm vorbei, machte einen Knicks und hielt auf die Wachen zu.

»Warte!«, rief Geoffrey ihr nach, glitt aus dem Sattel und nahm sich des Korbs an.

Das junge Mädchen machte ein verblüfftes Gesicht. »Die Köchin hat mir aufgetragen, zwei Mahlzeiten in den Garten zu bringen. War das womöglich nicht in Eurem Sinne, Mylord?«

Geoffrey tätschelte der Magd den Arm. »Von hier an übernehme ich, kümmere du dich um das Pferd.«

Quietschend öffnete sich das Gatter, was dem Gelächter aber nichts anhaben konnte. Begleitet von dem Geräusch raschelnden Grases lief er den Weg entlang. Bereits nach wenigen Schritten erspähte er Mildreds breites Kreuz.

Er zügelte seine Schritte. Wo mochte Elizabeth stecken?

Als sein Blick auf das Gras fiel, sog er scharf den Atem ein. Sie saß auf einem Stein und grinste wie ein ausgelassenes Kind, das Bliaut bis zu den Knien hochgezogen. Ihre hellhäutigen Knöchel und Unterschenkel waren dem prallen Sonnenlicht ausgesetzt. Diese Kurven, diese Beine! Mit der Geschwindigkeit eines attackierenden Habichts flutete Verlangen seine Eingeweide.

Als er gegen einen Stein trat, der halb im Gras versunken und dadurch nur schwer auszumachen war, hob Elizabeth den Blick. Mit einem erschrockenen Schrei sprang sie in die Höhe und klopfte sich hastig Gras und tote Blätter vom Bliaut.

Geoffrey verhüllte seine Begierde hinter harschen Worten. »Heiterkeit? Hätte ich Euch mehr Arbeit aufbürden sollen?«

Mildred begrüßte ihn mit einem verärgerten Brummen. »Es würde mich wundern, wenn Euch weder der frei geräumte Pfad noch die Blätterhaufen entlang desselben aufgefallen wären, Mylord.«

»Gute Arbeit, das muss man den Damen lassen!« Genau wie erwartet, glomm unbändiger Zorn in Elizabeth' Augen. Geoffrey trat nach vorne und hielt ihr den Korb hin. »Ich erwarte, dass Ihr die Arbeit wieder aufnehmt, sobald Ihr mit dem Essen fertig seid.«

Ihre Augenbrauen wanderten in die Höhe. »Und was, wenn nicht, Mylord?«

Geoffrey setzte ein finsteres Gesicht auf. »Ihr tätet gut daran, meine Geduld nicht länger auf die Probe zu stellen. Die Konsequenzen dürften Euch kaum zusagen.«

Sie riss ihm den Korb aus der Hand und stellte ihn auf dem Boden ab. »Eine leere Drohung.«

Ihre Kühnheit überraschte ihn. Ungestümer denn je zuvor loderte sein Verlangen auf. »Muss ich Euch an gestern Abend erinnern, als Ihr mich auf die Probe gestellt habt? Dieses Mal werde ich sicherstellen, dass Ihr meine Warnungen nicht so leicht in den Wind schlagt.«

In ihrem Blick schwang so viel Wut mit, dass selbst ein eingefleischter Halunke es mit der Angst zu tun bekam. »Mir flößt Ihr keine Furcht ein, und ich werde nie wieder zulassen, dass Ihr mich derart bloßstellt!«

Mit trägen Fingern zupfte er ihr ein Blatt aus den Haaren. »Wie wollt Ihr mich davon abhalten?«

Elizabeth errötete und wich zurück. »Ich wäre eine Närrin, wenn ich Euch in meine Karten blicken ließe!«

»Ihr seid eine Närrin, weil Ihr Euch auf etwas einlasst, das Ihr nie und nimmer gewinnen könnt.«

Feuchtigkeit glitzerte auf ihren Lippen. Er verzehrte sich förmlich danach, ihr einen Kuss zu rauben, seine Wut mit Hilfe ihres lieblichen, jungfräulichen Wesens zu besänftigen. Welch eine irrationale Sehnsucht, sie für sich gewinnen zu wollen. »Zweifelt Ihr etwa an meinen Worten?«

»Nur ein Narr aalt sich in seinem Sieg, den er erst noch erringen muss«, schoss sie mit leicht zittriger Stimme zurück.

Geoffrey beugte sich zu ihr hinüber. Elizabeth riss die Augen auf, er lächelte. »Ihr seid der Narr. Ihr seid nichts weiter als ein winziger Spatz, der sich vor einem Falken aufplustert, der ihn jederzeit mit den Krallen packen und sich einverleiben könnte.«

»Ein Falke?« Elizabeth schnaubte. »Nein, Ihr seid nichts

weiter als eine hässliche Wespe, die mit einem nervtötenden Geräusch Aufmerksamkeit auf sich ziehen möchte. Ein Laut, der schnell ermüdend wirkt. Es ist nur noch eine Frage von Tagen, ehe mein Vater Euch totschlägt.«

»Totschlägt?« Er feixte. »Ach, Mylady, Ihr tätet besser daran, Euch vor meinem *Stachel* in Acht zu nehmen!« Geoffrey beobachtete das Mienenspiel in Elizabeth' Gesicht, bis sie seine Worte verstanden hatte.

Zitternd legte sich ihre Hand um den Hals. Ehe er zu einem weiteren Tiefschlag ausholen konnte, drängte Mildred sich zwischen sie und stellte sich vor ihre Herrin.

Die Kammerfrau wedelte mit einem dreckigen Finger vor Geoffreys Gesicht herum. »Ihr werdet auf der Stelle mit diesen geschmacklosen Scherzen aufhören!«

»Geschmacklose Scherze?«, äffte er sie mit tonloser Stimme nach.

»Mimt nicht den Unschuldigen, Mylord!«

Als Geoffrey sah, wie Elizabeth über die Schulter der untersetzten Kammerfrau spähte, musste er lachen. »Ihr braucht Euch nicht um ihre Tugendhaftigkeit sorgen. So verdreckt und verschwitzt, wie sie gerade ist, empfinde ich sie ohnehin nicht als sonderlich anziehend.«

Elizabeth schnappte nach Luft.

Mildred kniff die Augen zusammen. »Ich warne Euch, de Lanceau! Ihr tätet gut daran, Euren Stachel dort zu behalten, wo er hingehört – in Eure Beinkleider!«

Mit einem Lächeln auf den Lippen drehte er sich um und schlenderte in Richtung Gartentor.

*

Die Hände zu Fäusten geballt, blickte Elizabeth Geoffrey nach, wie er sich mit federndem Schritt entfernte und ein Spiel aus Licht und Schatten über seinen geschmeidigen Körper glitt. Er hatte sich durch seine anzüglichen Worte verraten, hatte preisgegeben, dass er sie begehrte. Er hatte kein Recht, ihr vorzuwerfen, sie hätte ihn verführen wollen. Wenn sie nicht alles täuschte, brauchte ein Mann, den die Leidenschaft fest im Griff hatte, keine gesonderte Aufforderung.

Erst jetzt merkte sie, dass von ihm eine weitaus größere Gefahr ausging, als sie bislang angenommen hatte.

Mildred berührte Elizabeth am Ärmel. »Macht nicht so ein erbittertes Gesicht – er ist fort!«

Geoffrey verschwand hinter einem dichten Busch, der über den Weg wuchs. Wenige Lidschläge später hörte sie, wie das Gatter ins Schloss fiel. Sie atmete auf und löste die Fäuste.

»Je schneller wir Branton Castle verlassen, desto besser«, stellte Mildred fest, schritt auf den Korb zu und schlug das Leinentuch zurück. Sogleich stieg ihr der Duft nach frisch gebackenem Brot in die Nase. »Ich sehe Wein, Brot und Käse. Hier, Mylady, Ihr solltet einen Schluck nehmen, damit die Farbe in Eure Wangen zurückkehrt.« Während die Zofe Wein in einen Becher schenkte und ihn Elizabeth reichte, fragte sie: »Habt Ihr Euch bei dem Sturz eigentlich verletzt?«

Elizabeth blickte auf die schimmernd rote Flüssigkeit in ihren Händen. »Nur ein blauer Fleck, kein Grund zur Sorge.«

Mit dem Fuß schob Mildred die Kriechpflanze fort, die sich geweigert hatte, Elizabeth' Zerren nachzugeben. Sie hielt inne, ging in die Hocke und untersuchte die Wurzeln. Ein freudig erregter Ausdruck legte sich auf ihr Gesicht, und sie deutete auf die schlanke Pflanze, die im Schatten der Ranke wuchs.

An ihrem Wein nippend, trat Elizabeth näher.

Die Kammerfrau blies vorsichtig den Dreck von den wächsern wirkenden Blättern und den schönen violetten Blüten, die wie tiefe Kapuzen eines Umhangs geformt waren.

»Ein weiteres Küchenkraut?«, erkundigte Elizabeth sich.

Mildred schüttelte den Kopf. »Eisenhut. Das könnte der Schlüssel zu unserer Flucht sein.«

Kapitel 12

»Erzähl mir mehr über Eisenhut!«, wisperte Elizabeth und stach die Nadel durch die Satteldecke, die auf ihrem Schoß ruhte.

Den Blick auf die Hände gerichtet, räusperte Mildred sich und verlagerte die Beinkleider, die sie gerade ausbesserte. Vielleicht, um besser sehen zu können, vielleicht, um einen verspannten Muskel zu entlasten, der ihr zu schaffen machte.

Vielleicht, um sie zu warnen.

Nach dem Abendessen hatte Geoffrey sie angewiesen, sich an das Feuer zu setzen. Aber sie waren nicht allein. Ganz in der Nähe hatten sich Dominic und Geoffrey niedergelassen. Elizabeth schielte unauffällig zu dem Tisch, an dem die beiden eine Partie Schach ausfochten. Dominic, dessen Finger über einem Läufer aus Elfenbein schwebten, legte die Stirn in Falten, während er seinen nächsten Zug überdachte. Das Kinn auf einer Hand aufgestützt, trommelte der Rüpel mit den Fingern der anderen Hand auf den Tisch.

Geoffrey hob den Kopf. Seine Finger hielten inne. Sein durchdringender Blick glitt über sie hinweg, und sein Mund verzog sich zu einem leichten Lächeln. Wie vorhin, als sie ihm im Treppenaufgang begegnetet war, die Wachen hatten sie gerade vom Garten in ihr Gemach gebracht, sah er sie an. Vollkommen erschöpft war sie in ihr Gemach gestolpert, wo bereits ein dampfendes Bad auf sie gewartet hatte, für das ihre schmerzenden Muskeln mehr als dankbar waren.

Nichtsdestoweniger hatte sie ihm nicht für den Bruchteil einer Sekunde abgenommen, dass seine Freundlichkeit eine Art Entschuldigung für sein ungehobeltes Verhalten gewesen sein sollte. Genauso wenig würde sie sich bei ihm dafür entschuldigen, dass sie ihn eine Wespe geschimpft hatte.

Dominic schob einen Bauern in die Mitte des Spielfeldes, wodurch seine Dame schutzlos wurde. Geoffrey schüttelte den Kopf und konzentrierte sich wieder auf das Spiel.

Elizabeth atmete lang aus, nachdem sie die Luft angehalten hatte.

»Er beobachtet Euch«, sagte Mildred mit gedämpfter Stimme.

»Ich weiß. Senk die Stimme und blick nicht auf.«

Mildred brummte. »Nicht gerade einfach, wenn man seine stechend grauen Augen spürt!«

»Ich weiß.« Elizabeth stieß einen Seufzer aus und bürstete sich einen losen Faden von dem roséfarbenen Gewand, das sie trug.

Mildred beugte sich nach vorn, hielt die Beinkleider in den Schein des Feuers und tat, als nähme sie eine schwierige Naht in Angriff.

»Eisenhut ist höchst giftig«, flüsterte sie. »Einzig die Wurzeln kann man nutzen. Man verwendet sie zusammen mit Duftölen wie Lavendel oder Rosmarin gegen Gelenke – und stumpfe Schmerzen. Hin und wieder – aber nur ganz selten und ausschließlich für schwere Fälle – benutze ich das Kraut und vermische es mit Wein und Honig, um einen starken Schlaftrunk zu erhalten.«

Elizabeth legte den Kopf auf die Seite. »Schlaftrunk?«

»Ein halber Becher reicht, um den stärksten Mann aus den Stiefeln zu hauen.«

Mit trägen Bewegungen schob Elizabeth sich eine Strähne über die Schulter. Eine Schachfigur in den Händen fing Geoffrey ihren Blick auf. Sie schlug die Augen nieder und widmete sich wieder ihrer Stickarbeit. »Das ist ja schön und gut«, sagte sie leise, »aber wie sollen wir den Schuft dazu bringen, es zu trinken?«

Die Zofe kicherte, doch glücklicherweise wurde das Geräusch von dem Zischen und Knacken des Feuers übertönt. »Das ist leichter, als Ihr denkt.«

»Wir können es ihm unmöglich vor dem Essen verabreichen. In der Halle lässt er uns nicht aus den Augen, es sei denn, wir werden bewacht.«

»Wenn es uns gelänge, in die Küche zu kommen«, überlegte Mildred, »könnten wir den Wein damit versetzen.«

Elizabeth klopfte das Herz bis zum Hals. »Abgesehen von den Wachen, die auf dem Wehrgang postiert sind, würde jeder Erwachsene auf der Burg in einen tiefen Schlaf fallen.«

»Genau.«

Als Elizabeth sich vorstellte, wie de Lanceau die Augen zufielen und er vornüber in eine Schüssel mit Eintopf fiel, legte sich ein Lächeln auf ihre Lippen. Noch reizvoller war der Gedanke daran, wie er vor Wut rasen würde, wenn er herausfand, dass er von zwei Frauen und einem Löffel voll Schlaftrunk schachmatt gesetzt worden war, dessen Wirkstoff auch noch aus seinem eigenen Garten stammte.

Argwohn dämpfte ihre Erregung. »Wie lange hält die Wirkung an? Ich würde es mir mein Lebtag nicht vergeben, wenn Roydon oder den anderen Kindern etwas zustieße, weil ihre Eltern unfreiwillig im Reich der Träume weilen.«

»Das ist auch meine Sorge, wenngleich ich mir vorstellen kann, dass die älteren Kinder auf die jüngeren achtgeben.« Mildred schüttelte den Kopf. »Ich wünschte, ich könnte mich daran erinnern, wie lange die Wirkung anhält. Sehr zu meinem Leidwesen weiß ich noch nicht einmal, wie viel Eisenhut ich nehmen muss, das steht alles in meinen Unterlagen, die sich auf Wode Castle befinden.« Sie rümpfte die Nase. »Pah! Wenn mein Gehirn doch nur zwei Jahrzehnte jünger wäre!«

Elizabeth begutachtete ihre letzten Nadelstiche. »Wir haben keine andere Wahl, als zu improvisieren. Wir müssen fliehen!«

»Wir sind schlecht beraten, wenn wir das Gift auf gut Glück dosieren.« Mildred verknotete den Faden und fügte so leise hinzu, dass Elizabeth sie kaum verstehen konnte: »Ich wage gar nicht daran zu denken, was passieren könnte, wenn wir zu viel nehmen!«

»Es wäre nur bedingt schändlich, mit der Konstitution von Lord de Lanceau zu spielen«, murmelte Elizabeth.

Die Kammerfrau schlug sich mit der Hand vor den Mund, um ein Lachen zu unterdrücken, war jedoch nicht schnell genug.

Ob Geoffrey und Dominic etwas mitbekommen hatten?

Elizabeth hielt die Seide in die Höhe und beobachtete die Männer aus den Augenwinkeln. Sofort lösten sich ihre Ängste wie Honig in erhitztem Wein auf. Angespannt und mit hochrotem Kopf beschwerte Dominic sich, Geoffrey hätte ihm eine Falle gestellt, während Letzterer die Arme vor der Brust verschränkte und von einem Ohr bis zum anderen grinste.

»Es gibt nur eine Hürde, die es zu nehmen gilt«, sagte Mildred.

Elizabeth' Blick flog zurück zu ihrer Kammerfrau. »Die da wäre?« Mit zärtlichen Fingern strich Elizabeth die Seide glatt, ehe sie eine neue Reihe Stiche begann.

»Wir müssen uns irgendwie Zugang zur Küche verschaffen. Ohne Feuer vermag ich den Trunk nicht zuzubereiten.«

»Überlass das getrost mir!«

»Mylady?« Bestürzung mischte sich in Mildreds Stimme.

Die Zofe hatte allen Grund zur Sorge, ging es doch um das Gelingen ihrer Flucht. Aufmunternd zwinkerte Elizabeth ihr zu. »Ich werde die Wut des Rüpels anstacheln, was uns einen arbeitsreichen Tag in der Spülküche einbringen dürfte.«

Ein Prickeln erfasste Elizabeth – so, als würden lauter winzige Schneeflocken ihre nackte Haut berühren. Das Streitgespräch der beiden Schachspieler in den Ohren, lehnte sie sich nach hinten, zog die Beine seitlich an und konzentrierte sich auf den silbernen Faden, der sich durch den Stoff schlängelte. Die Vorstellung, dass sie bald frei sein würde, ließ sie ihre Schmerzen nach diesem arbeitsreichen Tag vergessen. Ihre Gefangenschaft auf Branton Castle neigte sich dem Ende entgegen. Bereits in Bälde würde diese unerfreuliche Erfahrung der Vergangenheit angehören. Sie würde die Rachepläne dieses unsäglichen Schurken durchkreuzen und schon bald ihren Vater wieder in die Arme schließen. Den erdrückenden Gedanken daran, dass ihrer Hochzeit mit dem Baron dann nichts mehr im Wege stand, schob sie flink beiseite. Darum würde sie sich kümmern, wenn es so weit war.

Ein gedämpftes Schnarchen störte ihre Konzentration, und ihre Finger hielten inne. Mildred war eingeschlafen. Die Beinkleider lagen auf ihrem Schoß, ihr Kopf war zur Seite gefallen, und die Kinnlade sackte ihr herab. Zärtlich lächelnd streckte Elizabeth die Hand nach ihr aus, nahm Mildred Stoff und Nadel aus den Händen und legte alles auf dem kleinen Beistelltisch ab.

Während sie die Satteldecke auf ihrem Schoß in die richtige Position brachte, musste auch sie gähnen. Das Knacken der Scheite im Kamin, gepaart mit der wohligen Wärme, wickelte sich wie eine Decke um sie und lullte ihre Sinne ein – so, als hätte sie ein Schlafmittel genommen.

Irgendwann spürte sie, wie ihr die Satteldecke aus den Händen gezogen wurde. Starke Arme hoben sie empor, und sie wurde gegen eine Brust gepresst. Der Duft nach Leder, Seife und Sommer umfing sie. Elizabeth versuchte, die Augen zu öffnen, doch sosehr sie sich auch anstrengte, es wollte ihr partout nicht gelingen.

Die Bettseile knarrten, als die Arme sie ablegten. Mit sanften Berührungen strich ihr eine schwielige Hand das Haar aus dem Gesicht.

Seufzend glitt Elizabeth in einen tiefen Schlaf.

Kapitel 13

Elizabeth öffnete die Augen und blinzelte die Dachbalken an, die im Sonnenlicht badeten. Stöhnend rollte sie sich auf die Seite. Ihre Schultern und Beine schmerzten, und ihr Rücken zwickte bei der kleinsten Bewegung. Hinzu kam, dass all ihre Fingernägel, unter denen sich dunkle Erde gesammelt hatte, eingerissen waren. Ihre Hände entbehrten jeglicher Ähnlichkeit mit den weichen, lilienzarten und gepflegten Händen, auf die sie noch am Morgen des Vortags stolz gewesen war.

Als sie sich auf den Ellbogen abstützte, erkannte sie, dass sie, ohne Decke und ohne ihr Gewand gegen das Nachthemd eingetauscht zu haben, eingeschlafen war.

Verwirrung und Verlegenheit ergriffen von ihr Besitz. Sie konnte sich nicht daran erinnern, wie sie ins Bett gekommen war, geschweige denn, wie sie die große Halle verlassen hatte.

Wo steckte eigentlich Elena?

Entschlossen, zum Wasserkrug zu taumeln, um sich das Gesicht zu waschen, setzte Elizabeth sich auf. Sie stöhnte. Irgendwie würde es ihr schon gelingen, die fünf Schritte bis zum Tisch hinter sich zu bringen.

Während sie mit baumelnden Unterschenkeln auf dem Bett

saß und versuchte, die nötige Energie aufzubringen, um sich in Bewegung zu setzen, flog die Tür auf. Geoffrey trat über die Schwelle. Er sah erholt und attraktiv aus in seinen schwarzen Beinkleidern und seiner rostbraunen Tunika, die ihm bis zu den Knien reichte.

Der Rüpel war gekommen, um sie in den Garten zu bringen!

Sie warf ihm einen aufmüpfigen Blick zu, den er mit einem breiten Feixen erwiderte. »Guten Morgen.«

»Hinfort mit Euch!«

Glucksend trat Geoffrey vor das Fenster, öffnete die Fensterläden und ließ einen Schwall kühle Luft herein. »Elena wird in Bälde zu Euch stoßen. Ihr habt lange genächtigt, aber es ist ein schöner Morgen. Der Himmel ist klar, und die Sonne schwebt über den Hügeln in der Ferne. Ein perfekter Tag für Gartenarbeit.«

»Muss das sein?«, brummte Elizabeth erschöpft.

»Ich habe Euch zwei Tage Zeit gegeben.«

Um ihre Geduld stand es nicht besser als um ihre Muskelkraft. »Wie lange wollen wir diese elende Scharade eigentlich noch aufrechterhalten?«

»Scharade?« Seine Augenbrauen wanderten in die Höhe.

»Diese Farce, dass Ihr mich wie eine Eurer Mägde schuften lasst.« Sie fuhr sich mit den Händen durch das wirre Haar. »Ihr habt Eure Ansichten durchgesetzt, was wollt Ihr mehr? Jetzt geht und lasst mich allein!«

Er kniff den Mund zusammen. »Das kann ich nicht.«

Elizabeth verdrehte die Augen. »Ihr könntet, wenn Ihr wolltet.«

»Nein, kann ich nicht. Mit Euch bin ich nämlich noch nicht fertig.«

Der Atem, den sie soeben eingesogen hatte, brannte wie Feuer in ihren Lungen. Der Blick in seinen Augen erinnerte sie an den vorherigen Abend, als er sie mit sengender Leidenschaft beäugt hatte.

Bodenlose Furcht und unstillbare Neugier kämpften darum, ihre Gefühle anführen zu dürfen. Elizabeth zwang sich, zum Tisch zu laufen. Während sie sich seines Blickes bewusst war, der den verbotenen Nervenkitzel bei ihr auslöste, ging ihr auf, dass sie mit ihm allein im Gemach war, das mit jedem Atemzug kleiner zu werden schien.

Ungeschickt hantierte sie mit dem Wasserkrug. »Wo ist Mildred?«

Er trat näher. »Dominic begleitet sie in den Garten, wo Ihr dann zu ihr stoßen werdet.«

Wasser spritzte in die irdene Schüssel. »Und was, wenn ich mich weigere?«

»Dann werdet Ihr mir in meinem Bett dienen.«

Elizabeth' Kopf fuhr in die Höhe. Der Krug landete unsanft auf der Tischplatte. »*Wie bitte?*«

Geoffrey streckte die Hand aus und bekam eine ihrer seidigen Locken zu packen. Sein Blick verbrannte sie wie eine Flamme. »Mir schwant, ich muss deutlicher werden, weil Ihr noch unschuldig seid.«

Hitze sammelte sich in Elizabeth' Wangen. Sie krallte sich an die Tischkante und drehte sich mit flauem Magen zu ihm um. »Ich habe Euch sehr wohl verstanden, Mylord. Aber ich werde niemals ...«

»Niemals?« Mit einer hauchzarten Berührung fuhr er mit den Fingern über ihre Wange bis hinab zu ihren Lippen. Eine Gänsehaut ließ sie leicht zittern.

Sie schob seine Hand weg. »Nehmt Eure Finger von mir!«

Wut und Empörung legten sich über seine Gesichtszüge. »Auch ich bin von der Vorstellung nicht sonderlich begeistert, sehe aber keine andere Möglichkeit, um frei von Euch zu sein.«

Ein eisiges Schaudern ergriff Elizabeth' Körper. »Lasst mich gehen! Wenn ich frei bin, werde ich vergessen, was Ihr ...«

Er schüttelte den Kopf. Seine Augen glänzten wie geölter Stahl. »Euren Worten zufolge bin ich eine nervtötende Wespe, aber *Ihr* gewährt mir nicht einen Moment der Ruhe. Tagein, tagaus schleicht Ihr Euch in meine Gedanken. Die Erinnerung an Eure Lippen, Eure Haut, Euren Duft ist die reinste Qual. Ich möchte nicht, dass Ihr mir im Kopf herumspukt, und dennoch seid Ihr dort. Wenn ich des Nachts einschlafe, taucht Ihr in meinen Träumen auf, ärgert mich, stellt mich auf die Probe, seht mich mit Euren wunderschönen Augen an, die an funkelnde Sterne erinnern.«

Unbeholfen perlten ihm die Worte von den Lippen. Elizabeth' Magen verkrampfte sich. Was er beschrieb, traf ebenso auf sie zu.

»Lasst mich gehen!«, wisperte sie voller Verzweiflung.

»Ich soll auf Wode Castle verzichten? Niemals!«

»Ihr wisst doch gar nicht, was Ihr da redet!« Der Druck ihrer Finger auf die Tischplatte verstärkte sich.

Geoffrey stieß ein gepeinigtes Lachen aus. »Ich kann kaum noch an mich halten!«

»Ihr seid mein Feind.«

Kummer blitzte in seinem Blick auf – dasselbe Gefühl, das auch in ihrem Innern wütete. Erinnerungen an seinen Kuss, seine Berührungen und seinen Geschmack durchfluteten ihr

Bewusstsein. Wie eine Löwin kämpfte Elizabeth gegen die ungewollten Gefühle an, die sie durch ihre Wut ersetzen wollte. Ihre Entschlossenheit, ihn mit allen Mitteln zu bekämpfen, würde zurückkehren!

Doch sie wurde nicht wütend.

Stattdessen befiel sie ein dumpfes Gefühl. Leere.

Verlangen.

»Ich vermag die Vergangenheit nicht zu ändern, Elizabeth«, raunte er ihr zu.

Ihr Körper schmerzte, so sehr sehnte sie sich danach, in seinen Armen zu liegen. Obschon ihr gesamter Leib nach seinen Berührungen schrie, fand sie nichts als ablehnende Worte für ihn. »Ich werde mich nicht mit Euch betten!«

»Neulich fandet Ihr die Vorstellung alles andere als abstoßend.«

Sie seufzte. »Ich habe nicht versucht, Euch zu verführen, falls Ihr das meint. Geht das nicht endlich in Euren Dickschädel?«

Seine Lippen verzogen sich zu einem wissenden Lächeln. »Während Eure Lippen mich schelten, vergeht Euer Körper vor Sehnsucht nach mir.«

»Das tut er nicht!«

»Ich werde es beweisen.« Ehe Elizabeth sich wegducken konnte, packte Geoffrey sie bei den Handgelenken und riss sie zu sich. Fluchend und schluchzend bekämpfte sie ihn, doch seine Finger glitten durch ihr Haar und legten sich um ihren Hinterkopf, damit sie stillhielt. Im nächsten Moment bedeckten seine Lippen ihren Mund. Elizabeth drosch mit den Fäusten auf seine Brust ein, doch er ließ sie nicht los und rückte nicht von ihr ab.

Seine ungestümen Küsse eroberten ein ums andere Mal ihren Mund, um zu beweisen, dass er recht und sie unrecht hatte. Ein wohliges Gefühl wärmte Elizabeth von innen. Er schmeckte nach Blaubeeren. Als ihre Arme sich um ihn legten und ihre Lippen miteinander verschmolzen, schalt Elizabeth sich, weil ihr Fleisch so schwach war.

Je mehr ihr Widerstand schmolz, desto sanfter wurde seine Berührung. Geoffreys gespreizte Finger, die sich oberhalb von Elizabeth' Gesäß niedergelassen hatten, wanderten Stück für Stück in die Tiefe. Mit einem tiefen Stöhnen, das sich gegen seinen Willen von seinen Lippen löste, zog er sie zu sich, presste sie gegen sein Becken. Auch Elizabeth stieß ein Stöhnen aus. Zunge an Zunge. Brust an Brust. Seine harte Manneskraft an ihren weichen Lenden.

Keuchend löste er seinen Kuss und fuhr sanft mit der Daumenkuppe über ihre leicht geschwollenen Lippen. »Warum bekämpft Ihr etwas, das wir uns beide wünschen?« Seine Worte hingen in der Luft zwischen ihnen.

Fasziniert und von Versuchung erfüllt sah sie zu ihm auf.

Eine Brise kühlte ihre Arme. Vom Innenhof drangen Stimmen zu ihnen herauf. Kalte Realität erstickte das brennende Verlangen in Elizabeth' Innerem.

Wie konnte sie nur den Schurken begehren, der ihren Vater zerstören wollte?

Als sie sich die Lippen benetzte, schmeckte sie Blaubeeren. Der liebliche Geschmack in ihrem Mund schlug um. Mildred hatte recht: Seine Rachepläne umfassten ihre Deflorierung. Er hatte vor, sie zu ruinieren und sie, einen Bastard unter dem Herzen, zu ihrem Vater zurückzuschicken. Welchen größeren Triumph gäbe es für ihn, als sie zu entehren?

Elizabeth wand sich unter seinem Griff. »Lasst mich frei!«

Seine Hände ruhten noch immer auf ihrem Gesäß. Sein

Odem streifte ihre Wangen und Lippen. »Gebt Euch mir hin, Elizabeth!«

»Lieber würde ich ...« Sie musste schlucken. »Lieber würde ich mich für den Rest des Tages in der Küche abschuften!«

Geoffrey rückte ein wenig von ihr ab und kniff die Augen zusammen. »Wie bitte?«

»Nichts verabscheue ich mehr, als niedere Küchenarbeiten zu verrichten – außer das Lager mit Euch zu teilen.« Als ihr Gegenüber gluckste, fuhr sie ihn an: »Ich sage die Wahrheit!«

Geoffrey hob eine Hand und fuhr mit dem Finger ihr Kinn nach. Argwohn überschattete sein Gesicht. »Warum erzählt Ihr mir so freizügig, was Ihr verabscheut?«

Elizabeth' Puls raste wie ein gehetztes Kaninchen. Wenn sie ihn nicht dazu brachte, sie in die Küche zu schicken, machte sie Mildreds und ihre Chance auf Flucht zunichte.

Sie durfte nicht versagen!

Nachdem Elizabeth sich aus seinem Griff befreit hatte, rang sie sich ein spöttisches Lächeln ab. »Warum ich das tue? Weil ich mir nicht vorstellen kann, dass Ihr mich zu einer solch herabwürdigen Arbeit einteilen würdet.«

»Versucht nicht, mich hinters Licht zu führen! Könnte es sein, dass Ihr etwas im Schilde führt, zu dem Ihr Zugang zur Küche benötigt? Geht es hier womöglich um Flucht?«

Elizabeth unterdrückte ein entsetztes Keuchen. Oh Gott, sie musste alles daransetzen, dass sie sich nicht verriet!

Mit einem frostigen, aufgebrachten Blick entgegnete sie: »Eine Flucht scheint unmöglich.« Sie hielt inne, um den Worten Nachdruck zu verleihen, und lächelte. »Doch Eure Worte rufen in mir das Gefühl wach, dass Ihr womöglich daran zweifelt, mich als Gefangene halten zu können.«

Geoffrey musterte ihr Gesicht einen Moment lang, ehe er ebenfalls grinste und ganz von ihr abließ. »Ihr irrt. Ihr werdet mir niemals entkommen. Morgen werdet Ihr der Köchin zur Hand gehen. Gemeinsam mit Mildred werdet Ihr sowohl das Mittag- als auch das Abendessen vorbereiten – für die gesamte Burg wohlgemerkt. Aber ich warne Euch: Sollte mir das Essen nicht munden, werdet Ihr es bitterlich bereuen!«

*

Mildred stach mit der Schaufel in die Erde, wo sie stecken blieb, wischte sich Dreck von der Nase und setzte einen strahlenden Gesichtsausdruck auf. Mit gedämpfter Stimme sagte sie: »Mylady, Ihr habt ein Wunder vollbracht. Wie ist es Euch gelungen, den Rüpel dazu zu bringen?«

Elizabeth, die vor dem Steingarten kniete, zuckte mit den Schultern und senkte den Kopf, damit die Kammerfrau nicht mitbekam, dass ihr die Röte in die Wangen schoss. »Ich habe ihn herausgefordert, und er hat genau so reagiert, wie ich es mir erhofft hatte.« Ein Kichern entwich ihr. »Ihr hättet seinen Gesichtsausdruck sehen sollen, als er uns zum Küchendienst verdonnert hat!«

»Euch wird das Lachen schon noch vergehen, wenn wir die Speisen zubereiten müssen!« Mildred näherte sich mit schweren Schritten. »Wenn Ihr mir diese Frage erlaubt: Wie oft habt Ihr bereits gekocht?«

Elizabeth zog einen blühenden Löwenzahn aus der Erde. »Noch nie.«

»Genau wie ich es mir gedacht habe!« Mildred klang ein wenig besorgt.

Vorsichtig schob Elizabeth eine Spinne beiseite, die an ihrem Gewand hochklettern wollte. »Ich bin Fraeda zur Hand gegangen, wenn es darum ging, Wein und Gewürze nachzubestellen, und habe ihr hin und wieder über die Schulter gesehen. Allerdings hatte ich noch nie einen Kessel in der Hand, habe noch nie eine Suppe gekocht oder Zwiebeln für einen Braten gehackt. Vergiss nicht, dass so etwas nicht zu den Aufgaben einer Dame von Stand gehört.«

Mildred ließ sich auf die umgegrabene Erde sinken und vergrub das Gesicht in den Händen. »Wir steuern auf eine Katastrophe zu.«

Elizabeth' Nackenhaare stellten sich auf. Sie hob den Kopf. »Aber du hast doch sicherlich schon einmal gekocht, nicht wahr?«

Die Kammerfrau wischte sich mit dem Ärmel über die Stirn. »Vor vielen Jahren, als ich verheiratet war – lange bevor ich dem Kloster beigetreten bin und mich mit der Kräuterkunde vertraut gemacht habe. Lange, *sehr lange* ehe Euer Vater mich vor den unsäglich langen Stunden des Gebets gerettet hat und mich bat, Eure Kammerfrau zu werden.«

Elizabeth stieß einen erleichterten Seufzer aus. »Gott sei Dank!«

»Ich habe für zwei gekocht, Mylady«, legte Mildred dar, »und nicht für eine ganze Burg.«

»Aber die Prinzipien sind doch dieselben, nicht wahr?« Elizabeth warf einen weiteren Löwenzahn auf den Berg gejäteten Unkrauts. »Wenn man eine Wachtel kochen kann, kann man auch fünfzig kochen.«

Mildred hielt sich den Kopf und sah aus, als könnte sie jeden Augenblick in Ohnmacht fallen.

»Warum siehst du so mitgenommen aus?«

Die Kammerfrau schluckte. »Der Prozess ist ein wenig … komplexer, als Ihr es darstellt.«

»Wie meinst du das?«

»Angenommen, wir müssen Wachteln zubereiten, dann müssen diese alle zuvor gerupft werden, was bei fünfzig Stück eine Unmenge von Arbeit bedeutet. Außerdem müssen sie gesäubert und dressiert werden, ganz zu schweigen von der Herausforderung mit dem Feuer. Das Fleisch darf nicht zu nah am Feuer geröstet werden. Es muss regelmäßig mit Fett übergossen werden, damit es nicht austrocknet und zäh wie Leder wird.«

Mit einem lauten Schnauben warf Elizabeth sich ihren Zopf über die Schulter. »Dafür kann uns der Rüpel wohl kaum verantwortlich machen – wir kauen seit Tagen auf ledrigem Fleisch herum!«

Mildreds Seufzen verwandelte sich in ein Stöhnen. »Ich fürchte, meine Kochkünste enden bei gepökeltem Schweinefleisch und geröstetem Huhn.«

»Dann werden wir eben Schwein und Huhn zubereiten.«

»Oh, Mylady!« Mildred wand die kräftigen Hände.

»Kochen kann doch unmöglich so schwierig sein!« Elizabeth schnippte Erdkrümel von ihrem Kleid und massierte sich anschließend den verkrampften Rücken. »Wir müssen de Lanceau davon überzeugen, dass wir des Kochens fähig sind, oder wir werden es nie schaffen, seinen Fängen zu entfliehen.«

»Recht habt Ihr!« Sorge glomm in den Augen der Zofe. »Ich bin heilfroh, dass er längst eingeschlummert sein wird, ehe er sich über unsere Kochkünste auslassen kann.«

*

Lord Arthur Brackendale riss sich den Helm vom Kopf und fuhr sich mit der Hand durch das verschwitzte Haar. Wut loderte in ihm wie ein prasselndes Feuer. Aufgrund eines Radbruchs und der starken Regenfälle, die Teile der Straße überflutet hatten, hatte die Reise nach Tillenham einen halben Tag länger gedauert als angenommen.

Er richtete seinen Blick auf Tillenham Castle, das sich vor ihnen erhob. Die klotzige Festung zeichnete sich gegen den karmesinroten Himmel ab. Die nagenden Zweifel, die ihn seit mehreren Wegstunden begleitet hatten, lagen ihm schwer wie ein Berg aus Kalksteinen im Magen. Bislang hatte er keine Anzeichen von verheerenden Feuern erkennen können. Weder war er an verkohlten Feldern vorbeigeritten, noch hatte er Rauchwolken gesehen.

Rund um die Festung und auf den Feldern standen gesunde Eichen. Trotz seines strengen Körpergeruchs drang der liebliche Duft von trocknendem Weizen in seine Nase.

Das Schreiben des Earls war eine Finte gewesen.

Von dem abgeernteten Feld zu seiner Linken drang das Bellen eines Hundes zu ihm herüber. Er drehte den Kopf und sah, wie Bauern ihren verdreckten Kindern etwas zuriefen. Mit neugierigem und ehrfürchtigem Blick sahen sie zu ihm.

Der Lord blickte finster drein. Brennender Zorn drohte seinen Gaumen zu versengen. Sie starrten einen alten Narren an.

Aldwin, dessen Ross schweißgebadet war, schloss zu ihm auf. »Was nun, Mylord? Es gibt keine Feuer.«

»Ich weiß.« Nachdem Arthur den Helm im Schoß abgelegt hatte, richtete er den Blick auf die Festung vor ihm. »Der Earl wird sich für sein Schreiben rechtfertigen müssen.«

Mit einem Nicken ließ Aldwin sich zurückfallen und überbrachte die Nachricht den anderen Rittern und den Fußsoldaten. Durch das Rattern und Quietschen der Wagen hindurch vernahm Arthur ihr Murren. Er ignorierte es. Seine Männer würden erst essen und sich ausruhen, sobald er die Antworten hatte, nach denen er suchte.

Als sie sich der Burg näherten, rief die Wache auf dem Wehrgang ihm einen Gruß zu.

»Lord Brackendale«, stellte er sich mit lauter Stimme vor, »ich möchte eine Unterredung mit dem Earl of Druentwode.«

Wenige Lidschläge später wurde das Fallgatter in die Höhe gezogen, um eine der schwerbewaffneten Wachen nach draußen zu lassen. Als sie über die heruntergelassene Zugbrücke stapfte, trieb Arthur sein Ross an.

Die Wache verneigte sich. »Mylord, ich bin untröstlich, aber der Earl empfängt derzeit keinen Besuch.«

Arthur kräuselte die Lippen. »Ich verlange, vorgelassen zu werden!«

Die Wache versteifte sich und machte einen weiteren Bückling. »Er ist erkrankt, ringt bereits seit einer Woche mit dem Tode.«

Arthur fuhr zusammen. Ein Raunen ging durch die Reihen der Ritter in seinem Rücken. Arthur beugte sich nach unten, schlug die Satteltasche zurück, entnahm ihr das Schreiben des Earls und warf es der Wache zu. »Dies ließ er mir vor wenigen Tagen überbringen.«

Die Wache überflog das Schreiben und schüttelte den Kopf. »Das ist unmöglich.«

»Wer sonst sollte ...«

Die Erkenntnis traf ihn wie eine Faust in den Magen, so

dass die drückende Last, die sich dort eingenistet hatte, in abertausend Teile zerbarst. De Lanceau!

Arthurs Hände schlossen sich um die Zügel, bis ihm die Kettenelemente seiner Rüstung ins Fleisch schnitten. Das unangenehme Gefühl stachelte seine Ungehaltenheit weiter an, bis diese ihn zu überwältigen drohte. Warum mochte de Lanceau zu einem solch ausgeklügelten Täuschungsmanöver greifen? Warum hatte er ihn nach Tillenham gelockt? Das alles schien keinen Sinn zu ergeben, es sei denn … Arthur sog scharf den Atem ein. Es sei denn, de Lanceau wollte ihn von Wode Castle fortholen.

Ein weiteres Mal spürte er die unsichtbare Faust, doch dieses Mal war sie unvergleichbar stärker.

»Lord Brackendale?«

Nur unter großer Kraftanstrengung gelang es Arthur, sich wieder auf die Wache zu konzentrieren. Erst dann ging ihm auf, dass nicht sie, sondern der Bauernjüngling gesprochen hatte, der neben seinem Ross stand. Mit einem unschlüssigen Lächeln überreichte der Junge ihm ein kleines Bündel aus Seide, das mit Zwirn zusammengehalten wurde. »Ein Mann brachte dies für Euch.«

»Ein Mann?«, knurrte Arthur. »Er *wusste*, dass ich kommen würde?«

Der Gesichtsausdruck der Wache nahm verwirrte und argwöhnische Züge an. »Beantworte die Frage des Lords, Bürschchen!«

Der Jüngling schluckte, schlug die Augen nieder und sah auf den steinigen Boden. »Er trug mir auf, auf Euch zu warten. Ich habe keine Fragen gestellt, Mylord. Er gab mir etwas Silber, damit ich bis zu Eurem Eintreffen Stillschweigen bewahre.« Der junge Mann lief rot an. »Er meinte, es sei sehr wichtig«, fügte er mit brüchiger Stimme hinzu.

Arthur drehte das Bündel um und wog es in der Hand. Rund. Schwer. Er löste den Faden und schlug die ausgefransten Ränder des Stoffes zurück. Sein Blick fiel auf ein zusammengerolltes und versiegeltes Stück Pergament und eine güldene Brosche.

Elizabeth' Brosche.

Arthur, der bereits ahnte, was in dem Schreiben stand, brach hastig das Siegel und las die Zeilen, die an ihn gerichtet waren. Dann zerknüllte er das Blatt.

»Gott bewahre«, raunte er, »Elizabeth!«

Kapitel 14

Elizabeth hatte angenommen, dass der Morgen nicht noch schlimmer werden könnte … bis Dominic an den sauertöpfisch dreinblickenden Wachen vorbeipreschte und in die Küche gestürzt kam.

Wie angewurzelt blieb er stehen, rümpfte die Nase und spähte durch den dichten Qualm hindurch. »Was riecht denn hier so streng?«

»Streng?«, zwitscherte Mildred und sah von einem blubbernden Kessel auf, der tief in den Flammen hing. »Mylady, riecht Ihr etwas Ungewöhnliches?«

Mit finsterem Gesichtsausdruck rückte Elizabeth von dem Schneidbrett ab. Als Dominic gluckste, schleuderte sie ihm einen warnenden Blick zu.

Wie konnte er es wagen, sich über sie lustig zu machen! Schließlich war es nicht ihre Schuld, dass Ihr grünes Gewand mit Blut, Tunke und Gemüsesaft besudelt war. Und was ihr zerzaustes Haar betraf, dafür würde sie sich erst recht nicht entschuldigen.

»Das sind womöglich die Hühnchen, die ich so lange geröstet habe, bis ihre Haut kross und knackig war«, erklärte sie, hob die Hand und zählte dabei mit den Fingern. »Oder die verfaulten Kohlköpfe, auf die ich in der Vorratskammer gestoßen bin und die ich auf eigene Faust weggeworfen habe. Aber wer weiß, vielleicht ist es auch die weiße Tunke, die ich soeben habe anbrennen lassen. Warum fragt Ihr?«

Dominics Blick fiel auf das Bündel frischer Kräuter, das neben dem Schneidbrett lag und darauf wartete, zerkleinert zu werden, und glitt anschließend zu dem Messer in ihrer Hand. »Nur so«, antwortete er mit einem breiten Grinsen.

Elizabeth atmete geräuschvoll aus. »Seid so freundlich, und entfernt Euch und Eure Neugierde. Wir haben zu tun!«

»Natürlich, Mylady.«

Er präsentierte einen formvollendeten Bückling, ehe er davonstolzierte und das Gespräch mit den Wachen suchte, die den Weg zum Innenhof versperrten.

Sobald er den beiden Frauen den Rücken zugewandt hatte, gesellte Mildred sich zu Elizabeth und machte sich daran, die Salbeiblätter von den Stengeln zu entfernen. »Bei der heiligen Mutter Gottes!«

»Als du vorgeschlagen hast, wir könnten einen Schlaftrunk brauen, hast du mir leider verschwiegen, welch grässlicher Gestank damit einhergeht«, sagte Elizabeth mit zusammengepressten Zähnen.

»Das dürfte der Baldrian sein. Mir ist völlig entfallen, welch strengen Geruch er absondert. Für gewöhnlich bereite ich ihn im Freien zu.«

Mildred grinste bis über beide Ohren. »Wie raffiniert von Euch, die Hühner anbrennen zu lassen, um so den Gestank zu überdecken.«

»Es war keine Absicht, das weißt du.« Elizabeth nahm sich das Messer, schob die Kräuter in die Mitte des Brettes und hackte wie besessen auf sie ein, dass Dominic und die Wachen ihr einen misstrauischen Blick zuwarfen.

Mildred berührte sie am Arm. »Fest steht, dass Ihr Euch keinen besseren Zeitpunkt hättet aussuchen können.«

Elizabeth stöhnte. Schweiß tropfte ihr von der Nase. Durch das rhythmische Geräusch des Messers hörte sie, wie Mildred den Deckel des Kupferkessels lüftete und mit der Schöpfkelle gegen die Außenseite klopfte. »Es ist vollbracht!«

Ein Lächeln erhellte Elizabeth' Gesicht. »Gut. Wärst du so nett, das gepökelte Fleisch zu waschen, damit wir es kochen können?«

Eine Stunde später war das Essen fertig. Elizabeth trocknete sich die feuchten Hände an einem Leinentuch ab und zwang sich, tief und gleichmäßig zu atmen. Nicht mehr lange, und sie und Mildred würden wieder frei sein!

Gerade als sie die weiße Soße in Schüsseln verteilte, vernahm sie den Widerhall von Geoffreys energischen Schritten. Ihr Puls flatterte.

Ob seine Zunge noch immer nach Blaubeeren schmeckte?

Sie verbannte den Gedanken aus ihrem Bewusstsein. Sie tat besser daran, sich auf die Flucht zu konzentrieren statt auf alberne Träume.

Wie vom Donner getroffen blieb Geoffrey stehen, kniff die Augen zusammen und warf die Hände in die Luft. »Was heckt Ihr jetzt schon wieder aus?«

Elizabeth ignorierte das nervöse Zucken, das durch ihren Körper lief. »Wir haben nichts weiter getan, als eine Mahlzeit zuzubereiten – genau wie Ihr es befohlen habt, Mylord«, entgegnete sie, während sie mit dem Zipfel eines Tuches über den Rand einer Schüssel fuhr.

Geoffrey stemmte die Hände in die Hüften. »Was habt Ihr gekocht?«

»Gepökeltes Schweinefleisch mit Kräuter-Senf-Soße.«

Mit zusammengekniffenen Lippen schlenderte Geoffrey um den Schneidetisch herum, erpicht darauf, einen Blick in die Kessel zu erhaschen. »Das ganze Durcheinander und dieser elende Gestank dienen einzig dazu, gepökeltes Schweinefleisch zu servieren?« Er roch an dem Dampf des Schlaftrunkes. »Was zum Teufel ist das denn?«

Aus den Augenwinkeln heraus sah Elizabeth, wie Mildred zu Stein gefror.

»Das ist eine … Überraschung.«

»Von Überraschungen halte ich nicht sehr viel«, brummte er. »Und schon gar nicht, wenn Ihr die Hand im Spiel habt. Ich habe Euch gewarnt, kein falsches Spiel mit mir zu treiben, vergesst das nicht!«

Böse Ahnungen beschlichen Elizabeth. Sie musste alles dafür tun, seine Zweifel zu zerstreuen, und zwar auf der Stelle, ehe er einem seiner Männer befahl, von dem Trunk zu kosten. Wenn das geschah, verflogen ihre Chancen auf Flucht.

Elizabeth schleuderte das Tuch von sich, stemmte ebenfalls die Hände in die Hüften und mimte seine ablehnende Haltung nach. »Wie sollte ich Euch denn übel mitspielen, wenn die Wachen mich nicht eine Sekunde aus den Augen lassen? Wenn Ihr es unbedingt wissen wollt, hat Mildred sich etwas Besonderes für Euch und Eure Männer ausgedacht. Sie hat eigens für Euch einen Kräutertrunk hergestellt. Aber jetzt habt Ihr es Euch selbst zuzuschreiben, dass Ihr die Überraschung verdorben habt.«

»Das ist Medizin?«, fragte er mit dem Anflug eines Lächelns.

»So könnte man es auch nennen.« Elizabeth schluckte ein verlegenes Kichern hinunter. »Dieser Trunk wirkt gegen allerlei Beschwerden: Kopf- und Bauchweh sowie« – Elizabeth hob verschwörerisch eine Augenbraue – »Darmwinde.«

»Aha.« Er grinste. »Wie vorausschauend! Bei dem, was Ihr uns serviert, kann man ja nie wissen.«

Dominic und die Wachen gluckstn, während Elizabeth empört nach Luft schnappte. Lass sie lachen! In wenigen Minuten würden sie friedlich vor sich hindösen, während Mildred und sie der Freiheit entgegenrannten.

Jetzt fiel auch noch der Rüpel in ihr Lachen ein. »Dominic, sorg dafür, dass unsere beiden Grazien das Essen in die große Halle bringen.«

»Mit Vergnügen, Mylord!«

Mildred fing Elizabeth' Blick auf und deutete mit dem Kopf auf den dampfenden Kessel in ihrem Rücken. Sie mussten nichts weiter tun, als das Bier mit dem Schlaftrunk zu versetzen.

Mit forschen Schritten lief Elizabeth um den Tisch und erreichte, was sie wollte. Dominics Blick folgte ihr und nicht Mildred, die zu dem hölzernen Fass eilte und sich daranmachte, die Krüge mit Bier zu füllen.

Elizabeth deutete auf den Tisch, auf dem bereits das Essen stand. »Dominic, würdet Ihr den Wachen mit den Tabletts helfen? Sie sind schwer.«

Das Feixen des Ritters fiel in sich zusammen. »Muss ich?«

Mit einem Lächeln auf den Lippen sah Elizabeth zu ihm und den anderen Männern, die nicht minder mürrisch dreinblickten. »Bitte.«

»Seht mich nicht so an!«, brummte Dominic. »Ich werde die Küchenmägde holen.«

»Lord de Lanceau hat ihnen heute anderweitige Aufgaben erteilt.«

Seufzend nickte Dominic. »Nun denn, ich werde Euch helfen. Aber erst, nachdem ich meinen Durst gestillt habe, sonst schaffe ich es nicht bis in die Halle.« Er langte an ihr vorbei und griff sich einen der schäumenden Krüge, die Mildred soeben dort hingestellt hatte, und trank ihn in einem Zug aus.

Elizabeth schnappte nach Luft. Die Kammerfrau warf ihr einen wütenden Blick zu, ehe sie ihre Arbeit wieder aufnahm und dabei tat, als wäre nichts Ungewöhnliches geschehen. Elizabeth, die sich mit der Hand vor den Mund geschlagen hatte, gab vor, ein herzhaftes Gähnen zu unterdrücken. Sogleich wandten die misstrauischen Wachen den Blick ab.

Dominic rülpste und stellte den Becher unsanft auf dem Tisch ab. »Schon besser. Wenn Ihr jetzt mit mir kommen wollt, Mylord wartet bereits.«

Elizabeth biss sich auf die Lippe und warf Mildred einen verstohlenen Blick zu. Besorgnis verdunkelte ihre Augen, dennoch stellte sie sich neben Elizabeth und lächelte. Mit zwei Krügen beladen verließ Elizabeth hinter Dominic den Küchentrakt, gefolgt von Mildred, an deren Fersen sich die Wachen mit den Tabletts geheftet hatten.

Beim Betreten der großen Halle wurde Elizabeth' Mund mit einem Schlag staubtrocken. Unzählige Männer, Frauen und Kinder warteten bereits auf ihr Essen und sahen sie erwartungsvoll an. Elena winkte ihr zu, und ein kleiner Junge, der neben ihr auf der Bank saß, ließ die Faust auf den Tisch fallen.

Elizabeth trat der Schweiß auf die Stirn. Bleierne Furcht sammelte sich in ihrer Magengrube. Ging ihr Plan auf, würden sie und Mildred schon bald frei sein. Sollte ihr Vorhaben jedoch fehlschlagen … lief irgendetwas schief … Ein schmerzhafter Knoten formte sich in ihrem Hals, der Druck auf die Griffe der Krüge verstärkte sich.

Sie sah zu Dominic, der zwei Hunde mit dem Fuß verjagte und in Richtung Podest lief, wo Geoffrey – einen auf Hochglanz polierten Essdolch in der Hand – an der Tafel saß, über die eine weiße Leinendecke gespannt war. Dominic zeigte keine Anzeichen von Müdigkeit. Klammheimlich betete sie, dass der Trank erst dann seine Wirkung entfaltete, wenn das gesamte Essen ausgeteilt war.

An einem Tisch unweit des Podests blieb Elizabeth stehen und stellte einen der Krüge ab.

Irgendwo in ihrem Rücken ging irdenes Steingut in die Brüche.

Sie fuhr herum.

Dominic sank auf die Knie. Die Servierplatte war gebrochen, um ihn herum lag Pökelfleisch auf der Streu. Sofort stürzten sich die beiden Hunde auf das Essen. Das Stöhnen, das Dominic ausstieß, war so furchterregend, dass Elizabeth starr vor Angst wurde. Sich den Magen haltend, keuchte er: »Mylord, Bier … *vergiftet!*«

Dominic bekam einen Krampf. Er verdrehte die Augen, bis nur noch das Weiße zu sehen war, und sackte in sich zusammen.

Aus der Ferne hörte Elizabeth, wie Mildred ihren Namen schrie. Ein Stuhl flog gegen eine Wand. Auch ohne zum Podest zu blicken, wusste sie, dass Geoffrey auf die Füße gesprungen war.

Grausen befiel sie. Sie stürzte in Richtung Treppenaufgang.

Hinter ihr donnerten Schritte.

Ihr Verfolger packte sie am Zopf und riss daran.

Elizabeth schrie.

Geoffrey wirbelte sie herum, das Haar um den Arm gewickelt, das Gesicht vor Wut verzerrt. »Was habt Ihr getan?«

Sosehr sie sich auch bemühte, sie bekam kein Wort heraus.

Schroff packte er sie beim Arm und schüttelte sie. »Antwortet mir!«

Elizabeth zitterte. »Ich …«

»Ihr habt das Bier vergiftet, nicht wahr?«, fuhr er sie an. »Raus mit der Sprache!«

Es hatte keinen Sinn, ihn mit einer Lüge abzuspeisen. Sie nickte.

Mit einem wütenden Brüllen stieß er sie zu den wartenden Wachen. Dann sah er zu den Bediensteten und Soldaten, die raunend und kopfschüttelnd neben Dominics regungslosem Körper knieten. Mit zusammengekniffenen Augen nahm er Mildred ins Visier. »Du …«, Geoffrey deutete auf sie, »… wirst dich um ihn kümmern, wirst Tag und Nacht an seinem Bett sitzen und alles in deiner Macht Stehende tun, damit er lebt. Wenn er nicht überlebt, wirst du deines Lebens nicht mehr froh, Weib, das garantiere ich dir!«

Er drehte den Kopf herum und starrte Elizabeth, die ein Schluchzen unterdrücken musste, mit verbittertem und unbarmherzigem Blick an. Wie eine Löwin bekämpfte sie die Wachen, die ihr die Arme an die Seiten drückten.

»Bring sie in mein Privatgemach!«, stieß er wütend hervor. »Sollte sie versuchen zu fliehen, sperrt sie ins Verlies!«

*

Als die Wachen Elizabeth aus der Halle geleiteten, eilte Geoffrey an Dominics Seite. Der Kreis der Burgbewohner, die sich um den Vergifteten geschart hatte, teilte sich und machte ihm Platz, so dass er auf der besudelten Streu neben seinem Freund in die Hocke gehen konnte.

Dominics Gesicht war aschfahl. Seine Kinnlade hing leblos herab. Gott sei dank atmete er noch.

Geoffrey senkte den Kopf und kniff die Augen zusammen. In seinem Innern braute sich ein Sturm aus Wut, Schuldgefühlen und bodenloser Furcht zusammen. Wie oft war er im Krankenhaus von Akkon aufgewacht und hatte Dominic an seinem Bett sitzen sehen? Ohne ihn hätte er die schwere Zeit nicht überstanden.

Dominic war die einzige Person, in deren Hände er sein Leben legen würde. Er würde nicht zulassen, dass Dominic starb! Es mochte ihm nicht vergönnt gewesen sein, seinen Vater und seinen Bruder zu retten, doch bei seinem Freund würde er erfolgreich sein.

Er kam in den Stand und gab den Soldaten ein Zeichen, die auf seine Befehle warteten. »Bringt ihn in sein Gemach, und sorgt dafür, dass er es behaglich hat!«

Mildred wehrte sich gegen die Wachen, die sie fest im Griff hatten. »Lady Elizabeth und ich wollten weder ihm noch sonst jemandem schaden, das müsst Ihr mir glauben!«

Ein angestrengtes Lächeln legte sich auf Geoffreys Lippen. »Fortan bist du verantwortlich für sein Leben und das deiner Herrin.«

Besorgnis huschte über das faltige Antlitz der Kammerfrau. »Ich werde tun, worum Ihr mich bittet. Bitte, Mylady hat ...«

Geoffrey mahlte mit dem Kiefer. Wütende Pfeile surrten in

seinem Innern. Er lenkte den Blick auf die hölzerne Stiege, die in die oberen Geschosse und zu seinem Gemach führte, und setzte sich in Bewegung.

*

Die Stille in Geoffreys Gemach drückte auf Elizabeth' Gemüt. Die Arme um den Oberkörper geschlungen, lief sie vor dem Kamin auf und ab.

Er würde jeden Moment durch die Tür kommen und ihr eine wie auch immer geartete Strafe zumessen.

Als Elizabeth' Blick auf den Tisch zwischen den beiden Stühlen vor dem Kamin fiel, blieb sie stehen. Fort waren der Wein und die süßen Leckerbissen, die ihr seinerzeit zum Verhängnis geworden waren, genau wie die Leinentischdecke. Heute spiegelte sich in der zerschrammten Oberfläche einzig der Schein des Feuers wider.

Elizabeth war sich sicher, heute de Lanceaus rauhe Seite zu spüren zu bekommen. Sie nahm die Schultern zurück und setzte sich wieder in Bewegung. Sie durfte jetzt nicht den Kopf in den Sand stecken, sondern würde die Folter, die er sich für sie ausgedacht hatte, mit Anstand und Würde überstehen.

Das Holz knackte. Elizabeth zuckte zusammen – einmal und dann gleich noch einmal, als die Tür gegen die Wand geworfen wurde und Geoffreys Silhouette im Türrahmen erschien. Als die Tür ins Schloss fiel, hüllten ihn tiefe Schatten ein.

Ihre zitternden Beine weigerten sich, sich zu bewegen. Wie angewurzelt stand sie da, als er auf sie zugeschritten kam. Näher und näher. Mit einem wütenden Funkeln in den Augen blieb er dicht vor ihr stehen.

Sein Schweigen war schlimmer als tausend Peitschenhiebe. Als er nach einer halben Ewigkeit das Wort ergriff, tat er es mit kalter, gefährlicher und unheildrohender Stimme. »Was habt Ihr in das Bier gegeben?«

Trotz des beklemmenden Gefühls in ihrer Brust tat Elizabeth einen Atemzug.

»Antwortet mir!« Er packte sie, seine Finger gruben sich in ihre Haut.

»Kräuter«, sie keuchte, »Kamille, Baldrian, Eisenhut.«

»*Eisenhut*? Aus dem Garten?«

Sie nickte verängstigt.

»Der ist giftig.« Er klang gleichermaßen ungläubig wie auch entsetzt. »Ihr wolltet Dominic *umbringen?*« Sein Blick verschärfte sich. »Oder galt Euer Anschlag mir?«

Sie schüttelte den Kopf. »Wir wollten niemandem Schaden zufügen.«

»Aber warum habt Ihr dann das Bier vergiftet?«

Zittrig perlten die Worte von ihren Lippen. »Das war kein Gift. Mildred und ich haben einen Schlaftrunk gebraut und ihn in die Krüge gegeben. Wir ...«

»Ihr wolltet fliehen.«

»Mehr wollten wir nicht, das schwöre ich!«

Sein Blick tastete ihr Gesicht ab, tat es derart unbarmherzig, dass es ihr den Atem verschlug. »Was führt Ihr noch im Schilde?«

»Nichts.«

»Ihr *lügt!*«, brüllte er.

Elizabeth war, als würde sein Atem ihre Wangen versengen.

Sie wand sich, wollte, dass er von ihr abließ. »Nein, tue ich nicht.«

Mit seiner freien Hand umfing er ihr Kinn, so dass ihr nichts anderes übrigblieb, als ihn anzusehen. »Wenn ich mit Euch fertig bin, werde ich alles bis ins Detail aus Euch herausgeholt haben!«

Elizabeth lief es eiskalt den Rücken hinunter. »Ihr werdet mich hier bestrafen?« Ihr Blick glitt an ihm vorbei zu der Bettstätte, die im Sonnenlicht badete.

Sein Mund verzog sich zu einem gefühllosen Lächeln.

»Bitte ...«

»Eine Schandtat sollte mit einer anderen bestraft werden, meint Ihr nicht?«

Vor lauter Furcht fiel Elizabeth das Atmen schwer. »I-Ihr versteht nicht.«

»Ich verstehe nur zu gut. Die einzige Person auf Erden, die ich wie meinen Bruder liebe und der mein unbegrenztes Vertrauen gehört, liegt ohnmächtig in ihrem Bett und ringt Euretwegen mit dem Tode«, knurrte er. »Habt Ihr auch nur einen Augenblick über die möglichen Konsequenzen Eures Tuns nachgedacht? Dass der Trunk für den einen oder anderen zu stark sein könnte?«

»Nennt Ihr mich eine Mörderin?«

»Wenn Dominic stirbt, macht Euch das zu einer Mörderin.«

»Wie könnt Ihr es wagen, mich eines solchen Vergehens zu bezichtigen? Ausgerechnet Ihr, der hilflose Kinder abschlachten lässt!«

»Ich bringe keine Kinder um.« Er antwortete so ruhig und abgeklärt, dass sie ihm beinahe geglaubt hätte.

»Ihr habt Jeremy getötet, schon vergessen?«, widersprach sie mit scharfer Stimme.

»Jeremy?« Erkenntnis glomm in seinen verjüngten Augen auf. Er lächelte. »Der Junge auf Wode Castle. Er ist nicht gestorben.«

Elizabeth hielt den Atem an. »Sagtet Ihr nicht ...«

»Viscon hat ihn auf dem Rückweg von Eurem Gemach abgefangen, ihn aber nicht umgebracht. Wir haben ihn in einem Vorratsschrank eingesperrt, damit er niemanden warnen konnte.«

Ihr Magen schmerzte. Lebte Jeremy? Obschon sie hoffte, dass Geoffrey die Wahrheit sprach, schmälerte Misstrauen ihre Freude. »Ich glaube Euch kein Wort!«, zischte sie.

»Glaubt, was Ihr wollt, ich sage die Wahrheit.« Er ließ von ihrem Kinn ab, und sein Gesicht verfinsterte sich. »Sagt mir, Mylady, ist Euch denn gar nicht in den Sinn gekommen, dass ich Euch, selbst wenn Euch die Flucht gelungen wäre, zur Strecke gebracht hätte? Ich würde Euch überall finden und Euch für Eure Unverfrorenheit bezahlen lassen.«

»Nein.«

»Doch«, murmelte er, »und ich werde hier und jetzt damit beginnen.«

Der verbissene Ausdruck in den Augen und sein mahlender Kiefer erfüllten Elizabeth mit Furcht. Das Gefühl peitschte durch sie hindurch wie ein Wintersturm und drohte auch die letzten Mutreserven mit sich zu reißen, sie in bodenlose Hoffnungslosigkeit zu stürzen. »W-was habt Ihr vor?«

Geoffrey ließ von ihrem Arm ab. »Entblößt Euch!«

»Den Teufel werde ich tun!«

Geoffrey schien mit einer ablehnenden Antwort gerechnet zu haben. Er lächelte.

Die Klinge eines Dolches blitzte im Sonnenschein auf.

Elizabeth stieß einen Schrei aus, schlug die Hände vors Gesicht und wartete auf den spitzen Schmerz, mit dem sich die Klinge in ihre Haut bohren würde. Als sie stattdessen kalten glatten Stahl an ihrem Hals spürte, versteifte sie sich.

»Wann werdet Ihr endlich begreifen, dass Ihr gegen mich nicht ankommt?«, raunte Geoffrey ihr zu und fuhr mit der eisigen Messerspitze über ihre Haut, ihre Halsschlagader und ihr Schlüsselbein, ehe er sie am Kragen ihres Gewandes ansetzte und es mit einer schnellen Bewegung bis zur Taille hinab aufschlitzte.

Bestürzt sah Elizabeth an sich hinunter. Ein sauberer, präziser Schnitt, ohne dass das Messer Spuren auf ihrer Haut hinterlassen hatte, die im Kontrast zu der grünen Wolle an Schnee erinnerte.

Panik legte sich wie eine eiserne Hand um ihr Herz. Sie packte die Kanten des Gewandes und versuchte, ihre entblößte Haut zu verdecken – ohne Erfolg.

Mit einem erstickten Schrei auf den Lippen lief sie zur Tür.

Sie sollte jedoch nicht weit kommen. Blitzschnell packte Geoffrey sie, schlang ihr den Arm um die Hüfte und schleuderte sie auf das mit Kissen überdeckte Bett. Kaum war Elizabeth auf dem Rücken gelandet, drehte sie sich um. Als sie auf der anderen Seite des Bettes wieder hinunterspringen wollte, schoss seine Hand nach vorn und packte sie beim Knöchel. Wie eine Katze, die mit einer Maus spielte, riss er sie nach hinten.

Vor lauter Furcht wurde Elizabeth schwarz vor Augen. Wie wild griff sie um sich, versuchte, mit dem freien Bein nach ihm zu treten … und traf seinen Bauch. Geoffrey grunzte und lockerte seine Hand ein wenig. Mit einem zweiten, zielsicheren Tritt konnte sie sich befreien. Keuchend machte sie einen Satz in Richtung Bettkante.

Wieder war er schneller.

Geoffrey packte sie am Handgelenk. Erneut versuchte Elizabeth, sich zu befreien, doch Geoffrey war viel zu stark und viel zu entschlossen, als dass er sie ein weiteres Mal entwischen lassen würde. Er baute sich vor ihr auf und zwang sie zurück auf die Bettstätte, wo er ihre Hände über dem Kopf fixierte und sich mit einem triumphierenden Lächeln auf sie legte.

Bei der Berührung ihrer Leiber knisterte die Luft. »Runter von mir!«, fauchte sie.

»Jetzt, wo ich Euch endlich da habe, wo ich Euch haben möchte? Wohl kaum!«

Elizabeth' Fingernägel bohrten sich in seine Haut. Mit einem derben Fluch auf den Lippen verstärkte Geoffrey den Druck auf ihre Handgelenke, bis sie erschlafften.

Sein Odem wärmte ihre Schläfen. Dann verlagerte er das Gewicht, bis er auf ihren Brüsten, ihrem Bauch und ihren Hüften lag und ein Gefühl in ihr freisetzte, das erregend und beängstigend zugleich war. Als ihre Nase seinen männlichen Duft auffing, machte sich ein verräterisches Ziehen in ihrer Magengrube breit.

»Gebt Ihr Euch endlich geschlagen?«

»Niemals!« Beschämt über ihre Schwäche, bäumte sie sich auf und warf den Kopf hin und her, in der Hoffnung, dass er von ihr ablieߟ und seitlich von ihr rollte.

»Jetzt reicht es mir. Ihr hört auf der Stelle auf!«

Trotz seiner Überlegenheit gelang es ihr zwei Mal, sein Schienbein zu treffen. Als sie keine Anstalten machte, sich ihm zu fügen, packte er sie bei den Haaren und zog daran, bis sie ein Ziehen an der Kopfhaut spürte. Keuchend fiel sie nach hinten. Mit jedem Atemzug riss ihr Gewand weiter auf. Dann entwich ihr ein Wimmern. »Ihr tut mir weh!«

Mit einem warnenden Blick in den Augen ließ Geoffrey von ihrem Haar ab. »Hört auf zu zappeln!«

»Lasst … mich … gehen!« Beim letzten Wort überschlug sich ihre Stimme. Er plante, sie zu schänden, sie zu brandmarken, und es gab nichts, was sie tun konnte, um ihn davon abzuhalten.

Der Schuft sah auf sie herab … und lächelte.

Als seine warmen weichen Lippen seitlich an ihrem Hals entlangfuhren, fielen Elizabeth die Augen zu. Ihr Atem hallte in der Stille des Raumes wider – rauhe, schmerzerfüllte Laute. Wie töricht von ihr, zu träumen, sie lägen innig umschlungen und von Zärtlichkeit erfüllt nebeneinander! Wie töricht, sich an seinen Küssen gelabt zu haben!

Es musste ihr irgendwie gelingen, ihn in die Flucht zu schlagen. Am besten, sie legte den Finger in die Wunden seiner Seele, um ihm begreiflich zu machen, wie verwerflich sein Verhalten war.

Als seine Finger über die Haut glitten, die sein Messer freigelegt hatte, riss sie die Augen auf und sah ihm flehend in die dunklen glitzernden Augen. »Bitte, tut es nicht!«

»Ich werde Euch nicht zwingen müssen«, entgegnete er dicht an ihrer Wange. »Euer Körper ist mehr als willig.«

»Dann lasst von meinen Händen ab!«

Das Lachen, das er ausstieß, hallte tief in ihr wider. »Bedaure, aber das werde ich erst, wenn ich mit Euch fertig bin.«

*

Geoffrey spürte, wie ein heftiges Schaudern durch Elizabeth' Körper lief. Er zögerte drei Herzschläge lang, sah herab auf ihr stolzes, fahles Gesicht.

Bewunderung regte sich in ihm. Es war mutig von ihr, sich gegen ihn aufzulehnen, ihn nach Leibeskräften zu bekämpfen, auch wenn ihr klar sein musste, dass ihre Worte ihn nicht umstimmen konnten. Als er von der Vorstellung heimgesucht wurde, dass sie einen Schlaftrunk gebraut hatte, dazu die Erinnerungen daran, was sie Dominic und ihr Vater ihm angetan hatte, schlug sein Zorn mannshohe Wellen.

Er hatte alles Recht der Welt, sich zu nehmen, wonach ihm gelüstete!

Seine Hand glitt an der Schnittstelle des Gewandes unter den Stoff und legte sich um ihre warme weiche Brust. Elizabeth' Lippen teilten sich und entließen einen Seufzer. Spürte sie auch dieses wohlige Kribbeln, wenn ihrer beider Haut sich berührte? Ein Gefühl, das für ihn vollkommen neu war. Noch nie war er einer Frau begegnet, die solch eine Macht über seinen Körper, seine Gedanken und sein Verlangen hatte. Kein anderes Weibsbild war seiner Seele so nahe gekommen. Wut und Verlangen brodelten in Geoffreys Innerem, gepaart mit einem Hauch von … Schuldgefühlen.

Sogleich schob er das lästige Gefühl von sich. Lady Elizabeth Brackendale war seine Gefangene, seine Geisel. Er konnte mit ihr machen, was er wollte.

Seine Finger ließen von ihrer Brust ab, wanderten in die Tiefe zu ihrer Taille. Geoffrey spürte, wie sie eine Gänsehaut bekam. Elizabeth drehte das Gesicht zur Seite. Ihre blauen Augen funkelten. Doch auch ihr Zwinkern konnte nicht verschleiern, dass ihr Tränen unter den Lidern brannten.

Ein Keuchen entwich seinen Lippen.

Beinahe regungslos und stumm wie ein Fisch lag sie da, ihrem Schicksal ergeben. Sie hatte die Augen geschlossen. Geoffrey mutmaßte, dass sie sich Kraft ihrer Gedanken an einen anderen Ort versetzte, weit weg von seinem Gemach und dem, was vor sich ging – genau wie er es seinerzeit im Krankenlager getan hatte. Mit einem Schwert aus Gedanken hatte er eine Erinnerung an den Krieg nach der anderen niedergemetzelt – der schwierigste Kampf, auf den er sich je eingelassen hatte.

Nicht mehr lange, und sie würde dieselbe Erfahrung machen.

Ihre dunklen Wimpern kitzelten ihn an der Wange. Er spürte ihre Angst, ihre Hilflosigkeit. Der gebrochene Stolz eines Frauenzimmers, das gezwungen war, sich auf etwas einzulassen, gegen das es sich sperrte.

Ihre Lippen zitterten.

Ihr verzweifeltes Flehen hallte in seinem Kopf wider. *Bitte, tut es nicht!*

Abscheu regte sich in ihm, prasselte mit einer Wucht auf ihn ein, dass er es kaum glauben konnte. Noch nie zuvor hatte er sich an einer Frau vergangen, hatte sich eine Jungfer ins Bett geholt. Selbst in den Momenten, in denen er sich am Boden gefühlt hatte, hätte er nie einen solch widerlichen Akt begangen.

Was für ein Monster war nur aus ihm geworden?

Das Gefühl der Schmach befiel ihn, dicht gefolgt von reinstem Verlangen. Seine zitternden Finger ballten sich zur Faust. Er wollte sie nicht nehmen, solange er Wut mit sich herumtrug. Nein, vielmehr wünschte er sich, sie würde ihn mit einem verträumten Blick ansehen und ihn mit Freuden in sich aufnehmen.

Die Tür zu seinem Gemach öffnete sich einen Spalt.

Ein Ruck ging durch Elizabeth' Körper. Mit einem finsteren Gesichtsausdruck hob er den Kopf, um den Störenfried anzublaffen, der es wagte, ohne Klopfen den Kopf in sein Gemach zu stecken. Er hatte die Wachen wissen lassen, dass er nicht gestört werden wollte, egal wie dringend es auch sein mochte.

Veronique löste sich aus dem Schatten. Als sie sah, dass Geoffrey mit Elizabeth auf dem Bett lag, blieb sie wie angewurzelt stehen, die Augen vor Entsetzen und Wut weit aufgerissen. Schneller, als er je vermutet hätte, hatte sie sich wieder gefangen und ein Lächeln aufgesetzt.

Er erwartete, dass sie auf dem Absatz kehrtmachen und sich empfehlen würde. Doch stattdessen schritt sie mit sicherem Schritt und raschelndem Gewand auf ihn zu.

Unter ihm begann Elizabeth wieder zu zappeln. Als sie die Lippen zusammenpresste, wünschte Geoffrey sich, er hätte ihr und sich diesen erniedrigenden Augenblick ersparen können. Er bedachte Veronique mit einem funkelnden Blick. »Ich habe den Wachen gesagt, dass ich nicht gestört werden möchte.«

Die Kurtisane blieb neben dem Bett stehen. »Das habt Ihr, Mylord.«

»Warum setzt du dich über meine Befehle hinweg?«

Ihr Lächeln gefror. »Weil ich eine Nachricht für Euch habe.« Sie hielt ihm eine versiegelte Pergamentrolle hin. »Ein Page, der im Dienste von Lord Brackendale steht, hat dies gebracht. In dem Wissen, dass Ihr sofort darüber informiert werden wolltet, wenn die Antwort auf Eure Lösegeldforderung eintrifft, habe ich Euch umgehend aufgesucht.«

Mit einem ungehaltenen Seufzen ließ Geoffrey Elizabeth' Hände frei, rollte sich von ihr herunter, kam in den Stand und entriss Veronique das Dokument. In seinem Rücken ächzten die Bettseile. Die zerrissenen Gewänder umklammernd, wälzte Elizabeth sich vom Bett und stellte sich an die Wand.

Unter Zuhilfenahme seines Daumens brach Geoffrey das Siegel und überflog den kurzen Text. Er lachte. »Ich sage es nur ungern, Lady Elizabeth, aber Ihr seid Eurem Vater weniger wert, als Ihr vermutet.«

»Was wollt Ihr damit sagen?« Ihre Finger krallten sich regelrecht in die grüne Wolle.

»Ihr Vater weigert sich, Wode Castle freizugeben.«

Stolz und Erleichterung glommen in Elizabeth' Augen. »Habe ich Euch nicht gesagt, dass er sich niemals auf Eure absurden Forderungen einlassen wird?«

»Er fordert mich zu einem Duell heraus, das in drei Tagen stattfinden soll.«

»Ein Duell?« Elizabeth' Gesicht wurde aschfahl, sie geriet ins Wanken.

Ihr Entsetzen berührte Geoffrey. Trotz ihrer behüteten Kindheit wusste sie darum, wie gefährlich diese Art von Schaukämpfen war, die ohne das Wissen des Königs ausgetragen wurden. Auf diese Weise war er bereits zwei Mal gegen den Earl of Druentwode angetreten. Getragen von der Erregung des Kampfes und im Sog der Blutrünstigkeit hielt sich kaum ein Krieger an die Regeln der Fairness, die in ordentlichen Turnieren eingehalten werden mussten. Die Sicherheit des Gegners spielte eine untergeordnete Rolle, und die Waffen waren messerscharf. Eine Tatsache, die mit Sicherheit auch Elizabeth' Vater bewusst sein musste.

Geoffrey wurde von Vorfreude ergriffen. So hatte er sich seine Rache vorgestellt. Wenn er Lord Brackendales Worte nicht missdeutete, würde einer von beiden sein Leben lassen und der andere triumphieren. Endlich würde er der Herrscher von Wode Castle sein!

»Das dürft Ihr nicht!«, kreischte Elizabeth. »Das dürft Ihr nicht!«

Geoffrey zuckte mit den Achseln. »Ich werde annehmen. Möge der stärkere Lord gewinnen!«

Elizabeth' Augen weiteten sich. »Mein Vater ist kein ebenbürtiger Gegner für Euch. Er wird sterben.«

»So soll es denn sein!«, entgegnete Geoffrey mit eisiger Stimme.

Elizabeth schnappte nach Luft und rannte zur Tür.

Geoffrey hielt sie nicht auf.

*

Als Elizabeth' Schritte verhallt waren, wandte Veronique sich mit einem Lächeln auf den Lippen zu Geoffrey um und schnalzte mit der Zunge. »Was für ein rückgratloses Weibsbild, findet Ihr nicht auch?«

»Das geht dich gar nichts an, Veronique«, knurrte Geoffrey.

Veronique zog eine Augenbraue in die Höhe. Die Hände in die Hüften gestemmt und die Lippen zu einer dünnen Linie zusammengekniffen, wirkte Geoffrey, als wäre er alles andere als erfreut über Veroniques Auftritt.

Die Mätresse verkniff sich ein Lachen. Geschah ihm recht, schließlich hatte er sich mit einer anderen Frau vergnügen wollen!

Verbitterung und Wut umgaben ihn wie eine unsichtbare Ritterrüstung. Veronique zitterte vor Erregung. Wie gern würde sie seinen Zorn besänftigen. Sie wusste auch schon, wie sie diese schwierige Aufgabe angehen, seine Ungehaltenheit in ungezügelte Leidenschaft verwandeln würde. Wenn jemand in der Lage war, dieses Kunststück zu vollbringen, dann sie.

Sie machte einen verführerischen Schmollmund, baute sich mit wippendem Becken vor ihm auf und zwirbelte sein feines Nackenhaar. »Seid Ihr noch immer vergrämt, dass ich Euch gestört habe?« Als er nicht antwortete, legte sie ihre Hände flach auf seiner Brust ab, glitt nach unten und unter sein Hemd.

Er stieß einen Fluch aus. Kichernd warf sie sich gegen seinen Körper, während ihre Finger über seine nackte Haut glitten. »Sagt mir, Mylord, dass Ihr nicht mehr böse auf mich seid!«

Geoffrey brummte. »Du hast dich meinen Anweisungen widersetzt. Die Nachricht hätte warten können.«

Veronique blickte zu Boden, damit er das Funkeln in ihren Augen nicht sah. Wenn sie nicht in das Gemach geplatzt wäre, hätte er von dem Leib einer anderen Frau gekostet. Ihre Fingernägel gruben sich in sein Fleisch, und sie überspielte ihre Aufgebrachtheit mit einem verwegenen nassen Kuss, von dem sie hoffte, ihn in ihren Bann zu ziehen. »Aber wer würde sich denn dann um Eure Bedürfnisse kümmern?«, raunte sie ihm zu. »Brackendales Tochter bestimmt nicht, das sieht selbst ein Blinder mit Krückstock.«

Seine Fäuste schlossen sich um ihre Handgelenke, damit sie ihn nicht weiterstreichelte.

»Ich bin nicht in der Stimmung für deine Spiele«, sagte er mit so stählerner Stimme, dass Veronique von einem Schaudern erfasst wurde.

Als sie den Blick hob und ihm ins Gesicht sah, das halb von Schatten bedeckt war, lief es Veronique kalt den Rücken hinunter. Seit der Nacht, in der er in ihr Bett zurückgekehrt war, nachdem er sie alleine zurückgelassen hatte, hatte er sie nicht berührt.

Mit einem aufgesetzten Grinsen stellte sie sich auf die Zehenspitzen. Sie würde ihm schon noch beweisen, dass er ihren Verführungskünsten nicht widerstehen konnte!

Finster dreinblickend, schob Geoffrey Veronique von sich, wandte ihr den Rücken zu und griff nach dem Krug auf dem Beistelltisch.

Mit steifen Fingern glättete Veronique sich ihren zerknitterten Ärmel. »Ein Trunk, um Euch in Stimmung zu bringen?«, fragte sie mit leicht schneidendem Ton in der Stimme, der allem Anschein nach auch Geoffrey nicht entgangen war, denn seine Hand erstarrte zu Stein.

»Hinfort!«

»Mylord?«

»Ich möchte, dass du auf der Stelle gehst, Veronique«, befahl er, ohne sie eines Blickes zu würdigen. »Schließ die Tür hinter dir!«

»Ihr schickt mich fort?« Den Blick auf seinen breiten und starken Rücken gerichtet, begrub die Erkenntnis, dass er sie nicht wollte, sie wie eine einstürzende Mauer unter sich. »Weshalb?«

Mit einem Ausdruck des Bedauerns in den Augen sah er sie an. Seine Schultern hoben sich steif. »Meine Gefühle für Euch sind nicht mehr das, was sie einst waren. Ich begehre Euch nicht mehr. Es tut mir leid.«

Seine Worte schmerzten. Er brauchte sie nicht mehr. Er verzehrte sich nicht mehr nach ihr.

Trotz der dicken Schicht Rouge und Puder wurde sie kreidebleich. Er verstieß sie, weil sein Herz und seine Lenden sich nach einer anderen verzehrten.

Elizabeth Brackendale war jünger, hübscher, und sie war durch das blaue Blut, das in ihren Adern floss, mehr wert als eine Bauerstochter.

Veroniques Kiefer mahlte, so wütend war sie, ihre Stimme zitterte. »Ich hätte es nie für möglich gehalten, dass Ihr Brackendales Tochter mir vorzieht.«

Geoffrey warf ihr über den Rand seines Weinkelches hinweg einen warnenden Blick zu. »Ich habe dich gebeten zu gehen. Hast du vor, dich ein weiteres Mal meinem Befehl zu widersetzen?«

Veronique rang sich ein Lächeln ab, das hölzerner nicht hätte sein können. »Nein, Mylord«, gab sie mit tonloser Stimme zurück, verneigte sich und fügte hinzu: »Ich wünsche noch einen angenehmen Abend.«

Sie konnte seinen Blick im Rücken spüren, als sie das Zimmer durchmaß. Wie sie den Schmerz hasste, der sich in ihrer Brust ausgebreitet hatte!

Mit raschelndem Gewand lief Veronique den Korridor entlang, der zu dem muffigen Vorzimmer führte, das sie bewohnte. Das Brennen in ihren Augen rührte ausnahmsweise nicht vom Rauch der Wandfackeln her. Schuld an der Misere war einzig dieses schwarzhaarige, blauäugige Weib. Bei dem Gedanken an Elizabeth' blasse Gliedmaßen, als sie mit Geoffrey auf dem Bett gelegen hatte, stieß sie einen undamenhaften Fluch aus.

Veronique schäumte vor Wut. Geoffrey war *ihr* Gebieter! *Ihr* Liebhaber! *Ihr* Krieger! Nie hatte ihr jemand ihren Platz als

Geoffreys Liebling streitig gemacht – bis er diese vermaledeite Elizabeth auf die Burg gebracht hatte.

Veronique ließ sich von den Schatten ihres Gemaches schlucken, warf mit aller Kraft die Tür ins Schloss und lehnte sich mit dem Rücken gegen das rauhe Holz. Sie war Geoffrey bis in diese heruntergekommene Festung nach England gefolgt, weil er nach Reichtum und Macht strebte, hatte zwei lange Jahre an seiner Seite ausgeharrt, für die sie sich angemessen entschädigen lassen würde.

Veronique tastete nach einer Kerze, entzündete sie, nahm sich den Spiegel, der auf ihrem Bett lag, und betrachte ihr Ebenbild.

Im flackernden Schein der Kerze legte sich ein verschlagenes Feixen auf ihre blutroten Lippen.

Falls Geoffrey mit dem Gedanken spielte, sie auszumustern, würde sie einen Weg finden, dass er weder zu Reichtum noch zu Macht kam.

Geschweige denn zu seiner lang ersehnten Rache.

Kapitel 15

Nervös lief Elizabeth in ihrem Gemach auf und ab. Sie musste endlich einen Weg finden, dem Unabwendbaren zu entkommen. Die Stirn in Falten gelegt, machte sie auf dem Absatz kehrt und lief die zehn Schritte zurück, die die Maße des Gemaches zuließen. Koste es, was es wolle, sie musste zu einer Lösung kommen!

Sie musste sich etwas einfallen lassen, um das Duell zu verhindern. Es bedeutete nichts anderes, als dass es ihrem Vater den Tod bringen würde, davon war sie überzeugt. Warum hatte er de Lanceau zu diesem Kampf herausgefordert, wenn er doch wusste, dass er gegen einen Krieger, der an Kreuzzügen teilgenommen hatte, chancenlos war?

Hatte er sich dafür entschieden, weil es einen ehrenhaften Tod bedeutete?

Elizabeth musste schlucken. Ihr Blick fiel auf das zusammengefaltete Gewand in Rosé. Schuld an dem Duell war einzig Geoffreys Wunsch nach Sühne und sein Verlangen, den Namen seines Vaters reinzuwaschen.

Wenn Geoffrey zu solchen Gefühlen fähig war, hatte er kein Herz aus Stein.

Er hatte seinen alten Herrn geliebt, vielleicht mit derselben

Intensität, mit der sie ihren Vater liebte. Elizabeth verschränkte die Arme vor der Brust und blinzelte die Tränen fort, die sich unter ihren Lidern sammelten. Genau wie sie kannte auch er die Angst, allein zu sein.

Die Nachmittagssonne wich dem Zwielicht. Als sie das nächste Mal zum Fenster hinaussah, fiel ihr Blick auf die leuchtende Mondsichel am Firmament, die von vereinzelten Sternen umgeben war. Das Rufen einer Eule tönte durch die Finsternis. Stunde um Stunde verstrich, ohne dass sie eine Antwort fand.

Sie musste Geoffrey aufhalten und ihren Vater retten.

Es musste einen Weg geben!

Elizabeth stieß einen Seufzer aus. Sie war das ständige Hin-und-her-Gelaufe satt, stapfte zur Tür, drosch mit beiden Fäusten gegen das dicke Holz und schrie, jemand möge zu ihr kommen. Die Wachen ließen sich jedoch Zeit und öffneten erst, als sie kaum noch eine Stimme hatte.

»Was soll das Geschrei?« Einer der Männer beäugte sie, als würde er erwarten, sie könnte ihm einen Krug Wasser ins Gesicht schütten.

»Ich muss dringend mit Lord de Lanceau sprechen«, sagte sie.

»Wenn Mylord Euch sehen wollte, hätte er nach Euch gerufen«, brummte die Wache.

»Fragt ihn dennoch!« Um die Dringlichkeit ihres Anliegens zu untermalen, fügte sie mit großen Augen und sanfter Stimme hinzu: »Bitte!«

Dicht vor ihrer Nase fiel die Tür ins Schloss.

Entschlossen, sich nicht der Nervosität hinzugeben, die sie zu befallen drohte, während sie wartete, wusch Elizabeth sich, schlüpfte in das roséfarbene Gewand und löste den Zopf, so dass sich ihr Haar wie ein Wasserfall auf ihren Rücken ergoss. Sie war gerade dabei, sich die Falten aus dem Gewand zu streichen, als die Tür aufgestoßen wurde. Die Wache nickte kurz, um ihr zu verstehen zu geben, dass sie ihr folgen möge.

Elizabeth betrat den schummrigen Korridor und betete, Geoffreys Zorn mochte sich in der Zwischenzeit abgekühlt haben, genau wie sein Wunsch, sie zu bestrafen. Wenn sie an seinen Verstand, an sein ritterliches Gelübde appellierte, würde es ihr vielleicht gelingen, ihn davon zu überzeugen, sich nicht auf das Duell einzulassen.

Bei Gott, sie *musste* ihn sogar davon überzeugen! Selbst wenn das bedeutete, dass er sie anfasste, sie küsste … oder gar ihrer Unschuld beraubte.

Bettet Euch mit mir, Elizabeth!, hatte er geraunt. Diese entsetzlichen, erregenden Worte waren aus den Tiefen seines Selbst gekommen.

Konnte sie das Leben ihres Vaters retten, indem sie sich ihm hingab?

Die Wache öffnete die Tür zu Geoffreys Gemach. Elizabeth trat ein. Mit einem satten Geräusch fiel die Tür hinter ihr ins Schloss. Das Gemach lag ruhig und dunkel da, genau wie sie es in Erinnerung hatte. Mit zittrigem Atem ging sie auf den Kamin zu.

Den Weinkelch schwenkend, saß Geoffrey auf einem der Stühle, den Blick starr auf das knisternde Feuer gerichtet.

Sein Haar wirkte zerzaust. Wie töricht, sich zu fragen, wie oft er sich mit den Händen wohl durchs Haar gefahren sein mochte! Sie hatte erwartet, dass er sich diebisch über den bevorstehenden Sieg freuen würde, doch statt Triumph in seinem Gesicht entdeckte sie Niedergeschlagenheit.

»Ihr wagt Euch also doch noch einmal in mein Gemach – allein?« Seine rauhe Stimme zerriss die Stille, wirkte ohrenbetäubend laut. Er legte den Kopf auf die Seite und sah sie an. Im Schein des Feuers funkelten seine Augen.

Elizabeth faltete die klammen Hände zusammen. »Ich habe keine Angst vor Euch, Mylord.«

»Das solltet Ihr aber.« Mit dem Daumen wischte er einen Tropfen Rotwein vom Rand des Kelches. »Wenn Ihr gekommen seid, damit ich mich bei Euch für mein Verhalten heute Nachmittag entschuldige, muss ich Euch enttäuschen.«

»Es geht mir nicht um Eure Entschuldigung.«

»Ich bin noch immer verstimmt, falls es Euch interessiert.« Argwohn schwang in seiner Stimme mit, wohnte jeder Silbe inne.

Elizabeth nahm all ihren Mut zusammen und trat in den Schein des Feuers. Sie sah, wie sein Blick über ihr offenes Haar und das enganliegende Gewand glitt. In den Tiefen seiner Augen glomm noch immer Verlangen. Gesetzt den Fall, dass er sich gegen die Stimme der Vernunft wehrte, blieb ihr noch immer eine letzte Möglichkeit, ihn umzustimmen.

Dicht bei ihm blieb sie stehen. »W-wie geht es Dominic?«

Geoffrey runzelte die Stirn. »Warum fragt Ihr?«

»Weil mir sein Schicksal nicht gleichgültig ist.«

Er starrte auf den Tropfen an seinem Daumen, der im Licht des Feuers wie Blut glitzerte. »Er ist bei Bewusstsein, wird aber von üblen Kopfschmerzen und einem verdorbenen Magen gequält. Mildred ist noch immer bei ihm. Sie ist davon überzeugt, dass er schneller genesen würde, wenn er von ihrem Abführtrunk zu sich nähme, doch Dominic weigert sich.«

Elizabeth grinste. »Sie misst ihren Trünken viel Wert bei.«

Stille hüllte die beiden ein. Elizabeth, die am Saum ihres Ärmels zupfte, versuchte zu entscheiden, wie sie das Thema des Duells am besten anging.

Geoffrey stieß einen ungeduldigen Seufzer aus. »Was ist Euer Begehr? Weshalb wolltet Ihr mich sehen?«

»Ich muss dringend mit Euch sprechen.«

»Sprecht!«

Mit zittrigen Beinen stellte sie sich vor das Feuer, das ihren Körper wärmte, wie Geoffrey es mit seinen Liebkosungen getan hatte. Sogleich lief ein wohliger Schauer durch sie hindurch. »Ich bin gekommen, weil ...«

»Ihr mich um einen Gefallen bitten wolltet.«

Elizabeth zuckte zusammen. Er hatte den Nagel auf den Kopf getroffen. »Woher wisst Ihr das?«

»Nennt es Eingebung.«

Es war einzig seinen leisen und sanften Worten zu verdanken, dass Elizabeth sich ein Herz fasste und ihr Begehr in Worte kleidete. »Mylord, ich wollte Euch bitten ... dem Wunsch meines Vaters nicht nachzukommen.«

Blechern hallte das verbitterte Lachen Geoffreys von den Steinwänden des Gemachs wider. »Man kann mir vieles nachsagen, aber ein Feigling bin ich nun wahrlich nicht!«

»Das wollte ich damit nicht zum Ausdruck bringen.« Es kostete Elizabeth große Mühe, ihre Stimme ruhig zu halten. Es wäre unklug, ihn zu erzürnen. »Das Duell dient doch einzig dem Zweck, dass einer den Tod findet, oder irre ich?«

Als er nickte, wippte sein volles Haar auf seinen breiten Schultern.

»Mein Vater zählt doppelt so viele Lenze wie Ihr und kann Euch, was Kraft und Schnelligkeit anbelangt, nicht das Wasser reichen. Er würde unweigerlich sein Leben lassen.« Ihre Stimme war kaum lauter als ein Flüstern. »Vor wenigen Stunden habt Ihr mich eine Mörderin gescholten. Wie kommt es aber, dass Ihr selbst nicht davor zurückschreckt, einen anderen in den Tod zu schicken?«

Ein unheilvoller Vorhang schob sich vor Geoffreys Augen. Er nahm einen Schluck Wein und stellte den Kelch auf der Hüfte ab. »Mein Vater hat sich nie etwas zuschulden kommen lassen, ganz im Gegensatz zu Eurem alten Herrn. Einem Verbrecher das Handwerk zu legen, ist ein Akt der Gerechtigkeit und hat nichts mit Mord zu tun, Mylady.«

»Mein Vater ist kein Verbrecher. Er hat lediglich die Order der Krone befolgt.«

»Das Duell wird entscheiden, auf wessen Seite das Recht steht.« Sein Mund verzog sich zu einem freudlosen Lächeln. »Vermutlich würde es Euch freuen, meinen Kopf auf einer Lanze aufgespießt zu sehen, habe ich recht?«

Bei der Vorstellung wurde Elizabeth speiübel, und sie musste sich den Bauch halten. Der Gedanke, dass er nicht mehr war, drohte ihr Herz in Stücke zu reißen, wenngleich sie das nicht wahrhaben wollte. »Natürlich nicht.«

Für den Bruchteil einer Sekunde flackerte Überraschung in seinen Augen auf. »Ich werde der Aufforderung zum Duell nachkommen, und nichts, was Ihr sagt oder tut, wird mich umstimmen.«

Die Klauen der Verzweiflung griffen nach Elizabeth. »Mylord …«

»Gebt Euch keine Mühe!«

Elizabeth zitterte wie ein Blatt, das eine Böe mit sich gerissen und über einem bodenlosen Abgrund sich selbst überlassen hatte. Das Gefühl der Verzweiflung wurde so stark, dass es sie von innen heraus zu verschlingen drohte. Sie stützte sich mit den Händen an dem kalten Gemäuer ab, in der Hoffnung, ihm Stärke abzugewinnen. »Ihr wisst, wie qualvoll es ist, den eigenen Vater zu verlieren«, flüsterte sie. »Ihr habt am eigenen Leib erfahren, was es bedeutet, einen Menschen zu verlieren, den Ihr geliebt und geehrt habt. Wollt Ihr, dass ich dasselbe durchlebe?«

Ein Muskel an Geoffreys Kinn zuckte.

»Versprecht mir, dass Ihr meinen Vater nicht töten werdet!«, flehte sie ihn an, wie sie noch nie jemanden zuvor angefleht hatte. »Bitte!«

Geoffrey hob den Kelch an die Lippen und richtete den Blick ins Feuer. »Das kann ich nicht.«

Tränen traten ihr in die Augen. Sie hätte wissen müssen, dass er ihre Bitte ausschlagen würde.

Wie dem auch sei, noch war nichts verloren.

Eine Möglichkeit, das Leben ihres Vaters zu retten, gab es noch.

Eine letzte Chance, den Feind von seiner Rache abzubringen.

Elizabeth blinzelte die Tränen fort. Nein, entschied sie, sie würde nichts von dem, was sie nun erwartete, bereuen!

Tapfer hob sie das Kinn und erwiderte seinen Blick. Mit langsamen, schwingenden Schritten trat sie vor ihn.

Argwohn flammte in seinen Augen auf. »Elizabeth?«

Ein herzzerreißendes Schluchzen blieb ihr in der Kehle stecken. Sie neigte den Kopf, woraufhin ihre dunkle Haarpracht ihr Gesicht wie einen Schleier umgab. »Ich flehe Euch an: Verschont meinen Vater!«

»Bettelei steht Euch nicht, Mylady.«

Elizabeth riss den Kopf in die Höhe. Nachdem sie ihre Wut hinuntergeschluckt hatte, setzt sie an, um zu sagen, was gesagt werden musste. »Wenn Ihr ihn verschont, werde ich mich mit Euch betten.«

»Elizabeth!« Seine Stimme wuchs sich zu einem hilflosen Stöhnen aus. »Ihr müsst nicht …«

»Ich weiß, dass Ihr mich begehrt, und ich kann nicht leugnen, dass auch ich mich nach Euch verzehre.« Die Wahrheit brachte ihr Herz zum Leuchten. Sie wusste, dass sie die Leidenschaft, die sie Geoffrey de Lanceau entgegenbrachte, nie wieder für einen anderen Mann empfinden würde. »Ich tue dies nicht für meinen Vater«, sagte sie, »sondern für mich.«

Pein und Verlangen huschten über Geoffreys Gesicht. Er schüttelte den Kopf. »Was das Duell betrifft, kann ich Euch nichts versprechen.«

»Dann werde ich auch nichts erwarten.«

»Hört Ihr Euch eigentlich selbst zu? Ihr wollt Eure Unschuld hergeben – für nichts?«

Ein Schaudern packte Elizabeth, so harsch waren seine Worte. »Es ist, wie ich sage. Ich möchte diesen Moment auskosten, der womöglich nie wiederkommt.«

»Beim Allmächtigen!«, flüsterte er. »Ihr seid das kühnste Weibsbild, das mir je untergekommen ist!« Bewunderung mischte sich in seinen Blick. Er streckte die Hände aus und fuhr mit seinem rotweinbefleckten Daumen über ihre Wange. Erst jetzt bemerkte sie, dass sie weinte. »Ach, Mylady, wie sehr ich mir wünschte, Ihr würdet meinetwegen Tränen vergießen!«

Seinen Worten wohnte eine solche Wärme und Zärtlichkeit inne, dass Elizabeth ein Keuchen ausstieß. Fieberhaft rang sie nach Worten, um den Gefühlen, die in ihr tobten, Ausdruck zu verleihen.

Geoffreys Hand fing Elizabeth' Wange ein. »Elizabeth, meine wunderschöne, willensstarke Elizabeth! Ich möchte Euch lieben, wie ich noch nie eine Frau zuvor geliebt habe.«

»Ich gehöre Euch.«

»Küsst mich!«

Das unbändige Verlangen, das in ihr aufstieg, war ihr neu. Ihr war, als könnte sie seinen … Hunger in sich spüren.

Sie verzehrte sich danach, seine Arme um sich zu spüren, von ihm zu kosten und seinen Körper zu erforschen. Mehr denn je brannte pures Verlangen in ihrem Innern. Zeit und Raum spielten keine Rolle mehr.

Geoffrey stellte den Weinkelch auf dem Tisch ab. Seine Hand ließ von ihrem Gesicht ab, doch er machte keine Anstalten, sich ihr zu nähern und sie zu berühren, wenngleich sie sich in Reichweite vor ihn gekniet hatte. Vielleicht hatte er Angst, sie könnte zurückweichen. Vielleicht wollte er, dass sie ihr Angebot noch einmal überdachte.

Welches auch immer seine Beweggründe sein mochten, es spielte keine Rolle.

Sie würde standhaft bleiben.

Mit zittrigen Fingern berührte sie sein Bein. Seine Beinkleider aus Wolle fühlten sich weich und warm an. Sie schob sich nach vorn und schloss den Abstand zwischen ihnen. Als er seine Hand auf die ihre legte, huschte ein Zittern durch ihren Arm. Sie hob den Blick, um sich zu vergewissern, ob er ähnlich empfunden haben mochte. Er nickte. Seine Augen glühten, als er mit den Fingern in ihr Haar eintauchte.

Ein Stöhnen perlte von ihren Lippen, dann beugte er sich zu ihr herab. Sein Atem wärmte ihre Wange. Eine Liebkosung. Eine Einladung.

Elizabeth hob ihren Mund an seine Lippen.

Der Kuss war sanfter, als sie es sich je hätte träumen lassen. Wie Federn glitten ihre Lippen über seinen Mund. Er schmeckte nach Rotwein, jedoch berauschender als jeder Schluck Rebensaft, der je ihre Kehle hinuntergeronnen war. Sie hauchte ihm einen weiteren Kuss auf die Lippen, ehe sie sich zurückzog.

Geoffrey stieß ein Keuchen aus, in dem sich eine wahre Flut von Gefühlen ergoss. Während Elizabeth sich die Lippen leckte, sich noch einmal an seinem Geschmack labte, schwebte sein Mund über dem ihren. Er hob eine Augenbraue. Als sie errötete, lächelte er. Freudige Erwartung spülte durch sie hindurch. Ehe der Mut sie verließ, beugte Elizabeth sich nach vorn und eroberte seine Lippen.

»Holde Maid!«, keuchte er. Seine Hand, die sich mit ihrem Haar verflochten hatte, wurde von einem Zittern ergriffen. Sie spürte sein tiefes Verlangen und seinen Wunsch, die Kontrolle zu übernehmen. Statt jedoch aktiv zu werden, überschüttete er sie mit Küssen, die sie dazu bringen sollten weiterzumachen. Mit einem Seufzen lehnte Elizabeth sich nach vorn, um den Kontakt zu intensivieren. Ihr Bauch berührte sein Bein. Seine Finger lösten sich aus ihrem Haar, ehe er sie mit dem nächsten Herzschlag auf seinen Schoß zog.

Argwohn bestürmte sie. Sie spürte seine Hüfte unter ihrem Allerwertesten, seinen muskulösen Arm auf ihrem Rücken. Er roch vertraut. Sie zitterte, so überwältigt war sie, doch sein Mund fand den ihren. Seine Lippen, die mit ihr spielten, waren wie Balsam, und ehe sie wusste, wie ihr geschah, schob sich seine Zunge zwischen ihre Zähne. Elizabeth keuchte. Seine Küsse wurden fordernder, bis ihr Puls hämmerte und das Verlangen unerträglich wurde.

Keuchend wich Elizabeth zurück. Als sie in sein gerötetes Gesicht und seine flammenden Augen blickte, spürte sie ein unerklärliches Gefühl der Unvollständigkeit.

»Elizabeth!« Er knabberte an ihrer Halsbeuge und überhäufte ihr Schlüsselbein mit Küssen. »Bettet Euch mit mir – jetzt!«, raunte er ihr zu.

Es war kein Befehl, sondern eine Bitte, die er mit so viel Leidenschaft vorgetragen hatte, dass es ihr beinahe das Herz brach. Plötzlich spürte sie einen Anflug von Panik und Bedauern. Sie würde in sein Bett steigen, weil er es so wollte, weil er sie begehrte. Wenn es half, ihn davon zu überzeugen, sein Schwert nicht in der Brust ihres Vaters zu versenken, hatte sie keine andere Wahl.

Sie begegnete seinem ausgehungerten Blick. »Ja«, flüsterte sie.

Geoffreys Antwort bestand aus einem gequälten Stöhnen und einem Kuss, der so schamlos war, dass Elizabeth einen Schrei ausstieß, als sich ihre Lippen wieder trennten. Die Arme eng um sie geschlungen, erhob er sich und trug sie zum Bett. Mit sanften Händen legte er sie dort ab. Als er sich neben sie legte, ächzten die Bettseile.

Seine Finger strichen über ihr Haar, ehe er es ausbreitete und ihr eine der Locken über die Schulter zog. Ein schelmisches Lächeln um die Lippen und getragen von einer Woge des Mutes, ließ sie die Hand unter seine Tunika gleiten.

Geoffrey versteifte sich und kniff die Augen zusammen.

Sofort hielt Elizabeth inne, ließ ihre Hand auf seinem warmen Bauch ruhen. Hatte sie ihn verstimmt? Schließlich hatte sie sich noch nie einem Manne hingegeben. Bestürzung befiel sie. Was, wenn sie ihre Chance vertan hatte, ihren Vater vor seinem Schicksal zu bewahren?

Geoffrey legte seine Hand auf die ihre und schob sie auf die rechte Seite seines Brustkorbs. Eine Narbe. Eine lange, wulstige Narbe. Elizabeth' Fingerspitzen glitten über die verdickte Haut, und sie unterdrückte einen Schrei. Was war ihm widerfahren? Wie hatte er eine solch gravierende Verletzung überleben können?

Pein glomm in seinen Augen, und sie spürte, wie er sich dagegen wappnete, von ihr zurückgestoßen zu werden. Mit einem sanften Lächeln schob sie die Tunika bis zu seinem Bauchnabel hinauf.

»Kein sonderlich schöner Anblick«, murmelte er.

»Bitte!«, sagte sie und setzte sich auf.

Geoffrey stützte sich auf den Ellbogen, zog sich die Tunika über den Kopf und warf sie auf den Boden.

Elizabeth hielt den Atem an. Sie war entsetzt, dass sein gestählter Körper von einer hässlichen Narbe entstellt war. Seine Haut glänzte wie eine polierte Bronzestatue. Voller Bewunderung für die Vollkommenheit der übrigen Körperpartien glitt sie über seine Rippen und Muskeln. Sein Körper.

Geoffrey setzte sich ebenfalls auf. Die Haut über ihren Brüsten spannte sich, als sie das ungezügelte Glosen in seinen Augen bemerkte. Seine Finger glitten über ihr Unterkleid, bis hinunter zu ihrer Taille. Elizabeth schloss die Augen und sank gegen ihn. Mit einem feurigen Kuss eroberte er ihre Lippen, während seine Finger sich an seinen Stiefeln zu schaffen machten und diese mit einem lauten Knall auf den Boden fielen. Selbst als er die Hose aufschnürte, den Gürtel lockerte und ein Bein nach dem anderen aus den wollenen Beinkleidern schälte, löste er den Kuss nicht.

Erst als sein Daumen ihre Wange liebkoste, brachte sie den Mut auf, die Augen zu öffnen. Er war nackt – ein unglaublicher Anblick! Mit den Augen wanderte sie über seinen Körper und huldigte jeder muskulösen Erhebung. Ihre Finger brannten darauf, ihn zu berühren. Sie griff nach seinem Becken, doch Geoffrey fing ihre Hand ab. Seine Finger verflochten sich mit den ihren, und er drückte sie zurück aufs Bett.

Mit einem Blick, in dem unverwässertes Verlangen zu sehen war, beugte er sich über sie. Seine Zunge glitt über die sensible Ausbuchtung ihres Halses, ehe sie sich ihren Weg zum Untergewand bahnte. Welch ein Wohlbehagen eine einfache Berührung doch auszulösen vermochte! Durch halbgesenkte Lider beobachtete sie, wie er sich an den Bändern ihres Gewandes zu schaffen machte. Anschließend glitten seine Hände an ihrer Taille und ihrem Bein hinab, bis sie den Saum des Untergewandes erreicht hatten.

Als seine Finger an der Innenseite ihres Schenkels wieder nach oben fuhren, durchlief sie ein Schaudern. Ungestüm fegten seine Lippen über ihren Mund hinweg. Mit zärtlichen Worten versuchte er, sie zu beruhigen, während er ihr Bliaut samt Untergewand in die Höhe schob. Er brachte sie dazu, beides abzulegen und neben dem Bett zu Boden fallen zu lassen.

Kühle Luft küsste Elizabeth' Haut. Sie zitterte. Sie lag nackt vor ihm, verletzlich wie ein Vogeljunges, das unlängst geschlüpft war und noch kein schützendes Federkleid hatte. Als seine Beinbehaarung auf ihrer Haut kitzelte, erinnerte sie sich unwillkürlich daran, wie unterschiedlich Männer und Frauen doch waren. Als sie daraufhin versuchte, ihre Blöße zu bedecken, führte er ihre Finger an seinen Mund und küsste jeden einzelnen voller Hingabe.

»Ihr seid von unbeschreiblicher Schönheit!«, murmelte er.

»Und Ihr lügt das Blaue vom Himmel.« Sie stieß ein verunsichertes Lachen aus. »Meine Wangenknochen sind zu hoch und ...«

»Glaubt mir, holde Maid, Ihr seid eine Augenweide – von Kopf bis Fuß!«

Als ein Leuchten in seine Augen trat, wurde sie von einem noch nie da gewesenen Gefühl der Erregung gepackt. Seine Hand glitt über ihren Hüftknochen und ihren flachen Bauch. Als ein Zittern durch ihre Muskeln fuhr, musste er schmunzeln.

Mit behäbigen, vorsichtigen Bewegungen senkte er seinen Körper. Als er die Arme neben ihr abstützte, streifte sein seidiges Haar ihre Schläfen. Elizabeth musste schlucken. Er neigte den Kopf und lenkte sie mit einem feurigen Kuss ab, der ihr Verlangen entfesselte. Als er auch noch seine Hände und Zunge ins Spiel brachte, wurde ihr Körper von einem heftigen Schaudern erfasst.

»Elizabeth«, begann er mit erregter Stimme, »seid Ihr Euch auch ganz sicher?«

Sie nickte.

Seine harte Männlichkeit drang in sie, brachte Druck und Schmerzen mit sich. Elizabeth schnappte nach Luft. Sein Körper versteifte sich, und Elizabeth spürte, wie viel Überwindung es ihn kostete, innezuhalten.

»Ich möchte Euch nicht weh tun.«

»Ich weiß.«

Der verwirrte Ausdruck, der sich auf sein Gesicht legte, bewog Elizabeth, seinen Kopf in die Tiefe zu ziehen und ihm einen Kuss zu geben, den er mit einer seichten, erstickten Entschuldigung erwiderte. Im nächsten Moment führte er einen kraftvollen Stoß mit seinem Becken aus.

Elizabeth war, als würde er sie zermalmen – sowohl äußerlich als auch innerlich. Gerade als ihr war, dass sie es keine Sekunde länger aushalten würde, flüsterte er ihren Namen und setzte sich in Bewegung. Im Nu ebbte der Schmerz ab und wurde von einem herrlichen, langsamen Brennen abgelöst. Mit jedem Stoß, den er ausführte, wurde der Genuss intensiver.

Der Duft nach Schweiß stieg ihr in die Nase. Sein stoppeliges Kinn rieb sich an ihrer Wange. Als ihr Verlangen stärker wurde, winselte sie. Mit einem Stöhnen steigerte er die Geschwindigkeit. Elizabeth drückte die Fersen in das Bett, um seine Stöße zu erwidern.

Schneller!

Schneller!

Die Flamme, die in ihrem Innern loderte, wuchs und wuchs. Als Elizabeth glaubte, endgültig von ihr verschlungen zu werden, stieß sie einen Schrei aus.

Im selben Moment stöhnte Geoffrey vor Verlangen. Sein Atem beschleunigte sich. Es dauerte nicht lange, da keuchte er, als ginge es um sein Leben.

Und dann, als er den Kopf an ihren Schultern vergrub, schmeckte sie die salzigen Tränen, die über ihre Wangen hinunterkullerten.

Kapitel 16

Im schwachen Schein des Kerzenlichts schimmerten Tränen auf Elizabeth' Gesicht. Geoffrey lag neben ihr auf dem Bett und lauschte, wie ihre Atmung sich allmählich wieder beruhigte. Er fragte sich, ob sie von Reue, Schuldgefühlen oder Besorgnis herrühren mochten.

Er veränderte die Position des Arms, auf dem er seinen Kopf abgelegt hatte, während er den anderen unverändert auf Elizabeth' Bauch liegen ließ. Ihm entging jedoch nicht, dass Elizabeth sich am liebsten seinen streichelnden Fingern entzogen hätte. Wenn es nach ihm ginge, würde dieser Moment nie enden. Was gäbe er darum, die Zeit anzuhalten!

Geoffrey beugte sich zu ihr hinüber und drückte ihr einen Kuss auf die verschwitzten Haare an ihrer Schläfe.

»Alles in Ordnung mit Euch?«, flüsterte er.

»Ja.« Elizabeth wischte sich die Tränen mit dem Handrücken fort.

»Ich habe Euch doch nicht weh getan, oder?«

Mit einem schwachen Lächeln auf den Lippen schüttelte sie den Kopf.

»Es war nicht einfach für mich, nicht zu ungestüm zu werden«, erklärte er mit rauher Stimme. Nur zu gut erinnerte er sich daran, wie sich ihr schlanker Körper an ihn geschmiegt hatte. Er hätte nie damit gerechnet, dass der Beischlaf mit ihr ein so großes Vergnügen werden würde – immerhin war es ihr erstes Mal gewesen.

Ihr leises Lachen schreckte ihn aus seinen Gedanken auf. »Ich habe nicht erwartet, dass Ihr mich verschont. Schließlich habt Ihr selbst einmal gesagt, Ihr wärt kein sonderlich geduldiger Zeitgenosse.«

»Fürwahr!«

Geoffrey sah, wie sie die Hand nach ihm ausstreckte. Als sie mit den Fingern über seine Narbe glitt, zuckte er unwillkürlich zusammen. Sorgfältig untersuchte sie jeden Zoll des wulstigen Gewebes. Es war, als wollte sie sich jede runzelige Stelle und jeden Knoten einprägen. Geoffrey versuchte, sich ihren gründlichen Fingern zu entziehen, doch sie ließ ihn nicht gehen.

»Erzählt mir davon«, bat sie.

»Seid Ihr sicher, dass Ihr es hören wollt?«

Ihre blauen Augen waren feucht, begegneten seinem Blick jedoch mit einer Standhaftigkeit, die ihn überraschte. »Ja.«

»Es ist aber keine sonderlich schöne Geschichte.«

Ein Schatten schob sich vor Elizabeth' Augen. »Die Wunde hätte Euch um ein Haar das Leben gekostet.«

Geoffrey schloss die Augen in dem Versuch, der Zärtlichkeit, die ihrer Berührung und ihrer Stimme innewohnte, keinerlei Beachtung zu schenken. Das volle Ausmaß seiner Verletzung ließ sich nicht in Worte kleiden – die langen Wochen, in denen er in einem Kokon aus Schmerzen gefangen gewesen war, sowie die bodenlose Niedergeschlagenheit, die seine Heilung begleitet hatte. Er fragte sich, ob er ein Risiko einging, wenn er ihr davon erzählte. Wenn er in seiner Vergangenheit grub, machte ihn das verletzlich. Wenn er ihr Einblicke in sein früheres Leben gab, stattete er sie mit einer Waffe aus, mit der sie ihn besiegen konnte.

Doch ein Teil von ihm scherte sich nicht weiter darum.

»Ihr habt Euch die Narbe auf einem der Kreuzzüge zugezogen«, bohrte sie weiter nach und verflocht ihre Finger mit seinen.

Er nickte. »Ich erinnere mich daran, als sei es gestern gewesen.«

Als sie mit einem erwartungsvollen Ausdruck in den Augen zu ihm aufsah, fügte er hinzu: »Es geschah vor über einem Jahr bei Akkon. Die Stadt wurde noch immer von den Ungläubigen regiert. König Richard wollte sie und die Hunderte von Christen befreien, als die Sarazenen die Kontrolle übernahmen.«

»Ich habe schon von Akkon gehört«, murmelte sie mit wachsendem Interesse. Ihre Miene hellte sich auf.

»König Richard und der französische Monarch hatten entschieden, die Stadt einzunehmen. Das Problem war nur, dass sie befestigt war und direkt am Meer lag.«

»Mit anderen Worten, es lief auf eine Belagerung hinaus?«

»Ja. Die beiden Könige beschlossen, die Truppen vor den Toren der Stadt zu stationieren, weil sie der Schwachpunkt in der Verteidigung des Feindes waren. Mein Bruder und ich waren der Division zugeteilt, die in das Innere der Stadt strömen würde, sobald die Tore gefallen waren. Da König Richard um meine Fertigkeit mit dem Schwert wusste, plazierte er mich in der vordersten Reihe, wo ...«

»Moment mal. Ihr habt einen Bruder?«

»Hatte.« Sosehr er sich auch bemühte, es wollte ihm nicht

gelingen, den Schmerz aus seiner Stimme fernzuhalten. »Sein Name war Thomas.«

Mitleid verlieh ihren Augen weiche Züge. »Ich bin untröstlich.«

»Und ich erst!« Er senkte den Blick auf ihre vereinten Finger. Aus einem entlegenen Winkel seines Verstandes drang das rauhe Gelächter seiner Kameraden zu ihm. Ihm war, als röche er den heißen Sand und schmeckte die Brise, die vom östlichen Meer her zu ihm hinüberwehte. »Die ersten Kämpfer griffen an«, holte er aus. »Der Rest von uns wartete auf den Befehl des Königs. Plötzlich hörten wir entsetzlichen Lärm in unserem Rücken: Rufe, Schreie und Trommeln. Es klang, als wäre der Teufel aus der Hölle emporgestiegen, um sich unsere Seelen einzuverleiben. Hunderte von Osmanen stürzten sich mit wildem Gebrüll auf uns. Panisch stoben die Soldaten auseinander. Selbst Ritter wie ich, die Gott und der Krone die Treue geschworen hatten, ließen König Richard im Stich.« Er schüttelte den Kopf. »Ich wusste, dass ich, wenn ich floh, keinen Deut besser als die Ungläubigen war, die gedroht hatten, die Christenheit zu vernichten. Lieber wollte ich sterben, als meinen ritterlichen Eid zu brechen.« Ein rauhes Lachen erwärmte seine Lippen. »Außerdem bezweifle ich, dass ich lebend davongekommen wäre. Ich war vom Feind umzingelt.«

»Sprecht weiter!«, flüsterte Elizabeth.

»Ich hatte geschworen, meinen König zu beschützen«, fuhr er fort und rieb mit seinem Daumen über ihr Handgelenk. »Genau wie mein Bruder habe ich jeden Osmanen, der mir zu nah kam, niedergemetzelt. Als es König Richard endlich gelang, sich in Sicherheit zu bringen, war das Schlachtfeld bereits blutgetränkt und mit Leichen übersät. Doch ich kämpfte immer weiter.« Er hielt kurz inne. »Irgendwie geschah es, dass mein Bruder und ich getrennt wurden und ich Seite an Seite mit einem Mann kämpfte, der sich den Kreuzzügen angeschlossen hatte, um Jerusalem von den Osmanen zu befreien.«

Ein überraschtes Lächeln erhellte ihr Gesicht. »Dominic de Terre.«

»Ihr habt es erraten. Da ich ihn zwei Mal vor dem Tod bewahrt habe, hatte er das Gefühl, in meiner Schuld zu stehen. Wie Ihr gesehen habt, bin ich nicht ganz ungeschoren davongekommen.«

»Was ist geschehen?« Sie klang hochgradig entsetzt und zugleich fasziniert. Ihr Blick fiel auf seine Narbe. Bei den Erinnerungen an das Geschehen erschauderte Geoffrey.

»Drei Osmanen haben mich in die Enge getrieben. Es gelang mir, einen von ihnen – einen jungen Burschen und barbarischen Kämpfer – umzubringen. Dem Anschein nach war er der Sohn einer der beiden anderen Osmanen. Als er stürzte, weil er den Kampf gegen den Tod verloren hatte, schrie der ältere Osmane und machte einen Satz auf mich zu, während der andere sich hinter mir postierte. Als ich sah, wie der Kämpfer in meinem Rücken das Schwert hob, schoss ich herum und versuchte, den Hieb abzuwehren, aber ...« Er zuckte zusammen, so heftig bestürmten ihn die Erinnerungen, »gegen das Schwert, das auf meine Brust gerichtet war, hatte ich keine Chance.« Er holte tief Luft. »Dominic hat mir das Leben gerettet. Ich weiß nicht, wie es ihm gelungen ist, aber er hat mich zu den Barmherzigen Brüdern gebracht. Von ihm weiß ich auch, dass mein Bruder gefallen ist, kurz nachdem ich verwundet wurde. Er wollte mich rächen.«

Elizabeth schloss die Augen. Es war, als könnte sie sein

Gefühlschaos bis in jeden Winkel ihres Körpers spüren. »Wie furchtbar!«

»Ich habe Monate bei den Barmherzigen Brüdern, einem Mönchsorden, verbracht«, fuhr Geoffrey fort, dem jetzt die Worte wie ein Sturzbach aus dem Mund zu sprudeln schienen. »König Richard schickte mir ein Schreiben, in dem er sich für meine Kühnheit bedankte und mich wissen ließ, dass er mir Branton Castle für meine Dienste überließ. Dennoch hatte ich nur wenig Hoffnung, lebend nach England zurückzukehren.«

»Weshalb?«, flüsterte Elizabeth.

»Die Prognose der Bader war alles andere als gut. Ich litt unter Fieber, war im Delirium. Als ich endlich wieder bei Sinnen war, sagten die Ärzte, dass ich, selbst wenn ich genesen sollte, nie wieder ein Schwert würde führen können – das Todesurteil für einen Ritter.« Er schluckte. »Ich wünschte, ich wäre anstelle meines Bruders gefallen.«

»Oh, Geoffrey!« Elizabeth drückte fest seine Hand.

»Ich habe um meinen Bruder getrauert und mir die Schuld an seinem Tod gegeben, weil ich nicht gut genug auf ihn achtgegeben hatte. Ich hatte auf der ganzen Linie versagt. Es war mir nicht vergönnt, meinen Vater zu retten, und dann ist auch noch mein Bruder von uns gegangen. Irgendwann schlug mein Schmerz in Groll um, der so stark war, dass er mir einen Grund zum Weiterleben bot. Ich sann auf Rache.« Geoffrey war machtlos gegen die Verbitterung, die sich in seine Stimme schlich. »Wenn Euer Vater Wode Castle nicht belagert hätte, wenn mein Vater nicht gestorben wäre, hätten mein Bruder und ich nicht an den Kreuzzügen teilgenommen.«

Elizabeth versteifte sich. Geoffrey rang nach Ruhe, denn es kostete ihn viel Kraft, ihr vom Schicksal seiner Familie zu erzählen, damit sie – auch wenn die Wahrscheinlichkeit nicht sehr hoch war – sein Handeln verstand. »Das war lange, bevor ich wieder aufrecht sitzen konnte und nicht mehr gefüttert werden musste, geschweige denn das Krankenlager verlassen konnte«, sagte er. »Ich wäre dem Wahn zum Opfer gefallen, wenn die anderen Versehrten, die von den Barmherzigen Brüdern gepflegt wurden, mich nicht aufgefangen hätten. Einer von ihnen – sein Name war Pietro Vicenza, seines Zeichens der Spross eines reichen venezianischen Händlers – war auf dem Rückweg aus der Champagne gewesen, als die Osmanen seine mit Tuch beladene Wagenkolonne überfallen und allen außer ihm die Kehle durchgeschnitten hatten. Er war mit einer Schnittwunde davongekommen und hatte regungslos am Boden gelegen. Irgendwie hatte er die Kraft aufgebracht, davonzukrabbeln und sich Hilfe zu suchen.«

Geoffrey lächelte. »Oft saß Pietro an meinem Bett und hat mir von seinem Leben als Händler erzählt, den Gewürzen, die sein Vater Marco von den Schiffen aus dem Osten kaufte, die im Hafen von Venedig Zwischenstation machten – Safran, Koriander, Kreuzkümmel. Gewürze, die so erlesen und teuer waren, dass nur die Reichen sie sich leisten konnten.« Geoffreys Stimme wurde sanfter. »Er erzählte mir von den Juwelen, dem Gold und den Ballen edelster Seide, um die sich die Königshäuser im Westen rissen. Er meinte, es wäre ein Kinderspiel für einen Mann mit guten Freunden, ein Vermögen anzuhäufen – eine Vorstellung, der ich alles andere als abgeneigt war, zumal ich als geschwächter Ritter meinem König nicht mehr von Diensten sein konnte. Als ich dem Krankenhaus endlich den Rücken kehren konnte, nahm Pietro mich mit nach Venedig, damit ich die Bekanntschaft mit seinen Eltern und seinen drei

Brüdern machte. Es dauerte nicht lange, da wusste ich alles über die edelsten Tücher und wie ich den besten Preis zu erzielen vermochte. Eine Zeitlang habe ich sogar mit Marco gemeinsam gearbeitet, Fässer gerollt und Stoffballen getragen, um wieder zu Kräften zu kommen.«

Elizabeth' Stirn legte sich in Falten. »Was war mit Dominic? Er ist gar nicht mehr in Eurer Geschichte vorgekommen.«

Lächelnd gab Geoffrey ihr einen Kuss auf die Wange. »Geduld, holde Maid! Ich habe ihn nicht vergessen. Er besuchte mich bei den Barmherzigen Brüdern. Einen Tag, nachdem die Sarazenen zugestimmt hatten, Akkon und die Geiseln freizugeben, schlug der König ihn zum Ritter. Wie ich bereits sagte, hatte er das Gefühl, in meiner Schuld zu stehen, und wollte mir bei der Genesung zur Seite stehen. Als meine Kraft allmählich zurückkehrte, besuchte er mich immer häufiger und sprach mir Mut zu, an der Stärke meines Armes zu arbeiten. Als ich am Rande der Verzweiflung stand und nicht mehr weiterleben wollte, hat er mich ausgescholten und meinen Wunsch nach Sühne genährt. An dem Tag, an dem ich das Krankenhaus verließ, konnte ich, wenn auch nur für wenige Augenblicke, ein Schwert in der Hand halten. Dominic kam mit mir nach Venedig, wo er täglich mit mir trainiert hat. Von Tag zu Tag wurde ich stärker. In der Nacht, in der wir Marco vor einer Diebesbande retteten, die ihm nach dem Leben trachtete, wusste ich, dass meine Kraft zurückgekehrt war. Marco, der sich uns verpflichtet fühlte, forderte uns auf, aus seinen Lagerräumen zu nehmen, wonach uns der Sinn stand. Bis heute schickt er mir die beste Seide, die per Schiff Venedig erreicht.«

Elizabeth' Blick nahm nachdenkliche Züge an. »Warum seid Ihr nach England zurückgekehrt, statt Euch ein Leben als reicher Kaufmann in Venedig aufzubauen?«

Zärtlich strich Geoffrey Elizabeth eine Haarsträhne aus dem Gesicht. »Für ein solches Leben bin ich nicht geboren. Dominic und ich sind nach England zurückgekehrt, damit ich mich auf Branton Castle niederlassen konnte, auch wenn ich wusste, dass diese Festung nicht annähernd an Wode Castle heranreicht. Ich wollte, was mir zustand, was ich hätte erben sollen, was mir aber versagt geblieben ist.«

Elizabeth' Seufzen streifte Geoffreys Haut, kühlte sie. »Wenn Ihr die Festung erst einmal instand gesetzt habt, könntet Ihr hier glücklich sein.«

»Ich werde ein Tuchimperium in England errichten, was mich aber nicht davon abhält, Wode Castle zurückzuerobern.«

Elizabeth presste die Lippen aufeinander. »Oder Euch zu rächen.«

»Richtig.«

Traurigkeit verschleierte ihren Blick, den sie abermals auf seine Narbe lenkte. »Weshalb wollt Ihr nicht verstehen, dass Euer Streben nach Sühne falsch ist. Ihr seid kein erbarmungsloser Rüpel. Ihr ...«

Er brachte sie zum Schweigen, indem er sich den Finger an die Lippen legte. Das Lachen, das seiner Kehle entwich, klang hölzern. »Ich habe Euch ohnehin schon zu viel erzählt. Darüber hinaus ist mir die Lust am Reden vergangen.«

Sie erzitterte, schlug die Augen nieder und bedeckte ihre Brüste mit den Armen.

Ein Grinsen zupfte an seinem Mund, eine Geste, die sie als Abweisung zu deuten schien. Glaubte sie, dass er ihrer überdrüssig geworden war? Wie töricht!

»Ihr wollt, dass ich Euch allein lasse.« Mit steifem Oberkörper setzte sie sich auf, schob sich das Haar über die Schulter und lugte über den Rand des Bettes, wo ihre Gewänder lagen.

Ehe sie es sich versah, packte Geoffrey sie bei der Taille, schleuderte sie zurück in die seidigen Kissen und baute sich über ihr auf.

»Habe ich Euch befohlen, Euch zurückzuziehen?«, brummte er dicht an ihrer Wange.

»Ich dachte ...«

Er erstickte ihre Worte mit einem Kuss, der so aufdringlich war, dass ihr die Röte in die Wangen schoss. Ihre Augen glommen. Das tiefschwarze Haar verlieh ihrem Gesicht etwas Leuchtendes.

»Wonach steht Euch der Sinn?«, murmelte sie.

Geoffrey grinste. »Nach Euch.«

*

»Alles ist bereit, Lord Brackendale«, sagte Aldwin. »Die Männer erwarten Euren Befehl.«

Arthur, der im Sattel seines Rosses saß, richtete sich die Handschuhe und blinzelte dem Sonnenaufgang entgegen. Anschließend blickte er an seinem Schildknappen vorbei zu der rauchenden Asche und dem niedergetrampelten Gras, das von ihrem Nachtlager zeugte, welches sie in einem Feld aufgeschlagen hatten. Wie immer hatte Aldwin ganze Arbeit geleistet.

Die Hände des Knappen nestelten an den Zügeln. Mit besorgtem Gesicht wendete er sein Pferd auf dem taubenetzten Boden. Arthur schüttelte den Kopf. Seitdem der Jüngling von der Lösegeldforderung erfahren hatte, war er von unbeschreiblicher Nervosität befallen, konnte nicht stillsitzen, musste stets in Bewegung sein.

Arthur setzte ein finsteres Gesicht auf. Im Grunde ging es ihm nicht anders.

Er und seine Männer hatten den gestrigen Tag damit verbracht, ihre Vorräte aufzufüllen und zum Grenzgebiet von Tillenham zu ziehen, wo sie eine Reihe von Rittern aufgesucht und davon überzeugt hatten, sich Brackendale anzuschließen und gegen de Lanceau in den Kampf zu ziehen.

Angestachelt von dem lodernden Zorn in seinem Innern, rief Arthur: »Wir reiten los!« Mit der Faust signalisierte er seiner Armee, sie möge sich in Bewegung setzen und der Straße nach Moyden Wood folgen.

Die Männer hinter ihm hüllten sich in tiefes Schweigen. Verbittert starrte Arthur auf die umliegenden Felder. Geoffrey de Lanceau würde es schon bald bereuen, dass er ihn hinters Licht geführt hatte!

Die Ritter schäumten vor Wut, waren ob der kalten, schlaflosen Nächte und der kargen Mahlzeiten leicht reizbar, allen voran Aldwin, der ihm am lautesten Rache schwor. Für ihn war de Lanceau ein ehrloser Rüpel, der so skrupellos war, dass er nicht einmal davor zurückschreckte, eine weibliche Geisel zu nehmen. Besonders sauer stieß ihm auf, dass er seinen Dienstherrn nicht direkt zu einem Kampf aufgefordert und Anspruch auf Wode Castle erhoben hatte.

Der Tau hatte sich längst aufgelöst, als Arthur auf einem Hügel in der Nähe zwei berittene Gestalten ausmachte. Er spähte durch die Schlitze seines Helms hindurch und erkannte eine Frau, die einen Umhang mit Pelzbesatz trug. Ihr Begleiter war männlich und kam ihm irgendwie bekannt vor.

Viscon. Arthur mahlte mit dem Kiefer. Man munkelte, dass der Söldner nun im Dienste von de Lanceau stand.

Als das Paar sich näherte, erkannte er, dass die Frau haselnussbraunes Haar hatte, welches ein Antlitz einrahmte, das von solch erlesener Schönheit war, dass sein Blut in Wallung geriet. Als er jedoch den Oberkörper aufrichtete, wurde er von Unruhe befallen. In das Lächeln um ihre karmesinroten Lippen mischte sich Verbitterung, und in ihren bernsteinfarbenen Augen glomm Entschiedenheit.

Während der letzten Meter, die sie noch trennten, hielt sie seinem Blick stand. Dieses Frauenzimmer suchte ihn aus einem ganz bestimmten Grund auf. Welches mochte der Grund dafür sein, sich mit einem boshaften, grinsenden Widerling wie Viscon abzugeben? Warum senkte sie den Blick nicht in Demut, wie es sich gehörte? Seine Kleidung verriet, dass er ein einflussreicher Lord war.

Er wurde immer ungehaltener, zumal sie sich mit nur einer einzigen Eskorte auf die Straße gewagt hatte. Trotz Viscons Ruf war nicht auszuschließen, dass sich jemand von hinten heranpirschte, sie an ihrem Umhang aus feinem Tuch vom Sattel zerrte und ihr die Kehle aufschlitzte, ehe Viscon sein Schwert gezückt hätte.

Arthur befahl seinen Männern anzuhalten. Als die fremde Dame ihr Ross zügelte und direkt vor ihm stehen blieb, trat ihm der Schweiß auf die Stirn. Er atmete tief ein und inhalierte den Duft von Blumen. Rosen. Der Duft einer Frau.

»Seid Ihr Lord Brackendale?«, fragte sie mit kräftiger Stimme, die die Morgenluft durchschnitt.

»Das bin ich. Und wer seid Ihr, Mylady, wenn Ihr mir diese Frage gestattet?«

»Veronique«, antwortete sie.

Als ihre schlanken Finger sich um die Zügel wickelten und ihr Umhang sich dadurch ein wenig öffnete, sah Arthur, dass sie ein glänzendes Gewand aus gelber Seide trug. »Und Ihr seid die Herrin von Branton Castle, Lady …?«, fragte er.

Veronique antwortete mit einem kehligen Lachen.

»Sie ist bestimmt keine *Lady*«, murmelte Aldwin. Arthur wusste, dass die abfällige Bemerkung einzig für seine Ohren bestimmt war, doch Aldwin hatte eine Spur zu laut gesprochen. Veronique drehte den Kopf und starrte den Knappen an. Von einer Sekunde auf die andere war ihre Entrüstung verflogen, und unverhohlenes sexuelles Interesse sprach aus ihren Augen.

Während sie den Jüngling mit einem langen durchdringenden Blick musterte, lief ein Schaudern durch Arthur hindurch. »Hat de Lanceau Euch entsandt?«, wollte er wissen und zog ihre Aufmerksamkeit auf sich.

»Ich bin hier, weil ich so entschieden habe. Ich habe Euch einen Vorschlag zu unterbreiten, von dem wir beide profitieren, Mylord.«

»Kehrt zurück zu diesem elenden Schweinehund!«, fauchte er. »Ich bin nicht käuflich.«

»Ich schlage vor, Ihr überdenkt Eure Entscheidung noch einmal.« Das Lächeln auf ihren Lippen hatte leicht zornige Züge. »Was ich Euch zu sagen habe, betrifft Eure Tochter.«

*

Elizabeth erwachte und spürte das weiche Leinenlaken unter der Wange und wie die Sonne ihr die nackten Schultern wärmte, die sich in die dicke Matratze geschmiegt hatten. Genüsslich streckte sie die Arme aus. Das Bett war mindestens dreimal so breit wie die armselige Bettstätte in ihrem Gemach.

Sie atmete tief durch und sog Geoffreys Geruch ein, der dem Laken anhaftete. Mit einem Seufzen ließ sie sich in das Kissen zurückfallen. Sie nahm ihren Mut zusammen, öffnete ein Auge und lugte über den Rand des Bettes. Ihre Kleider waren fort. Sie ließ den Blick umherirren und entdeckte ihre Gewänder vor dem Kamin, wo Geoffrey – so vermutete sie zumindest – sie über die Stuhllehne gehängt hatte.

Ehe sie wusste, wie ihr geschah, brach eine Flut von Erinnerungen über sie herein. Ihre Finger krallten sich in das Bettlaken. Als die aufwallenden Schuldgefühle sie aufzufressen drohten, versuchte sie, die unangenehmen Emotionen abzuschütteln. Sie hatte sich geschworen, sich keine Vorwürfe zu machen. Ihre Haut, die noch vom Liebesspiel empfindsam war, begann zu kribbeln. Warum sollte sie sich grämen, wenn ihr Liebesspiel unumgänglich, erleuchtend und … großartig gewesen war?

Elizabeth schlug die Bettdecke beiseite, stellte die Füße auf den Boden und tapste, einen langen Seufzer auf den Lippen, zum Feuer.

Geoffrey war ein Liebhaber, der seinesgleichen suchte. Seine Küsse und seine Liebkosungen waren so lieblich wie Honig. Nichtsdestoweniger durfte sie nicht den Fehler begehen und sich in ihn verlieben, weil sie auf einer Woge der Romantik schwamm. Sie hatte einen Moment der intensiven Wonne gekostet, ihre körperlichen Bedürfnisse befriedigt, doch tief in seinem Herzen hegte er keinerlei Gefühle für sie. Er liebte sie nicht, würde es auch nie können, weil der blinde Hass auf ihren Vater dies niemals zulassen würde.

Sie und Geoffrey blieben Feinde.

Und dennoch wollte sie keinen Moment ihres Liebesspiels missen.

Mit einem versonnenen Lächeln fuhr sie sich durch das Haar und rief sich Geoffreys jungenhaftes Feixen in Erinnerung, als er damit gespielt hatte. Er hatte es in vollen Zügen genossen, die Geheimnisse ihres Körpers zu erforschen, genau wie sie. Nachdem sie sich ein zweites Mal vereint hatten, war er eingeschlafen, während er den Arm um sie gelegt hielt.

Es war eigenartig, dass sich durch den Akt der Fleischeslust ein zartes Band des Vertrauens gebildet hatte. Ein Akt, der sie für immer verändert hatte – ihr Herz, ihren Verstand … und ihren Körper.

Sie schlüpfte in das Untergewand und versuchte mit allerlei Verrenkungen, die Bänder zu schnüren. Als sie merkte, dass es keinen Sinn hatte, stieß sie einen Fluch aus. Geoffrey hatte dafür gesorgt, dass sie sich nicht anziehen konnte.

Ein wohliger Schauer erfasste sie. Wollte er, dass sie in seinem Privatgemach auf ihn wartete, um sich ein weiteres Mal mit ihr zu vereinen?

Das Feuer spie Funken, die den Geruch nach verbranntem Holz stärker werden ließen. Dann hörte Elizabeth ein leises Klopfen. Womöglich wollte Geoffrey doch nicht, dass sie in seinem Gemach blieb. Was, wenn er Wachen geschickt hatte, damit sie einen weiteren Tag mit harter Arbeit verbrachte? Als sich die Tür einen Spaltbreit öffnete, stellte sie erleichtert fest, dass es Elena war, die mit einem Krug Bier und einem Frühstückstablett den Raum betrat.

Schamesröte schoss Elizabeth in die Wangen. Das Bett war zerwühlt, und die Tatsache, dass sie nur ein dünnes Unterkleid trug, sprach Bände. Doch die Magd würdigte das Bett keines Blickes, sondern lief schnurstracks auf den Kamin zu, wo sie das Tablett abstellte.

»Guten Morgen, Mylady«, sagte Elena mit ihrer für sie typischen zurückhaltenden Art. »Lord de Lanceau schickt mich, damit ich Euch beim Ankleiden behilflich bin.« Sie las das roséfarbene Gewand auf und schüttelte es aus.

»Hab Dank!« Ein Gefühl der Wärme breitete sich in Elizabeth' Brust aus, und sie war machtlos gegen das breite Grinsen, das sich auf ihre Lippen legte. Wie zuvorkommend von Geoffrey, an ihre Bedürfnisse zu denken!

Mit flinken Fingern schnürte die Magd die Bänder, ehe sie Elizabeth in ihr Bliaut half.

Während Elizabeth auf der Kante des Stuhls sitzend an einer trockenen Scheibe Brot knabberte, flocht Elena ihr Haar zu einem Zopf. »Wie ist das werte Befinden heute, Mylady?«

»Äh … bestens. Danke der Nachfrage!«

»Hat Mylord Euch wegen der Sache mit dem Bier auch nicht zu streng bestraft?«

»Nein.« Elizabeth setzte alles daran, nicht noch einmal zu erröten. Was Geoffrey mit ihr gemacht hatte, ließ sich mitnichten als Strafe bezeichnen.

»Da bin ich aber froh!« Elena atmete erleichtert aus. »Mir war angst und bange, als er vor Wut fast vergangen wäre.«

»Ist Dominic wieder wohlauf?«, erkundigte sich Elizabeth.

»Ist er.« Die Magd ließ von Elizabeth' Zopf ab, ging zum Bett und strich das Laken glatt. »Dominic ist mit Lord de Lanceau ausgeritten. Obwohl Lord de Lanceau es gerne gesehen hätte, hat Dominic sich geweigert, auch nur eine Minute länger im Bett zu bleiben.«

Elizabeth nahm den letzten Bissen. »Was ist mit Mildred?«

»Sie jätet Unkraut. Mylord wünscht, dass Ihr an der Satteldecke weiterarbeitet.«

Elizabeth nickte, erleichtert darüber, den Tag nicht mit schwerer körperlicher Arbeit verbringen zu müssen. Sie war sich durchaus bewusst, dass Geoffrey sie zu einer anstrengenderen Arbeit als Nähen und Sticken hätte einteilen können.

Sie wählte einen Stuhl in der Nähe des Kamins, den sie nur ein Mal verließ, um das Mittagessen zu sich zu nehmen. Es war eigenartig, ohne Geoffrey zu essen.

Veronique war ebenfalls nicht anwesend.

Während das Gesinde plaudernd die Tische abdeckte, machte Elizabeth sich wieder an ihre Arbeit. Als die gerissene Seide ihr vom Schoß zu rutschen drohte, zupfte sie sie mit steifen Fingern zurecht.

Nur zu gut konnte sie sich an den bestürzten Ausdruck in Veroniques Augen erinnern, als die Kurtisane in Geoffreys Gemach geplatzt war. Das ungeschriebene Gesetz, dass Veronique als einzige Anspruch auf Geoffrey erhob, war in jenem Moment zunichtegemacht worden. Obwohl Elizabeth sich ihm zu dieser Stunde nicht hingegeben hatte, lag es auf der Hand, dass Veronique ihr grollte. Der Hass, den die Kurtisane ihr gegenüber empfand, würde noch stärker werden, sobald sie erfuhr, dass sie die Nacht in Geoffreys Bett verbracht hatte.

Elizabeth rückte die Decke abermals zurecht und machte sich daran, die Krallen des Falken auszubessern. Ein ums andere Mal jedoch glitt ihr die Nadel aus der Hand. Ob Veronique Geoffrey begleitete? Die Kurtisane genoss die Freiheit, sich nach Lust und Laune auf der Burg und in der unmittelbaren Umgebung zu bewegen. Elizabeth kniff die Lippen zusammen. Eine Freiheit, die ihr verwehrt war. Aus den Augenwinkeln heraus sah sie zu den beiden Wachen, die in eine Würfelpartie vertieft waren. Sie waren eigens für sie abgestellt worden.

Vielleicht hoffte Veronique, Geoffrey zurückgewinnen zu können.

Vielleicht gab sie ihm just in diesem Moment einen satten, verführerischen Kuss auf die Lippen und zog ihn in ihren Bann.

Eifersucht fraß sich durch Elizabeth' Eingeweide. Es sollte ihr einerlei sein, was Veronique und Geoffrey trieben!

Und dennoch war die Vorstellung, wie Geoffrey mit der Kurtisane das Lager teilte, schier unerträglich – vor allem nach letzter Nacht.

Als Elizabeth der Faden riss, stöhnte sie genervt auf. Jetzt blieb ihr nichts anderes übrig, als die letzten Stiche aufzutrennen und von vorn anzufangen. Wie unfair, dass der Rüpel so große Macht über ihre Gedanken hatte, wo er doch nicht einmal in der Halle zugegen war!

Die Bediensteten warteten mit dem Abendessen, bis Geoffrey wieder auf die Burg zurückkehrte. Als die Sonnenstrahlen gegen Abend länger wurden, drang sein unverwechselbares Lachen vom Vorhof an ihre Ohren. Ihre Hand verharrte in der Bewegung. Eine Woge der Freude spülte über sie hinweg, verebbte und wurde von aufsteigender Angst ersetzt.

Als Dominic und Geoffrey in die Halle schritten und über die Ernte diskutierten, hielt Elizabeth bewusst den Blick gesenkt. Wie gern würde sie aufblicken und Geoffrey ansehen, dessen Mundwinkel sich zu einem Grinsen verzogen, das nur ihr galt. Doch sie konnte sich einfach nicht dazu bringen. Die Eifersucht wurde jetzt so stark, dass sie Elizabeth die Kehle zuschnürte. Wie konnte sie ihn ansehen, wenn er den ganzen Tag mit Veronique verbracht hatte?

Als die Männer ihr Gespräch nicht unterbrachen, stieß Elizabeth einen erleichterten Seufzer aus. Gott sei Dank hatten sie sie nicht bemerkt!

Dann versiegten die Stimmen und mit ihnen Elizabeth' Erleichterung.

Sie hörte, wie sich ihr polternde Schritte näherten. Eine breite, sonnengegerbte Hand legte sich auf die Armlehne des Stuhls. »Holde Maid«, murmelte Geoffrey dicht bei ihrem Ohr.

Seine rauchige Stimme trieb Elizabeth' Puls in die Höhe. Wie töricht von ihrem Herzen! »Mylord«, sagte sie, den Kopf noch immer gesenkt.

»Ihr habt heute viel geschafft, wie mir scheint«, sagte er und glitt mit den Fingern über die Stiche.

Seine leichte Berührung rief Erinnerungen daran wach, wie er ihren Körper erforscht und liebkost hatte. Als ihr Körper Feuer fing, konnte sie an nichts anderes denken als an ihn und die Wonne, die er ihr bereitet hatte.

Er sprach noch immer. »... fürwahr erlesene Arbeit, die Ihr geleistet habt!«

Elizabeth schüttelte die unkeuschen Gedanken ab. »Ich konnte ungestört durcharbeiten, Mylord.« Sosehr sie sich auch Mühe gab, sie war machtlos gegen den schneidenden Unterton, der sich in ihre Stimme schlich.

»Grollt Ihr mir?«

Sie riss den Blick in die Höhe. Ein neugieriges Lächeln legte sich auf seine Lippen. Sein vom Wind zerzaustes Haar fiel ihm auf die Schultern herab, die unter einer moosgrünen, von Schlamm und Getreidehülsen verdreckten Tunika steckten. Er sah strubbelig, wild und ausgesprochen attraktiv aus.

Sein Blick glitt zu ihrem Mund, und Elizabeth hatte das Gefühl, er würde ihr einen stummen Kuss geben. Als er ihr eine strahlend blaue Kornblume überreichte, stockte ihr der Atem.

Nahm er an, sie wusste nicht Bescheid?

Statt das Geschenk anzunehmen, senkte sie den Blick auf die Satteldecke auf ihrem Schoß. »Ihr haltet mich wohl für eine Närrin.«

»Hat einer der Bediensteten Euch schlecht behandelt?« Mit jeder Silbe wurde seine Stimme unnachgiebiger. »Hat Elena sich im Ton vergriffen, als ich sie heute Morgen zu Euch gesandt habe?«

»Nein.«

»Warum habt Ihr mich dann zur Begrüßung nicht einmal angesehen?« Er senkte die Stimme zu einem Schnurren und strich mit den Blütenblättern über ihre Wange. »Habt Ihr mich vermisst?«

Elizabeth' Antwort bestand aus einem verächtlichen Schnauben.

Geoffrey gluckste. »Verstehe. Ihr seid verstimmt, weil ich den Tag nicht im Bett, nicht mit Euch verbracht habe.«

»Seid still!« Elizabeth kam auf die Füße und warf die Satteldecke achtlos auf die Sitzfläche des Stuhls.

Geoffreys Augen verhärteten sich. Er wirkte verärgert, verwirrt und müde, aber nicht einmal ansatzweise, als hätte er ein schlechtes Gewissen. Dieser Schuft!

Geoffrey legte die Blume auf dem Beistelltisch ab. »Ich

dachte, dass Ihr Euch nach der letzten Nacht ein wenig freundlicher geben würdet.«

»Ihr erwartet zu viel.«

»Warum?«

Wie überzeugend er das Unschuldslamm mimte! Keine Spur in seinen kühlen grauen Augen, dass er log. Ein wahrer Meister der Täuschung. Elizabeth musste unwillkürlich daran denken, wie Veroniques entblößter Körper im saftigen Gras einer Weide lag, er sie mit feurigen Küssen überhäufte und sie einen spitzen Schrei unterdrückte. »Ihr tätet besser daran, mich nicht nach meinen Gründen zu fragen. Schließlich wart ihr es, der es vorgezogen hat, den Tag mit jemand anderem zu verbringen.«

»Wenn Ihr Dominic meint, habt Ihr recht, er ist mit mir ausgeritten, wie er es immer tut.«

»Ich spreche nicht von Dominic!«, fauchte Elizabeth.

»Von wem denn dann?« Geoffrey klang jetzt ernsthaft verstimmt und enttäuscht.

»Wen könnte ich wohl meinen?« Der Schmerz drohte sie zu überwältigen. »Das Weibsbild, das sich Euch vor die Füße wirft.«

»Veronique?«

»Tut doch nicht so überrascht!«

Geoffrey runzelte die Stirn. »Ich habe sie heute noch gar nicht gesehen.«

»Genauso wenig wie ich.«

Für den Bruchteil einer Sekunde überschattete Argwohn sein Gesicht. »Sie hat nicht am Mittagessen teilgenommen?«

»Ich bitte Euch!«, murmelte Elizabeth. »Bitte keine falsche Rücksicht auf meine Gefühle. Ich bin nicht naiv. Mir ist klar, dass die letzte Nacht nichts zu bedeuten hatte und wir nur ...«

Geoffrey sah sie so wütend an, dass sie sich unterbrach. »Ihr wisst rein gar nichts! Es steht Euch nicht zu, mich auszuhorchen, aber ich schwöre Euch, dass ich den Tag nicht mit Veronique verbracht habe.«

Er wandte sich zu Dominic, der konsterniert dreinblickte. Allem Anschein nach hatte er keinen blassen Schimmer davon gehabt, dass sie sich mit Geoffrey vereint hatte. »Geh und such Veronique!«, brummte Geoffrey ihm zu.

»Sie ist zum Markt gefahren«, posaunte eine der Mägde heraus, die einen Servierteller mit geröstetem Hasen hereintrug.

»Wie bitte?« Geoffreys Blick fiel auf die kleine dunkelhaarige Frau, die aussah, als würde sie jeden Augenblick in Ohnmacht fallen. Sie stellte den Teller so lautstark auf dem nächsten Tisch ab, dass sie die Hunde verscheuchte, und machte einen Knicks.

»Heute Morgen ist sie los … um Rosenwasser zu kaufen.«

»Veronique hat keinen Boten losgeschickt, um es zu holen?« Er hatte mit so ernstem, ungläubigen Ton gesprochen, dass die Magd schnell noch einen weiteren Knicks machte.

»Der Tag war so schön, dass sie entschieden hat, sich selbst auf den Weg zu machen. Erst neulich habe ich gehört, wie sie gesagt hat, dass der Händler sie mit schlechter Ware beliefert hat. Heute wollte sie nach Haverly reiten, um zu sehen, ob sie ein besseres Angebot erzielen kann.«

»Haverly ist einen Tagesritt von hier entfernt«, sagte Geoffrey.

»Ja, Mylord.« Die Magd nahm die Schultern zurück.

»Ist sie allein ausgeritten?«

»Nein, Viscon war bei ihr.«

Geoffreys Gesichtsausdruck verfinsterte sich. »Sie weiß, wie sehr ich Viscon verabscheue. Warum würde sie ausgerechnet mit ihm ...«

»Veronique weiß, dass die Straße kein Ort für eine einsame Frau ist«, gab Dominic zu bedenken. »Und wer wäre besser geeignet, sie vor Dieben und Banditen zu schützen, als ein erfahrener Söldner?«

»Dennoch behagt mir das Ganze nicht.« Geoffrey fuhr sich mit den Fingern durchs Haar. »Das macht sie doch normalerweise nicht.«

»Heute scheint nichts wie gewöhnlich zu sein«, murmelte Dominic mit einem verschrobenen Lächeln. Elizabeth entging nicht, was er damit sagen wollte, und errötete.

»Veronique weiß, dass sie meine Geduld nicht auf die Probe stellen sollte.« Geoffrey lief auf und ab. Die Streu unter seinen Stiefeln raschelte. »Schick sie zu mir, sobald sie zurück ist!«

Dominic verneigte sich. »Sehr wohl, Mylord.«

Als Geoffrey sich wieder zu Elizabeth umdrehte, gefror sie zu Stein.

»Eure Eifersucht ist vollkommen unbegründet, holde Maid.«

Elizabeth zupfte sich einen silbernen Faden vom Ärmel. »Wer bin ich denn, dass ich mich mit solch nichtigen Dingen befassen würde?«

»Wegen des Duells?«

»Weil Ihr mein Feind seid.«

Ein schiefes Lächeln umspielte seine Lippen. »Ist Euch je in den Sinn gekommen«, murmelte er, »dass ich Euch niemals gehen lassen könnte?«

Elizabeth rang sich ein gekünsteltes Lächeln ab. »Ihr beliebt zu scherzen.«

Ein undefinierbares Gefühl flackerte in seinen Augen auf,

war aber so schnell verschwunden, wie es gekommen war. »Kommt, ich bin kurz davor zu verhungern!« Er hielt ihr die Hand hin. Die dunkelhaarige Magd hastete an ihm vorbei und stellte eine dampfende Schüssel mit Kohlsuppe und einen Weinkrug auf die hochherrschaftliche Tafel.

Elizabeth schlug die Augen nieder und sah auf seine einladenden Finger. Sie könnte sein Angebot ausschlagen, tat es aber nicht. Weil sie es nicht wollte. Er nahm sie bei der Hand und führte sie zum Podest.

Die Wärme seiner Hand griff auf sie über.

Und auf ihr Herz ...

*

Arthur sah zu Veronique, die auf der anderen Seite des Zeltes saß, das seine Männer in Windeseile unweit der Straße errichtet hatten.

Die Frau war so verschlagen wie schön. Sie hatte sich standhaft geweigert, auch nur die kleinste Information preiszugeben, bis sie in einem gemütlichen Stuhl saß, ein annehmbares Essen serviert bekam und ihren Durst mit dem besten Tropfen stillte, den er bei sich führte.

Selbst Viscon kam in den Genuss des guten Essens, auch wenn Arthur ihm nicht erlaubt hatte, die Mahlzeit im Zelt zu sich zu nehmen.

Das Summen der Bienen, die um den Klee schwirrten, rief ihm in Erinnerung, wie leise es im Zelt war. Eine Stille, die dieses Weibsbild kontrollierte. Veronique erwiderte Arthurs Blick. Ihre Lippen verzogen sich zu einem abgefeimten Lächeln, ehe sie mit der Zunge über den Rand des Kelches glitt und einen Tropfen Wein auffing.

Arthurs Geduldsfaden riss. Er sprang auf die Füße und wäre um ein Haar mit dem untersetzten schnaufenden Ritter zusammengeprallt, der soeben das Zelt betreten hatte.

»Baron Sedgewick!«, stieß Arthur überrascht aus. »Ich dachte, ich würde Euch und Eure Armee in Moyden Wood antreffen. Meine Nachricht ...«

»Wurde überbracht, genau wie Ihr es angeordnet habt.« Der Baron hielt sich die Seite, als wollte er einem Krampf vorbeugen. Draußen waren Schritte zu hören. Einen Lidschlag später betrat Aldwin das Zelt, einen Weinkrug und Kelche in der Hand. »Sehr gut, Knappe, wusste ich doch, dass auf dich Verlass ist!«

Arthur runzelte die Stirn. »Wie ...«

Sedgewick schenkte sich von dem Wein ein und spülte ihn mit besorgniserregender Geschwindigkeit herunter. »Als der Bote mir von der Misere und der Lösegeldforderung erzählte, in der der Vater meiner Verlobten steckt« – er rülpste – »habe ich mich sofort an seine Fersen geheftet.« Mit seiner fleischigen Hand wischte er sich einen Schweißtropfen von seiner knolligen Nase. »Arme Lady Elizabeth!«

»Dies ist also der unglückselige Verlobte«, sagte Veronique gedehnt.

»Unglückselig?« Arthur drehte den Kopf und funkelte sie an. »Erklärt!«

»Wer ist dieses Weib?« Die kleinen glitzernden Augen musterten Veronique von Kopf bis Fuß. Sie hatte sich des Mantels entledigt, um ihre üppigen Kurven zu präsentieren. Frischer Schweiß bildete sich auf der Stirn des Barons.

»Veronique«, sagte Arthur mit zusammengepressten Zähnen. »Sie ist de Lanceaus Kurtisane.«

»*War*«, korrigierte sie ihn und warf die haselnussbraunen Locken nach hinten. »Eine andere ist an meine Stelle getreten.«

»Verschont mich mit Gerüchten!« Arthur machte einen Schritt nach vorn und baute sich vor ihr auf. »Ich habe Euch zu essen und zu trinken gegeben. Jetzt möchte ich, dass Ihr mir von meiner Tochter berichtet – auf der Stelle! Oder ich werde Eure Zunge lockern, indem ich Euch auspeitschen lasse.«

Besorgnis flackerte über ihr mit Schminke überfrachtetes Gesicht, wurde aber von unverwässerter Arglist weggefegt. »Ich warne Euch, Mylord! Was ich zu sagen habe, wird nicht sehr angenehm sein.«

»Raus mit der Sprache!«

»Nun denn. Bei dem Weib, das Geoffrey de Lanceau zu sich ins Bett geholt hat, handelt es sich um niemand Geringeres als um Eure Tochter Elizabeth.«

Arthur atmete lautstark aus. Der Baron sah aus, als würde er in sich zusammensacken, doch Aldwin streckte geistesgegenwärtig den Arm aus und gab ihm Halt. Der Knappe war fassungslos.

»Weshalb tischt Ihr mir solch groteske Lügen auf?«, knurrte Arthur.

Mit erstaunlicher Gelassenheit nippte Veronique an ihrem Wein. »Ich sage die Wahrheit.«

»Lügnerin! Lady Elizabeth würde sich niemals Lord de Lanceau hingeben!«, schrie Aldwin mit puterrotem Gesicht. »Sie ist eine Frau von Ehre und Schönheit.«

Veroniques erzürnter Blick galt dem Knappen. »Ihr glaubt also allen Ernstes, sie hätte eine Wahl gehabt?«

»Beim Allmächtigen!«, stöhnte Sedgewick auf. »Meine

wunderbare Verlobte!« Er setzte abermals den Kelch an die Lippen, trank aber so hastig, dass ihm die Hälfte des Weins am Kinn herunterlief, auf seine Rüstung und schließlich ins Gras tropfte.

»Ich habe mit eigenen Augen gesehen, wie gewaltsam er sich ihr gegenüber gegeben hat«, holte Veronique aus. »Sie hat geweint und geschrien, ihn um Gnade angewinselt, aber es hat nichts genützt.«

Aldwins Finger wickelten sich so fest um den Knauf seines Schwertes, dass seine Knöchel knackten. »Ich werde ihn umbringen!«

Mit raschelnden Gewändern erhob Veronique sich, schwebte auf Arthur zu, der sich daraufhin versteifte. Es war ihr anzusehen, dass sie mit ihren Ausführungen noch lange nicht fertig war. Eine Handbreit vor ihm blieb sie stehen. Ihr Duft hing schwer in der Luft.

»Ich überbringe entsetzliche Nachrichten«, sagte sie und sah ihm dabei ins Gesicht. »Ich kenne Geoffrey de Lanceau, weiß, wie er denkt und was er mit Wode Castle vorhat. Wenn Ihr es wünscht, kann ich Euch ungesehen auf die Burg bringen.«

Arthurs Blick verfinsterte sich. Warum bot sie ihm ihre Hilfe an? Sie war ihm nicht zur Loyalität verpflichtet. Genau genommen konnte er nicht den Hauch von Integrität in ihrem Blick erkennen. »Ihr könnt meine Männer in den Innenhof schleusen?«

Sie nickte. »Das ginge schneller als ein Duell. Wenn Ihr de Lanceau ohne Vorwarnung attackiert, ist Euch der Sieg so gut wie sicher.«

»Ich habe bereits eingewilligt, ihm gegenüberzutreten«, murmelte Arthur. »Es wäre unehrenhaft, wenn ich unsere Abmachung bräche.«

Veroniques Gelächter verhöhnte ihn. »Bedenken, Mylord? Wieso gebt Ihr Euch de Lanceau gegenüber als Ehrenmann, nachdem er sich alles andere als ehrenvoll verhalten hat? Nachdem er Euch hintergangen und Eure Tochter *geschändet* hat?«

Ein stummer Schrei, der aus dem Gefühl des Zorns geboren war, formte sich in seiner brennenden Lunge. »Weshalb stellt Ihr Euch gegen ihn?«

»Aus den richtigen Gründen.«

»Ihr sprecht von einer Belohnung, habe ich recht?«

Sie lächelte.

Arthurs Mund verzog sich angewidert. Hinterhältiges Weibsbild! Vorausgesetzt, er konnte sicherstellen, dass sie ihn nicht hinters Licht führte, war ihr Angebot höchst verlockend.

Er nickte Aldwin zu, der kopfschüttelnd aus dem Zelt stürmte und mit einer kleinen Holztruhe in den Händen zurückkehrte. Nachdem er sie aufgeschlossen hatte, schlug er den Deckel zurück, unter dem sich Hunderte von Silbermünzen verbargen, auf denen das von Locken eingerahmte Antlitz Henrys II. prangte.

Veroniques Augen leuchteten.

»Reicht das?«, erkundigte sich Arthur, den es große Überwindung kostete, sie nicht bei den Schultern zu packen und sie zu schütteln, bis das gierige Lächeln von ihren Lippen abfiel.

»Ja«, murmelte sie, »das dürfte reichen.«

Kapitel 17

»Euer Zug, Mylady.«

Elizabeth senkte den Blick auf das wunderschöne mit Intarsien gearbeitete Schachbrett, das Geoffrey ihr früher am Abend geliehen hatte. Sie hatte seit Monaten keine Partie mehr gespielt und fühlte sich daher leicht unterlegen. Trotz ihrer Behauptung, unter einem alten und nicht mehr funktionstüchtigen Gehirn zu leiden, stand es außer Frage, dass Mildred die Partie für sich entschied.

Seufzend stützte Elizabeth den Ellbogen auf dem Tisch auf, legte die Wange auf der Hand ab und musterte die geschnitzten Figuren. Geoffrey saß noch immer an der herrschaftlichen Tafel, wenngleich das Abendessen längst beendet war. Sie spürte seinen musternden Blick zum wiederholten Mal. Er beäugte sie wie ein Falke, der auf der Jagd war, seine potenzielle Beute.

»Guter Mann!« Er wies auf den rothaarigen Barden, der es sich flötespielend in der Nähe des Kamins gemütlich gemacht hatte. »Spielt etwas Heiteres!«

Der Flötist gluckste. »Etwas Heiteres?«

Geoffrey ließ den Kelch auf den Tisch knallen, dass Elizabeth und der Hund, der sich zu ihren Füßen niedergelassen hatte, heftig erschraken. »Eine Weise, die meine Laune hebt und mich die Einsamkeit vergessen lässt.«

Jetzt war Elizabeth' Neugierde geweckt. Sie hob den Kopf ein Stück und warf ihm einen Seitenblick zu. Geoffrey fing ihren Blick auf und erwiderte ihn mit einem Feuer in den Augen, dass Elizabeth die Röte in die Wangen schoss. Hoffte er womöglich, dass sie ihre intime Zusammenkunft noch einmal wiederholten? Sie schob den verlockenden und wollüstigen Gedanken beiseite und zwang sich, sich wieder auf das Schachspiel zu konzentrieren.

Die Finger des Barden flogen über sein Instrument. Elizabeth kannte die Weise, die er anstimmte – ein Lied, das ihre Mutter von Herzen geliebt hatte. Wenn sie getanzt hatte, war es, als würden ihre Füße den Boden nicht berühren.

Traurigkeit legte sich wie eine eiserne Bande um Elizabeth' Herz. Sobald sie wieder auf Wode Castle war, würde sie dafür sorgen, dass die Gewänder für die Waisenkinder zu Ende genäht und im Gedenken an ihre verstorbene Mutter ausgeliefert wurden.

»Ihr scheint Meilen entfernt zu sein, holde Maid.« Geoffreys Stimme kam ganz aus der Nähe, und ehe sie wusste, wie ihr geschah, hatte er sich neben sie auf die Bank gesetzt, die daraufhin ächzte und stöhnte. Als er sich nach vorn beugte, berührten sich ihre Schultern.

»Das liegt an der Musik. Sie erinnert mich an vergangene Zeiten.«

»Eure Mutter liebte die Melodie über alles, wenn ich mich recht entsinne«, hob Mildred mit einem verschlagenen Grinsen an, was ihr einen wütenden Blick von Elizabeth einbrachte. Zweifelsohne hatte die Kammerfrau zu tief in den Kelch geschaut.

»Seht mich nicht so entgeistert an, Mylady! Ich bin nicht angetrunken.«

»Es lag mir fern, Euch an Eure Mutter zu erinnern«, sagte Geoffrey mit entschuldigendem Unterton. Er legte seine Hand auf Elizabeth' Finger, und gemeinsam schoben sie einen Bauern auf ein freies Feld. Plötzlich musste Elizabeth an die Brosche ihrer Mutter denken. Was wohl aus ihr geworden war? Würde er sie ihr zurückgeben, wenn sie ihn hier und jetzt darum bat?

Als Geoffrey ihr jedoch mit dem Daumen über die empfindliche Stelle zwischen Daumen und Zeigefinger rieb, war der Gedanke wie weggeblasen. »Heute Abend werden wir die Freuden des Lebens feiern«, murmelte er. »Werdet Ihr mit von der Partie sein?«

Sie benetzte sich die Lippen. »Mylord.«

Er ließ von ihrer Hand ab und schnipste mit den Fingern. Sofort stimmte der Barde ein neues Lied an, und einige der Bediensteten begannen zu tanzen. Sie nahmen einander bei den Händen, bildeten einen Kreis und drehten sich um, nachdem sie die passenden Tanzschritte ausgeführt hatten. Der Flötenspieler beschleunigte das Tempo und klopfte mit den Füßen im Takt, während ein anderer Musiker sich zu ihm gesellte und einem Tamburin schnelle Klänge entlockte.

Von einem etwas abgelegenen Tisch trat Dominic auf sie zu. »Welche hübsche Maid darf ich zum Tanze bitten?«

Elizabeth lehnte ab, indem sie den Kopf schüttelte.

Mildred verzog den Mund und nahm einen kräftigen Schluck Wein. »Ich bin alt genug, um Eure Mutter zu sein, und kann mir keinen Grund vorstellen, warum Ihr mit einem alten Weibe wie mir tanzen wollt.«

»Weil mit dem Alter Erfahrung kommt«, erwiderte Dominic mit einem schiefen Lächeln. »Kommt schon, Mildred! Wie wäre es, wenn wir den beiden zeigten, wie es richtig geht?«

Die Zofe kicherte. »Ihr seid ein wahrer Charmeur, wisst Ihr das eigentlich?« Lächelnd wuchtete sie sich hoch und hakte sich bei ihm unter, ehe sie sich unter die Tänzer mischten, die umgehend den Kreis erweiterten.

Geoffrey legte ein Bein auf der Bank ab und lehnte sich seitlich gegen den Tisch. »Ihr tanzt wohl nicht sonderlich gern, holde Maid, oder?«

»Aus meiner Sicht gibt es nichts zu feiern.« Elizabeth nahm einen Schluck von dem tiefroten Wein, der an Blut erinnerte.

»Man sollte die Feste feiern, wie sie fallen. Morgen kann es bereits zu spät sein.«

Geoffrey sprach von dem bevorstehenden Kampf. In der Hoffnung, dass er ihr ihre Unsicherheit nicht ansah, blickte sie zu Mildred und Dominic, denen der Reigen scheinbar große Freude bereitete. Ein seltenes Leuchten glomm im runzeligen Antlitz der Kammerfrau.

»Tanzt mit mir, Elizabeth!«, raunte Geoffrey ihr zu.

Die Entscheidung wurde Elizabeth jedoch abgenommen, denn just in diesem Moment lösten sich die Tanzenden voneinander. Leichtfüßig kehrte Mildred zum Tisch zurück, packte Elizabeth bei der Hand und zog sie fort, hin zur Tanzfläche.

»Mildred, nein!«

»Bitte, Mylady – Ihr ahnt ja gar nicht, was Euch entgeht!«

Als die Tänzer zurückkehrten und Elizabeth mit sich zogen, hatte sie gar keine andere Wahl, als sich ihrem Schicksal zu fügen. Die nächste Weise, die ertönte, war von noch schnellerem Takt, doch Elizabeth gelang es, Schritt zu halten. Es war, als könnte sie die Melodie im Blute spüren.

Sie machte einen Knicks und drehte sich, so dass sich ihr Gewand in Bodennähe aufblähte. Ihre Füße zermahlten die Kräuter, die unter die Streu gemischt waren, und ein Aroma aus Rosmarin, Thymian und Mädesüß entfaltete sich und füllte ihre Lungen. Ihr Zopf löste sich, und das kräftige Haar fiel ihr wild ins Gesicht. Getragen von einer Woge aus Musik und Emotionen wurde Elizabeth leicht ums Herz. Noch nie zuvor hatte sie sich derart lebendig gefühlt.

Mildred grinste, und Elizabeth lachte. Der Rhythmus wurde immer flotter. Immer schneller drehte sie sich um die eigene Achse, umringt von ihrem ungebändigten Haar … bis sie von starken Armen aus dem Ring gezogen und in den Schatten des Treppenaufgangs gezerrt wurde.

Keuchend drückte Geoffrey sie gegen die kühle Steinmauer. Sein Atem streifte ihre Augenbrauen.

»Ach, holde Maid! Was macht Ihr nur mit mir?« Als er ihr einen ungestümen Kuss raubte, sackten Elizabeth die Knie weg.

»Ich muss zurück«, wisperte sie, obwohl sie seinen Kuss mit derselben Leidenschaft erwiderte, die er ihr entgegenbrachte.

»Nein.« Geoffrey hob sie empor und lief, zwei Stufen auf einmal nehmend, hinauf zu seinem Privatgemach, wo er sie auf der Bettkante absetzte, ihr die Schuhe von den Füßen riss und ihr mit einer geschmeidigen Bewegung das Bliaut über den Kopf zog. Anschließend küsste er sie, bis sie keuchte und am ganzen Leib zitterte.

Seine Hand glitt unter ihr Untergewand.

»Geoffrey«, flüsterte sie, »wir dürfen das nicht tun!«

»Ihr gehört mir!« Sachte drückte er ihren Rücken in die Matratze.

Sie schüttelte den Kopf. »Es ist unmöglich.«

»Wenn Ihr es nicht glaubt, so lasst es mich Euch beweisen.« Unter Zuhilfenahme seines Mundes, seiner Finger und sanfter Worte, die er auf ihre erregte Haut hauchte, untermalte er seine Worte.

Als Elizabeth dieses Mal vom Sturm mitgerissen wurde, brannte in ihr ein loderndes Freudenfeuer, und sie hoffte, sie könnte Geoffrey stets im Herzen bei sich tragen.

Sie fragte sich jedoch, wie lange es ihr noch vergönnt war, sich diesem Traum hinzugeben.

*

Arthur stand im Zelteingang und beobachtete, wie Veronique einen klirrenden Ledersack am Sattel befestigte. Er hatte ihr die Hälfte des Silbers gegeben, das sich in der Truhe befand. Den Rest würde sie erhalten, wenn sie auf Branton Castle waren – vorausgesetzt, sie hielt Wort. Sie hatte seinen Vorschlag nicht sehr begrüßt, letzten Endes aber zähneknirschend eingewilligt.

Veronique drehte sich zu ihm um. »Bis morgen, Mylord!«

»Kann ich mich auf Euer Wort verlassen?«

Sie sah ihn mit strengem Blick an. »Keine Sorge, ich werde Euch nicht enttäuschen. Weder das Fallgatter noch die Zugbrücke werden Euch hindern, auf Branton Castle einzuziehen, genau wie vereinbart.«

»Wehe, Ihr treibt ein falsches Spiel mit mir, Veronique!«

Ihre Augen funkelten im Zwielicht. »Ihr hinterfragt meine Vertrauenswürdigkeit, *nachdem* Ihr mir eine Anzahlung für meine Dienste gegeben habt?«

Viscon stieß ein rauhes Lachen aus, ehe er sich in den Sattel auf seinem Rotschimmel schwang, der genauso hässlich war wie er.

»Ich habe Euch für Eure Hilfe fürstlich entlohnt«, entgegnete Arthur und trat mit wehenden Rockschößen auf sie zu. »Als Gegenleistung habe ich im Moment nichts als Euer Wort. Ihr müsst mir recht geben, wenn ich sage, dass das nicht viel ist, verglichen mit einem Sack voller Silbermünzen.« Als ihr Blick sich verhärtete, setzte er ein herzliches Lächeln auf. »Ihr habt sicherlich Verständnis dafür, dass ich einige meiner Männer mit Euch reiten lasse.«

Veronique verzog wütend den Mund. Einen Augenblick lang dachte Arthur, ihre Maske aus Puder und Wangenrot würde Risse bekommen. »Wir werden unnötig Aufmerksamkeit auf uns lenken. Wie soll es mir denn dann gelingen, die Wachen zu bestechen, ohne dass de Lanceau davon Wind bekommt?«

»Aus diesem Grunde habe ich mich bei der Bezahlung auch nicht lumpen lassen. Wenn Ihr keinen Weg findet, Euch an die Abmachung zu halten, hole ich mir so mein Geld zurück.«

»Nein!« Veronique umklammerte den Ledersack. Sie wirkte, als würde sie ihm die Augen auskratzen, wenn er versuchte, des Sackes habhaft zu werden. »So schickt Eure Männer aus, aber nicht mehr als zwei.«

»Vier«, entgegnete Arthur. Er würde nicht den Fehler machen, Viscon zu unterschätzen. Dieses Mal hatte er nicht die Dienste eines Söldners gekauft. Wenn er und Veronique beschlossen, mit dem Geld das Weite zu suchen, waren mindestens vier fähige Männer vonnöten, um Viscon zu überwältigen.

»Vier«, schnaubte sie, »aber ich arbeite allein.«

»Solange am Ende das richtige Ergebnis herauskommt, ist mir alles recht.«

»Bei der Jungfrau Maria, es *wird* alles gutgehen!«

Arthur rief die bewaffneten Soldaten in seiner Nähe zu sich, suchte vier Ritter aus, denen er vertraute, und befahl ihnen aufzusatteln.

»Mylord.« Aldwin, der am Feuer gestanden hatte, trat näher und schnallte sich das Schwert um. »Ich bitte Euch, mich mitreiten zu lassen.«

Arthur schüttelte den Kopf. »Wir haben noch viel zu erledigen.«

»Aber ich *muss* gehen!« Dem Knappen kroch die Röte ins Gesicht. »Mylord, ich kann unmöglich untätig herumsitzen, wenn Eliz… wenn meine Herrin unter diesem Hurenbock zu leiden hat!«

»Auch mir behagt der Gedanke ganz und gar nicht«, brummte Arthur, »aber eine unüberlegte Handlung Eurerseits wird ihr nicht die Freiheit schenken. Ihr werdet bei den anderen bleiben, verstanden? Und nun hinfort! Kümmert Euch darum, dass mein Schwert geschärft und mein Ross gestriegelt wird!«

»Beides ist bereits erledigt, Mylord«, antwortete Aldwin.

»Dann macht es noch einmal!«

Die Augen des Knappen funkelten wütend, doch er verneigte sich und stapfte zu den Pferden.

In tiefes Schweigen gehüllt, saß Veronique im Sattel und zog sich die mit Pelz besetzte Kapuze über den Kopf. Arthur spürte ihre Ungehaltenheit, die unter der Oberfläche ihres kühlen Verhaltens brodelte und Blasen schlug. Ihre Entrüstung, und auch das spürte er, richtete sich jedoch nicht nur gegen ihn oder seine Entscheidung, sie nicht allein ziehen zu lassen. Sie wollte de Lanceau leiden sehen, wollte, dass er mit dem Leben bezahlte.

Arthur wollte um keinen Preis in de Lanceaus Haut stecken.

»Können wir ihr vertrauen?«, wollte Sedgewick mit gesenkter Stimme wissen, als er neben Arthur trat. Der Baron hatte irgendwo ein Stück Fleischpastete aufgetan und stopfte sie sich in den Mund.

»Veronique wird tun, wofür ich sie bezahlt habe.«

»Meine wundervolle Elizabeth!« Der Baron wischte sich mit dem Ärmel die Krumen vom Kinn. »Ich wünschte, die Nacht wäre bereits vorbei!«

Mit einem knappen Befehl trat Veronique dem Ross in die Flanke und dirigierte es in Richtung Straße. Die Wachen folgten ihr und Viscon mit ein wenig Abstand. Das Getrappel der Hufe klang durch die Nacht, bis die kleine Gruppe außer Sicht war. Nicht ein einziges Mal hatte Veronique sich umgesehen – ein Affront, der Arthur nicht entgangen war.

Genauso wenig wie die Wut in Aldwins Augen, als der Knappe hinter ihm in das Zelt lief.

Mit einem Seufzen wandte Arthur sich an Sedgewick: »Es würde mich freuen, wenn Ihr mir bei einem Krug Wein Gesellschaft leisten würdet.«

Im selben Augenblick wurde der Zelteingang zurückgeschlagen, und Aldwin lief, eine Wolldecke im Arm, in die Richtung, in der Arthurs Streitross angebunden war.

»Wenn es Euch nichts ausmacht, möchte ich Euch bitten, noch einen Moment auf mich zu warten«, sagte Sedgewick mit leuchtenden Augen. »Es gäbe da noch eine Angelegenheit, die vorher meiner Aufmerksamkeit bedarf.«

»Natürlich.« Arthur betrat das stickige Zelt, in dem noch immer der Duft nach Rosenwasser hing. Er zögerte einen

Augenblick, schlug dann jedoch den Zelteingang zurück und beobachtete den Baron, der sich an Aldwins Fersen geheftet hatte. Es dauerte eine kleine Weile, bis der stark untersetzte Sedgewick, dessen Schmerbauch beim Laufen hin und her wackelte, zu dem kraftstrotzenden Knappen aufgeschlossen hatte. Wenig später verschwanden die beiden hinter dem Ross.

Was mochte der Baron von Aldwin wollen?

Vielleicht wünschte er, dass der Knappe sich ebenfalls um sein Pferd kümmerte oder ihm eine Extraportion Hafer fütterte. Achselzuckend ließ Arthur die Stoffbahn, die als Zelteingang fungierte, fallen und griff nach dem Wein. Was auch immer der Baron benötigte, er hegte keinen Zweifel daran, dass es nichts von großer Bedeutung sein konnte.

*

Elizabeth wurde von den lauten Rufen, die aus dem Innenhof zu kommen schienen, aus dem Schlaf gerissen. Sie blinzelte einige Male gegen die Müdigkeit an und erkannte, dass es bereits leicht dämmerte. Als sie sich auf die Seite rollte, weil sie Geoffreys Nähe suchte, musste sie schweren Herzens feststellen, dass er nicht mehr neben ihr lag. Es dauerte einen Augenblick, dann entdeckte sie ihn, wie er vor dem Feuer stand und sich gerade die Beinkleider anzog.

Im selben Moment ertönte ein Klopfen von der Tür her.

»Mylord!« Dominics Stimme klang, als ginge es um etwas Ernstes. Ein ungutes Gefühl überkam Elizabeth. Die Bettdecke fest umklammert, richtete sie sich auf.

Geoffrey warf sich eine burgunderrote Tunika über, lief zur Tür und riss sie auf. Das Gesicht zu einer zornigen Maske verzogen, kam Dominic herein. Er trug ein Kettenhemd und war mit einem breiten Schwert bewaffnet. Tiefe Beklemmung breitete sich in Elizabeth' Brust aus und griff mit eisigen Klauen nach ihrem Herzen, drohte es zu zerquetschen. Der Eisenhelm unter Dominics Arm glänzte wie ein Totenkopf.

»Was ist geschehen?«, wollte Geoffrey wissen.

»Eine Armee nähert sich der Burg – nicht weniger als hundert Mann.«

Geoffrey, der gerade dabei war, sich die Ärmel zu richten, wurde starr wie ein Stein. »Eine Belagerung. Ich hätte mir denken können, dass Brackendale wortbrüchig werden würde!«

»Vater?« Elizabeth wickelte sich in das Leinenlaken, sprang vom Bett und eilte zum Fenster.

Das sanfte Licht des Morgengrauens entlockte den konischen Helmen der berittenen Kämpfer ein Glitzern. Fußsoldaten bahnten sich den Weg durch die abgeernteten Felder auf der einen Seite des Sees. Während sie die Lanzen in die Höhe hielten, marschierten sie auf die Festung zu. Das Rumpeln von Wagen, das in der Ferne zu hören war, erinnerte an ein nahendes Gewitter. Fieberhaft hielt Elizabeth nach ihrem Vater Ausschau, konnte ihn jedoch nicht entdecken, da die Spitze des Zuges bereits außer Sichtweite war.

»Warum ist er gekommen?«, flüsterte Elizabeth, fuhr herum und sah Geoffrey an. Das Laken schlang sich enger um ihren Körper, so dass sie sich kaum noch bewegen konnte. »Ihr habt doch einem Duell in Moyden Wood zugestimmt.«

Sein Mund verdünnte sich zu einer harten Linie. »Das habe ich.«

»Warum sollte mein Vater dann mit seiner Armee nach Branton Castle kommen?«

»Weil ich hintergangen worden bin.«

Die eisige Kälte in Geoffreys Stimme traf Elizabeth wie ein Faustschlag. Bodenlose Angst erfüllte sie – um ihren Vater, um sich selbst und am meisten um den Rüpel, der ihre Seele und ihren Körper zum Glühen gebracht hatte.

»Wer würde es wagen, Euch zu hintergehen?«, kreischte sie.

Er antwortete ihr nicht. Sein Blick verfinsterte sich. Er sah zu Dominic. »Bring Frauen und Kinder in die Lagerräume unterhalb der Festung! Dort werden sie sicher sein. Weck jeden Mann, der halbwegs bei Kräften ist, und schick ihn in den Innenhof! Verstärke die Wachen am Tor! Niemand darf herein oder heraus.«

»Zu Befehl, Mylord!«

Elizabeth hielt den Atem an, bis die Tür hinter Dominic ins Schloss fiel. Sie zitterte. »Geoffrey, was werdet Ihr tun?«

Er stellte sich vor die Truhe an der Wand, öffnete sie und entnahm ihr ein Kettenhemd. »Was von mir erwartet wird. Ich werde kämpfen.«

»Ihr könnt nicht – bitte! Hier muss ein Missverständnis vorliegen.«

Mit einem Klirren ließ er das Kettenhemd aufs Bett fallen. »Es war klar, dass Euer Vater und ich uns im Kampfe gegenüberstehen würden, ich war nur nicht darauf vorbereitet, dass es heute sein würde.« Er schenkte ihr ein Lächeln, doch in seinem Gesichtsausdruck schwang weder Zärtlichkeit noch Trost mit. »Weshalb tanzt Ihr nicht vor unbändiger Freude, Mylady?« Er griff ein weiteres Mal in die Truhe und brachte ein wattiertes Wams und ein Schwert zum Vorschein, das in einer Scheide steckte. Beides legte er auf das Kettenhemd. »Habt Ihr nicht die ganze Zeit Eurer Befreiung entgegengefiebert?«

Zitternd drehte Elizabeth ihm den Rücken zu. Sie ertrug seine gefühllosen Worte nicht länger – nicht wenn der Geschmack seiner sonnengegerbten Haut noch auf ihren Lippen lag. Es war nahezu himmlisch gewesen, in seinen Armen zu liegen, mit dem Rücken an seine Brust geschmiegt einzuschlafen, jeden Atemzug zu spüren, den er tat. Erinnerungen, die sie stets in ihrem Herzen mit sich tragen würde.

»Elizabeth?«

Tränen drohten ihr die Sicht zu nehmen, doch Elizabeth blinzelte sie, das Laken an sich gedrückt, tapfer fort. »Wie kann ich freudiger Gesinnung sein, wenn dies womöglich das letzte Mal ist, dass ich Euch lebend sehe?«

»Eine Dame wie Ihr will nichts von einem Rüpel wie mir.«

Sie war machtlos gegen das traurige Lächeln, das sich auf ihre Lippen legte. »Nichts außer Eurem Herzen.«

»Ha!« Sein Lachen klang gezwungen. »Das Euch, nachdem es mir aus dem Leib geschnitten worden ist, auf einem Silbertablett serviert werden wird. *Das schwarze Herz eines Verrätersohnes,* werden die Soldaten jubeln. *Eigenartig, dass sein Blut genau wie das unsere rot ist.* Was ist mit meinem Kopf, sobald man ihn mir abgetrennt hat? Mit meinen dampfenden Eingeweiden? Mit …«

»Hört auf!« Mit tränenbenetzten Wangen fuhr sie herum und funkelte ihn an. »Wie könnt Ihr es wagen, mir etwas derart Scheußliches zuzumuten – und das, nachdem wir das Bett geteilt haben?«

Geoffreys Blick fiel auf das zerwühlte Bett. Zorn vernebelte seinen Blick und er schüttelte den Kopf. »Elizabeth, ich …«

»Glaubt Ihr, Ihr seid mir einerlei? Dass ich Euch den Tod wünsche?«

Ein Muskel in seinem Gesicht zuckte. »Angesichts dessen, was zwischen uns steht, ist das keine sonderlich faire Frage.« Er las sein Schwert auf, zog es aus der Scheide und untersuchte die todbringende Klinge.

Ein stummer Schrei der Verzweiflung schoss durch sie hindurch. »Kämpft nicht gegen meinen Vater!« Ihre Stimme verlor sich fast. »Ich flehe Euch an, sucht nach einer anderen Lösung für Eure Fehde!«

Nachdem er die Hiebwaffe wieder im Futteral verstaut hatte, warf er beides zurück aufs Bett. »Bittet mich nicht darum, meine Rachepläne aufzugeben! Ich kann und *werde* Euch das nicht versprechen. Achtzehn lange Jahre habe ich auf diesen Kampf gewartet!«

»Ich könnte es aber nicht ertragen, wenn Ihr den Tod fändet.« Ein Seufzen entfleuchte Elizabeth, ehe sie die Hand vor den Mund schlagen konnte.

Geoffrey ließ den Kopf hängen und fluchte. Eine halbe Ewigkeit schien zu verstreichen, ehe er die Entfernung zwischen ihnen schloss und sie in seine Arme nahm. Er herzte sie so kräftig, fast schon besitzergreifend, dass ihr gar nichts anderes übrigblieb, als das Gesicht in seine Tunika zu schmiegen. »Ich hätte nie gedacht, dass ich diese Worte aus Eurem Mund höre«, murmelte er in ihr Haar.

»So geht es mir auch.«

Mit unbeschreiblicher Zärtlichkeit strich er ihr das verschwitzte Haar aus dem Gesicht, schob ihr Kinn in die Höhe und bedachte sie mit einem sinnlichen Lächeln. »Sobald die Belagerung beendet ist, sprechen wir uns wieder«, hauchte er dicht bei ihren Lippen.

»Versprochen?« Elizabeth verflocht ihre Finger mit den

seinen. Obschon sie aus seinem festen Händedruck neuen Mut schöpfte, schnürte entsetzliche Angst ihr die Kehle zu. Trotz seiner tapferen Worte konnte es sein, dass er den nächsten Sonnenaufgang nicht mehr erlebte.

»Ich gelobe es«, sagte er, »so wahr ich hier stehe und atme!«

Elizabeth rang sich ein schwaches Lächeln ab. »Besiegelt Euren Schwur mit einem Kuss, Mylord, dann glaube ich Euch.«

Halb glucksend, halb stöhnend senkte Geoffrey den Kopf und küsste sie so innig, bis ihr Puls hämmerte und ihre Knie zitterten. Als er den Kuss löste, strich er mit der Fingerkuppe ihre Tränen fort. »Weint nicht, holde Maid!«

Als er sie aus seiner Umarmung entließ, schniefte Elizabeth und klammerte sich an das Laken. »Was soll denn nun aus mir werden?«

Er las das Wams, das Kettenhemd und das Schwert auf und schritt zur Tür. »Hier oben seid Ihr in Sicherheit. Am besten, Ihr bleibt hier in meinem Gemach«, antwortete Geoffrey über seine Schulter. »Ich möchte nicht, dass Euch etwas zustößt.«

Elizabeth atmete scharf aus. »Ihr könnt unmöglich erwarten, dass ich däumchendrehend hier herumsitze und der Dinge harre, die da kommen mögen. Ich möchte nicht, dass Ihr sterbt, aber ich werde auf keinen Fall zulassen, dass Ihr meinen Vater tötet!«

»Verlasst die Festung nicht!«, wiederholte er mit strenger Stimme, ehe er den Raum verließ und die Tür hinter sich zuwarf.

Mit hastigem Schritt eilte Elizabeth zum Fenster. Der Strom der Ritter und Soldaten war vorbeigezogen. Sie hatten nichts außer einer Staubwolke hinterlassen. Aus der Ferne drangen Rufe und ein wildes Durcheinander an Geräuschen an ihr Ohr.

Es kam überhaupt nicht in Frage, dass sie sich dem Müßiggang hingab, wenn Geoffrey und ihr Vater sich bekriegten.

Um keinen Preis würde sie allein in seinem Gemach bleiben und darauf warten, wie die Belagerung ausging!

Nicht wenn das Leben von Geoffrey und das ihres Vaters auf dem Spiel standen.

Nicht wenn sie das Blutvergießen verhindern konnte.

Nachdem sie ihr Unterkleid gefunden und es sich übergestreift hatte – es war ihr einerlei, ob es zugeknotet war oder nicht –, schlüpfte sie mit zitternden Händen in das rosafarbene Übergewand und eilte zur Tür. Sie war nicht verschlossen.

Die drei Wachen, die sie erblickten, waren jedoch viel zu sehr damit beschäftigt, einem Kollegen ein ledernes Schutzwams umzuschnallen und zuzuschnüren.

Sie schlüpfte hinaus in den Korridor und eilte von dannen.

*

»Das ist der letzte Langbogen, Mylord«, sagte Dominic. »Auch die Armbrüste sind bereits verteilt.« Der Ritter warf einer sehr jungen Wache einen mit Pfeilen gefüllten Köcher zu, während Geoffrey die verbleibenden Lanzen und Schwerter an die übernächtigten Dienstboten und Soldaten ausgab, die sich im Innenhof eingefunden hatten.

Geoffrey blinzelte hinauf zum Wehrgang. Eine Handvoll ausgebildeter Bogenschützen hatte ihren Platz eingenommen und wartete darauf, Eindringlinge zu erschießen, die versuchten, den Burggraben zu überqueren. Selbst Gott wusste, dass die wenigen Kämpfer gegen die herannahende Armee des Feindes kaum eine Chance hatten. Mit dröhnender Stimme orderte Geoffrey zusätzliche Wachen auf dem Wehrgang an.

Eine Brise trug das Schnauben der Rösser, die spürten, dass ein Kampf unmittelbar bevorstand, das Klirren der Pferdegeschirre und das Trampeln und Rufen der Soldaten zu ihm herüber. Vor den Mauern von Branton Castle hatte Brackendale – mit Hilfe von Sedgewick, daran bestand kein Zweifel – eine beachtliche Armee postiert.

Zum Glück war Branton Castle solide befestigt. Um anzugreifen, würden Brackendales Männer den Burggraben überwinden müssen, und jeder Soldat, der durch das tiefe Wasser watete, bot ein exzellentes Ziel für die Bogenschützen. Vorausgesetzt, sie schafften es überhaupt bis auf die andere Seite, würde ihnen die Zugbrücke und das Fallgatter den Weg versperren und ...

Plötzlich lief es Geoffrey eiskalt über den Rücken. Was war das für ein Geräusch? Die Zugbrücke – sie wurde heruntergelassen.

»Beim Allmächtigen!«, brüllte er.

Dominic schoss herum, kreidebleich im Gesicht. »Der Wachturm!«, sagte er so laut, dass er die bestürzten Rufe übertönte. »Verräter!«

Entrüstung und Fassungslosigkeit brauten sich zu einem Sturm in Geoffreys Innerem zusammen. Außer sich vor Wut setzte er sich in Bewegung, wenn auch langsam, denn die Rüstung, die er seinerzeit bereits in Akkon getragen hatte, war schwer. Erst jetzt merkte er, dass sein Handschutz herrenlos neben der Hofmauer lag, weil wichtigere Dinge seine Aufmerksamkeit gefordert hatten. Jetzt blieb ihm keine Zeit, umzukehren und sie zu holen.

Endlich erreichte er die Tür zum Wachhaus. Verschlossen.

Ungestüm schlug Geoffrey mit den Fäusten gegen das rauhe Holz und schrie auf, als sich dicke Splitter in seine Haut bohrten. Niemand antwortete ihm.

»Der Eingang vom Wehrgang aus!«, rief er und erklomm die Steintreppe, die neben dem rechten Wachturm entlanglief, dicht gefolgt von Dominic. Nach wenigen Stufen drang ein abscheuliches Geräusch an seine Ohren. Er hob den Blick. Sein Magen machte einen Satz.

Viscon. Ein gezücktes Schwert blitzte in der Hand des Söldners auf.

Als Geoffrey nach seiner Waffe griff, musste er kräftig schlucken. Er hatte Viscon von Anfang an nicht getraut. Die Tatsache, dass er auf die Seite des Feindes gewechselt war, machte ihn noch gefährlicher. In seinem Wams aus festem Leder wirkte er wie ein Scharfrichter.

Geoffrey zwang sich, den höhnischen Bemerkungen, die dem Scheusal von den gesprungenen Lippen purzelten, keine Beachtung zu schenken. Ohne größere Probleme wehrte er die erste Attacke des grobschlächtigen Söldners ab. Grunzend versuchte dieser es ein weiteres Mal. Ihre Schwerter klirrten. Geoffrey versteifte sich, in der Erwartung eines weiteren kraftvollen Hiebes. Als ein schnarrendes, ächzendes Geräusch die Luft zerriss, wich der Söldner zurück und spähte mit einem feisten Grinsen in den Innenhof.

Geoffrey riskierte einen flüchtigen Blick nach unten. Er traut seinen Augen nicht. Die Zugbrücke war bereits unten, und das Fallgatter öffnete sich mit besorgniserregender

Geschwindigkeit. Ritter und Soldaten in Rüstungen strömten in den Innenhof und schwärmten aus, um sich den feindlichen Soldaten und verängstigten Dienstboten entgegenzustellen, die fieberhaft nach Schwertern suchten und die restlichen Kettenhemden überstreiften.

Viscon gluckste und riss das Schwert in die Höhe. »Ihr tut mir leid, de Lanceau.«

Die Augen zu Schlitzen verjüngt, wappnete Geoffrey sich für die finale Attacke und machte einen Satz nach vorn.

Sein Stiefel blieb an einem erhöhten Stein hängen.

Er geriet ins Stolpern.

Dominic preschte nach vorn. »Und Ihr mir, Ihr Narr!« Leder barst, und Blut spritzte, als sich sein Schwert in den Magen des Söldners bohrte.

Mit weit aufgerissenen Augen prallte Viscon gegen die Wand, an der er herunterglitt und in einer roten Lache am Boden in sich zusammensank. Röchelnd atmete er ein letztes Mal aus. Mit einem Flüstern auf den Lippen beugte Dominic sich über ihn und schloss ihm die Augen.

Geoffrey atmete laut aus. »Vielen Dank, mein Freund!«

Ein zartes Lächeln zupfte an Dominics Lippen. »Zwei Mal habt Ihr mir das Leben gerettet, jetzt schulde ich Euch nur noch eines.«

In ihrem Rücken schickten die Bogenschützen, die sich zwischen die Zinnen plaziert hatten, eine Schar von Pfeilen in den Burghof hinab. Männer schrien. Pfeile prallten an Schutzschildern ab. Pferde wieherten und Schwerter klirrten. Als Geoffrey die Steinstiege nach unten lief, starteten die Bogenschützen eine konzentrierte Attacke von einer Seite des Walls auf den Burggraben hinab. Der Pfeilregen dünnte sich aus, ehe er ganz versiegte.

Geoffrey gefror das Blut in den Adern. Der Feind hatte die Kontrolle über den Innenhof übernommen.

Seine Faust klammerte sich um den Knauf seines Schwertes, als einer der Ritter – er trug einen Übermantel aus Seide und saß auf einem riesigen Ross – das Pferd antrieb und die beiden Parteien teilte. Der Helm saß ihm tief im Gesicht. Durch den Nasenschutz war lediglich erkennbar, dass er ein breites Kinn und funkelnd blaue Augen hatte. Nichtsdestoweniger wusste Geoffrey, wen er im Blick hatte.

Der Mann, der seinen Vater umgebracht hatte.

Endlich war sie gekommen, die Stunde der Rache!

Geoffreys Finger begannen zu jucken. Ein stummer Schrei hallte durch seine Seele und mit ihm der Wunsch, blindlings loszustürmen und auf den Feind aller Feinde einzuschlagen. Doch stattdessen atmete Geoffrey tief durch. Jetzt galt es, nicht ungestüm zu werden, Brackendale keinen Grund zu geben, auf ihn loszustürmen, ehe der Kampf, auf den er so lange gewartet hatte, richtig begonnen hatte. Sein Arm zitterte vor Erregung, doch Geoffrey schob das Schwert ins Futteral.

»Geoffrey de Lanceau!«, brüllte Brackendale.

Die Hände auf den Hüften, löste Geoffrey sich aus dem Schatten der Steinstiege und blieb vor dem Ross des Lords stehen. Er stand still, als der in die Jahre gekommene Brackendale ihn vom Scheitel bis zur Sohle musterte.

»Ihr Bastard!«, rief Brackendale.

Geoffrey zuckte nicht einmal mit der Wimper.

»Wo ist meine Tochter?«

»In Sicherheit.«

Der Lord verzog den Mund. »*Wo?*«

Geoffrey lächelte, blieb ihm aber eine Antwort schuldig.

Wild knurrend griff Brackendale nach seinem Schwert. Mit atemberaubender Geschwindigkeit fuhr die Klinge aus dem Futteral und richtete sich gegen Geoffreys Brust. Eine Woge der Panik schwappte über Geoffrey hinweg, doch er zwang sich, sein Schwert nicht zu zücken, selbst wenn sich seine Hand dicht am Knauf befand.

Brackendales Augen blitzten warnend auf. »Ihr seid umzingelt, de Lanceau! Ich vereine die größere Streitmacht unter mir und schrecke nicht davor zurück, diese Festung dem Erdboden gleichzumachen, sie Stein für Stein auseinanderzunehmen und jedem einzelnen Bewohner die Kehle zu durchtrennen. Sagt mir, wo ich Elizabeth finde – jetzt! Oder ich instruiere meine Männer, alles niederzutrampeln!«

»Ich dachte, wir hätten uns auf ein Duell geeinigt«, entgegnete Geoffrey und hob eine Augenbraue. »Ihr habt wohl Angst vor mir gehabt, alter Mann, oder?«

»Wie könnt Ihr es wagen!«

»Vielleicht quälte Euch die Furcht, ich könnte Euch mit wenig Anstrengung umpusten?« Geoffrey verschränkte die Arme vor der Brust und tat, als wäre er die Ruhe in Person. »Es wäre eine Schande, durch das Schwert von Edouard de Lanceaus Sohn zu sterben, nicht wahr? Ausgerechnet dem Sohn eines Verräters.«

Der alte Lord verzog den Mund und schob die Schwertspitze in die Maschen von Geoffreys Kettenhemd. Trotz des wattierten Wamses spürte Geoffrey den Druck, aber er wich weder zurück noch ließ er sein Gegenüber wissen, dass es ihn leicht schmerzte. Er würde keine Schwäche zeigen – nicht wenn vor ihm ein Kampf lag, aus dem er als Sieger hervorzugehen gedachte.

»Euer Hohn ist alles andere als amüsant!«, fuhr Brackendale ihn an.

»Aber ich habe recht. Ihr greift mich aus dem Hinterhalt an – nicht gerade ein fairer Zug. Wo bleibt Euer Ehrgefühl, Lord Brackendale?«

»Ihr wagt es, von Ehre zu sprechen?«, blaffte der ältere Lord ihn an. »Darf ich Euch an das gefälschte Schreiben erinnern, das Ihr mir habt zukommen lassen?«

»Das war unumgänglich und hat, wie wir beide wissen, auch funktioniert.«

»Ihr habt mich zum Narren gemacht.«

»Ich will Wode Castle zurück«, erklärte Geoffrey. »Hätte ich Grund zu der Annahme gehabt, dass Ihr mir Wode Castle aus freien Stücken zurückgebt, wäre ich auf die List mit den Bränden nicht angewiesen gewesen.«

Brackendales Schwert bohrte sich ein wenig tiefer in die Maschen. »Gehörte es auch zu Eurem teuflischen Plan, meine Tochter zu deflorieren?«

Geoffrey fuhr zusammen.

In Brackendales Rücken stieß ein aufgedunsener Ritter einen Fluch aus. Er nahm den Helm ab und wischte sich den Schweiß von der Braue. Geoffrey machte ein finsteres Gesicht. Baron Sedgewick. Wie konnte Brackendale es wagen, Elizabeth mit diesem grausamen Widerling zu verheiraten? Bei dem Gedanken an den Baron oder an jeden anderen Mann, der Hand an sie anlegte, begann sein Kiefer, zu mahlen.

Als er die Frau entdeckte, die im Schatten von einem der beiden Wachtürme stand und sich gerade das kastanienbraune Haar unter die Kapuze des Umhangs schob, verfinsterte sich sein Gesicht abermals. Veronique. Er hatte geahnt, dass sie ihn hinterging, aber die Bestätigung seines Verdachts war wie ein Schlag in die Magengrube. Sie bedachte ihn mit einem hämischen Blick, ehe sie sich umdrehte und sich anschickte, die Zugbrücke zu überqueren.

Ein schroffes Lächeln legte sich um Brackendales Mund. Es war, als hätte er Geoffreys Gedanken gelesen. »Ihr dachtet, ich wüsste nicht darüber Bescheid, dass Ihr Euch an meiner Tochter vergangen habt!«

Ungebremster Zorn flammte in Brackendales Augen auf. Veronique hatte ihn mit Lügen gefüttert. »Lord Brackendale ...«

»Bastard!« Der alte Lord spie auf den Boden. »Ihr werdet dafür büßen, dass Ihr mir so übel mitgespielt habt, ich werde Euch für die Zeit, die ich auf dem Weg nach Tillenham verschwendet habe, foltern, und – was mir am wichtigsten ist – Ihr werdet dafür bezahlen, dass Ihr meine Tochter entehrt habt.«

»Ich habe nichts gegen Elizabeth' Willen getan«, verteidigte Geoffrey sich.

Brackendale übte noch mehr Druck auf das Schwert aus. »Ihr lügt!«

Ein jäher Schmerz durchzuckte Geoffreys Brust. Er biss die Zähne aufeinander und kämpfte gegen den Kriegsschrei an, der in seiner Kehle brannte. Er würde den Kampf nicht eröffnen!

»Wie ein räudiger Straßenköter werdet ihr verenden«, knurrte Brackendale, der jetzt Schaum vor dem Mund hatte. »Seht Euch noch einmal um, es wird das letzte Mal in Eurem Leben sein!« Er riss das Schwert in die Höhe, als wollte er Geoffrey den Kopf von den Schultern schlagen.

Geistesgegenwärtig zückte Geoffrey sein Schwert.

»Vater! *Nein!*«

Ein Zucken lief durch Brackendales Arm. Mit einer

unkontrollierten Bewegung seines Handgelenks fing er das Schwert ab und sah in die Richtung, aus der der schrille Schrei gekommen war.

Auch Geoffrey wandte den Blick zur Seite. Mit wehendem Haar stürmte Elizabeth aus dem Vorbau. Eher würde er sterben, bevor er zuließ, dass Sedgewick Elizabeth' zarte und wohlduftende Haut berührte.

Neben Brackendale blieb sie stehen. »Vater!«

Mit zitternden Fingern beugte der ältere Lord sich nach unten und strich ihr über das zerzauste Haar. »Elizabeth. Gott sei Dank, dass du wohlauf bist!«

Sedgewick stieß einen Seufzer der Erleichterung aus. »Mein Täubchen!«

Elizabeth würdigte den Baron keines Blickes. »Vater, bitte«, sagte sie mit bleicher Miene, »niemand soll sterben!«

Ihr Blick wanderte zu Geoffrey, der sich innerlich gegen den Kummer in ihren Augen wappnete, in denen Tränen schwammen. Er verstärkte den Druck seiner Hand, in der er das Schwert hielt. Es spielte keine Rolle, was er für sie empfand, er durfte nicht erlauben, dass sie ihn ablenkte oder ihn von seiner Sühne abbrachte.

Vorfreude brachte sein Blut in Wallung. Der Schwur, den er vor Jahren geleistet hatte, hallte in seinem Kopf wider. *Ich werde dich rächen, Vater. Beim heiligen Blute Jesu, ich werde dich rächen!*

»Bring dich in Sicherheit, Elizabeth!«, wies Brackendale sie mit rauher Stimme an. »Ich möchte nicht, dass du dabei bist, wenn wir kämpfen.«

»Bitte, hör mir zu, Vater.«

Der alte Lord legte ihr die Hand auf die Schulter. »Ich werde ihn töten für all das, was er dir angetan hat.«

Elizabeth' Augen weiteten sich. »Nein! Er ...«

»Tut, wie Euch geheißen, holde Maid!«, murmelte Geoffrey.

Verdutzt und verletzt sah sie ihn an. »Geoffrey?«

»Pah! Du sprichst dieses Schwein mit seinem christlichen Namen an?«

»Er ist ein Mensch wie du und ich, Vater!«, schrie Elizabeth. »Du musst auf mich hören. Leg das Schwert nieder, lass es mich erklären!«

Brackendale gab zwei seiner Ritter ein Zeichen, die Elizabeth fortzogen, obwohl sie sich mit Händen und Füßen wehrte.

»Vater!«, schrie sie. »Hört auf!« Die Ritter hielten sie wie eine Gefangene im Griff.

Geoffrey erschauderte. Er verabscheute den Schmerz in Elizabeth' Stimme und suchte Trost in dem Gedanken, dass sie in Sicherheit war.

Der ältere Lord stieg vom Ross ab, zog sich den Helm vom Kopf und warf ihn seinem Knappen zu. »Ihr wollt kämpfen, de Lanceau? So soll es denn sein! Wir werden unsere Streitigkeiten ein für alle Mal ausfechten.«

Geoffrey wurde erneut von Vorfreude gepackt. »Denkt Ihr allen Ernstes, Ihr könntet mich besiegen?«

»Ich werde Euch vernichten – wenn Ihr als gebrochener und sterbender Mann am Boden liegt und um Euch herum Eure Festung einstürzt!« Brackendale riss das Schwert in die Höhe und preschte nach vorn.

Lachend sprang Geoffrey zur Seite. »Ist das das Beste, was Ihr anzubieten habt?«

Brackendale brummte. Er führte einen weiteren Hieb aus, der auf Geoffreys Bauch abzielte. Zähnefletschend duckte

Geoffrey sich weg und riss das Schwert dabei nach oben. Brackendale machte einen Satz nach hinten.

Geoffrey lächelte. Das Kriegsgeschrei in seinem Innern wurde mit jedem Herzschlag lauter. Jeder Muskel in seinem Körper brannte darauf, den Gegner zu attackieren, der abwägend um ihn herumlief und immer wieder angriff.

Metall klirrte. Die Schwerter verkeilten sich, bis Geoffrey die feindliche Klinge mit einer kräftigen Bewegung wegdrückte. Surrend durchschnitt sein Schwert die Luft und traf Brackendales Unterarm mit voller Wucht. Der ältere Lord stöhnte auf.

Heftig keuchend hielt Geoffrey kurz inne. Hatte er ihm den Arm gebrochen? Brackendale geriet ins Wanken. Geoffrey ließ ihm gerade genug Zeit, um das Gleichgewicht wiederzufinden, ehe er einen Satz nach vorn machte. Seine Waffe kollidierte mit Brackendales Kettenhemd. Die Maschen, die den Oberschenkel des Feindes beschützten, brachen auseinander. Blut rann ihm am Bein hinunter.

In Geoffreys Rücken waren verzweifelte Schreie zu hören. Er blendete sie aus. Der liebliche Geschmack des Sieges breitete sich in seinem Mund aus. Mit einem kehligen Brummen setzte er zu einem weiteren Angriff auf Brackendales verletzten Arm an.

Als der ältere Lord das Schwert in die Höhe riss, glitt die Schneide an Geoffreys alter Rüstung entlang. Mit einem klirrenden Geräusch gaben die Maschen nach. Die Spitze der Waffe durchdrang das wattierte Wams und die Tunika darunter. Geoffrey schnappte nach Luft. Er geriet ins Straucheln, spürte, wie warmes Blut aus ihm herausfloss, seine Hand benetzte.

Im Geiste durchlebte er den Tod seines Vaters ein weiteres Mal.

Beim heiligen Blute Jesu, ich werde dich rächen!

Umgeben von einem Schleier aus Schmerz sah er, wie Brackendale ihn feist angrinste. Er hob das Schwert und zielte auf Geoffreys geborstenes Kettenhemd. Dieser blendete den Schmerz aus, überließ seiner Wut die Zügel und machte einen Satz nach vorn. Hieb für Hieb trieb er Brackendale vor sich her. Wie von Geisterhand teilte sich die Menge.

Der ergraute Lord, dessen Kräfte sichtbar schwanden, grunzte. Doch Geoffrey ließ sich nicht erweichen. Schweißperlen liefen ihm in Strömen über das Gesicht. Blut tropfte auf den Boden.

Brackendale stolperte. Verunsicherung flackerte in seinen Augen auf.

Geoffrey, der seinen Vorteil spürte, machte einen Ausfallschritt nach vorn – just als der ältere Lord wieder fest auf den Beinen stand. Die Waffe schnitt Brackendale in die Hüfte, woraufhin dieser laut aufschrie. Geoffrey preschte abermals nach vorn, hakte seinen Fuß hinter Brackendales verletztem Bein ein und versetzte ihm einen kräftigen Stoß.

Der ältere Lord ging zu Boden.

»Vater!«

Auch wenn es ihm nicht leichtfiel, aber Geoffrey gelang es, Elizabeth' Wehklagen und die Gefühle, die sie damit heraufbeschwor, auszublenden. Energisch strich er sich die Haare aus den Augen und starrte auf seinen Feind hinab, der benommen zu seinen Füßen lag.

Der Moment der Rache war gekommen.

Mit seinem schmerzerfüllten Stöhnen tastete Brackendale nach seinem Schwert, das außer Reichweite gerutscht war. Geoffrey drückte ihm die Schwertspitze an den Hals. In der

Erwartung, jeden Augenblick aus dem Leben gerissen zu werden, legte sich ein Schleier aus Furcht vor den Blick des alten Mannes.

»Geoffrey, tu es nicht!«, schrie Elizabeth.

Tief in Geoffreys Innerem schrie etwas auf.

Seine Seele.

Seit achtzehn langen Jahren träumte er von diesem Moment. Ein letzter Stoß, und sein Erzfeind fand endlich den Tod, den er verdiente. Ein Hieb, und sein Vater wäre gerächt und Wode Castle endlich wieder im Besitz der Familie, wo es hingehörte.

Eigenartig nur, dass er keinerlei Genugtuung oder Freude empfand – nicht einmal einen Funken. Stattdessen brannte ein Feuer des Schmerzes in den Tiefen seines Selbst. Wenn er den Mann tötete, der hilflos zu seinen Füßen lag, würde Elizabeth ihm niemals verzeihen. Sie würde ihn auf immer hassen.

Er würde sie verlieren.

Seine Hand zitterte. In Gedanken sah er sie vor sich, wie sie voller Entsetzen auf ihn und ihren Vater sah, das Gesicht tränenüberströmt. Ihm war beinahe, als könnte er ihre Pein spüren und ihre Angst schmecken.

Beim Allmächtigen, er wollte sie nicht verlieren!

Seine Finger, die das Schwert sicher hielten, lösten sich ein wenig.

Nein, er hatte keine andere Wahl.

»Übertragt mir Wode Castle!«, forderte er so laut, dass die Umstehenden ihn hören konnten.

»Außerdem versprecht Ihr mir Elizabeth' Hand!«

Ein entsetztes Raunen ging durch die Menge. Die Augen des alten Lords funkelten. »Niemals!«

Mit betont langsamen Bewegungen übte Geoffrey mehr Druck auf die Waffe aus, so dass sie sich in Brackendales Haut bohrte und Blut hervorquoll. Eine letzte Warnung. »Ich möchte Euch nur ungern töten, werde es aber tun, wenn es nicht anders geht. Willigt Ihr ein?«

Brackendale zögerte, einen harten und verbitterten Blick in den Augen.

Dann nickte er kaum merklich.

»Ich verlange Euer ritterliches Ehrenwort!«, fügte Geoffrey hinzu.

»Ich gebe es Euch«, murmelte Brackendale, dessen Gesicht sich zu einer Maske aus Schmerz verzog, als er das verletzte Bein bewegte.

»Ich lasse jetzt von Euch ab. Ihr werdet Euch langsam erheben und unsere Vereinbarung laut wiederholen!«, schnaubte Geoffrey. »Wenn Ihr versucht, mich zu hintergehen, töte ich Euch. Habt Ihr verstanden?«

»Ja!«, zischte der ältere Lord.

Geoffrey hob das Schwert in die Höhe, um es in die Scheide zurückzustecken.

Ein Surren zerriss die Stille des Innenhofs. Es dauerte einen Augenblick, bis er das Geräusch einzuordnen vermochte – ein Bogenschütze, der seines Amtes waltete.

Wie ein Dämon, der endlich sein teuflisches Werk in Gang setzen konnte, raste ein Pfeil durch die Luft.

Geoffreys Verstand kreischte, er solle in Deckung gehen, doch es war zu spät.

Die stählerne Spitze des Geschosses durchbohrte sein Kettenhemd und drang in seine linke Schulter ein, wo es Muskeln und Sehnen durchschnitt, als wären sie aus Daunen.

Als Geoffreys Welt in einem blutroten Nebel zu versinken drohte, löste sich aus den Tiefen seiner Seele ein Schrei.

Er spürte noch, wie er nach hinten gerissen wurde und gegen eine Steinwand prallte, wodurch sich der Pfeil noch tiefer in sein Fleisch bohrte.

Er stieß einen weiteren Schrei aus.

Keuchend starrte er auf seine kampfunfähige Schulter. Mit tauben Fingern versuchte er, das geborstene Kettenhemd und die hässliche klaffende Wunde zusammenzuhalten, damit er nicht zu viel Blut verlor.

Dann sank er auf die Knie.

Aus der Dunkelheit, die ihn umgab, löste sich eine Gestalt. Eine Frau mit betörend blauen Augen und seidig schimmerndem schwarzen Haar. Die Frau, die er liebte.

»Elizabeth«, stöhnte er.

Die Schmerzen wurden unerträglich.

Dann verschlang ihn die Dunkelheit.

*

»Neeeeeeeiiiiiinnnnnn!«

Elizabeth hörte, wie eine Frau schrie. Erst als der Schrei leiser wurde und schließlich ganz erstarb, merkte sie, dass er von ihr kam.

Sie riss sich von der Wache los und stürmte auf Geoffrey zu, der zusammengesunken an der blutverschmierten Wand kauerte. Der hölzerne Pfeil steckte tief in seiner Brust. Sein Gesicht war kreidebleich. Blut lief an seinem Kettenhemd herunter und sammelte sich auf dem Boden.

Im Dreck neben ihm ging sie in die Knie und wischte sich

die Tränen von den Wangen. Ihr war, als lägen ihr mit einem Mal Findlinge im Magen. Wie hatte das geschehen können?

Dominic sank neben ihr auf die Knie. »Lebt er, Mylady?«, fragte er mit rauher Stimme.

»Ich weiß es nicht«, wisperte Elizabeth.

Der Ritter nahm Geoffreys erschlaffte Hand und suchte nach seinem Puls. »Sein Herz schlägt noch, wenn auch schwach – zu schwach, fürchte ich.« Die Sorgenfalten um seinen Mund wurden tiefer. Er drückte ihre Finger, kam auf die Füße und sah quer über den Innenhof. »Ihr Bastard!«, brüllte er aus voller Kehle.

Elizabeth blinzelte die Tränen fort und folgte seinem Blick, hin zu dem jungen Mann, der auf der anderen Seite des Hofes stand, eine Armbrust in der Hand. Sein güldenes Haar, das an ein sommerliches Weizenfeld erinnerte, glitzerte in der Sonne.

Beim Allmächtigen!

Ihr Magen machte einen Satz. Galle schoss ihr in den Mund. Am liebsten hätte sie sich vornübergebeugt und sich übergeben.

Aldwin hatte Geoffrey erschossen.

Durch eine Handvoll Soldaten gestützt, kam Elizabeth' Vater auf die Füße. Er sah auf Geoffrey herab, ehe er seinen Knappen mit einem vernichteten Blick bedachte. »Was in Gottes Namen hast du *getan?*«

Arthurs Ruf hallte von den Wänden wider. Humpelnd durchquerte er den Innenhof.

Aldwin rührte sich nicht von der Stelle.

»Warum hast du geschossen?«

»Ich habe Euch das Leben gerettet, Mylord.« Schweißperlen traten Aldwin auf die Stirn.

»Du Narr! Mein Leben war nicht in Gefahr.«

Der Knappe errötete. »Ich habe gesehen, wie …«

»De Lanceau wollte sein Schwert wegstecken. Hältst du mich eigentlich für einen Feigling, Junge?«, herrschte Arthur ihn an. »Wolltest du in aller Öffentlichkeit und im Angesicht Gottes Schande über mich bringen?«

»N-nein, Mylord.«

»Warum hast du dich dann eingemischt?«

Aldwins Gesicht war jetzt puterrot. »Ich …«, sagte er mit erstickter Stimme, den Blick auf Elizabeth gerichtet. »Ich habe ihn für meine Herrin erschossen.«

»Nein!«, schrie sie.

»Für Elizabeth?« Ihr Vater blickte finster drein.

»Ja, und ich würde es jederzeit wieder tun.« Ein selbstsicheres Leuchten trat in die Augen des Knappen. »Ich tat es, weil er sie beschmutzt hat. Eher würde ich sterben, als mit anzusehen, wie meine Herrin dazu gezwungen wird, dieses Monster zu heiraten. Er ist ihrer nicht würdig, weder ihrer Intelligenz noch ihrer Schönheit. Er wird ihr nie wieder wehtun!«

»Aldwin!«, stöhnte Elizabeth. »Nein. Nein!«

Arthur starrte Aldwin an. Als er endlich das Wort ergriff, schwang unbändiger Zorn in seiner Stimme mit. »Hiermit verkünde ich, dass Geoffrey de Lanceau ab sofort der rechtmäßige Eigentümer von Wode Castle und den dazugehörigen Ländereien ist. Das Recht dazu hat er sich im Gefecht erkämpft, so wahr ich hier stehe. Gott ist mein Zeuge.«

»Mylord«, hob Aldwin an.

»Hinfort mit ihm!«, rief Arthur den Rittern in seinem Rücken zu. Aldwin, dessen Schreie von den Wällen widerhallten, wurde unsanft aus dem Innenhof geschleift.

Elizabeth sah auf Geoffrey hinunter. Er lag noch da wie

zuvor. Sie hielt seine kalte blutüberströmte Hand und verflocht ihre Finger mit seinen. Ihre Augen brannten. »Ich werde dich nicht verlassen«, flüsterte sie.

Ein Schatten fiel auf sie. »Mein Täubchen, es ist vorbei.« Beim Ertönen der nasalen Stimme des Barons lief es Elizabeth kalt den Rücken hinunter. Bewaffnete Kämpfer, die sich gestikulierend unterhielten, umringten Geoffreys Körper. Es kostete Elizabeth einige Mühe, sich nicht zur Seite drängen zu lassen.

Sie klammerte sich an die verschwitzte Hand, die sie am Arm packte und in den Stand zog. »Bitte«, sagte sie mit erstickter Stimme, »helft ihm!«

»Wir können nichts mehr für ihn tun.« Das hässliche Grinsen des Barons entblößte seine geblichen Zähne. »Vergesst ihn! Er hat den Tod verdient.«

Elizabeth riss sich los. »Ich werde nach Mildred suchen. Es gibt einen Garten mit Heilkräutern.«

»Ich habe de Lanceaus Freund entsandt, sie zu suchen«, ergriff ihr Vater das Wort und humpelte mit schmerzverzerrtem Gesicht neben ihr her. An seinem Bein lief Blut entlang.

»Vater, wir müssen uns um deine Wunden kümmern.«

»Sorg dich nicht, mein Kind, ich werde es überleben.« Ein sanfter Ausdruck trat in seine Augen, während er sich ein dünnes Lächeln abrang. »Du hast ein mildes Herz, meine Tochter, aber reib dich bitte wegen de Lanceau nicht so sehr auf. Er ist und bleibt ein Rüpel. Sedgewick, seid so freundlich und bringt Elizabeth fort von hier, an einen Ort, an dem man sich um sie kümmert, wie sie es verdient hat.«

Unsägliche Furcht drohte sie von innen heraus aufzufressen. Sie konnte Geoffrey unmöglich zurücklassen und ihn allein um sein Leben kämpfen lassen. »Ich werde bleiben.«

»Du tust, was ich dir befohlen habe!«, entgegnete Arthur streng. »Das ist kein Anblick für eine Dame von Stand.«

Mit einem derben Schnauben bahnte Mildred sich unter Einsatz ihrer Ellbogen den Weg durch die Menge. Als sie Geoffrey und die Blutlache zu ihren Füßen erblickte, flüsterte sie: »Bei der Heiligen Jungfrau!«

»Meinst du, du kannst etwas für ihn tun?«

Mildred ging in die Knie und untersuchte vorsichtig die Wunde. Als ihr Blut zwischen den Fingern hindurchsickerte, kniff sie den Mund zusammen. »Ich bin mir nicht sicher.«

Arthur stieß ein verärgertes Brummen aus. »Bringt meine Tochter von hier fort, Baron!«

Mit einem lauten Knacken in den Kniegelenken kam die Kammerfrau auf die Füße. »Mylord, vor mir liegt ein Berg von Arbeit, die besser von zarten Frauenhänden als schwieligen Ritterfäusten erledigt werden kann.« Mit einem hellen Leuchten in den Augen stellte sie sich neben Elizabeth. »Eure Tochter wäre mir eine große Hilfe.«

Elizabeth nahm die Schultern zurück. »Nur zu gern würde ich dir zur Hand gehen, liebe Mildred!«

Erschöpfung legte sich über Arthurs Gesicht. Er rieb sich über die Braue und sagte seufzend: »Meinetwegen.«

Als ihr Vater, gestützt von mehreren Rittern, zum Brunnen hinkte, ging Elizabeth abermals neben Geoffrey in die Knie. Kaum hatte sie seine kalte Wange berührt, füllten sich ihre Augen mit frischen Tränen.

So gut es ging kämpfte sie gegen die aufsteigende Furcht an, sie könnte den Mann verloren haben, der ihren Leib und ihre Seele verzaubert hatte.

Für immer.

Kapitel 18

Elizabeth hob den Kopf und betrachtete die flackernden Kerzen auf dem Altar. Gelächter, Musik und allgemeine Heiterkeit drangen bis in die Burgkapelle von Wode Castle. Während sie für Geoffrey betete, feierten die Burgbewohner, dass ihr Vater wohlbehalten zurückgekehrt war und dass keiner seiner Männer bei dem Angriff auf Branton Castle sein Leben hatte lassen müssen. Rund dreißig Mannen waren verletzt, einige davon schwer – aber sie waren mittlerweile allesamt außer Lebensgefahr.

Als Elizabeth merkte, wie ihre Lippen zu beben begannen, biss sie sich auf die geballte Faust. Als sie in Begleitung der erschöpften Armee ihres Vaters das Burgtor passiert hatte, war sie mit einem Lächeln auf den Lippen auf den Innenhof geritten und hatte den jubelnden und klatschenden Wachen auf dem Wehrgang zugewinkt. Sie hatte ein Bad genommen, eine edle Robe aus blauer Seide angelegt und an der Seite ihres Vaters in der großen Halle zu Abend gegessen, genau wie er es sich gewünscht hatte. Bier und Wein waren in Strömen geflossen, und die Tische hatten sich unter den unzähligen Köstlichkeiten beinahe gebogen. Es hatte Elizabeth viel Kraft gekostet, die ganze Zeit über ein freundliches Gesicht zu wahren, während sie das Gefühl hatte, innerlich zu sterben.

Sie faltete die Hände zum Gebet, schlug die Augen nieder und sah auf den Stoff ihres Gewandes, das im sanften Licht der Kappelle gräulich schimmerte. Ein beklemmendes Gefühl durchzuckte sie. Die Farbe war ähnlich der von Geoffreys Augen, wenn er sich zu ihr hinabbeugte, um sie zu küssen. Mit schmerzendem Herzen flehte sie den Herrgott an, Geoffrey nicht zu sich zu holen.

Sie hatte alles getan, worum Mildred sie gebeten hatte. Unfähig, den Blick abzuwenden, hatte sie mit angesehen, wie die Soldaten den Pfeil aus Geoffreys Schulter herausgeschnitten und die Wunde mit einem rot glühenden Eisen ausgebrannt hatten. Leicht benebelt und gegen das drohende Gefühl der Ohnmacht ankämpfend, hatte sie Mildred dabei geholfen, eine Salbe aus zerstoßenen Nesseln auf die verbrannte Haut aufzutragen.

Als Mildred verkündet hatte, dass der Garten von Branton Castle nicht das hergäbe, was sie für die Behandlung einer solch gefährlichen Wunde benötigte, hatte sie ihr geholfen, die Ladefläche eines Karrens mit einer notdürftigen Matratze herzurichten, auf die die Soldaten Geoffrey legten. Als Glücksbringer hatte sie die halbfertige Satteldecke neben ihn gelegt und war nicht von der Seite des Karrens gewichen, bis sie Wode Castle erreicht hatten.

Womöglich kam sie nie wieder in den Genuss, sich dem Liebesspiel mit ihm hinzugeben.

Schnell blinzelte Elizabeth neue Tränen fort. Sie würde alles in ihrer Macht Stehende tun, um Geoffrey zu retten. Ein Leben ohne ihn war für sie schlichtweg unvorstellbar.

Elizabeth raffte die Röcke und eilte den Gang zu ihrem

Gemach hinunter, lief jedoch an ihrer Tür vorbei und blieb erst vor dem nächsten Zimmer stehen. Sie ballte die Hand zur Faust und pochte gegen das Holz.

Einmal, zweimal. Wie kam es, dass Mildred nicht antwortete?

Ein erstickter Schrei drang von innen an ihr Ohr. Im nächsten Augenblick wurde die Tür aufgerissen, und der Geruch nach Rosen und Dillseife schlug ihr entgegen. »Hier bin ich«, brummte Mildred, die sich ein zusammengeknülltes Leinenlaken gegen die runzelige Brust drückte und sich ein weiteres vom Kopf zog. »Ist es einer alten Frau denn nicht einmal vergönnt, sich einen Augenblick auszuruhen, um neue Kraft zu schöpfen?«

Als ihr Blick auf Elizabeth fiel, zuckte sie zusammen. »Oh, Mylady, bitte verzeiht mir!« Besorgnis schlich sich in ihren Blick. »Aber Ihr weint ja!«

Elizabeth trocknete sich die Tränen. »Bitte, ich brauche deine Hilfe!«

»Seid Ihr gekommen, weil Ihr ein Tonikum zur Beruhigung braucht?« Die Kammerfrau strahlte und nickte. »Die letzten Tage waren aber auch mehr als aufwühlend. Ein Schuss Mohnsaft und Baldrian wird Euch helfen, einzuschlafen. Tretet ein. Ich ziehe mich flink an, ehe ich Euch den Trank hole.«

»Es geht nicht um mich.«

»Um wen denn dann?« Mildreds verdutzter Blick erhellte sich, als sie verstanden hatte. »Ach so, de Lanceau.«

»Wir müssen ihn retten. Wir müssen einfach!«

Die Augen der Heilerin verklärten sich, als sie Elizabeth in das Gemach zog und die Tür schloss. »Es ist noch nicht lange her, da saß ich bei ihm. Wie ich Eurem Vater bereits erzählte, ist Geoffrey dem Tod wesentlich näher als dem Leben. Es käme einem Wunder gleich, wenn er den Morgen erlebte, ganz zu schweigen davon, wenn es mir endlich gelänge, ihm auch nur einen Tropfen von dem heilenden Elixier einzuflößen.«

»Wird er von uns gehen?« Elizabeth' Herz zog sich schmerzhaft zusammen, als blieben ihr nur noch wenige Sekunden auf dieser Welt.

Mildred schüttelte den Kopf. »Ich kann lediglich dafür sorgen, dass sein Körper heilt«, antwortete sie hilflos. »Alles andere liegt nicht in meiner Macht.« Sie stellte sich vor die Kleidertruhe und suchte ein schlichtes graues Wollgewand heraus.

»Ich flehe dich an!«, weinte Elizabeth. »Nimm alle Salben mit, die du hast, bitte! Wir dürfen nicht die Hoffnung aufgeben, nicht bis er ...« Sie konnte sich nicht dazu durchringen, den Satz zu beenden.

»Ich habe der Magd, die bei ihm sitzt, bereits gesagt, dass ich nach meinem Bad seine Wunden noch einmal auswaschen werde.« Die Zofe schüttelte den Kopf und lächelte. »Ich komme nicht umhin zu sagen, dass ich eine gewisse Sympathie für den Rüpel entwickelt habe.«

Elizabeth lief auf sie zu und nahm sie in den Arm. »Vielen Dank!«

»Dankt mir erst, wenn er es geschafft hat.« Mildred schlüpfte in das graue Gewand. »Wenn er diese Nacht übersteht, hat er vielleicht eine Chance.«

*

Elizabeth zögerte vor einem der Gästegemächer. Hinter der Tür aus robuster Eiche lag Geoffrey. Ihr Vater hatte angewiesen, dass er hierhergebracht wurde, in den Flügel, der nur ranghohen Besuchern vorbehalten war. Auch wenn das Gemach offiziell zu Geoffreys Eigentum zählte, rechnete ihr Vater insgeheim nicht mehr damit, dass er sich erholen und auf Wode Castle niederlassen würde.

Nachdem sie das Gefühl der Panik erfolgreich bekämpft hatte, betrat sie das Gemach. Die Kerzen neben dem Bett zuckten im Luftzug. Hinter ihr betrat Mildred das Gemach und unterhielt sich, nachdem sie die Tür geschlossen hatte, leise mit der Magd, die bis gerade eben auf dem Schemel neben dem Bett gesessen hatte. Im Gemach war es warm, aber nicht stickig. Der Geruch nach frischem Quellwasser, duftenden Kräutern und Blut hing in der Luft.

Geoffrey lag unter einem Laken und einer Wolldecke auf der Bettstätte neben dem Fenster. Elizabeth trat neben das Bett. Nur das leise Rascheln ihres seidenen Gewandes durchbrach die Stille.

Als die Magd leise die Tür hinter sich zuzog, sammelte sich ein Meer aus Tränen in Elizabeth' Augen. Er sah so blass aus, um einiges blasser als während der Reise nach Wode Castle. Er hatte die Augen geschlossen, und seine dichten Wimpern ruhten regungslos aufeinander. Seine Lippen waren leicht geöffnet. Elizabeth beugte sich über ihn, in der Hoffnung, seinen Atem auf ihrer Haut zu spüren. Er atmete, wenn auch schwach.

Andächtig strich sie ihm eine Strähne aus der Stirn. Unbändige Furcht legte sich wie ein eisernes Band um ihr Herz. Wie kalt er sich anfühlte!

»Mildred«, schluchzte Elizabeth.

»Still, Mylady!« Die Kammerfrau stellte den Weidenkorb,

der unter dem Gewicht der Tiegel und Phiolen ächzte, auf den Boden. »Kommt und helft mir!«

»Sag mir, was ich tun soll.«

Mildred warf Elizabeth einen flüchtigen Blick zu. Dann hielt die Zofe nachdenklich inne und schüttelte den Kopf. Sie packte die Decke und das Laken, unter dem Geoffreys muskulöser Körper lag, und schlug beides zurück, so dass sein Oberkörper sichtbar wurde. Mit vorsichtigen Fingern entfernte sie ein weiteres Tuch, das auf seiner Brust lag und blutgetränkt war. Darunter kam die dick mit Salbe bestrichene Wunde zum Vorschein.

Mit brennenden Augen starrte Elizabeth auf den gestählten Oberkörper, der sie vor noch nicht allzu langer Zeit eingeladen hatte, ihn zu erforschen. Erinnerungen an das betörende Spiel seiner vom Kaminfeuer beschienenen Muskeln, an seine kitzelnden Brusthaare und daran, wie sie mit der Fingerspitze über seine verschwitzte Haut geglitten war, suchten sie heim. Er war noch immer attraktiv, sehr sogar, doch seine Haut hatte ihren sonstigen Glanz eingebüßt.

»Seid Ihr sicher, dass Ihr bleiben und zusehen wollt?«, erkundigte sich Mildred, während sie den Kräuterbrei mischte.

»J-ja.«

Als Elizabeth jedoch sah, in welchem Zustand sich die Wunde befand, krampfte sich ihr Magen zusammen.

Vorsichtig berührte die Kammerfrau die Wunde. »Beim Allmächtigen!«, flüsterte sie. »Jetzt ist mir klar, warum der Papst den Einsatz von Armbrüsten verboten hat.« Sie beugte sich weiter nach vorn und untersuchte die Wundränder. »Gott sei es gedankt, dass wir genügend Zeit hatten, die Wunde zu versiegeln!«

Elizabeth erschauderte. Nie in ihrem Leben würde sie den Anblick vergessen, als die Soldaten den Pfeil aus Geoffreys erschlafftem Körper gezogen hatten. Ob er Schmerzen gehabt hatte? Ob er gespürt hatte, wie ihm das Blut aus der Wunde gespritzt war, als ...

»Tut mir einen Gefallen und fallt nicht in Ohnmacht!«, sagte Mildred mit strenger Stimme. »Mir fehlt die Zeit, Minze zu zerkleinern, um Euch zurückzuholen.«

Flatternd öffneten sich Elizabeth' Augen. Ihr war nicht bewusst gewesen, dass sie sie geschlossen hatte, genauso wenig wie die Tatsache, dass sie leicht geschwankt hatte. Sie nahm die Schultern zurück und zwang sich, die aufsteigende Angst hinunterzuschlucken.

Mildred durchsuchte ihren Korb und zog, nachdem sie fündig geworden war, einen irdenen Krug hervor, in den sie abgekochtes und auf Zimmertemperatur heruntergekühltes Wasser gefüllt hatte. Dann träufelte sie eine grün schimmernde und nach Rosmarin und Lavendel duftende Flüssigkeit hinein, ehe sie ein Tuch tränkte und es Elizabeth hinhielt. »Badet ihn, Mylady, und fangt mit der Pfeilwunde an.«

Elizabeth nahm das Tuch und wusch so zärtlich sie konnte Geoffreys Brust. Sobald sich das Wasser rot färbte, wrang sie das Tuch aus und wechselte das Wasser.

Mildred hatte sich in der Zwischenzeit der Schnittverletzung gewidmet, die quer über seine Brust verlief, und strich sie mit einer leicht rötlichen Tinktur ein. »Johanniskraut und Labkraut, um den Blutfluss zu stoppen«, erklärte sie, als sie Elizabeth' fragenden Blick bemerkte.

»Und das?« Elizabeth rümpfte die Nase, als die Heilerin zu einer übelriechenden Salbe griff, die sie in die Wunde rieb.

»Rote Betonie und Nesseln.«

Geoffrey lag regungslos da.

Die Kammerfrau stellte den Salbentiegel zurück in den Korb. »Ich muss noch einmal in den Garten, um frische Kräuter zu holen. Außerdem brauchen wir zusätzliche Decken. Es dauert nicht mehr lange, ehe das Fieber ausbricht.«

»Fieber?«

»Die Wunde ist tief. Es grenzt an ein Wunder, dass er überhaupt noch atmet.«

»Das ist doch ein gutes Zeichen, oder?«, fragte Elizabeth voller Hoffnung.

Mit einem zuversichtlichen Lächeln stapfte Mildred zur Tür. »Das nehme ich an.«

Elizabeth griff nach Geoffreys Hand und drückte sie leicht, um ihn wissen zu lassen, dass sie bei ihm war und darauf wartete, dass er wieder zu Kräften kam.

Damit sie ihm sagen konnte, wie sehr sie ihn liebte.

Sie setzte sich vorsichtig auf die Bettkante und hielt Geoffrey die Hand, bis die Kammerfrau zurückkam, die frisch geernteten Nesseln mit einem Mörser zerstieß und auf die Wunde auftrug.

Elizabeth, die fast vor Angst verging, rieb sich die Arme. Geoffrey lag noch immer regungslos da. Es war fast, als wäre seine Atmung noch flacher geworden.

»Das Fieber setzt ein«, erläuterte Mildred.

Elizabeth nahm die Wolldecke, die die Zofe ebenfalls mitgebracht hatte, deckte Geoffrey damit zu und steckte die Enden unter der Matratze fest.

Nachdenklich dreinblickend, zog Mildred einen Flakon mit einer fast farblosen Flüssigkeit aus ihrer Sammlung an

Flaschen. Nachdem sie Elizabeth bedeutet hatte, sie möge an das obere Bettende treten, öffnete sie den Flakon. »Hebt seinen Kopf ein Stück!«

»Was verabreicht ihr ihm?«

»Wein mit einem Auszug aus Mutterkraut und Klettenwurzeln, damit das Fieber nicht überhandnimmt.« Sie hielt kurz inne, ehe sie mit einem schiefen Lächeln hinzufügte: »Außerdem habe ich noch etwas Mönchshut zur Linderung der Schmerzen hinzugefügt.«

Elizabeth schnappte nach Luft. »Bist du sicher, dass du die Menge richtig ...«

»Seid unbesorgt, Mylady, dieses Mal habe ich alles unter Kontrolle.«

Wie geheißen, hob Elizabeth Geoffreys Kopf vorsichtig an und hielt ihn, während Mildred die Finger zwischen seine Zähne gleiten ließ und ihm anschließend vorsichtig einige Tropfen von dem Weingemisch einflößte.

Jedoch ohne Erfolg, wie sich herausstellen sollte, denn die Flüssigkeit lief ihm an den Mundwinkeln herunter und tropfte auf das Bettlaken. »Er hat es nicht geschluckt«, stellte Elizabeth fest.

»Er kann nicht schlucken.« Die Heilerin beugte sich weiter nach vorn. »Legt seinen Kopf ein wenig weiter in den Nacken. Ich werde es abermals versuchen.«

Dieses Mal flößte Mildred ihm ein wenig mehr von dem Elixier ein, aber erst nachdem sie seine Zunge mit Hilfe ihrer Finger ein wenig hinuntergedrückt hatte. Sie nickte zufrieden, als die Flüssigkeit verschwunden war. »Das wäre geschafft!«

Elizabeth atmete zitternd aus, legte Geoffreys Kopf wieder auf dem Kissen ab und fuhr ihm anschließend durch das seidige Haar. Sie wusste, dass er es mochte, wenn sie ihn sanft berührte – vor allem nach dem Liebesspiel. Er hatte ihr erzählt, dass es ihn an seine Mutter erinnern würde, wenn sie ihn in jungen Jahren getröstet hatte, weil er sich den Fuß angestoßen oder sich blaue Flecken geholt hatte.

»Liebt Ihr ihn?«, fragte Mildred.

Elizabeth entschied, das Gefühl, das tief in ihrem Herzen Wurzeln geschlagen hatte, nicht länger zu verleugnen. »Das tue ich, über alle Maßen.«

Die Kammerfrau stellte den Flakon auf dem Tisch neben dem Bett ab. »Ich kann nicht entschuldigen, was er getan hat, aber er hätte einen guten Ehemann abgegeben, das spüre ich.«

»Nicht *hätte*, Mildred, *wird*!«

*

Wenig später ließ Elizabeth zwei Pagen ein, die eine Strohpritsche trugen und beide einen geröteten und beschwipsten Eindruck machten. Obwohl die Tür nur wenige Lidschläge lang offen stand, entging Elizabeth nicht, dass trotz der späten Stunde in der großen Halle noch immer kräftig gefeiert wurde.

»Bitte dorthin!«, wies sie die beiden an und deutete neben Geoffreys Bett. Als die beiden die Pritsche mit einem dumpfen Knall fallen ließen, entstand eine Staubwolke.

Mildred gab einen Laut von sich, der halb nach Husten und halb nach Schnauben klang. »Ihr habt doch nicht etwa vor …«

»Doch, habe ich«, unterbrach Elizabeth die Zofe, dankte den beiden Pagen und entließ sie mit einer herrischen Geste. Sofort stürmten sie aus dem Zimmer, vermutlich in Vorfreude auf den nächsten Becher Bier.

Die Kammerfrau legte die Stirn in Falten und presste die Lippen zu einer dünnen Linie zusammen. »Es wäre besser, wenn Ihr in Eurem eigenen Bett schliefet, um Euch ein wenig zu erholen. Ihr macht einen erschöpften Eindruck, als hättet ihr nächtelang nicht mehr geschlafen. Sollte Geoffrey heute Nacht etwas zustoßen ...«

»... werde ich bei ihm sein«, riss Elizabeth das Wort an sich. Hundemüde und mit schmerzenden Gliedern sah sie zu ihm. »Er ist mein Verlobter«, wisperte sie. »Ich kann ihn unmöglich allein lassen, jetzt, wo er mich so dringend braucht.«

Nachdem sie die Pritsche mit einem frischen Laken bezogen hatte, legte sie sich auf das notdürftige Lager. Sie schloss die Augen und blendete sowohl das Stroh aus, das ihr in die Wange stach, als auch die zugige Luft, die durch die Fensterläden hindurchpfiff. Die Hälfte der Nacht lag sie wach und lauschte Mildreds Schnarchen und Geoffreys flachem Atem.

Das Feuer warf undefinierbare Muster an die Steinwände. Während sie so dalag, dachte sie an ihre erste Nacht in Geoffreys Bett zurück. Wie sie beseelt in seinen Armen gelegen und die zuckenden Schatten an den Wänden beobachtet hatte, ehe sie in einen tiefen Schlaf gefallen war.

Sie konnte sich ein Leben ohne Geoffrey nicht mehr vorstellen.

Er war ein Teil ihrer Seele geworden.

Sie rollte sich auf die Seite und musterte seine breite Hand, die schlaff auf der Bettdecke lag. Die Hand, mit der er seit Jahren das Schwert schwang, mit der er seine Ziele verfolgt hatte. Er war, genau wie er es sich erträumt hatte, der rechtmäßige Herrscher von Wode Castle – und das, ohne dass ihr Vater den Tod gefunden hatte, wofür sie ihm auf ewig dankbar sein würde.

Sie hoffte von ganzem Herzen, dass Geoffrey nicht sterben musste, jetzt wo seine Träume zum Greifen nahe waren.

Warum nur hatte sie ihm nie gesagt, dass sie ihn liebte?

Elizabeth schloss die brennenden Augen.

Als sie sie wieder öffnete, sickerte bereits Tageslicht durch die Fensterläden. Sie schlug die Bettdecke zurück, beugte sich über Geoffrey und fuhr mit dem Finger seine Lippen nach. Gott sei dank, sein Atem streifte ihre Haut!

Innerlich schrie sie vor Freude. Hatte Mildred nicht gesagt, dass seine Überlebenschancen gut standen, wenn er den Morgen erlebte?

Mit einem Grunzen hievte die Kammerfrau sich von der Matratze, die in einer Ecke des Gemaches lag. »Lebt er?«

»Ja!«

»Kein Grund, sich so zu freuen, Mylady. Sein Fieber ist nach wie vor sehr hoch. Ich schlage vor, Ihr wascht ihn noch einmal mit dem Kräuterwasser, während ich die Wunde inspiziere. Wenn Ihr damit fertig seid, wiederholt Ihr die Prozedur noch einmal.«

Als Elizabeth Geoffreys Gesicht zum zweiten Mal wusch, klopfte jemand laut an die Tür. Sie verzog das Gesicht, weil die Mägde, die neues Feuerholz brachten, genau wussten, dass sie nicht so viel Krach machen sollten.

Entnervt öffnete sie die Tür.

Vor ihr stand Bertrand. »Mylady«, setzte er mit einem verschlagenen Lächeln an, »Euer Vater bittet Euch, in die große Halle zu kommen. Baron Sedgewick ist soeben eingetroffen. Er wünscht, Euch zu sehen.«

Elizabeth hätte am liebsten laut aufgestöhnt. Sedgewick hatte gestern seine Armee zurück nach Avenley gebracht. Insgeheim hatte sie gehofft, dass sie ihn nie wiedersehen musste.

Sie würde die Unterredung mit ihm so kurz wie möglich halten. Mit einem Nicken sagte sie: »Ich komme gleich.«

Elizabeth schloss leise die Tür und sah an ihrem zerknitterten Bliaut herab. Eine Reihe von Blut- und Kräuterflecken hatten sich auf der Seide eingenistet, und zu allem Übel hatte sie sich noch nicht einmal das Gesicht gewaschen. In dem Wissen, dass es unhöflich war, sich der Anweisung ihres Vaters zu widersetzen und den Baron warten zu lassen, begab sie sich auf den Weg zur großen Halle.

Durch den dichten Rauch dauerte es einen Augenblick, ehe sie ihren Vater und den Baron entdeckte, die es sich am Feuer gemütlich gemacht hatten. Der verlockende Duft nach frischem Brot und warmem Stachelbeergelee hing in der Luft.

Sedgewick ließ ein Stück Brot fallen. »Mein Täubchen!« Sich den Gelee von den Fingern leckend, kam er umständlich auf die Füße. Mit weit aufgerissenen Augen sah er an ihr hinunter. »Seid Ihr verletzt?«

»Ich habe mich um Geoffrey gekümmert«, antwortete sie.

»Euer Vater erwähnte es bereits.« Sedgewicks Lächeln erkaltete. »Er meinte, Ihr wärt kaum von seiner Seite gewichen und dass Ihr und die Heilerin in seinem Gemach genächtigt hättet. Stimmt das?«

»Ja, er hat Fieber.«

»Aha, Fieber.« Sedgewick warf ihrem Vater einen selbstgefälligen und triumphierenden Blick zu.

Ein eigenartiges Gefühl beschlich Elizabeth, die sich jedoch keinerlei Blöße vor diesem Fettwanst geben würde.

»Was, wenn ich fragen darf, ist so amüsant daran?«, fragte sie mit leicht schneidender Stimme.

»Meine Werteste.« Der Baron kam auf sie zu und tätschelte ihr die Hand, als hätte er es mit einem kleinen naiven Kind zu tun. Der wollüstige Ausdruck in seinen Augen verriet jedoch, dass er sie als Frau zu schätzen wusste. »Es gibt so viele Gefahren, die auf einen verwundeten Krieger lauern: Gangräne, Infektionen, Fieber. Ihr stimmt mir doch zu, Lord Brackendale, nicht wahr?«

Elizabeth' Vater, der heute Morgen einen kränklichen Eindruck machte, nickte. »Ihr habt recht, ja.«

»Mein Täubchen, blickt nicht so traurig drein. Immerhin müsst Ihr diesen Bastard nun nicht zum Gemahl nehmen!«

Sedgewicks lüsterner Blick entfesselte in Elizabeth ein Gefühl tiefer Hoffnungslosigkeit, und sie riss sich von ihm los. »Ich habe Mildred versprochen, ihr beim Wechseln der Breipackung zur Hand zu gehen«, log sie durch zusammengebissene Zähne. »Einen schönen Tag noch, Baron. Vater.«

»Warte!«, rief Letzterer.

Elizabeth blieb stehen, setzte ein gefasstes Gesicht auf und drehte sich um. »Ja, Vater?«

»Es gibt eine wichtige Angelegenheit, der wir unsere Aufmerksamkeit widmen sollten.« Sein Blick tastete sie ab und wurde weicher. Ob er spürte, wie aufgewühlt sie innerlich war? »Es geht um deine Zukunft«, fuhr er fort. »Ich wollte erst einige Tage verstreichen lassen, ehe ich das Thema anschneide, da der Baron uns allerdings heute mit seiner Anwesenheit beehrt, habe ich entschieden, es bereits jetzt zur Sprache zu bringen.«

Worauf in Gottes Namen will er hinaus?, schrie eine Stimme in Elizabeth' Kopf. Sie wünschte sich nichts sehnlicher, als an Geoffreys Seite zurückzukehren und endlich Sedgewicks anzüglichen Blicken zu entkommen, brachte es aber nicht übers

Herz, ihren Vater mit Ungehorsam zu strafen. »Was gibt es denn so Dringendes?«

Ein schmatzendes Geräusch erregte ihre Aufmerksamkeit. Der Baron hatte sich den Rest des Brotes in den Mund geschoben und sah sie an, als wäre sie sein wertvolles Eigentum. Sie bekam eine Gänsehaut. Wie konnte er es wagen, sie in aller Öffentlichkeit so anzusehen?

Arthur schob seinen Stuhl nach hinten, erhob sich und strich sich die braune Wolltunika glatt. »Der Baron ist nicht mit leeren Händen gekommen. Er hat einen Karren voller Wein mitgebracht – Bordeaux, um genau zu sein. Ein erlesener Tropfen, um die bevorstehende Hochzeit und seine neue Braut zu feiern.«

»Wie großzügig!«, brachte Elizabeth mühselig hervor. »Schade nur, dass wir niemals heiraten werden.«

Arthur humpelte auf sie zu und nahm ihre Hände. »Tochter, genau darüber möchte ich mit dir sprechen.«

»Worüber genau?«, hörte sie sich fragen und merkte, wie ihr mit jedem Herzschlag die Farbe mehr und mehr aus dem Gesicht wich.

»Sedgewick hat den Wunsch geäußert, die Hochzeit voranzutreiben.«

So, als spräche er durch eine dichte Wand aus Nebel zu ihr, hörte Elizabeth, wie der Baron mit säuselnder Stimme sagte: »Mein Täubchen, ich kann es kaum erwarten, dich zu meiner Angetrauten zu machen!«

Ihr Vater griff nach ihrer Hand. Sofort wurde sie ein wenig ruhiger. »Es tut mir leid, wenn du auf diese Neuigkeit nicht vorbereitet warst, Elizabeth. Der Baron meinte, wir könnten nur schwer abschätzen, welche Höllenqualen du während deiner Gefangenschaft durchlebt hast, aber er hat mir versprochen, dich mit Güte und Nachsicht zu behandeln. Er wird alles in seiner Macht Stehende tun, damit du die grausamen Erinnerungen abstreifst, und wird dir ein liebender Gemahl sein.«

Elizabeth dröhnten die Ohren. Sie befreite ihre Finger und widerstand nur mit größter Kraftanstrengung dem Drang, den Kopf in den Nacken zu legen und wie am Spieß zu schreien. Sie sah ihrem Vater in die Augen und sagte: »Ich kann den Baron unmöglich heiraten. Ich bin mit Geoffrey verlobt. Das hast du selbst auf Branton Castle verkündet, und Hunderte von Zeugen haben es gehört.«

»Pah, welch eine Farce!« Ihr Vater schüttelte den Kopf. »Ich bin heilfroh, dass es zu dieser Ehe niemals kommen wird. Früher oder später stirbt de Lanceau an den Verletzungen. Sobald der Allmächtige ihn von den Qualen erlöst hat, bist du frei.« Er lächelte und sah an ihr vorbei. »Frei, um Sedgewick zum Manne zu nehmen.«

Panik befiel Elizabeth. Sie würde niemals den Baron heiraten! »Du verstehst mich nicht.«

Ihr Vater streckte die Hand aus und berührte sie an der Wange. »Es wäre das Beste, wenn du ...«

»Ich liebe ihn.«

»Stimmt das?« Arthur lachte und blickte zum Baron, der laut schlürfend von seinem Kelch trank. »Ausgezeichnet! Sedgewick hat mir versichert, dass es dir an nichts fehlen wird.«

»Ich liebe Geoffrey!«

Ihre Worte hallten laut von den Wänden wider.

»Du … liebst ...« Arthur stockte der Atem.

Sedgewicks Kinnlade fiel herunter.

Stolz schwang in Elizabeth' Stimme mit, als sie abermals das Wort ergriff. »Ich schwöre es bei meinem Leben.«

»Ihr liebt den Sohn eines Verräters?«, fragte der Baron angewidert und spie Wein und Brot wieder aus. »Er hat Euch entehrt!«

Elizabeth' Wangen brannten, doch sie weigerte sich, auch nur einen Zoll nach hinten zu weichen, obwohl er sie anklagend anfunkelte. »Das hat er nicht.«

Der Baron stellte unsanft den Kelch ab. »Wollt Ihr etwa leugnen, dass er Euch Eurer Jungfräulichkeit beraubt hat?«

»Tochter?«, flüsterte Arthur.

Jede Faser ihres Daseins füllte sich mit Liebe für Geoffrey. »Er hat mich nicht gezwungen. Ich habe mich aus freien Stücken zu ihm gelegt.«

»Beim Allmächtigen!« Wut und Entrüstung verzerrten das Gesicht ihres Vaters.

Elizabeth faltete die Hände, um ein Zittern zu unterbinden.

Der Baron klammerte sich an die Rückenlehne des Stuhls, auf dem er gesessen hatte. Im Kontrast zu dem dunklen Eichenholz wirkten seine fetten Finger wie Lilienknospen. »Ihr habt mich hintergangen!«, brüllte er. »Ihr habt die Beine für ihn breit gemacht, als Ihr noch mit *mir* verlobt wart!« Sein Arm fegte über den Tisch. Kelche, Teller und Essen fielen klirrend zu Boden. Jaulend suchte einer der Hunde das Weite. Sedgewick warf ihm einen Stuhl nach, der auf dem Boden zerbarst.

Als er die Tischkante umfasste, tat Elizabeth' Vater einen hinkenden Schritt auf ihn zu. »Baron!«

Sedgewick richtete sich auf, puterrot im Gesicht. »Ich bitte vielmals um Entschuldigung, Mylord.« Sein Kiefer mahlte, und es war ihm anzusehen, welch große Mühe es ihn kostete, sich einigermaßen unter Kontrolle zu bringen. »Ein Spaziergang wird mir jetzt bestimmt guttun.« Ohne sich noch einmal umzusehen, verließ er die große Halle.

Elizabeth atmete aus. Sie zitterte noch immer am ganzen Körper und dachte darüber nach, was noch alles passiert wäre, wenn ihr Vater Sedgewick nicht gebremst hätte. In der jetzigen Verfassung wäre dem Baron durchaus ein Mord zuzutrauen.

Sie verbannte den beängstigenden Gedanken in die hinterste Ecke ihres Verstandes. Nein, sie würde nicht mehr an ihn denken! Ihm stand jetzt bestimmt nicht mehr der Sinn danach, seine Pläne bezüglich der Hochzeit zu verfolgen.

»War das dein Ernst, dass du de Lanceau liebst?«, durchbrach ihr Vater die angespannte Stille.

»Ja.«

»*Möchtest* du ihn denn heiraten?«

»Von ganzem Herzen.«

Sein Blick wurde weicher. »Er hat sich dir gegenüber also nicht in irgendeiner Weise … unangebracht benommen? Hat sich nichts zuschulden kommen lassen, weswegen du eines Tages deine Entscheidung bereuen könntest?«

Elizabeth schüttelte den Kopf. »Warum fragst du?«

»Weil es mir schwerfällt, das alles zu glauben.« Er fuhr sich mit steifer Hand über den Nacken. »Veronique ...«

»*Veronique?*«, entfuhr es Elizabeth mit lauter Stimme.

»Geoffreys Kurtisane hat mich wissen lassen, dass de Lanceau sich gegen deinen Willen mit dir gebettet hat.« Der Mund ihres Vaters verzog sich zu einem matten Lächeln. »Ich habe sie entlohnt, damit sie uns Zutritt zur Burg verschafft.«

»Geoffrey wusste, dass jemand ihn hintergangen hat«, sagte Elizabeth. »Ich bin mir sicher, dass Veronique dir niederträchtige und boshafte Lügen aufgetischt hat.«

»Ich habe keinen Moment an ihren Worten gezweifelt, es klang alles sehr glaubwürdig.«

Elizabeth blickte auf den geborstenen Stuhl, der auf der weingetränkten Streu lag. »Ich kann nicht alle von Geoffreys Handlungen gutheißen«, erklärte sie, noch immer entsetzt über die Brutalität des Barons, »aber ich liebe ihn. Er ist kein schlechter Mensch. Ich werde alles dafür tun, dass er überlebt und mein Gemahl wird.«

»Welche Ironie!« Arthurs Stimme verlor sich. »Ausgerechnet Edouard de Lanceaus Fleisch und Blut erhebt Ansprüche auf meine Tochter, in deren Augen er ein Held ist!«

Elizabeth fuhr sich mit der Zunge über die trockenen Lippen. »Bitte versuch doch, mich zu verstehen!«

»Das kann ich nicht. Anders als du kann ich de Lanceau nicht vergeben, Tochter. Ich freue mich auf den Tag, an dem du mir die Nachricht seines Todes überbringst.«

Kapitel 19

Mit einem müden Stöhnen durchforstete Arthur die Papiere, die auf dem Tisch vor ihm lagen. Während seiner Abwesenheit hatte sich jede Menge Arbeit angehäuft, die in seine Verantwortung fiel.

Er verzog das Gesicht, weil ihm sein Gewissen keine Ruhe ließ. Genau genommen fielen die ungeklärten Angelegenheiten ab sofort in de Lanceaus Verantwortung. Da der neue Burgherr jedoch mit dem Tode rang, musste sich jemand um die ungeklärten Probleme und den reibungslosen Ablauf auf der Burg kümmern, damit es nicht zu einem Aufstand kam, was ihm noch viel größere Kopfschmerzen bereiten würde, als ihn ohnehin schon quälten.

Arthur verzog das Gesicht und massierte sich die hämmernden Schläfen – eine Nachwirkung der feuchtfröhlichen Nacht, die hinter ihm lag und die den Schmerzen in seinem Bein in nichts nachstand. Er empfand es als wahren Segen, dass er die große Halle für sich allein hatte. Nicht einmal die Hunde, die der Länge nach ausgestreckt vor dem Feuer lagen, belästigten ihn am heutigen Tag. Am meisten freute er sich jedoch darüber, dass der Baron sich noch nicht hatte sehen lassen. Gefasst, aber noch immer aufgewühlt hatte Sedgewick das Mittagessen heruntergeschlungen und Arthurs Angebot, eines der Gästezimmer zu beziehen, um nach dem Essen ein Nickerchen zu machen, dankbar angenommen. Arthur hoffte, dass sich durch den Mittagsschlaf die Laune des Barons hob.

Er überflog die erste Beschwerde, die von einem Bauern vorgetragen worden war, dessen Lauch der gefräßigen Sau seines Nachbarn zum Opfer gefallen war. Entnervt warf er den Vorgang zur Seite. Lauch? Schweine? Wie konnte er sich mit so etwas Trivialem abgeben, wo ihm die Offenbarungen seiner Tochter durch den Kopf schwirrten und alles andere in den Hintergrund drängten – ähnlich einem Herbststurm, der verwelktes Laub von der Straße fegte!

Sie liebte Geoffrey de Lanceau.

Fassungslosigkeit und Bedauern lieferten sich einen erbitterten Kampf in Arthurs Herz. Trotz der Ahnung, dass er Veronique nicht über den Weg trauen konnte, hatte er ihren Worten Glauben geschenkt. Sie hatte ihn, den Baron, Aldwin und all die anderen hintergangen. Nur zu gern hatte sie das Silber genommen, aber in erster Linie war es ihr um de Lanceaus Tod gegangen – und darum, seine Rache zu vereiteln.

Arthur schüttelte sich. Auch er wünschte sich nichts sehnlicher, als dass de Lanceau der Tod ereilte. Selbst in dem Moment, in dem Elizabeth ihm offenbart hatte, dass sie diesen Rüpel liebte und seine Braut werden wollte. Ein Teil von ihm fühlte sich verraten, taub. War es frevelhaft, zu hoffen, dass Edouards Sohn nie wieder das Bewusstsein erlangte, um Elizabeth zu seiner Angetrauten zu nehmen?

Ein Bild flackerte vor seinem geistigen Auge auf: die Umrisse eines Ritters, die sich vor dem fahlen Licht der Morgendämmerung abzeichneten – der Jüngling, der ihn ausgestochen hatte. Arthur konnte sich noch lebhaft an die kühle Berechnung in de Lanceaus Augen erinnern, als er um Elizabeth' Hand angehalten hatte. Selbst wenn er gewollt hätte, hätte er nicht die Stärke seiner Gefühle verbergen können, geschweige denn, dass er Wode Castle und allem, was Arthur sein Eigen nannte, habhaft werden wollte. Waren das wirklich de Lanceaus Ambitionen? Oder hatte er das Leuchten in seinen Augen womöglich absichtlich falsch interpretiert?

Er faltete seine Hände und hauchte warmen Atem hinein. Was war mit Aldwin? Unter anderen Umständen könnte sein Handeln als ritterlich gewertet werden. Würde er hingerichtet werden, weil er Veronique auf den Leim gegangen war, weil er sich im Recht wähnte? Ein moralisches Dilemma, das Arthur am liebsten weit von sich geschoben hätte.

Vom Hof drangen erregte Stimmen zu ihm herauf. Wenige Augenblicke später wurden die Türen des Vorbaus aufgerissen, und Schritte donnerten die Treppe hinauf.

»Ich sage Euch noch einmal, dass Lord Brackendale keinerlei Störung wünscht!«, rief Bertrand und lief, zwei Stufen auf einmal nehmend, hinter Dominic her, der bereits den Treppenabsatz erreicht hatte und die große Halle durchmaß. »Wenn Ihr nicht augenblicklich stehen bleibt, werde ich Euch unter Arrest nehmen!«

»Wenn Ihr Euch nicht davon abbringen lasst, Euch in die Spitze meines Schwertes zu werfen, so tut es!«, knurrte Dominic mit verzerrtem Gesicht.

Während der Ritter auf den Tisch zustapfte, kam Arthur in den Stand. Noch im Gehen sank Dominic auf ein Knie und verneigte sich demütig.

Arthur seufzte. Dominic schien der Loyalste von de Lanceaus Mannen zu sein, die neben dem Karren mit ihrem Herren geritten waren. Seit seiner Ankunft auf Wode Castle hatte er bei de Lanceaus Ross im Stall geschlafen und sich standhaft geweigert, der Burg den Rücken zuzukehren, bis de Lanceau es ihm befahl oder zu Gott gerufen wurde.

»Mylord, ich bin gekommen, um aus Eurem Munde zu erfahren, wie es um das Befinden meines Herrn und Kameraden Geoffrey de Lanceau steht.«

»Und das nicht zum ersten Mal.«

Dominic schnellte hoch, wobei die Streu gehörig verrutschte. »Ich flehe Euch an, sprecht offen und ehrlich mit mir!« Seine Augen leuchtetn. »Wird er leben oder sterben?«

»Noch lebt er, aber niemand vermag zu sagen, was das Schicksal mit ihm vorhat.«

Erleichterung huschte über Dominics Gesicht hinweg. »Ich würde ihm gern einen Krankenbesuch abstatten.«

»Wie ich Euch gestern Abend bereits sagte, als ihr wie jetzt mich dazu gezwungen habt, Euch eine Audienz zu gewähren, hat Mildred verboten, dass Besucher zu ihm vorgelassen werden. Sie meinte, de Lanceaus Leben hinge davon ab.«

»Und Ihr macht Euch ernsthaft Sorgen um sein Schicksal?«

Arthur verzog das Gesicht, weil Dominic sich erdreistete, in solch scharfem Ton mit ihm zu sprechen. »Ich verachte de Lanceau, verabscheue es, für sein Wohlergehen verantwortlich zu sein. Meine Fürsorge rührt daher, dass er nun der Herrscher von Wode Castle ist und mein Knappe sich zu einer voreiligen Handlung hinreißen ließ, die ihm großen Schaden zugefügt hat.«

»Sind bereits Schritte gegen diesen Knappen eingeleitet?«,

wollte Dominic wissen und legte die Hand auf den Knauf seines Schwertes.

Bertrand machte Anstalten, seine Waffe zu zücken, doch Arthur wies ihn mit einem strengen Blick in seine Schranken. Wenngleich Dominic einen verärgerten Eindruck machte, schien er nicht zu jenen Männern zu gehören, die ohne Vorwarnung zum Angriff übergingen. »Der Name meines Knappen lautet Aldwin«, sagte Arthur.

»Er – Aldwin – sitzt bereits im Verlies?«

»Vorläufig ja.«

Dominics Fluch wurde von den geschwärzten Deckenstreben zurückgeworfen. »Ihr beschützt ihn auch noch? Glaubt Ihr wirklich, dass er von einem Verbrechen freigesprochen wird, das er kaltblütig und vor Hunderten von Zeugen begangen hat? Sollte Geoffrey überleben, wird dies zugleich Aldwins Ende sein.«

Kopfschüttelnd stützte Arthur sich mit den flachen Händen auf dem Tisch ab. »Es gibt noch andere Faktoren, die in Betracht gezogen werden sollten.«

»Als da wären?«

»Die Beweggründe für sein hitziges Verhalten«, fuhr Arthur ihn an. »Ich für meinen Teil kann Aldwin keinen Vorwurf daraus machen, dass er Lügen Glauben geschenkt hat, die auch ich für bare Münze genommen habe.«

Dominic stand regungslos da. »Lügen, Mylord?«

»Die Kurtisane, Veronique, hat mir erzählt, dass de Lanceau sich an meiner Tochter vergangen hat, dass er sie auf brutale Weise geschändet hat.«

Dominic stieß ein entrüstetes Lachen aus. »Und das habt Ihr geglaubt?«

Arthur schlug mit der Faust auf die Tischoberfläche. Pergamentrollen gingen zu Boden. »Ihre Lügen haben meine schlimmsten Befürchtungen bestätigt. Immerhin hielt er meine Tochter gefangen und erpresste mich! Beim heiligen Blute Jesu, er wollte mich vernichten!«

»Das wollte er in der Tat«, stimmte Dominic ihm zu. »Ich werde keinen Hehl daraus machen, dass er von Sühne getrieben war, aber ich verspreche Euch, dass seine Ambitionen hinsichtlich Eurer Tochter von nobler Gesinnung sind. Geoffrey ist ein leidenschaftlicher Mensch, würde aber niemals einer Frau, für die er nichts als Bewunderung hegt, auch nur ein Haar krümmen.« Sein Mund verzog sich zu einem schiefen Feixen. »Ich bin fest davon überzeugt, dass die beiden wie füreinander gemacht sind. Sie passen gut zusammen, vor allem, was ihre Willensstärke und ihr Temperament betrifft … und was auch sonst immer noch die Bande zwischen den Geschlechtern ausmacht.«

Eine böse Ahnung beschlich Arthur. »Woher wollt Ihr das wissen?«

Dominics Grinsen wurde feister. »Habt Ihr je einem wild gewordenen Eber gehuldigt?«

Arthur schüttelte den Kopf. Ihm stand nicht der Sinn danach, sich mit Metaphern zu beschäftigen. »Liebt er meine Tochter?«

»Das solltet Ihr ihn lieber selbst fragen. Wenn ich es mir genau überlege, kennt Ihr die Antwort längst.«

Arthur rieb sich die schmerzende Schläfe. De Lanceau fragen, welche Gefühle er für Elizabeth hegte? Nahmen die Entmutigungen denn nie ein Ende?

»Mylord«, hob Dominic an und verschränkte die Arme vor

dem Wollwams, »was wird nun aus Veronique, nachdem sie Euch die Unwahrheit erzählt hat? Genießt sie womöglich Euren Schutz und damit verbunden die Annehmlichkeiten, die diese Burg zu bieten hat?«

Arthur schnaubte und verlagerte das Gewicht auf sein gesundes Bein. »Ich habe sie seit der Belagerung von Branton Castle nicht mehr gesehen. Unsere Wege haben sich nicht mehr gekreuzt, nachdem ich ihr den Rest des Silbers ausbezahlt hatte. Vermutlich ist sie nach Moydenshire geritten, um sich den nächsten Lord zu angeln, bei dem sie ihr Unwesen treiben kann, oder sie hat sich auf einem Schiff eingemietet, das sie so weit wie möglich von diesem unserem Land wegbringt.«

Dominic brummte. »Es ist eher unwahrscheinlich, dass sie vor Gewissensbissen vergeht.«

»Daran besteht meines Erachtens kein Zweifel.«

Ein gequältes Lachen blitzte in Dominics Augen auf, und für den Bruchteil einer Sekunde fiel Arthur in sein Lachen ein.

»Eure Kehle dürfte durch all die Strapazen recht ausgetrocknet sein«, durchbrach Arthur die entstandene Stille.

Dominic nickte, einen argwöhnischen Blick in den Augen. »So könnte man es sagen.«

Mit einer flinken Handbewegung beförderte Arthur auch die restlichen Dokumente auf den Boden. Ohne Bertrand, der empört nach Luft schnappte, Beachtung zu schenken, zog er einen Stuhl nach hinten und sah zu Dominic. »Ich weiß kaum etwas über das, was sich auf Branton Castle während der Gefangenschaft meiner Tochter abgespielt hat. Im Grunde weiß ich so gut wie gar nichts über Geoffrey de Lanceau, außer dass er in jungen Jahren dem Earl of Druentwode als Pagen gedient hat. Seid so nett und bringt Licht in das Dunkel!«

»Um meinen Durst zu stillen oder meine Zunge zu lockern, bedarf es allerdings mehr als eines Bechers von Eurem stärksten Bier«, murmelte Dominic.

Arthur lachte. »Das ist eine Herausforderung, die ich gern annehme und aus der ich zweifelsfrei als Sieger hervorgehen werde.« Den Blick auf Bertrand gerichtet, der neben dem Tisch stand, sagte er: »Richte der Magd aus, sie möge uns Würzwein bringen!«

»Sehr wohl, Mylord.«

Nachdem Bertrands Schritte verklungen waren, nahm Arthur wieder Platz. Trotz der Tatsache, dass er am Vorabend zu tief in den Becher gesehen hatte, stand ihm der Sinn nach Wein, damit dieser seine angeschlagenen Nerven beruhigte und die Schmerzen linderte, die seinen Körper heimgesucht hatten.

Gerade als Dominic den Tisch umrundet hatte, kehrte Bertrand zurück.

»Was gibt es noch?«, rief Arthur ihm zu.

Bertrand blieb stehen und verneigte sich. »Ein Bote aus Tillenham, Mylord. Er sagt, es sei dringend.«

»Tillenham?« Das Pochen in Arthurs Kopf wurde stärker. »Schickt ihn herein!«

*

Elizabeth schreckte aus dem Schlaf hoch und setzte sich ruckartig auf. Ihre Unterschenkel prallten gegen die harten Rückenstreben des Stuhls. Mit einem Stöhnen bemerkte sie, dass sie über der Arbeit an der Satteldecke am Feuer in Geoffreys Gemach eingeschlafen war.

Hin- und hergerissen zwischen der Arbeit an der Satteldecke, die fast beendet war, und den Gewändern für die Waisenkinder, war sie mit sich übereingekommen, Geoffreys Auftrag den Vorzug zu geben. Die Entscheidung war ihr nicht leichtgefallen, doch tief in ihrem Herzen hatte sie gespürt, dass ihre Mutter ihr zugestimmt hätte.

Mit jedem Stich, dem Liebe innewohnte und mit dem sie den Falken zu neuem Leben erweckte, wünschte sie sich, Geoffrey möge wieder genesen. Sie träumte davon, dass er sich mit eigenen Augen davon überzeugen konnte, dass die Decke in altem Glanz erstrahlte. Sie hoffte inständig, dass er von dem Ergebnis angetan wäre.

Ein heiserer Schrei zerriss die Stille. Geoffreys rauher hektischer Atem hallte im Gemach wieder. »Nein!«

Sie sprang auf die Füße. Kam er wieder zu Bewusstsein?

Hastig legte sie die Decke auf einen Stuhl, ehe sie an seine Seite eilte. Mit geschlossenen Augen warf er den Kopf von einer Seite auf die andere.

»Vater«, stöhnte er.

»Geoffrey?« Sie griff nach seiner Hand.

»Er ist im Fieberwahn.« Mildred zog einen Flakon aus ihrem Korb. »Hebt seinen Kopf an. Wir müssen ihm abermals etwas von dem Elixier verabreichen.«

Elizabeth hatte große Mühe, ihn dazu zu bewegen, den Mund zu öffnen, so stark wehrte er sich dagegen. Es dauerte ein wenig, bis es Mildred gelang, ihm von dem Heilwasser einzuflößen, woraufhin er um sich schlug, sich aufbäumte, mit einem erstickten Schluchzen in sich zusammenfiel und in einen unruhigen Schlaf glitt.

»Wird er es schaffen?«, erkundigte sich Elizabeth.

»Ich weiß es nicht.« Die Kammerfrau tauchte ein Leinentuch in kaltes Wasser und wischte ihm damit den Schweiß von der Stirn. »Er kämpft, Mylady, aber ich weiß nicht, ob das reicht.«

Von neuer Hoffnung angespornt, kehrte Elizabeth auf ihren Stuhl zurück und nahm das Sticken wieder auf. Als wenige Herzschläge später jedoch ihr Vater das Gemach betrat, ohne vorher anzuklopfen, wurde ihr eiskalt ums Herz. Es war das erste Mal, dass er diesen Raum betrat, seitdem Geoffrey hier lag. Er hatte es nicht einmal für nötig befunden, seinem erklärten Erzfeind einen Anstandsbesuch abzustatten.

Er wirkte müde, grimmig und aufgewühlt. Ein schweres Geheimnis schien ihm auf dem Herzen zu lasten. Er trug eine einfache Holzschatulle bei sich, auf deren Deckel Kratzer zu erkennen waren, die augenscheinlich von einem Dolch stammten.

Woher hatte er diese Schatulle? Elizabeth hatte sie noch nie zuvor gesehen.

Zu ihrem Erstaunen trat Dominic hinter ihrem Vater ein. Als er die Tür schloss, legte sie die Satteldecke beiseite und erhob sich. Dominic verneigte sich, ehe er mit gramgebeuteltem Gesicht auf das Bett zusteuerte.

»Vater?« Elizabeth wandte den Blick von Geoffreys schlafendem Körper ab.

»Ein Bote ist unlängst eingetroffen«, antwortete er. »Der Earl of Druentwode ist tot.«

»Oh, Geoffrey!« Elizabeth dachte daran, wie er reagieren würde, wenn er davon erfuhr. Was, wenn die Neuigkeit seinen Heilungsprozess ins Stocken brachte?

»Ja, *Geoffrey*.« Die Stimme ihres Vaters klang irgendwie eigenartig – irgendwie gezwungen. Als sie ihm einen verdutzten Blick zuwarf, drückte er ihr die Schachtel in die Hand.

»Was ist das?«, fragte sie.

»Öffne sie und sieh selbst.«

Elizabeth stellte die Schatulle ans Bettende. Die Messerspuren auf dem Deckel ergaben Buchstaben, die aussahen, als wären sie von junger Hand geschnitzt worden.

G-e-o-f-f-r-e-y.

Ich verließ die fröhliche Runde in der großen Halle, um eine Truhe zu holen, die ich hergestellt hatte, während der Zimmermann des Earls mich anleitete. Ich war ungemein stolz auf das Ergebnis meines handwerklichen Geschicks. Ich konnte es kaum erwarten, sie meinem Vater zu zeigen …

Unsichtbare Hände schnürten Elizabeth den Hals zu. Sie schlug den Deckel zurück. Als ihr Blick auf die Erinnerungsstücke aus Geoffreys Kindheit fiel, wurde ihr schummerig. Drei Federn, die in ein Stück abgegriffenes Leinen eingeschlagen waren. Eine Handvoll Murmeln. Eine Steinschleuder. Ein kleiner Dolch und eine wunderschöne Holzstatue, die einen Falken mit ausgestreckten Schwingen darstellte. Es war derselbe Falke wie auf der Decke.

Sie presste sich die zitternde Hand vor den Mund.

»Die Dokumente«, sagte ihr Vater mir rauher Stimme.

Da – zusammengefaltet und an den Rand der Schatulle gesteckt. Elizabeth blinzelte die Tränen fort und faltete eine der dünnen und verblichenen Tierhäute auseinander, die noch immer Reste eines Wachssiegels zierte. Am unteren Rand des in lateinischer Sprache verfassten Dokumentes prangte eine ausladende Unterschrift.

Ein offizielles und von der Krone ratifiziertes Schreiben.

»Es wurde vor siebzehn Jahren verfasst«, flüsterte sie.

Ihr Vater nickte. »Eine offizielle Begnadigung Edouard de Lanceaus.«

Ihr Herz setzte einen Schlag lang aus, um anschließend umso kräftiger gegen ihre Rippen zu schlagen. »*Was?*«

»Es hat den Anschein, als sei er kein Landesverräter gewesen.«

Elizabeth entfuhr ein Seufzen. »Oh Gott!«

Sanft drückte Arthur den Arm seiner Tochter. »Das andere Schriftstück stammt vom Earl und ist an Geoffrey adressiert. Er schreibt, dass er das königliche Pardon vor Jahren erhalten hat, jedoch von dritter Seite erpresst wurde, es zu vernichten.«

»Er wurde erpresst?«

»Ja. Aber wie du selbst sehen kannst, hat der Earl es nicht verbrannt. Stattdessen hielt er es bis zu seinem Tode unter Verschluss.«

»Jetzt, nach seinem Tod, hat der Erpresser schließlich keine Macht mehr über ihn«, schloss Elizabeth schniefend und wischte sich mit zittrigen Fingern die Tränen von den Wangen. »Aber wer könnte den Earl of Druentwode erpresst haben? Wer hätte einen Vorteil davon, Geoffrey die Wahrheit über seinen Vater vorzuenthalten?«

Arthur schüttelte den Kopf. »Ich weiß es nicht. Leider erwähnt der Earl nicht namentlich, wer ihm zugesetzt hat.«

»Warum nicht? Warum diese Geheimniskrämerei?«

»Vielleicht werden wir es niemals erfahren.« Ihr Vater sah zu Geoffrey, der so blass und starr unter dem Laken lag, als wäre das Leben bereits aus seinem Körper gewichen. Dominic kniete mit gesenktem Kopf an seiner Seite.

Elizabeth starrte auf die wertvollen Dokumente und fing an zu weinen.

Geoffrey war achtzehn lange Jahre einer Lüge aufgesessen.

Ob er je erfahren würde, dass der Name seines Vaters längst reingewaschen war?

*

Die Arme eng um den Oberkörper geschlungen, hastete Elizabeth über den in Dunkelheit gehüllten Innenhof. Am nächtlichen Firmament, es war Halbmond, funkelten die Sterne, doch Elizabeth hatte keinen Blick für die Schönheiten der Natur. Die Augen zum dunklen Boden gerichtet, versuchte sie, des Chaos, das ihren Verstand erobert hatte, Herr zu werden.

Die kühle Brise brannte auf ihren tränenüberströmten Wangen und zerrte erbarmungslos an ihrem Umhang. Was sollte sie glauben? Geoffrey hatte keine Gelegenheit ausgelassen zu beteuern, dass sein Vater der Krone stets treu gedient hätte. Jetzt hatte es den Anschein, als wäre er die ganze Zeit im Recht und ihr Vater im Unrecht gewesen – und das nur, weil jemand alles darangesetzt hatte, dafür zur sorgen, dass die Wahrheit nicht ans Licht kam.

Mit gesenktem Haupt wich Elizabeth einer Katze aus, die über ihre nächtliche Beute herfiel, und lief weiter. Unter ihren Sohlen knirschten lose Steine. War es selbstsüchtig von ihr, sich zu wünschen, dass Geoffrey nicht starb? Sie würde alles dafür geben, dass er die Wahrheit über seinen Vater erfuhr, ihn wieder in den Armen zu halten und ihm Zärtlichkeiten ins Ohr zu raunen, wenn ihre Leiber eins wurden.

Der Wind frischte auf. Über ihrem Kopf raschelten Blätter. Elizabeth hob erschrocken den Blick und stellte fest, dass sie bereits unter dem ausladenden Apfelbaum im Garten stand. Vor ihr, vom Mondlicht beschienen, erstreckte sich der Kiesweg, der Mildreds gepflegten und umhegten Kräutergarten teilte und Elizabeth dazu einlud, noch ein wenig länger zu verweilen.

Nein. Es war gar nicht ihre Absicht gewesen, so weit zu gehen. Sie täte besser daran, auf dem schnellsten Weg zu Geoffrey zurückzueilen. Ehe sie sich zum Gehen umwandte, füllte sie ihre Lungen noch einmal mit dem Lavendelduft, den die abflauende Brise mit sich führte.

Mit einem Mal war ihr, als trüge der Wind Fetzen einer gedämpften Unterhaltung zu ihr herüber.

»Ich möchte, dass es noch heute Abend erledigt wird«, sagte eine Männerstimme, »und zwar sorgfältig!« Die nasale Stimme – Elizabeth hatte sie sofort erkannt – jagte ihr einen Schauer über den Rücken.

Sie zog den Umhang enger um sich und lugte vorsichtig an dem Stamm des Baumes vorbei. Unter dem Birnbaum standen zwei Gestalten. Der Baron stand mit dem Rücken zu ihr. Die andere Person trug einen ausladenden Umhang mit Kapuze, der keine Rückschlüsse auf den Menschen darunter zuließ.

Elizabeth zögerte. Sie hatte kein Recht, ein privates Treffen zu belauschen. Während sie jedoch unschlüssig dastand und überlegte, was sie als Nächstes tun sollte, sah sie, wie der Baron einen kleinen Gegenstand aus dem Ärmel zog. Eine silberne Phiole.

»Die Hälfte hiervon reicht, um de Lanceaus armseliges Leben auszupusten. Dieses Mal möchte ich, dass alles klappt. Keine Fehler mehr, verstanden?«

Elizabeth schlug sich mit der Hand vor den Mund.

»Erst meine Entlohnung!«, hörte sie eine Frauenstimme sagen. *Veronique*.

»Nein. Erst stirbt de Lanceau und dann Brackendale. Habt Ihr den Dolch?«

»Natürlich!« Veronique legte den Kopf auf die Seite. Für den Bruchteil einer Sekunde blitzte ihr hübsches Antlitz im Mondlicht auf. »Seid Ihr sicher, dass Ihr die Kleine bis dahin zu Eurer Angetrauten gemacht haben werdet?«

Sedgewick gluckste. »Wenn de Lanceau heute Nacht von uns geht, steht der Eheschließung nichts mehr im Wege. Spätestens morgen ist es so weit. Arthur, dieser unsägliche Narr, wird außer sich sein vor Freude, dass ich seine Tochter zur Frau nehme, obwohl sie entehrt ist. Er wird mich mit ausgebreiteten Armen empfangen.«

»Und sie mit ausgebreiteten Beinen?«, provozierte Veronique mit einem teuflischen Lachen.

»Sie wird mich akzeptieren. Eine andere Wahl bleibt ihr auch nicht.«

Zitternd sank Elizabeth nach vorn gegen den Baumstamm. Sie verging fast vor Furcht. Sie musste auf der Stelle zu ihrem Vater!

Mit raschelndem Umhang verschwand Veronique in den Schatten. Als Sedgewick sich umdrehte, fiel das Mondlicht auf sein feistes Gesicht. Ein diabolisches Lächeln lag auf seinen Lippen.

Im Schutz der Schatten schlich Elizabeth zurück zur Burg. Ein Kieselstein knirschte unter ihren Schuhen. Sie zuckte zusammen.

»Wer ist da?«, rief Sedgewick.

Kalter Schweiß trat ihr auf die Stirn.

»Elizabeth, mein Täubchen, seid Ihr es?«

Die Stimme des Barons riss sie aus ihren Gedanken. Sie

hätte wissen müssen, dass es aussichtslos war, sich ungesehen davonzustehlen. Innerlich schrie sie vor lauter Panik, während sie zugleich alles daransetzte, nach außen hin einen ruhigen Eindruck zu wahren. Wenn sie ihm keinen Anlass gab, zu denken, sie könnte ihn belauscht haben, würde er sie vielleicht wieder gehen lassen.

Elizabeth mimte die Überraschte, schoss herum und sah ihn mit weit aufgerissenen Augen an. »Baron?«

Er schloss die Entfernung zwischen ihnen. »Ich habe nicht erwartet, Euch zu dieser späten Stunde hier draußen anzutreffen. Seid Ihr allein?«

Ein gespenstiges Schimmern erhellte seine Augen. Sein widerlicher Geruch, der ihr entgegenschlug, vernebelte ihr für einen Augenblick die Sinne. Elizabeth rang sich ein höfliches, aber distanziertes Lächeln ab. »Ich habe Mildred gesagt, dass ich ein wenig frische Luft schnappen gehe. Sie wartet bestimmt schon.«

»Ihr lasst so mir nichts, dir nichts den Mann Eures Herzens allein, um bei Nacht im Garten umherzuwandeln?« Sein schiefes Lächeln brachte seine fleckigen und abgebrochenen Zähne zum Vorschein. »Weshalb tut Ihr das, meine Liebe? Um Eurer Schuldgefühle Herr zu werden?«

Sie legte die Stirn in Falten. »Schuldgefühle?«

»Ihr habt Euch ihm hingegeben, obwohl Ihr mir versprochen wart.«

In ihrem Innern kämpften Erbitterung und Vernunft um die Oberhand. »Baron Sedgewick ...«

»Habt Ihr denn nicht den Hauch eines schlechten Gewissens? Fragt Ihr Euch denn gar nicht, wie es wohl wäre, wenn Ihr mit mir schliefet?«

Ein entsetztes Schnauben brannte Elizabeth in der Kehle. »Es ist spät. Wenn Ihr mich entschuldigen würdet, ich …«

»Halt!« Der Baron trat einen Schritt nach vorn und kniff seine Schweinsäuglein zusammen. »Ich sehe Furcht in Euren Augen.«

Elizabeth war, als donnerte ihr Herz so laut, dass es selbst das Heulen des Windes übertönte. Sie durfte nicht preisgeben, dass sie von seinen geheimen Plänen wusste. Sie spielte mit einer Haarsträhne und sagte: »Ich bin müde und wünsche Euch eine gute Nacht.«

Ehe sie jedoch davonspringen konnte, hatte Sedgewick sie schroff am Arm gepackt. »Ihr seid eine vorzügliche Lügnerin, meine Liebe. Ich kann nur beten, dass Ihr eine ebenso vorzügliche Liebhaberin seid, wenn ich zwischen Euren Schenkeln wühle.«

Dort, wo der Baron Elizabeth berührte, schmerzte ihre Haut. Ehe sie wusste, was sie tat, hörte sie sich sagen: »Ich werde Euch niemals heiraten – niemals, hört Ihr?«

»Eure Loyalität de Lanceau gegenüber ist rührend. Welch eine Schande, dass er nicht mehr lange zu leben hat!«

»Mörder!« Als er den Druck auf ihrem Handgelenk um ein Vielfaches erhöhte, musste Elizabeth nach Luft schnappen. Sie versuchte, sich von ihm loszureißen, doch vergebens.

»Habt Ihr also doch gelauscht. Was habt Ihr gehört? Raus mit der Sprache!«

Elizabeth lag eine Lüge auf der Zungenspitze, doch sie spürte, dass er ihr nicht glauben würde. Sie hatte sich verraten, indem sie ihn einen Mörder geschimpft hatte. Jetzt blieb ihr nur übrig, ihn dazu zu bewegen, seinen Plan in aller Gänze vor ihr offenzulegen, damit sie ihn vereiteln konnte, sobald er sie freiließ. »Ich habe genug gehört, um Euch zu hassen.«

»So wie ich de Lanceau dafür hasse, dass er Euch mir weggenommen hat. Es war vorgesehen, dass er durch Aldwins Pfeil stirbt, aber das Gift wird seinen Dienst tun, dessen könnt Ihr sicher sein.« Die Spucke, die sich in seinem Mundwinkel gesammelt hatte, glitzerte im Mondschein. »Ich hoffe, de Lanceau stirbt genauso qualvoll wie sein Vater.«

»Wie grausam!«

Sedgewick lachte. »Selbiges sagte der Knappe, als ich vorgeschlagen habe, dass er de Lanceau erschießt.«

»Ihr?«

Der Baron studierte ihr Gesicht. »Erschreckt Euch das? Ihr dachtet, es wäre Aldwins Idee gewesen, auf de Lanceau zu schießen? Es war ein Kinderspiel, ihn von meinem Vorschlag zu überzeugen. Nachdem ich in seiner Gegenwart Veroniques Worte über Eure Schändung wiederholt und einige pikante Details hinzugefügt habe, die meiner Phantasie entsprungen sind, hat er mich geradezu angefleht, es tun zu dürfen.«

»Aldwin ist ein ehrbarer Mann!«, keifte Elizabeth. »Er würde sich für so etwas Hinterhältiges nie hergeben.«

»Auch nicht, wenn es darum geht, eine geschändete Maid zu rächen?«, spöttelte Sedgewick. »Aldwin, dieser Narr, faselt ständig von Ritterlichkeit dem holden Geschlecht gegenüber. Es kommt eben nur darauf an, wie man so etwas vorträgt, welche Worte man wählt, um es wie einen heroischen Akt aussehen zu lassen. Aldwin ist ein impulsiver, ehrgeiziger Jüngling, wie gemacht für meine Zwecke.«

»Weshalb trachtet Ihr Geoffrey eigentlich so verbissen nach dem Leben? Er hat Euch nichts getan.«

»Er hat Euch berührt«, murmelte der Baron, »das reicht doch! Trotzdem ahnte ich, dass alles auf ein Duell zwischen ihm und Eurem Vater hinauslaufen würde. Ich wusste, dass de Lanceau der aussichtsreichere Kämpfer war, konnte aber nicht riskieren, dass er seine Ansprüche auf Wode Castle verlauten lässt und womöglich durchsetzt.« Lüstern und schadenfroh wanderte der Blick des Barons über ihr Gewand. »Diese Ländereien werden mir gehören – durch Euch.«

Elizabeth erschauderte. »Indem Ihr meinen Vater umbringt?«

Er hielt seine Wurstfinger in die Luft. »Nicht *ich* werde die Tat vollbringen.«

»Feigling! Ihr lasst andere die Drecksarbeit für Euch erledigen!« Abermals versuchte sie, sich seinem Griff zu entwinden – wieder umsonst.

Mondlicht und Schatten wechselten sich ab, verliehen seinem breiten Gesicht etwas Dämonisches. »Ich tue lediglich, was nötig ist, um an mein Ziel zu gelangen. Besser, Ihr akzeptiert es. Ihr werdet meine Frau werden, Elizabeth. Wenn Euer Vater kurz nach der Vermählung von Gott zu sich gerufen wird, fallen mir sämtliche Ländereien zu. Dann werde *ich* über Moydenshire herrschen.«

»Euer Plan wird nicht aufgehen, Baron«, entgegnete sie zähnefletschend. »Das Gesetz besagt, dass lediglich der älteste Sohn erben kann.«

Sedgewick zuckte mit den Schultern. »Hier und da ein wenig Bestechungsgeld und wenn nötig ein Mord, und schon ist alles geregelt.«

Elizabeth zitterte. Mit welcher Nonchalance er sprach! Hatte er kein schlechtes Gewissen, weil er so viele unschuldige Leben geopfert hatte? Wie sie ihn hasste! »Ihr seid ein verabscheuungswürdiger, egoistischer Mann!«

Sedgewick riss an Elizabeth' Arm, woraufhin sie ins Straucheln geriet. »Wie ich bereits sagte: Ich tue lediglich, was ich für nötig halte.«

Der selbstgefällige Ton des Barons brachte Elizabeth auf eine Idee. »Würdet Ihr selbst vor Erpressung nicht zurückschrecken?«

Panik flackerte in den Augen des Barons auf. Für den Bruchteil einer Sekunde lockerte er seinen Griff. Blitzschnell riss Elizabeth sich los. Sie hatte kaum vier Schritte gemacht, als er sie einholte und ihr den Weg versperrte. Eine Hand umfing ihr Kinn, während die andere sich wie ein straffes Seil um ihre Taille wickelte und sie gegen seinen feisten Wanst presste. »Ihr seid clever, meine Liebe, das muss man Euch lassen!« Sein stinkender Atem streifte Elizabeth' Nase. »Zu clever!«

Elizabeth schluckte gegen den Drang an, sich in hohem Bogen zu übergeben. »Lasst von mir ab, oder ich schreie!«

Mit einem gehässigen Lachen wandte Sedgewick Elizabeth' Gesicht dem Mondlicht zu und drückte sie mit dem Rücken gegen den Apfelbaum. »Ihr wisst zu viel, mein Täubchen. Ich habe Euch schon viel zu viel erzählt. Jetzt bleibt mir nichts anderes übrig, als Euch zum Schweigen zu bringen.«

Ein Wimmern entwich Elizabeth' Lippen. Sie spürte, dass seine Worte keine leeren Drohungen waren, ahnte, dass seine Bereitschaft zur Gewalt kurz davor war, in die Tat umgesetzt zu werden. Wie bei einem wilden Tier, das seine Beute bereits ins Visier genommen hatte: sie.

»Ihr tätet gut daran, Euch vor mir zu fürchten.« Sedgewicks Hand, die sich um ihre Taille gelegt hatte, packte sie bei den Haaren und riss kräftig daran, so dass ihr gar nichts anderes übrigblieb, als den Kopf in den Nacken zu legen. Sie spürte, wie sich ihre Haare in der Baumrinde verfingen. »Eine Reihe gut platzierter Schläge, und alle Welt denkt, Ihr seid während Eures Spaziergangs unglücklich gestürzt. Treu ergeben, wie ich Euch gegenüber nun einmal bin, würde ich Euch dennoch zur Angetrauten nehmen – trotz Eurer Prellungen und gebrochenen Knochen. Selbst wenn die Zeremonie an Eurem Bett stattfinden müsste.« Seine Zähne leuchteten. »Egal, wie schwach Ihr seid, ich werde die Ehe vollziehen.«

Ein Schrei formte sich in ihrem Innern.

Im nächsten Augenblick legte sich seine verschwitzte Hand auf ihren Mund. »Mag sein, dass dieser Bastard von Euch gekostet hat«–er drückte ihr einen schleimigen Kuss auf den freigelegten Hals–»aber ich werde Euren zauberhaften Leib erobern und die Frucht seiner Lenden, falls Ihr guter Hoffnung seid, als die meine ausgeben.«

Elizabeth versuchte zu schreien und riss hektisch den Kopf von einer Seite zur anderen. Doch der Baron war stärker.

»Habt Ihr nicht geweint, als er Euch nahm?«, raunte er dicht an ihrem Ohr und stieß ein hämisches Lachen aus, als sie ihn mit aller Kraft bekämpfte. Seine Spucke tropfte auf ihre Haut. »Habt Ihr gewimmert, als er Euch Eurer Jungfräulichkeit beraubte, oder habt Ihr vor Wollust gestöhnt?«

Röchelnd umfasste Sedgewick mit beiden Händen Elizabeth' Gesäß.

Sie schrie.

Ein Schwert wurde zischend aus seinem Futteral gerissen.

»Sedgewick!«, zerriss eine Stimme die Dunkelheit. »Lasst von ihr ab – sofort!«

Elizabeth schluchzte. »Vater?«

Lord Brackendale löste sich aus den Schatten des Gartens.

Silbern reflektierte sein gezücktes Schwert, das auf Sedgewicks Brust gerichtet war, das Mondlicht. Weitere, ebenfalls bewaffnete Männer tauchten hinter ihm auf.

Dominic trat nach vorn. Blinde Wut flackerte in seinen Augen. »Wenn Geoffrey hier wäre, würde er Euch um Eure Männlichkeit erleichtern!«, knurrte er. »Wenn Ihr nicht auf der Stelle von der Dame ablasst, werde ich an seiner statt handeln!«

Sedgewick ließ die Arme hängen und stieß ein hohes und nervöses Lachen aus. »Das war doch nur Liebesgeplänkel, mehr nicht!«

»Glaubt ihm kein Wort!«, rief Elizabeth, die wie Espenlaub am ganzen Leib zitterte. »Er hat Veronique entlohnt, damit sie Geoffrey umbringt – ganz zu schweigen davon, dass er auch dir nach dem Leben trachtet!«

»Das habe ich gehört.« Arthur stellte sich neben sie, die Waffe noch immer auf den Baron gerichtet, und berührte sie am Arm. »Alles in Ordnung mit dir?«

»J-ja.«

Der Baron rang nach Luft und wischte sich mit dem Ärmel den Schweiß von der Stirn. »Ich versichere Euch, dass ich ...«

»Ich habe alles mit eigenen Ohren gehört. »Ein Teil Eurer Ausführungen bestätigt Aldwins Aussage. Ich habe mit ihm gesprochen« – er sah zu Elizabeth – »nachdem ich unlängst de Lanceaus Gemach verlassen habe.«

»Vermaledeiter Knappe!«, murmelte Sedgewick.

Arthur machte einen Schritt auf den Baron zu. Die Spitze der Schwertklinge berührte nun Sedgewicks Tunika. »Auch ich verachte de Lanceau«, sagte Arthur, »aber Ihr seid ein gar grausamer Mensch, wenn Ihr andere für Eure teuflischen Machenschaften einsetzt. Wenn Ihr auch nur einen Hauch von Verstand besitzt, werdet Ihr verstehen, dass niemand von Eurer boshaften Gesinnung die Hand meiner Tochter verdient hat.«

Sedgewick riss die Augen weit auf. »Wartet, Mylord ...«

»Ehe die Wachen Euch im Verlies einsperren, möchte ich den Grund für Eure Niedertracht erfahren.«

»Was meint Ihr damit?« Der Baron wirkte ernsthaft verblüfft.

»Meine Tochter hegt einen Verdacht, der mir mehr als berechtigt erscheint. Ihr seid es, der hinter der Erpressung des Earl of Druentwode steckt.«

Sedgewick kniff die Lippen zusammen.

»Antwortet mir gefälligst!«, herrschte Arthur ihn an.

Zu Elizabeth' Überraschung stieß der Baron ein lautes Lachen aus. »Elizabeth irrt sich. Ich werde nichts zugeben, was ich nicht getan habe und wofür es keine Beweise gibt.«

»Ihr seid es, der irrt. Der Earl ließ eine Schatulle mit Geoffreys Hab und Gut nach Wode Castle schicken. Anders als mit dem Erpresser vereinbart, zerstörte er den Erlass nicht, sondern bewahrte ihn an einem sicheren Platz auf. Er hat sogar ein Schreiben beigefügt, in dem er voller Schuldbewusstsein schildert, dass er das Begnadigungsschreiben versteckt hat, damit Edouards Söhne irgendwann erfahren, dass ihr Vater kein Verräter war.«

Der Baron spie auf den Boden. »Und?«

Arthurs Kiefer mahlte. »Ich habe gesehen, wie Ihr darauf reagiert habt, als Elizabeth von Erpressung sprach. Sie hatte recht mit ihrer Annahme, dass Ihr darin verwickelt seid. Warum, habe ich mich gefragt, hättet Ihr sonst ein Interesse daran, dass der Erlass vernichtet wird? Warum solltet Ihr wünschen, dass die Beweise für Edouards Unschuld verschwinden? Jetzt ist mir alles klar geworden: weil Ihr Edouard hereingelegt habt!«

Elizabeth schnappte nach Luft.

Wut funkelte in den Augen des Barons auf, so, als könnte er nicht länger verheimlichen, dass er ohne Schuld war. »Und was, wenn es stimmt? Edouard, dieser Narr, wollte einfach nicht auf mich hören. Ich habe viel riskiert, als ich ihn ins Vertrauen zog und ihn fragte, ob er einen Aufstand unterstützen würde. Er weigerte sich und befahl mir ...«

»Das Fest!«, entfuhr es Elizabeth, die sich wieder erinnerte. »Geoffrey hat mir erzählt, dass sein Vater eine Handvoll Barone der Festung verwiesen hat, weil sie ihn gegen den König aufwiegeln wollten.«

Sedgewicks Blick huschte zu Elizabeth. »In jener Nacht habe ich am eigenen Leib erfahren, wie ernst es ihm mit seiner Loyalität ist. Ich ahnte, dass er mich beim Regenten anschwärzen würde, also kam ich ihm zuvor, brachte ihn in Verruf und überzeugte den König davon, seine Festung belagern zu lassen.«

»Und ich war das Bauernopfer«, murmelte Arthur ungläubig.

»Ich wollte die Ehre, die Belagerung anzuführen, aber der König hat sich für Euch entschieden, einen Unbekannten am Hof«, sagte Sedgewick mit finsterem Blick. »Ich kannte Edouard und hielt während des Kampfes nach ihm Ausschau. Es war mir eine Freude, ihm mein Schwert in den Leib zu rammen!«

»Oh Gott!«, wisperte Elizabeth.

Der Baron stieß einen verächtlichen Laut aus. »Bin ich entlohnt worden dafür, dass ich dem König geholfen habe, einen Verräter zu entlarven? Ich habe darum gebeten, er möge mir Wode Castle geben. Doch der König entschied, Edouards Eigentum Arthur zu überschreiben.« Sedgewicks Gesichtsausdruck verhärtete sich. »Ich wurde geprellt, also habe ich auf die Gelegenheit gewartet, mir zu holen, was mir zusteht. Als Geoffrey de Lanceau Wode Castle bedrohte, ergriff ich die Chance, meine Wünsche zu befriedigen.«

Mit nachdenklichem Gesichtsausdruck sagte Elizabeth: »Ich verstehe nicht ganz. Wie konntet Ihr den Earl erpressen? Was hat ihn davon abgehalten, Euch als Verräter zu entlarven?«

Sedgewick grinste und machte keinen Hehl daraus, wie stolz er auf seine Verschlagenheit war. »Er war ebenfalls zu besagtem Abendessen auf Wode Castle geladen. Es gab eine Zeit, in der er mit dem Gedanken gespielt hat, sich auf die Seite des Königssohns zu schlagen, dann aber machte er einen Rückzieher. Das war es, womit er sich selbst ein Bein stellte. Wie der Zufall es wollte, habe ich erfahren, dass er Edouards Namen reinwaschen und meine Doppelzüngigkeit beweisen wollte. Zum Glück verfüge ich über gute Verbindungen zum Hof und ließ wichtige Dokumente vernichten. Zudem bat ich den König darum, mir die Erlaubnis zu geben, die Tochter des Earls zu heiraten.« Sedgewicks Lächeln nahm diabolische Züge an. »Der Earl hat sie über alles geliebt. Ihretwegen bewahrte er Stillschweigen.«

»Sie ist erst vor kurzem von uns gegangen«, sagte Arthur. »Das gab Euch die Gelegenheit, Elizabeth den Hof zu machen.«

»Nachdem seine Tochter nicht mehr war und der Earl wusste, dass ihm nicht mehr viel Zeit blieb«, griff Elizabeth den Faden ihres Vaters auf, »konnte er Geoffrey endlich die Urkunde schicken, damit er die Wahrheit erfährt.«

Mit einem verschlagenen Grinsen hielt Sedgewick Elizabeth' Blick stand. »Eine Schande, meine Liebe, dass Ihr Euch ausgerechnet in de Lanceau verlieben musstet! Es wäre für uns alle besser gewesen, wir hätten nicht mehr an der Vergangenheit gerührt.«

»Genug!« Arthur gab seinen Männern ein Zeichen. »Spart Euch die Worte für das königliche Tribunal! Bis dahin wird es mir ein Vergnügen sein, Euch in meinem Verlies zu wissen.«

Mit einem erstickten Kreischen machte der Baron einen Satz nach hinten und wollte fliehen, doch Dominic trat nach vorn und presste ihm die Schwertspitze gegen den Wanst.

Dann wies er auf die Burg. »Wenn mich nicht alles täuscht, liegt das Verlies in dieser Richtung.« Lächelnd trat er zur Seite, damit die bewaffnete Wache den Baron fortzerren konnte, der nach Gnade winselnd wie wild um sich trat und schlug.

Arthur stieß einen langgezogenen Seufzer aus. Elizabeth wandte sich zu ihm um. Tränen der Dankbarkeit traten ihr in die Augen. »Habt Dank, Vater! Dominic, woher wusstet Ihr, dass ich in den Garten gegangen war?«

»Einer der Pagen hat gesehen, wie Ihr über den Innenhof gelaufen seid.«

Nachdem Arthur die Waffe wieder sicher verstaut hatte, faltete er die Hände zusammen. »Ich möchte mich dafür entschuldigen, nicht schon früher heute Abend eingeschritten zu sein. Beim Verlassen des Vorbaus wurde ich von einer Wache darauf angesprochen, dass du eine Unterredung mit Sedgewick hast. Ich wies den Mann an, Verstärkung zu holen, während Dominic und ich uns auf den Weg in den Garten machten. Anfänglich wollte ich Euer Gespräch nicht unterbrechen, aus Angst, der Baron würde sein Geständnis nicht zu Ende führen, aber dann …« Er löste die Hände und fuhr sich mit den Fingern durch das graue Haar. »Dann hat er Hand an dich angelegt.«

Elizabeth wischte sich die Tränen von der Wange. »Es geht mir gut.«

»Es tut mir leid, dass ich sein wahres Wesen nicht schon früher erkannt habe. Wie konnte ich nur annehmen, er wäre ein geeigneter Gemahl für dich!«

Elizabeth warf sich in die ausgebreiteten Arme ihres Vaters und herzte ihn kräftig. »Ich vergebe dir, aber jetzt sollten wir alles daransetzten, um Veronique ausfindig zu machen.«

Arthur nickte lächelnd. »Ich werde veranlassen, dass die Festung durchsucht wird und die Tür zu Geoffreys Gemach Tag und Nacht bewacht wird. Sollte er sterben, dann nicht durch das Gift des Barons.«

Kapitel 20

Ein flüsterndes Geräusch, nicht lauter als ein Windhauch, holte Elizabeth aus dem Schlaf. Sie öffnete die schweren Augenlider und sah, dass das Feuer im Laufe der Nacht deutlich heruntergebrannt war. Ihr erster Gedanke war, dass Mildred einen Diener entsandt hatte, damit dieser neues Brennholz holte.

Dann drang das Geräusch ein weiteres Mal an ihr Ohr. Träge gegen den Schlaf anblinzelnd, drehte sie den Kopf. Jemand stand an Geoffreys Bett und musterte seinen muskelbepackten Körper.

Schlagartig war Elizabeth hellwach. Die Gestalt lief um das Bett herum, trat in das Mondlicht. Das Wispern, das Elizabeth gehört hatte, stammte davon, dass der Saum des Umhangs über den Boden strich. Da, die Kapuze hatte sich ein Stück bewegt! Kastanienfarbene Locken, die ein Gesicht umrahmten, das aus Stein gemeißelt zu sein schien.

Veronique!

Die Phiole in ihrer Hand schimmerte auf.

Elizabeth machte einen Satz vom Bett. »Nein!«

Sie stieß mit Veronique zusammen. Die Phiole fiel auf die Bettdecke und kullerte an Geoffreys Becken vorbei.

»Dumme Gans!«, fauchte die Kurtisane, die Elizabeth unsanft zur Seite stieß und an der Bettdecke riss. Just als ihre Fingerspitzen die Phiole berührten, versetzte Elizabeth ihr einen weiteren Stoß, so dass sie gegen den Eichentisch am Bett prallte. Der Krug mit dem Heilwasser zerbrach und ergoss sich auf Elizabeth' Gewand.

»Bei der Heiligen Jungfrau!«, rief Mildred, die mit weit aufgerissenen Augen von der Pritsche sprang.

»Die Phiole!«, rief Elizabeth, die von Veronique festgehalten wurde. »Nimm sie dir!«

»Wo? Ich kann sie nicht ...«

»Auf dem Bett!«

Mildred schnappte sich die Phiole und stürzte auf die Tür zu. »Wachen!«, rief sie den Flur hinunter. »Wachen!«

Einen Lidschlag später stürzte Arthur, dicht gefolgt von Dominic, in das Gemach.

»Sie hat ein Messer!«, rief Elizabeth und packte Veronique bei den Handgelenken, damit diese keine Chance bekam, es zu zücken. Mit einem hämischen Lachen schob Veronique sie zur Seite. Elizabeth blieb an der Pritsche hängen und fiel der Länge nach auf den Boden.

Im selben Moment riss die Kurtisane den Dolch aus dem Futteral. Strauchelnd kam Elizabeth auf die Füße.

Veronique umfasste den Dolch mit beiden Händen, wandte sich zum Bett um und riss die Hände in die Höhe.

Hell blitzte die Klinge auf.

Elizabeth stieß einen Schrei aus.

Dominic machte einen Satz nach vorn und riss die Kurtisane zu Boden. Das Messer entglitt ihren kraftlosen Händen und landete klirrend auf dem Boden. Sogleich ging Elizabeth in die Knie und nahm sich der Waffe an.

Um sich tretend und schreiend, bekämpfte Veronique ihren Widersacher, der ihr die Arme auf den Rücken drehte.

Arthurs Lächeln war von aufrichtiger Bewunderung beseelt. »Scheint, als könnte weder die späte Stunde noch eine Handvoll Becher Bier Euren Fähigkeiten etwas anhaben.«

Dominic grinste.

Elizabeth, die nach Atem rang, sagte: »Warum waren vor der Tür keine Wachen, Vater? Du hast es doch versprochen!«

»Sie sind tot«, antwortete er und bedachte Veronique mit einem Blick voller Abscheu. »Habe ich dir nicht genug Silber bezahlt, Weib?«

Veronique verzog die dunkelroten Lippen. »Der Baron hat mir Geld *und* eine eigene Festung versprochen – ein Anwesen in der Normandie.«

»Wie bedauerlich für die Leibeigenen in der Normandie, dass Ihr ihnen niemals vorstehen werdet!«, entgegnete Arthur mit eiskalter Stimme.

Sie spuckte ihm vor die Füße. Sofort schob Dominic sie zu den beiden Wachen im Türrahmen, die sie den Gang hinunterschleiften, bis ihre Schreie verstummten.

Elizabeth legte das Messer beiseite und sah Dominic mit tränenfeuchten Augen an. »Wenn Ihr nicht gekommen wärt, wäre Geoffrey womöglich tot.«

»Ihr meint, wenn ich Euren Vater nicht mit so viel Bier abgefüllt hätte, dass er mir die Bitte um einen weiteren Besuch an Geoffreys Krankenbett nicht abschlagen konnte.« Dominic sah an ihr vorbei zu Geoffrey. Sein versonnenes Lächeln erstarb. »Genau genommen war es mir eine Ehre. Jetzt stehe ich nicht mehr in seiner Schuld. Ich hoffe nur, dass mein Freund bald wieder erwacht, damit er mir dafür danken kann.«

Helles Tageslicht sickerte durch die Fensterläden, als Elizabeth erwachte. Ihr Nacken fühlte sie steif an, weil sie die Nacht auf der harten Pritsche verbracht hatte.

Die mörderischen Pläne, die der Baron und Veronique geschmiedet hatten, waren vereitelt worden. Geoffrey lebte. Das war alles, was zählte.

Nachdem sie sich erhoben, das Feuer geschürt und sich ausgiebig gestreckt hatte, strich Elizabeth sich das Gewand glatt, nahm die Satteldecke zur Hand und betrachtete lächelnd ihr Werk. Nur noch wenige Stiche am linken Flügel des Falken, und die Decke erstrahlte in neuem Glanz.

Leise, um niemanden zu wecken, schlich sie zum Bett, neben dem Mildred mit geöffnetem Mund auf der Pritsche schlief. Der volle Krug mit neuem Heilwasser auf dem Beistelltisch legte Zeugnis davon ab, dass die Heilerin noch bis spät in die Nacht gearbeitet hatte.

Elizabeth sah auf Geoffrey hinab. Er schien in einen friedlichen Schlaf gefallen zu sein. Seine Augenlider lagen ruhig da, eingerahmt von seinen dichten Wimpern. Seine Lippen waren geschlossen, doch seine Unterlippe stand ein klein wenig hervor und verlieh ihm etwas Kindliches.

Mit dem Handrücken unterdrückte sie ein herzhaftes Gähnen, fischte anschließend ein Stück Leinen aus dem Weidenkorb und wusch Geoffrey das Gesicht. Im Fieberwahn hatte er sich von der Decke befreit und die Hände auf die Brust gelegt.

Elizabeth, die sich nichts sehnlicher wünschte, als dass Gott ihn am Leben ließ, hätte alles getan, um ihn zu retten. Er durfte nicht sterben!

Während sie ihn vorsichtig wusch, fiel ihr Zopf herab und streifte seine Haut. Geoffrey stieß ein leises Geräusch aus, das einem Stöhnen nicht unähnlich war, und wandte ihr das Gesicht zu. Lächelnd beugte Elizabeth sich über ihn und strich ihm die Strähnen aus der Stirn.

Seine Finger berührten ihre Brust.

Elizabeth erstarrte. Damit hatte sie nie und nimmer gerechnet. Ihre Hand, in der sie das nasse Leinen hielt, schwebte in der Luft. Sie wagte es kaum, zu atmen. Hatte er sie wirklich berührt, oder spielte ihre Phantasie ihr einen Streich?

Da, seine Finger bewegten sich schon wieder, streichelten sie zärtlich!

»Geoffrey?«, flüsterte sie.

»Ich wollte nur sichergehen, dass ich nicht träume«, kam die krächzende Antwort. »Elizabeth, ich musste es einfach tun!«

Elizabeth richtete sich auf und sah ihm in die Augen. Sie waren klar und hell – und voller Tränen.

»Geoffrey!« Sie übersäte seine Stirn, seine Augenbrauen und seine Wangen mit Küssen, ehe sie über seine vollen Lippen herfiel. Was als flüchtige Berührung voller Freude begann, wuchs sich zu einem intensiven und liebevollen Kuss aus.

»Ich habe gebetet, dass du nicht sterben musst«, schluchzte sie an seinen Lippen.

Ein schmerzhafter Ausdruck huschte über sein Gesicht, als seine warme rauhe Hand nach ihren Fingern tastete. »Ich würde dich nie verlassen, holde Maid.«

Elizabeth blinzelte gegen die aufsteigenden Tränen an. »Versprich mir das!«

»Du hast mein Ehrenwort.« In seinem Blick glomm leidenschaftliche Überzeugung. »Ich liebe dich, Elizabeth.«

»Und ich liebe dich.«

Elizabeth beugte sich nach unten, um ihn abermals zu

küssen. Als Mildred sich jedoch ächzend von der Pritsche erhob, zögerte sie.

»Ich unterbreche nur ungern, aber … ich freue mich, dass Ihr wieder bei Sinnen seid, Mylord«, sagte sie und rieb sich die Augen.

»Habe ich die Tatsache, dass ich noch unter den Lebenden weile, womöglich Euch und der Kräuterheilkunde zu verdanken?«

Mildred nickte. »Das habt Ihr.«

»Was auch immer Ihr Euch wünscht, es soll geschehen.«

Ein stolzes Lächeln erhellte das Gesicht der Zofe. »Welch mutige Worte eines Mannes, der ganz am Anfang des Heilungsprozesses steht! Dürfte ich Euch daran erinnern, Mylord, dass Ihr noch immer mein Patient seid und es *Monate* dauern kann, ehe Ihr wieder auf den Beinen seid?«

Geoffrey sah zu Elizabeth und stöhnte. »Monate?«

Mildred senkte den Kopf. »Wenn Ihr Euch mir gegenüber erkenntlich zeigen wollt, so hört auf das, was ich Euch sage, und trinkt oder esst, was ich Euch vorsetze, egal wie widerlich es auch aussehen, riechen oder schmecken mag. Ich ertrage es keinen Augenblick länger, meine Herrin leiden zu sehen. Sind wir uns einig?«

Geoffrey stöhnte. »Ja, sind wir.«

»Gut.« Mildred warf sich den ergrauten Zopf über die Schulter. »Jetzt ist es für mich an der Zeit, Lord Brackendale die gute Nachricht zu überbringen. Wenn Ihr daran interessiert seid, dass mein Patient sich nicht überanstrengt, erspart ihm unnötiges Gerede. Er ist noch sehr schwach.«

Im nächsten Moment fiel die Tür ins Schloss, und sie waren allein.

Ein verschlagenes Grinsen zupfte an Geoffreys Lippen. Elizabeth wurde siedend heiß. Wie sie dieses Lächeln vermisst hatte!

»Nimm einen guten Rat an, holde Maid«, murmelte er, als sie ihm einen Kuss auf die Lippen hauchte. »Von mir aus brauchst du gar nicht zu reden, solange ich von deinen Lippen kosten darf.«

*

Nach einer wahren Flut inniger Küsse und gesäuselter Liebesworte, verflocht Geoffrey seine Finger mit den ihren. Frische Tränen traten ihm in die Augen, weil sie der Grund – der einzige Grund, wohlgemerkt – war, warum er für sein Leben gekämpft hatte.

Die dichte erdrückende Dunkelheit hatte sein Bewusstsein bedroht, doch er hatte sich mit jedem Funken Kraft, der ihm noch geblieben war, an das Licht zurückgekämpft, damit er wieder bei ihr sein konnte.

»Es gibt so vieles, was ich dir erzählen möchte«, murmelte sie und liebkoste seine Wange.

»Ich kann mich an nichts erinnern, was sich nach meiner Verletzung zugetragen hat.« Geoffrey schob die schmerzhafte Erinnerung an den surrenden Pfeil beiseite, der ihn beinahe das Leben gekostet hatte. »Sind wir auf Wode Castle?«

Elizabeth nickte und erzählte ihm davon, wie Aldwin unter Arrest genommen, wie Geoffrey nach Wode Castle gebracht worden war, dass der Baron Aldwin manipuliert und Veronique versucht hatte, ihn umzubringen.

Je länger Geoffrey Elizabeth' Ausführungen zuhörte, umso

wütender wurde er. »Der Baron wird mir Rede und Antwort stehen!« Er verfluchte seine Gebrechlichkeit und die unsägliche Müdigkeit, die es ihm unmöglich machten, das Verlies zu stürmen und sich an ihm zu rächen.

Erregung und eine eigenartige Traurigkeit schlichen sich in Elizabeth' tränengeschwängerten Blick. »Das war noch nicht alles.«

»Was denn noch?«

Elizabeth löste sich von ihm, durchquerte das Gemach und nahm eine Pergamentrolle zur Hand. Nachdem sie diese auseinandergerollt hatte, hielt sie sie Geoffrey vor das Gesicht, damit er lesen konnte, was darauf geschrieben stand.

»Deine Hände zittern ja«, stellte er fest. »Elizabeth?«

»Lies!«, sagte sie mit glitzernden Augen.

Sein Blick flog über das offizielle Dokument. Als die Bedeutung der Worte in sein Bewusstsein sickerte, flüsterte er: »Ein königliches Begnadigungsschreiben.«

»Außerdem gibt es noch einen Brief des Earls of Druentwode, in dem er erklärt, warum er dieses Schreiben all die Jahre geheim gehalten hat. Oh, Geoffrey, du hattest ja so recht! Der Baron hat deinen Vater des Verrats bezichtigt und ihm im Zuge der Belagerung die todbringende Wunde zugefügt.«

Brennender Zorn und blinder Hass ergriffen von Geoffrey Besitz. »Ich werde ihn umbringen! Lass ihn herbringen – jetzt!« Die Anstrengung, die das laute Sprechen mit sich brachte, löste eine Lawine des Schmerzes in seinem Oberkörper aus. Das Zimmer um ihn herum verschwamm. Mit zusammengepressten Zähnen kämpfte Geoffrey gegen den überwältigenden Schmerz an und versuchte aufzustehen.

»Geoffrey, halt!«, rief Elizabeth mit schriller Stimme.

Trotz des Brummens, das in seinen Ohren klang, hörte Geoffrey, wie die Tür aufgerissen wurde. »Mylord!« Im selben Moment legte Mildred ihm die Hände auf die Schultern und drückte ihn in die Kissen, wie sie es bei einem entkräfteten Kind tun würde. Anschließend hielt sie ihm einen Flakon an die Lippen und bat ihn, einen Schluck zu trinken.

Wie zwei wilde Tiere fielen Entmutigung und Hilflosigkeit über seine Seele her und wollten sie in Stücke reißen. Er stieß einen gepeinigten Schrei aus. Sofort beugte Elizabeth sich über ihn und drückte ihren von Tränen benetzten Mund auf seine Lippen. Zärtlich und beharrlich war ihr Kuss, beruhigend und verständnisvoll.

Geoffrey gab den Kampf auf, hatte keine Kraft mehr. Wie in jener verhängnisvollen Nacht vor achtzehn Jahren, die sein Vater nicht überlebt hatte, schluchzte er und weinte, bis seine Tränen versiegt waren.

Er musste eingeschlafen sein, denn als er das nächste Mal die Augen öffnete, stand Dominic neben dem Bett und sah auf ihn hinab. »Es tut gut, Euch zu sehen, Mylord.«

Geoffrey musste sich einige Male räuspern, ehe er das Wort ergriff. »Auch ich freue mich, dich zu sehen.«

Dominic kratzte sich am Kinn und legte den Kopf leicht auf die Seite. »Ihr wirkt ein wenig blass um die Nase, aber nach drei, vier Bechern Bier sieht das vermutlich schon wieder ganz anders aus.«

Mildred schnaubte wütend. Nachdem sie Dominic einen vernichtenden Blick zugeworfen hatte, schnappte sie sich ihren Korb und verließ das Gemach.

Mit einem verschmitzten Lächeln sah Geoffrey der Heilerin

nach, ehe er sich zu Elizabeth wandte, die am Feuer saß und stickte. Lächelnd erwiderte sie seinen Blick.

Eine Woge des Stolzes riss ihn mit. Sein Leben hatte sich von Grund auf geändert, und zwar zum Besseren – ihretwegen. Geoffrey wurde ganz warm ums Herz, und er schwor sich, ihr von nun an für den Rest seines Lebens zu beweisen, wie tief seine Gefühle für sie waren. »Was machst du da?«, murmelte er.

»Ich bessere die Satteldecke aus. Erinnerst du dich denn nicht?«

»Natürlich erinnere ich mich, aber ich dachte nicht, dass du ...«

»Dass ich die Arbeit daran fortsetzen würde, sobald ich Branton Castle den Rücken zugekehrt habe?« Mit einer flinken Bewegung schob sie eine Haarsträhne beiseite, die sie bei der Stickarbeit behinderte. »Das ist mein Geschenk für dich. Sie soll dein Ross schmücken, wenn du als Geoffrey de Lanceau, stolzer Sohn Edouards, ausreitest, um deine Vasallen kennenzulernen.«

Tränen sammelten sich in Geoffreys Augen. »Du bist mein größtes Geschenk«, sagte er mit erstickter Stimme, in der eine gehörige Portion Sinnlichkeit schwang.

Als Elizabeth merkte, dass ihr die Röte ins Gesicht kroch, senkte sie den Kopf und widmete sich wieder ihrer Arbeit. Einen Augenblick später stieß sie ein erleichtertes Seufzen aus, riss den silbernen Faden ab und hielt die Decke in die Höhe. »Sieh mal!«

Die Risse in der Seide waren verschwunden. Und obwohl es selbst einer talentierten Näherin wie Elizabeth nicht gelungen war, sie zu kaschieren, erstrahlte der Falke, der die Schwingen ausgebreitet hatte, als würde er jeden Augenblick zum Sturzflug ansetzen, in neuem Glanz.

Die Decke war wie neu, so wie er sie aus Kindertagen kannte.

Überwältigt von Dankbarkeit blinzelte er einige Male. »Vielen Dank!«

Elizabeth' Lippen formten ein anzügliches Lächeln, und sie machte eine wegwerfende Handbewegung. »Später wirst du die Möglichkeit haben, dich bei mir zu bedanken.«

Dominic pfiff. »Mylord, wenn Ihr mir gestattet, würde ich gern darauf hinweisen, dass Lady Elizabeth und ich bereits über ein neues Projekt gesprochen haben, mit dem sie anfangen wird, sobald sie mit den Gewändern für die Waisenkinder fertig ist.«

»Waisenkinder?« Nur ungern wandte er den Blick von Elizabeth' vollen Lippen und schob die Vorstellung beiseite, wie viele Möglichkeiten es gab, sich voller Sinnlichkeit bei ihr zu bedanken.

»Sie näht Kleider für die Kinder des Waisenhauses – eine Spende im Gedenken an ihre Mutter und ihre Schwester, die Gott vor rund einem Jahr zu sich holte. Als Ihr sie von hier weggeholt habt, steckte sie mitten in der Arbeit.«

Schuldgefühle breiteten sich in Geoffreys Brust aus. »Verstehe.« Er sah zu Elizabeth hinüber, die gerade dabei war, Fadenreste von ihrem Bliaut zu zupfen.

»Bei dem neuen Projekt, von dem ich eben sprach«, fuhr Dominic fort, »handelt es sich um ein Banner für Euch.«

Geoffrey hob die Augenbrauen.

Elizabeth sah auf und kicherte. Übermut flackerte in ihren Augen.

Dominics Hand durchschnitt die Luft, als würde er ein unsichtbares Bild malen. »Ein silberner Schutzschild auf blauer Seide, und in der Mitte des Banners wird ein monströses Wildschwein mit grimmigem Blick zu sehen sein.«

Geoffrey war sich nicht sicher, ob er lachen, weinen oder vor lauter Verzweiflung laut stöhnen sollte. »Ein Wildschwein?«

»Ein wild gewordenes Wildschwein.« Dominic strahlte. »Eine großartige Idee, findet Ihr nicht auch?«

*

»Seine Kräfte kehren erstaunlich schnell zurück«, sagte Mildred drei Tage später. Sie stand an Geoffreys Bett und rührte gerade einen Kräuterauszug in einen mit Rotwein gefüllten Kelch. »Das ist aber auch kein Wunder, Lord Brackendale, da er sich strikt an meine Anweisungen hält.«

Arthur brummte. Er stand mit der Schulter an die Wand gelehnt in der hintersten Ecke des Raums – so weit wie möglich von Geoffrey entfernt, wie Elizabeth bemerkte. Wenngleich die Nachricht, dass Geoffrey das Bewusstsein wiedererlangt hatte, sich wie ein Lauffeuer in der Burg verbreitet hatte, hatte ihr Vater sich bis zum heutigen Morgen mit einem Besuch Zeit gelassen. Mildreds gute Neuigkeiten schienen ihn in keiner Weise zu beeindrucken. Genau genommen schienen die Falten auf seiner Stirn tiefer zu werden.

Als Elizabeth hörte, wie die Bettwäsche raschelte, sah sie zu Geoffrey hinüber. Sein Grinsen setzte ein Gefühl tiefer Freude in ihr frei.

»Wie könnte ich bei der guten Pflege nicht genesen?«, murmelte er. »Allein die Anwesenheit meiner Verlobten vermag Wunder zu bewirken, ganz zu schweigen von Eurer Medizin, die Ihr mir stets in erlesenen Tropfen verabreicht.« Als Mildred den Kelch zu seinem Mund führte, nahm er brav einen großen Schluck. »Köstlich, wäre da nicht der bittere Nachgeschmack!«

Die Heilerin zuckte mit den Achseln. »Vom Gesinde weiß ich, dass mindestens zehn Fässer von dem Wein im Keller lagern. Da kommt es auf ein oder zwei Krüge nicht an.«

»Ihr verabreicht ihm den *Bordeaux*?«, fragte Arthur knurrend.

Geoffreys Augen leuchteten auf. »Bordeaux? Wunderbar!«

»Dieser Wein hat Sedgewick ein halbes Vermögen gekostet«, erklärte Arthur mit hochrotem Gesicht. »Er war für Elizabeth' Hochzeit bestimmt.«

Elizabeth legte das Kinderkleid weg, an dem sie gerade arbeitete. Welche Rechnungen ihr Vater und Geoffrey auch immer zu begleichen hatten, würde warten müssen, bis Geoffreys Wunden verheilt waren. »Vater, bitte!«

Geoffrey kniff die Augen zusammen. »Welche Hochzeit?«

Arthur stieß sich von der Wand ab. »Die Hochzeit, die zwischen meiner Tochter und dem Baron angedacht war, ehe Ihr Eure Rachepläne umgesetzt habt. Jene Vermählung, die Sedgewick verschoben hat, in der Annahme, Ihr wäret bis dahin tot und begraben.«

Es kostete Elizabeth ein wenig Überwindung, Geoffrey anzusehen. Sie fürchtete, er würde vor Wut überschäumen. Als sie jedoch seinem Blick begegnete, traf sie auf Verständnis.

»Ihr nehmt es mir übel, dass Elizabeth und ich verlobt sind.«

Feindseligkeit flackerte in Arthurs Augen auf. »Ihr mögt

Euch Wode Castle unter den Nagel gerissen haben, aber ich sehe keinen Grund, warum ich länger schweigen sollte. Schließlich bin ich ein Mann von Ehre. Ich werde die Abmachung, die wir während des Kampfes getroffen haben, respektieren, aber es schmerzt mich, dass Ihr nun über die Festung herrscht, die einst mein Zuhause war, meinen besten Wein trinkt und wie ein Held behandelt werdet!« Er fuhr sich mit zitternder Hand durchs Haar. »Ihr habt mir alles weggenommen – mein Zuhause, meine Ländereien, meine Titel. Wundert es Euch wirklich, dass ich es nicht begrüßen kann, wenn Ihr meine Tochter zu Eurer Angetrauten machen wollt?«

Furcht machte sich in Elizabeth' Brust breit. Ehe sie jedoch etwas unternehmen konnte, um die Spannung im Raum abzubauen, sagte Geoffrey: »Elizabeth, Mildred, lasst uns allein! Ich würde gern unter vier Augen mit Lord Brackendale sprechen.«

Elizabeth trocknete sich die verschwitzten Hände an ihrem Gewand und erhob sich. Vielleicht war es doch das Beste, wenn ihr Vater und Geoffrey ihre Differenzen gleich beilegten. Sie nahm Mildred am Arm und verließ das Gemach.

Die Kammerfrau zog hinter sich die Tür zu. »Worüber werden die beiden wohl sprechen?«

»Ich weiß es nicht.« Elizabeth unterdrückte ein Schaudern. Entweder war Geoffrey daran gelegen, sich mit ihrem Vater auszusöhnen oder ihn für seinen Ausbruch zu bestrafen – und das, wo er doch noch verhältnismäßig schwach war!

Mildred ging in die Knie und presste das Ohr an die Tür. »Verflixt und zugenäht, ich versteh' kein Wort!«

»Wie wäre es, wenn wir so lange in den Garten gingen? Ein wenig frische Luft würde mir nicht schaden. Um ehrlich zu sein, würde es mich in den Wahnsinn treiben, die ganze Zeit über hier im Korridor zu stehen und zu warten.«

»Ein ausgezeichneter Vorschlag, Mylady! Ein Spaziergang wird meinen alten Knochen guttun und gibt mir die Gelegenheit, frische Kräuter zu ernten.«

Gestärkt kehrten die beiden eine Weile später von ihrem Spaziergang zurück. Die Tür zu Geoffreys Gemach war jedoch noch immer geschlossen.

Mildred verschränkte die Arme vor der Brust. »Wie eigenartig!«

»Das finde ich auch.« Elizabeth lief auf und ab und dachte fieberhaft darüber nach, mit welcher Begründung sie das Gemach betreten könnte. Gerade als sie die Hand hob, um anzuklopfen, drang ein vollkommen unerwartetes Geräusch an ihr Ohr: Gelächter.

Die Tür flog auf. Ihr Blick fiel auf ihren lächelnden Vater, der einen Kelch in der Hand hielt und dessen Wangen vom Wein gerötet waren. Wortlos schloss er Elizabeth in die Arme und herzte sie kräftig.

»Vater, was ist passiert?«, fragte sie dicht an seinem Wams.

»Es ist alles in Ordnung.« Mit leuchtenden Augen ließ er von ihr ab. »Ich werde Herrscher von Wode Castle bleiben.«

»Wirklich? Geoffrey …?«

»Hat mir alles erzählt«, erklärte Arthur. »Von seiner Betroffenheit über den Tod seines Vaters, seinem brennenden Wunsch nach Rache, dem Seidenhandel, seinem Traum von meinen Ländereien und – was am wichtigsten ist – von seiner Liebe zu dir.«

Elizabeth blinzelte gegen die Tränen an. »Was ist mit Geoffreys Wunsch, Wode Castle und die dazugehörigen Ländereien sein Eigen zu nennen?«

»Er hat mir die Festung sowie sämtliche Titel wieder übertragen, unter der Bedingung, dass ich ihm das Wegerecht auf dem Fluss von und nach Branton Castle einräume.«

»Welch wundervolle Nachricht!«, rief Elizabeth aus.

»Ich habe vorgeschlagen, er möge sich an die Krone wenden und darum bitten, dass ihm Sedgewicks Ländereien übertragen werden, und Geoffrey hat sich einverstanden erklärt.« Arthur berührte sie am Arm und lächelte. »Außerdem hat er mir von den Kleidern erzählt, die du für die Waisenkinder anfertigst. Wir halten es beide für eine gute Idee. Ab sofort wird es jedes Jahr ein Geschenk in dieser Art geben. Was auch immer du benötigst, um die Aufgabe zu bewältigen, sei es Stoff, Näherinnen oder Geld, sollst du bekommen.«

Tiefe Freude überkam sie. »Oh, Vater!«

Arthur grinste. »De Lanceau wird dir ein guter Gemahl sein – für einen Rüpel.«

Elizabeth raffte die Röcke und eilte zu Geoffrey, der erschöpft, aber zufrieden wirkte. Endlich schien er seinen Seelenfrieden gefunden zu haben.

Als er lächelte, beugte sie sich zu ihm hinab und gab ihm einen Kuss.

»Ich habe es nicht übers Herz gebracht, deinem Vater sein Zuhause wegzunehmen, was auch dir Kummer bereitet hätte«, murmelte er dicht an ihrer Wange, so dass sie seinen Atem spürte. »Und ich glaube auch nicht, dass mein Vater es so gewollt hätte.«

Tränen liefen über Elizabeth' Gesicht. »Vielen Dank!«

Seine Finger fanden ihre Hand. »Wir werden auf Branton Castle glücklich sein, du und ich.«

»Ja, das werden wir!« Elizabeth gab ihm einen weiteren Kuss.

Hinter sich hörte sie, wie Mildred ein versonnenes Seufzen ausstieß.

Trunken vor Glück hörte Elizabeth, wie ihr Vater den Raum verließ. »Du da!«, hörte sie ihn vor der Tür sagen. »Hol einen Krug Bordeaux – ach was, lass gleich ein Fass herbringen, und spute dich! Wir feiern heute Verlobung!«

Epilog

»Fertig!« Mildred zupfte Elizabeth' Bliaut ein letztes Mal zurecht und richtete sich auf, ein Lächeln auf den bebenden Lippen. »Oh, Mylady!«

Elizabeth lachte und drehte sich um die eigene Achse, so dass der edle Stoff des Gewandes sich zu einer Wolke aufbauschte. Sie fühlte sich wie eine Göttin. Der Duft der Apfelblüten, mit denen ihr Schleier geschmückt war, hing in der Luft.

Ergriffen und freudig ließ sie die Hände über die teure Seide gleiten und erinnerte sich daran, wie viel Zeit Geoffrey investiert hatte, um die richtige Farbe zu finden. Er hatte darauf bestanden, dass das Kleid elfenbeinfarben war – als Symbol ihrer aufrichtigen Liebe. Der arme Pietro hatte unzähligen mit Stoff beladenen Schiffen in Venedig einen Besuch abgestattet, ehe er fündig geworden war.

Elizabeth drehte sich abermals um die eigene Achse und erfreute sich an dem majestätischen Glanz des mit Rosen bestickten Gewandes, an dem sie die Brosche ihrer Mutter festgesteckt hatte. Die kleinste Bewegung reichte aus, um dem Stoff ein edles Rascheln zu entlocken.

Ergriffen putzte Mildred sich die Nase. »Wenn Eure

Mutter – Gott hab sie selig – Euch jetzt sehen könnte! Ihr seid wunderhübsch.«

»Ich fühle mich auch so.« Elizabeth fuhr mit den Fingern über die Brosche, die ihr Vater ihr schon vor einiger Zeit zurückgegeben hatte. So gut wie jetzt hatte sie sich schon lange nicht mehr gefühlt. Keine Übelkeitsanfälle mehr, keine Hitzewellen, keine …

Ehe sie wusste, wie ihr geschah, hatte sie das Gefühl, als wäre sie gerade getreten worden – von winzigen Füßen, die in ihrem Innern heranwuchsen. Mit einem versonnenen Lächeln legte sie sich die Hand auf den gewölbten Bauch. Ihr Nachwuchs schien das Temperament seines Vaters geerbt zu haben.

»Bewegt es sich?«, erkundigte sich Mildred.

»Ja, und wie. Aua!«

Kichernd rieb die Heilerin sich die Augen. »Ein kräftiger Sohn. Er wird seinen Vater sehr stolz machen.«

Als das Baby Elizabeth abermals trat, musste sie lachen. »Ich fürchte, er oder sie weiß, wie nervös ich gerade bin.«

»Wenn es Euch beruhigt, Mylady: Ich bin überzeugt davon, dass Geoffrey nicht minder nervös ist.«

Und wie nervös er ist, dachte Elizabeth wenige Augenblicke später, als Mildred und ihr Vater sie auf dem sich windenden Pfad begleiteten, der zur Kapelle von Wode Castle führte. Es war eigenartig, dass sie beide bis in die Haarspitzen aufgeregt waren. Bereits vor Monaten hatten sie – Geoffrey hatte noch das Bett hüten müssen – sich das Jawort gegeben. Es war eine schlichte Zeremonie gewesen.

Nichtsdestoweniger hatte Geoffrey darauf bestanden, die Zeremonie vor geladenen Gästen und in einem Gotteshaus zu wiederholen, gefolgt von einem ausladenden Fest, bei dem es nicht an Artisten und Barden fehlen durfte.

Mit einem Lächeln auf den Lippen beobachtete sie, wie er vor der wartenden Menge auf und ab lief. Da, jetzt flog ein Paar zwitschernder Rotkehlchen direkt an seinem Schopf vorbei und riss ihn aus seinen Gedanken. Elizabeth musste kichern.

Er hatte sich frisch rasiert, und sein Haar, das ihm wellenförmig auf den Kragen des Wamses aus feinster Seide fiel, glänzte, wie sie es noch nie zuvor gesehen hatte. Die Beinkleider, die seine muskulösen Beine besonders gut zur Geltung brachten, waren aus demselben Tuch wie das Wams. Die schwarzen Lederstiefel rundeten seine vornehme Erscheinung ab.

Elizabeth sog zischend den Atem ein und zog sich den Schleier zurecht. Sie konnte kaum glauben, dass erst sieben Monate seit Geoffreys Verwundung vergangen waren. Die schlimme Zeit gehörte der Vergangenheit an. Die Wunde war gut verheilt, hatte aber eine tiefe und wulstige Narbe hinterlassen, die der auf seiner Brust nicht ganz unähnlich war. Dank Dominics Unterstützung war Geoffrey wieder einigermaßen bei Kräften, auch wenn weitere Monate ins Land ziehen würden, ehe er Gegenstände hochzuheben vermochte, die schwerer wogen als ein Stuhl.

Nach seiner Genesung war ihm Aldwin vorgeführt worden, um sich wegen versuchten Mordes zu verantworten. Elizabeth war dabei gewesen, als Aldwin unter Tränen alles gestanden und sich entschuldigt hatte. Als die Anhörung vorüber war, hatte Geoffrey Aldwin davon in Kenntnis gesetzt, dass er ihm bis zu seinem Tode die Treue schwören musste – eine Entscheidung, die keiner von ihnen auch nur eine Sekunde bereute. Aldwin hatte sich umgehend in die Arbeit gestürzt, um seinem neuen Herrn zu gefallen.

Elizabeth nagte an ihrer Unterlippe. Sie wünschte, bei Sedgewick und Veronique wäre auch alles zur Zufriedenheit aller geregelt worden. Es wurde vereinbart, dass die beiden schwer bewacht in das Verlies des Königs verlegt werden sollten, um dort auf ihre Verhandlung zu warten, aber irgendwie war ihnen die Flucht gelungen, und keiner von beiden ward seither gesehen. Doch Elizabeth war nicht in allzu großer Sorge um sich und ihre Familie. Sie bezweifelte, dass der Baron oder Veronique eine Bedrohung für ihre oder Geoffreys Zukunft darstellten. Sie liebte ihn mehr, als sie es je für möglich gehalten hatte, und erfreute sich an den alltäglichsten Gesten und Bewegungen. So wie jetzt, als er sich mit den Händen durch das Haar fuhr und mit geschmeidigen Schritten auf den Priester zulief.

Im Laufe der letzten Monate hatte er ihr immer wieder aufs Neue bewiesen, wie sehr er sie liebte, hatte tagein, tagaus hart daran gearbeitet, um ihre Zukunft zu sichern. Seine erste Schiffsladung mit zweitausend Schafen war eingetroffen. Jeden Morgen in aller Herrgottsfrühe stand er auf, um die Errichtung einer Wollwäscherei zu überwachen. Glücklicherweise wurde ihm auch noch sein Anteil an den Umsätzen aus dem Seidengeschäft in Venedig ausbezahlt, der dreimal höher ausgefallen war, als er sich je erträumt hätte. Keine zwei Tage, nachdem er das Geld erhalten hatte, hatte er sich darangemacht, Branton Castle in – um es mit seinen Worten zu sagen – »einen Ort zu verwandeln, an dem es der holden Maid, die mein Herz im Sturm erobert hat, und meinem Nachwuchs an nichts fehlt«. Besiegelt hatte er seine Worte mit einem leidenschaftlichen Kuss. Außerdem hatte er dafür gesorgt, dass Wasserleitungen auf Branton Castle verlegt wurden.

Er schien ihren Blick zu bemerken, denn jetzt hob er seinen Kopf. Sie sahen einander an. Selbst jetzt, nachdem sie sich schon eine ganze Weile kannten, genügte ein feuriger Blick, und Elizabeth bekam weiche Knie.

Mit einem bewundernden Raunen teilte sich die Menge. Elizabeth erspähte Dominic, Elena und Roydon, die ihr zuwinkten. Lachend winkte sie zurück.

Geoffreys graue Augen sahen sie an. Seine Lippen verzogen sich zu einem rüpelhaften Feixen. Auch Elizabeth lächelte, erkannte sie in seinem Gesichtsausdruck sämtliche von Geoffreys Facetten, die sie allesamt liebte – den Rüpel, den Verbündeten, den liebevollen Liebhaber.

Als der Priester mit den güldenen Ringen nach vorn trat und die Eröffnungsworte der Zeremonie sprach, las Elizabeth in Geoffreys loderndem Blick, dass er sie und ihre gemeinsamen Kinder stets wertschätzen und lieben würde. Heute, morgen und bis in alle Ewigkeit.

Danksagung

Es ist wunderbar, wie viele Menschen mich auf jeder Etappe meines schriftstellerischen Weges begleiteten und mich an ihrem Enthusiasmus und ihrer Güte teilhaben ließen.

Unendlicher Dank für sagenhafte, aufschlussreiche Kritik und Verbesserungsvorschläge gebührt meinen Freundinnen und großartigen Kritikerinnen Nancy Robards Thompson, Teresa Elliott Brown und Elizabeth Grainger. Ich weiß nicht, was ich ohne euch tun würde!

Besonderer Dank geht an meine Freundin Cheryl Duhaime, von der ich immer zu hören bekam: »Ich kann es kaum abwarten, den Rest zu lesen!«, an meinen Vater, David Lord, der meinen ersten Entwurf las und redigierte, an meine Mutter, Shirley Lord, die mit einer unvergleichlich kreativen und liebenden Seele gesegnet ist, und an meine Schwester, Amanda Lord, die die Geschichte mindestens zwei Mal gelesen hat und voller konstruktiver Kritik war.

Vor allem aber möchte ich meinem Ehemann Mike danken, der mich auf meinem Weg zur Schriftstellerin tatkräftig unterstützt hat. Sein großzügiges Herz ist das eines wahrhaften Helden.

Prickelnde Leidenschaft, große Abenteuer
und raffinierte Intrigen –
historische Liebesromane bei Knaur!

JENNIFER ASHLEY

Mein leidenschaftlicher Pirat

Roman

»Eine außerordentliche Nacht, wohl wahr. Eine Nacht, in der sie einen Mann vor dem sicheren Tod bewahrt hatte und dann von ihm so leidenschaftlich geküsst worden war wie noch nie in ihrem Leben, durfte man wohl außerordentlich nennen. Ob das Leben mit dem Piraten von nebenan immer so aufregend sein würde?«

London, 1810: Gleich die erste Begegnung mit ihrem neuen Nachbarn, dem charismatischen Viscount Grayson Stoke, weckt in Lady Alexandra unbekannte Leidenschaften. Und je mehr sie über sein skandalöses Leben als Pirat erfährt, desto größer ist ihre Faszination …

Außerdem von Jennifer Ashley bei Knaur:

Geliebter Pirat

Roman

England, 1812: James Ardmore, Piratenjäger und Frauenheld, trifft unverhofft die atemberaubende Diana Worthing – die bei ihrer letzten Begegnung erst hitzigen Widerstand geleistet hatte, bevor sie sich von ihm küssen ließ. Ähnlich stürmisch verläuft ihr Wiedersehen – und James lässt nichts unversucht, die temperamentvolle Schönheit für sich zu gewinnen. Doch zuvor muss sich James einem gefährlichen Feind aus der Vergangenheit stellen …

Die Sehnsucht des Piraten

Roman

England, 1813: Seit vielen Jahren hält Lady Honoria Ardmore ihren Ehemann Christopher Raine für tot. Doch dann steht der berüchtigte Pirat plötzlich vor ihr, verführerisch und selbstbewusst wie eh und je, und will seine Frau zurück. Honoria sieht das allerdings ganz anders, und Christopher muss seinen gesamten Charme einsetzen, um sie zurückzuerobern ...

ZEITREISE
HISTORISCHE-ROMANE.DE
Passenger Receipt
HISTORISCHE-ROMANE.DE
BONAPARTE JOSÉPHINE MRS
1796
2007
AUCH VON/ZU ANDEREN HISTORISCHEN STATIONEN GÜLTIG
Über 1.500 historische Romane sortiert nach
> Epochen > Genre > Historischen Persönlichkeiten und Ereignissen
www.historische-romane.de
Quick-Check-In
Erlesene Geschichte
HR
Erlesene Geschichte
www.historische-romane.de